BEAUTIFUL MISTAKE

Du même auteur aux

Éditions A Addictives

À lui, corps et âme – volumes 1 et 2

Tous ses désirs – volumes 1 et 2

OLIVIA DEAN

BEAUTIFUL MISTAKE

Éditions A Addictives

« Ce que je désire existe si j'ose le trouver. »
Jeanette Winterson,
Pourquoi être heureux quand on peut être normal ?
(2012)

« Aucun de nous n'est complet en lui seul. »
Virginia Woolf, *Les Vagues* (1931)

TABLE

I

APPARITION

1
BLOQUÉE OU COINCÉE ?

– Avez-vous déjà mordu dans un œil de barracuda *cruou* ?

Pardon ?! Je n'ai pas dû comprendre la question. Mon interlocutrice est américaine, son léger accent me laisse un espoir. Je regrette cependant d'avoir accepté le macaron framboise qu'elle vient de m'offrir. Il est en train de fondre sur ma langue en même temps que se distille dans mon cerveau l'image répugnante d'un globe oculaire au fond d'un bol de soupe.

À onze heures du matin, c'est trop. Mon cerveau étant relié directement à mon estomac, j'ai une envie subite de tout recracher ! Ce ne serait pas très professionnel ! OK, j'avale.

– Un œil de barracuda ? m'assuré-je pendant que j'essaye de décoller la peau de mes cuisses du canapé en cuir sur lequel je suis assise.

Rendez-vous professionnel = jupe crayon (visiblement trop courte) + chemisier blanc + petite veste noire étriquée et escarpins trop hauts ! L'équation parfaite pour se sentir super à l'aise !

– *Cruou* ! précise la blonde quinquagénaire, visiblement attachée à ce détail.

– Pas plus cru que cuit ! réponds-je, me sentant obligée d'ajouter : Je n'ai pas eu cette chance.

– Quel dommage ! C'est une de ces expériences fondatrices de l'existence qui changent profondément votre rapport au monde, vous devriez essayer, persiste mon hôte.

Si c'est une question existentielle, alors !

– Si l'occasion se présente, pourquoi pas ? concédé-je de façon tout à fait hypocrite.

Pourquoi ai-je dit un truc pareil ? Et si elle en avait un en réserve ?!

Histoire de changer de sujet, je décide de passer la seconde et d'embrayer sur ce qui m'amène dans cet hôtel particulier de deux mille mètres carrés à la louche, place des Vosges. « Son pied-à-terre parisien », si j'en crois son agent !

– C'est vraiment très aimable à vous de me recevoir si vite…

Mais elle me coupe aussitôt dans mon élan et, me fixant de ses yeux bleu électrique, poursuit sur sa lancée :

– Dans ma vie, j'ai goûté bien des mets étranges, des tarentules frites du Cambodge aux œufs de cent ans…

De deux choses l'une, soit elle tient absolument à me faire partager ses expériences culinaires…

– Mais rien de comparable avec la sensation si particulière de mordre dans la rétine craquante de cet œil de poisson…

… soit elle veut que je lui customise son tapis persan avec les restes de mon petit déjeuner !

– Je ne vous cache pas qu'au début, moi aussi, j'avais quelques réticences, enchaîne-t-elle en me tendant les macarons.

Je refuse le plateau, poliment mais sûrement. Sarah Ackerman, la bonne cinquantaine, longiligne, les cheveux courts, trône en face de moi. Elle se balance dans un fauteuil bulle transparent suspendu au plafond. Elle est vêtue d'un improbable kimono rose fluorescent. C'est original, ce mélange des genres, ça jure un peu avec le style Louis XIII de l'immense salon.

Mais c'est baroque.

Elle fait une micropause. Je me dis que c'est le moment ou jamais de parler, mais le temps que j'ouvre la bouche, la milliardaire a déjà repris son monologue :

– L'œil de l'animal vous fixe comme s'il était vivant, la première difficulté consiste à se dire qu'il est vraiment mort. La deuxième est de l'attraper entre ses doigts sans qu'il vous échappe. C'est affreusement glissant, s'amuse-t-elle avant d'éclater de rire.

À mon grand étonnement, je ris moi aussi de bon cœur et découvre enfin qui elle me rappelle !

Enfin plutôt, quoi…

Depuis qu'elle m'a ouvert sa porte, j'ai une vague impression de familiarité. Eh bien, ça y est, j'ai trouvé ! Elle a tout d'un « Frizzy Pazzy fraise », ces granulés roses qui explosent dans la bouche avant de se transformer en chewing-gum. Fascinée par la ressemblance, je reste muette un peu trop longtemps et me fais souffler mon tour de parole.

– J'ai été positivement surprise de découvrir un arrière-goût de noisette, précise-t-elle d'un ton tout aristocratique. L'autre finaliste, Dark Spirit, un champion de catch, poursuit-elle après une respiration qui ne me laissait pas la moindre opportunité, se tortillait d'hésitation en faisant des manières. Savoir dépasser ses préjugés ! C'est ce qui m'a permis de l'emporter en définitive.

Me voilà subjuguée ! Ce qui était hautement improbable, car à l'inverse de la richissime Américaine, j'ai quelques préjugés tenaces…

Nobody is perfect !

Je ne suis pas une intello sectaire, mais je n'ai pas de passion pour la télé-réalité. Des restes de mon éducation bourgeoise, sans doute. Maintenant je comprends mieux pourquoi Sarah Ackerman est devenue la star de *Il ne peut en rester qu'un!* Le genre d'émission où les candidats sont plongés en milieu hostile, de préférence sur une île déserte truffée d'insectes redoutables, de concurrents venimeux et de caméras!

Et dont je n'ai pas vu le moindre épisode! Qu'elle ne me pose pas de question sur le programme, par pitié!

– Qu'est-ce que vous avez pensé de cette saison? Certains spécialistes avancent que c'est la meilleure.

Et merde!

J'essaye au moins de me remémorer sa bio consultée à la hâte sur Wikipédia: Riche héritière d'une grande famille de marchands d'art. Exploratrice, féministe et anthropologue à ses heures, elle a déjà publié plusieurs essais. Très renommée outre-Atlantique pour ses exploits, mais pratiquement inconnue en France, jusqu'à cette fameuse émission.

Voilà quelques semaines, elle devient la star du petit écran en éliminant tous ses adversaires: un catcheur plus ou moins périmé, une ancienne légende du cyclisme et même une actrice porno reconvertie en coureuse de fond!

– Vous savez pourquoi j'ai accepté de participer à ce jeu? me demande-t-elle.

Certainement pas pour les cent mille euros à la clé, une bagatelle qu'elle a d'ailleurs reversée intégralement à une œuvre caritative.

– J'adore me lancer des défis ! lâche-t-elle en se lovant dans son fauteuil en plexiglas.

Il faut croire que moi aussi, sinon je n'aurais jamais accepté la mission impossible de discuter avec elle. En vérité je n'ai pas eu le choix. Je tiens à garder mon job ! C'est bien pour ça que je bosse un 14 juillet.

Jour férié depuis 1880 !

Mais je n'allais pas refuser ce rendez-vous sous prétexte de fête nationale ! Mon patriotisme a des limites ! C'est déjà un miracle d'avoir obtenu cette entrevue alors même que ma directrice et son associée s'y sont cassé les dents.

– Vous prendrez bien un autre thé ? me propose-t-elle en remplissant ma tasse directement au robinet du samovar posé sur la table basse.

Ce truc date au moins de l'Empire ottoman ! Cette femme vit dans un musée !

– Il faut boire tant que c'est chaud, enchaîne-t-elle. Rien de mieux que le thé vert ! C'est bourré d'antioxydants. Je vous donne mon secret : pas de blé, pas de lait, jus de citron au réveil et quelques graines germées. Quel âge me donnez-vous ?

Me souvenir avant de répondre que je suis là pour la convaincre d'accepter un contrat.

– La petite quarantaine, me risqué-je.

Je force un peu sur la dose, non ?

– Cinquante-cinq ans ! fanfaronne-t-elle.
– Non ?! m'exclamé-je. Je vous en aurais donné facilement vingt de moins !

Là je m'enfonce !

– Je vois que vous avez une certaine tendance à l'exagération, tranche la milliardaire en se levant pour aller rejoindre le clavecin. Elle s'assied devant le clavier et me toise en allumant… sa pipe !

Y aurait-il des antioxydants dans le tabac ?

– Quel âge avez-vous, mademoiselle, souffle-t-elle en même temps qu'une épaisse fumée blanche.
– Vingt-trois ans, réponds-je, en m'empêchant de tousser.
– Et déjà réalisatrice ! Bravo.
– Oh, vous savez…

Quoi ?! Je ne suis pas réalisatrice !

– Mais non, je suis assistante d'édition, je travaille pour Woolf, rectifié-je enfin.

– Pour qui ?! s'étonne la cousine d'Indiana Jones en s'appuyant sur les touches du clavecin qui grince ses accords dissonants.

Je me lève d'un bond, surprise autant qu'elle de ce qui est en train de se produire et je répète :

– Woolf édition. J'ai parlé avec votre agent hier qui m'a dit que vous acceptiez de me recevoir ce matin…

Évidemment elle va s'écrier quelque chose, comme « mais oui bien sûr, où avais-je la tête ? ». Mais au lieu de ça, elle lâche un laconique :

– Je ne comprends rien.

Moi non plus !

– Vous n'êtes pas, continue-t-elle, Bérénice Wladistock ? La réalisatrice qui veut faire un documentaire sur ma prochaine expédition au Pôle ?

Elle me regarde, choquée, comme si je venais à l'instant de faire irruption dans la pièce. Je me sens terriblement gênée de ne pas être cette Bérénice Chlock-Chlock ! J'ai la désagréable sensation d'être un imposteur alors que je suis là en toute bonne foi ! J'hésite à ramper sous la table basse tibétaine mais c'est la première fois depuis le début de notre entrevue que la milliardaire reste coite. J'en profite donc :

– Je suis Romane Gentillac, je suis assistante d'édition. Je suis venue pour vous proposer une série d'entretiens afin que Woolf publie votre biographie officielle, débité-je façon punchline, trop contente de pouvoir enfin en placer une !

Biographie qui serait leur dernier espoir de ne pas mettre la clé sous la porte et ma dernière chance de garder mon tout nouveau job !

« Madame Frizzy Pazzy fraise » est maintenant à l'état de chewing-gum. Les yeux dans le vague, d'une voix molle elle me demande comment je suis arrivée chez elle.

Par les transports en commun.

Je lui explique que nous sommes victimes d'un malentendu. Son agent a dû me confondre avec cette Bérénice. La conversation au téléphone n'a duré qu'une minute, il semblait pressé et c'est vrai, maintenant que j'y songe, il ne m'a même pas demandé mon nom. Mme Ackerman me fixe, silencieuse, l'œil aussi vide que celui d'un barracuda « cruou ».

Je comprends qu'il faut certainement que je parte. J'en ai assez dit. Je pose quelques publications de Woolf sur la table, la remercie pour le thé, l'invitant à me recontacter si la proposition l'intéresse, et je tourne les talons tout droit vers la sortie sans qu'elle me raccompagne.

***

Je suis enfin sur le palier, encore un peu tremblante, mais je me dis que le bilan de l'opération n'est pas si mauvais. Hormis cette méprise sur mon identité qui me laisse une vague impression surréaliste, on peut dire : mission accomplie !

Enfin, si Sarah Ackerman accepte de signer avec Woolf, ce qui n'est pas l'hypothèse privilégiée, mais restons positive, j'ai quand même remporté le challenge de lui clouer le bec !

D'ailleurs je ne vais pas m'arrêter en si bon chemin ! C'est le jour des défis. J'ai soigneusement évité l'ascenseur à la montée, mais je me sens prête pour la descente.

Haro sur ma claustrophobie ! Je suis une winneuse !

Et puis ce n'est jamais qu'une plateforme suspendue et aérée de deux mètres carrés, avec une grille pour toute fermeture, qui monte et descend dans une cage d'escalier plus large que ma chambre.

Une pièce de collection, comme tout ce qui est ici !

Rien à voir avec ces boîtes hermétiques et modernes qui circulent entre des cloisons étroites. Je peux le faire ! Je monte dans la cabine en me remémorant les conseils du spécialiste en thérapie brève : décomposer chaque geste en me concentrant sur ma respiration.

1/ J'appuie sur le bouton du rez-de-chaussée. Inspiration.
2/ La grille en fer forgé se referme. Expiration.

3/ Oups ! Ça commence à descendre. Je ne sais déjà plus si je dois gonfler ou vider mes poumons !

4/ Je découvre que je ne suis pas seule dans la cabine !

5/ J'étouffe un cri en comprenant que ce n'est que mon reflet dans le miroir ! Cette brunette au chignon anormalement strict, aux yeux noisette hallucinés et aux joues écarlates, ce n'est jamais que moi.

6/ Me voilà au rez-de-chaussée. Ouf !

7/ La grille ne s'ouvre pas !

Je crois que le plus étonnant, c'est mon calme. Ce n'est pas normal. Je ne ressens rien. Un peu comme si on m'avait « dézippée », sortie de moi, et qu'on m'avait posée quelque part dans l'espace ! Sinon, comment se fait-il que je reste là, les bras ballants, sans un hurlement hystérique alors que je suis coincée dans un ascenseur ?

QUOI ?! JE SUIS COINCÉE DANS UN ASCENSEUR !

Les effets positifs de ma programmation neurolinguistique s'arrêtent là. Je m'accroche à la grille et commence à tirer pour en forcer l'ouverture. Sans résultat. Enfin si : je panique de plus belle ! C'est le 14 juillet, il n'y a pas de bouton d'alarme, Mme Ackerman ne m'entendra jamais, trop occupée, quatre étages au-dessus, à s'empiffrer de blattes et d'araignées.

Ma tension monte, mon rythme cardiaque s'accélère, mes oreilles sifflent, je suis en surchauffe ! Si je ne sors pas de là immédiatement, je vais me transformer en autocuiseur ! Mais après une nouvelle tentative infructueuse qui m'a valu l'effondrement de mon chignon et l'anéantissement de mes forces, j'entends résonner une voix grave ! Ça vient de l'escalier qui mène au sous-sol.

Alléluia ! Même si le secours me vient d'Hadès, dieu des Enfers, je m'en fous.

Alors j'appelle à l'aide mais personne ne me répond plus. Je recommence à « faire du bruit » à grands coups d'escarpin très sexy dans la grille… quand je vois monter vers moi le sosie de Marlon Brando !

Dans Un tramway nommé désir, en version couleur et remastérisée !

J'ai dû appuyer sur le mauvais bouton de la télécommande, car il me semble qu'il grimpe les marches au ralenti. Je bloque quelques secondes sur le déhanchement ultra-souple de son bassin et me calme aussitôt.

C'est fou, l'effet que produisent certaines images sur le cerveau émotionnel !

Un mètre quatre-vingt-cinq au minimum, moulé dans un jean usé et dans un tee-shirt blanc déchiré à l'encolure, des épaules larges et la taille marquée, il porte une boîte à outils dans la main gauche, un casque audio sur les oreilles et chante en mesure le *God Save the Queen* des Sex Pistols !

C'est pour ça sans doute que j'ai la furieuse envie de lui lancer ma culotte !

– S'il vous plaît, l'ascenseur est bloqué. Pourriez-vous m'aider à sortir de là ! supplié-je, les mains moites accrochées à la grille en essayant de contenir la panique qui monte encore en moi.

Dès qu'il m'aperçoit, il ôte son casque et libère une chevelure noire soyeuse qui lui tombe à hauteur du menton. Il se presse sur les dernières marches qu'il monte quatre à quatre, super athlétique, et arrive sur le palier.

Tiens ! Un petit côté baroudeur à la Johnny Depp aussi…

J'arrange machinalement ma coiffure, essuie discrètement le rimmel qui a dû couler sur mes paupières, sans perdre de vue que je suis en train de vivre le pire scénario pour une phobique de la serrure !

Je suis en cage !

Je tente de garder l'air serein mais ça doit se voir que je suis en mode panique, sinon pourquoi me parlerait-il sur ce ton ? Exactement comme si j'étais un petit animal pris au piège !

– Cool ! Tout va bien, je vais vous sortir de là ! me murmure-t-il en posant doucement la boîte métallique devant lui, évitant de me brusquer, et se baissant pour y chercher un outil.

Ça se confirme : j'adore sa voix !

– Faites vite, s'il vous plaît, répliqué-je la gorge nouée par le stress.

– Restez calme ! Je suis un pro des situations désespérées, s'amuse-t-il. Avec moi, vous êtes en sécurité !

Il me sourit en relevant la tête alors qu'il est toujours accroupi. Ses lèvres charnues s'étirent lentement pour dévoiler des dents d'une blancheur scandaleuse qui tranchent avec sa peau mate. On peut dire qu'il prend son temps ! Même celui de me faire un clin d'œil !

Ce n'est pas le moment que mon splendide dépanneur m'excite davantage. J'ai déjà du mal à respirer ! Je m'affole davantage et secoue la grille dans l'espoir de forcer l'ouverture sous le regard dubitatif et franchement amusé de mon sauveur.

Je note que le spécimen est équipé de la paire d'yeux la plus incroyable que j'aie jamais vue ! Une couleur indéfinissable entre le brun, le vert et le doré.

Soudain, j'entends un bruit de soufflet, un truc entre la respiration de la baleine et le sifflet d'un train de marchandises. Il me faut quelques secondes interminables pour comprendre que c'est moi qui suffoque avec cette grâce. L'inconnu ne semble pas prendre l'affaire trop au sérieux : Muni d'un tournevis, il tente de forcer la serrure mais ne parvient pas à retenir un rire, ce qui m'énerve au-delà de tout !

En sueur, les cheveux collés sur le visage, je secoue les barreaux et m'entends éructer toutes les insultes que j'ai glanées depuis l'école élémentaire !

Pour une fois que je croise une bombe sexuelle, on peut dire que je suis à mon avantage !

– Hey ! Pas de panique ! s'écrie-t-il avant d'ajouter un rien moqueur : Mais je me demande si je ne prends pas des risques en libérant un fauve.

Il va sentir mes griffes dès que je serai sortie de là !

La grille s'entrouvre enfin. Je n'en peux plus, je pousse comme une forcenée pour la faire glisser et, dès qu'il y a assez d'espace, je me faufile dans l'interstice. Je regrette aussitôt les deux kilos que j'ai pris sur les fesses, car me voilà immobilisée, de profil.

Plaquée tel un hiéroglyphe !

Je sens alors une grande main se refermer sur ma manche et me tirer vers l'extérieur. Je trébuche et tombe dans les bras de celui qui vient de me sauver de la suffocation.

– Salut, moi c'est Alec.

Alec vient de se présenter avec un je-ne-sais-quoi d'insolence et de légèreté qui me donne la désagréable sensation qu'il se paie ma tête ! Le tout avec un soupçon d'accent américain.

Oui ! Je sais distinguer une inflexion venue d'outre-Atlantique d'une prononciation so british ! J'explique : ma nounou était anglaise et intraitable en matière d'accent tonique !

Normalement, je devrais me redresser, dire quelque chose – merci, par exemple – et retourner à mes petites affaires. Problème : je suis captivée par les battements de son cœur et comme ensorcelée par son odeur virile ! Il faut dire que je suis affalée contre lui, mes mains accrochées à ses épaules musclées et que j'ai le nez écrasé sur son torse !

Comment faire autrement ? Je culmine tout juste à un mètre soixante-dix, talons inclus !

Le pire, c'est que la situation a l'air de lui plaire, il ne me repousse pas, il reste immobile, silencieux et m'enserre la taille. Il se croit au bal ! Finalement, c'était plus facile de m'extraire de l'ascenseur que de me détacher de lui. Je décide de prendre les choses en mains et relève la tête pile au moment où il se penche vers moi !

Pour s'assurer que je suis toujours vivante, sans doute !

Mes lèvres sont à exactement deux centimètres des siennes ! Je sens son haleine tiède sur mon visage. On se regarde. Il est vraiment tout proche ! Il me fixe, une lueur aussi tendre que narquoise dans la pupille. Un frisson électrique me parcourt le bas-ventre, je me sens comme prise dans un tourbillon ou dans une laveuse.

Enfin un truc qui siphonne !

Tout mon corps se tend, je commence même à me hisser sur la pointe des pieds !

Qu'il recule ou je lui roule le patin du siècle !

Mais voilà que je commence à haleter ! Je ne vois que deux hypothèses : ou je me prépare une nouvelle crise de « panic attack » ou bien je suis victime de ce qu'on appelle communément le coup de foudre !

Non, pas moi ! Jamais ! Je ne suis pas du genre à me laisser aller !

– Bon, eh bien, je vais y aller, m'écrié-je soudain d'une voix de fausset aussi inappropriée qu'inattendue, avec cette inflexion bourgeoise que je déteste et qui me vient tout droit de ma mère !

Pas elle !

– Je ne vous retiens pas, lâche l'irrésistible Alec – *so relax !* – en levant les mains comme si je le menaçais d'une arme.

Évidemment, il n'a rien manqué de mon trouble et ça l'amuse.

Sale macho !

J'ai été suffisamment ridicule pour aujourd'hui. J'ai ma dose. Je ne vais pas aggraver mon cas. Je ne vais pas m'enfuir comme une vierge effarouchée, mais je ne vais pas non plus chercher une vanne pour briller avant mon départ.

J'arrange donc la veste de mon tailleur, un brin pincée, en essayant de soutenir son regard. Je souffle sur mon visage pour en dégager la mèche rebelle qui me barre la vue et je m'en vais dignement.

Eh bien non !

Quelque chose me retient : un bouton de ma veste, celui du haut, près de mes seins ! Il s'est accroché au bracelet que le sublime Alec porte autour du poignet.

Un bijou indien en cuir et en turquoises comme Jim Morrison !

Tellement sexy !

Mais qu'est-ce qui n'est pas sexy, chez ce type ?!

– Décidément, vous ne voulez pas me lâcher, ricane le bel insolent pendant que j'essaye de démêler fébrilement les fils qui m'attachent à lui.
– Ne m'aidez pas, surtout ! m'exaspéré-je, alors que sa main frôle dangereusement ma poitrine.
– Non, surtout pas ! réplique-t-il, toujours railleur en promenant son regard sur mon visage.

C'est là que je remarque qu'il a des cils extra-longs…

– Je vous laisse faire, j'adore qu'on s'occupe de moi, persiste-t-il en se délectant de mon malaise qui ne fait que s'accroître au contact de la peau fine de son bras.

Double macho !

J'ai bien conscience que je suis en train de me tortiller de façon tout à fait ridicule devant un sex-symbol mais il faut absolument que je me débarrasse de ma veste ! Je ne reste pas une seconde de plus auprès de ce démon qui ricane de plaisir en me regardant perdre la boule !

Triple macho !

Et pour la deuxième fois de la matinée, je ne trouve rien de mieux à faire que de m'enfuir à toutes jambes ! J'abandonne ma veste au poignet de l'affolant Alec et je cours comme si j'avais le diable aux trousses vers l'issue de secours.

Une fois dans la rue, la lumière éclatante de midi m'éblouit, mais rien de comparable avec le flash que je viens de prendre ! Je suis encore sonnée comme si tout s'était déréglé en moi. Je me presse vers le métro, encore vacillante, impatiente de rentrer à la maison !

Mon objectif : mettre la distance maximale entre cet Alec et moi !

Qui est-il, d'ailleurs ?

Un employé de Sarah Ackerman, son homme d'entretien peut-être. Cette femme ne s'entoure que de sublimes pièces de collection !

2
RENDEZ-VOUS AU SOLEIL

En définitive, j'ai préféré marcher. Je suis rentrée chez moi à pied, sur le plateau des Buttes Chaumont, histoire de me dépenser physiquement. J'ai grimpé la côte de la rue de Belleville, l'une des plus redoutables de Paris, comme propulsée par une force mystérieuse. J'avais un besoin urgent de faire quelque chose de mon corps et de me libérer de mon trop-plein d'énergie !

Je devais être bien au-delà du seuil toléré !

Mais je n'en suis pas restée là ! Je me suis dit qu'il fallait que je prenne de la distance. J'ai poussé jusqu'à la porte de Pantin, bien au-delà de la maison, au petit trot et à la fureur du soleil.

J'espérais retrouver mon état normal.

Au contraire ! Je suis en train d'expérimenter une loi universelle de la physique : plus on s'éloigne de l'objet du désir, plus le désir grandit ! Limage de l'homme à la boîte à outils et au jean moulant est plantée comme un clou dans ma tête !

« Tête » : nom féminin. Ici, terme générique qui englobe l'intégralité de ma personne !

J'erre autour du périphérique depuis une bonne demi-heure en essayant de le chasser de mon esprit, quand je me rends compte que les voitures ralentissent en me croisant ! Perchée sur mes talons, en jupe trop courte et en chemisette dont j'ai dégrafé les premiers boutons, j'ai tout l'air d'une…

Ce coup-ci, c'est mon téléphone qui siffle. J'ai un SMS.

Ce doit être Jo ou Lucas, mes colocataires. Ils doivent s'inquiéter, je devais rentrer en début d'après-midi au plus tard, il est déjà seize heures ! Je redescends vers les Buttes au pas de course tout en consultant mon téléphone.

[T'es où, belette ?]

C'est bien Lucas, ça ! Je réponds d'un « J'arrive ! » et je cherche une excuse convaincante afin de justifier mon retard. Inutile de raconter que j'ai flâné sur les quais, depuis le temps qu'on se connaît – et ça va faire huit ans ! – ils savent que je ne me baladerais pas dans cette tenue. Je suis une inconditionnelle du jean/top/baskets.

Hors de question de leur parler de ce qui vient de se produire ! Jamais de la vie je n'avouerai à quiconque – et surtout pas à moi-même ! – que j'ai été terrassée par un choc sensuel ! En ce qui concerne l'amour, j'ai la réputation d'être plus glaciale qu'un circuit de refroidissement nucléaire. Sur les cinq dernières années, j'ai eu trois aventures sexuelles, si je compte celle que j'ai stoppée avant la fin !

Ce qui fait en moyenne 0,60 amants par an ! Petit score. Et aucun ne m'a donné envie de le revoir.

Je monte les deux étages qui mènent au loft en me disant que Jo et Lucas vont tiquer tout de suite, ils vont bien voir que quelque chose cloche ! Ils vont me chambrer, ça va être affreux ! Mais quand je rentre dans l'appartement, ils ne m'entendent même pas. Comment le pourraient-ils ? La musique est à fond !

Bienvenue dans l'antre du rock ! Le vrai, le pur, le dur, celui qui vient du blues mais surtout de Manchester ! dixit Josefina Garcia, Jo pour les intimes, ma meilleure amie *number one* !

Jo, justement, est affalée sur le divan, son ordinateur sur les genoux. Depuis qu'elle a décroché son master en action humanitaire internationale, elle n'a de cesse de fouiller les annonces pour trouver un job de coordinatrice dans une ONG, en attendant – rêve suprême ! – d'intégrer l'ONU. Lucas est tout au fond de la pièce commune, il s'exerce encore aux fourneaux !

C'est donc ça, le fumet de poisson…

À peine rentrée, je m'appuie à la cloison et arrache de mes pieds ces maudits escarpins avant de les jeter sous le portemanteau. Je ressens un soulagement immédiat. Pourquoi n'y ai-je pas pensé plus tôt, quitte à aller pieds nus dans les rues de la capitale ?

C'est trop bon de pouvoir bouger ses orteils !

Le bien-être est de courte durée. Un riff de basse grésille dans les enceintes installées aux quatre coins de la pièce et me fait grincer des dents. Mais surtout me tord le ventre, me renvoyant dans le passé, quatre heures plus tôt !

Je rêve ou c'est les Sex Pistols ?! Le groupe anglais qu'écoutait Mr Brico-sexy ?! C'est un complot !

Je file directement sur la vieille platine où tourne le vinyle, près de la bibliothèque – enfin les planches superposées qui en font office – et baisse le son, signalant ma présence par la même occasion. Jo lève la tête de son écran, outrée, mais dès qu'elle me voit, elle me lance un grand sourire dont elle a le secret. Elle me regarde fixement, un sourcil relevé.

Est-ce que c'est écrit sur mon front, « Romane Gentillac a flashé sur un mec » ?!

J'essaye de prendre un air décontracté et vais la rejoindre sur le sofa. Je m'y laisse tomber en soupirant, et comme à chaque fois que j'ai peur d'être démasquée, je récite un poncif bien corsé. Pour cette fois je suis bonne pour : « On est bien chez le roi mais on est mieux chez soi… »

Maman, sors de ce corps !

– Ton rendez-vous s'est mal passé ?! s'inquiète Jo qui me connaît sur le bout des doigts.

– Non ! Au contraire c'était super positif ! rectifié-je, dégoûtée d'être aussi transparente.

– Ça a pris des plombes ! remarque-t-elle à bon escient.

– Oui, j'ai eu affaire à une folle ultra-bavarde ! Même toi, ta mère et tes sœurs réunies, vous n'auriez pas pu en placer une.

– Ce n'est pas possible ! s'indigne-t-elle. On détient le record de bavardage depuis au moins…

– … toujours, la coupé-je en riant. Je sais bien, mais ça, c'était avant Sarah Ackerman.

Jo éclate de rire. Par chance, elle ne me pose pas de question, trop absorbée par ses recherches. Elle est l'aînée de trois sœurs. Sa *mamá*, Ana, est la concierge espagnole la plus atypique de Paris. La « tchatche », ça la connaît ! Et moi autant qu'elle, fatalement ! Le petit appartement que la famille occupe toujours au rez-de-chaussée de l'immeuble dont Ana assure l'entretien a été mon refuge d'adolescente et celui de Lucas.

– Mais qu'est-ce que t'as foutu tout ce temps, belette ?!

Ce n'est rien. Juste Lucas, mon meilleur ami number one bis qui manifeste sa joie de me revoir.

Un tablier de cuisine à rayures multicolores noué autour du cou et de la taille, en slip et torse nu, Lucas se dresse devant nous. Ma surprise m'exonère de réponse immédiate. Non pas que sa tenue me surprenne – j'ai l'habitude de le voir se promener en caleçon – mais je suis un peu perplexe quant au maquillage qu'il arbore ! Une sorte d'éclair, bleu-blanc-rouge, au contour approximatif lui prend la moitié gauche du visage, paupière comprise.

– Quoi ?! me lance-t-il en voyant ma tête, c'est le 14 juillet, mais comme c'est Jo qui m'a maquillé, elle l'a fait à la Ziggy Stardust.

– J'ai respecté le drapeau, s'amuse Jo sans quitter son écran.

Lucas, depuis quelque temps, s'est découvert deux passions : la cuisine et David Bowie. La deuxième étant influencée par notre amie commune. Et c'est vrai qu'il a quelque chose de l'icône. Grand, blond et mince, les cheveux taillés court, le regard translucide, et son côté androgyne qui lui confère une certaine élégance.

– Tu t'es trompé de défilé, le taquiné-je, ce n'est pas la Gay Pride.

– Ben oui, justement, et il n'y a bien que toi pour aller bosser un jour férié. C'est dingue comme tu t'accroches à ce job. Je croyais que tu voulais devenir écrivain, pas éditrice.

Ah ça, c'est petit !

– Pardon ! Mais je suis pas une fille à papa, moi ! Il faut bien que je m'assume. Mon père ne m'a pas offert un loft de cent vingt mètres carrés pour fêter mon bac, réponds-je du tac au tac.

– Ce que tu es susceptible ! Je veux dire qu'avec ton talent, tu ferais mieux de te concentrer sur le roman que tu as l'intention d'écrire, me réplique-t-il en frottant sa tignasse avant d'ajouter : Et je te rappelle que c'est grâce au fils à papa que tu habites ici.

J'ai un peu honte.

– C'est pas bientôt fini ! intervient Jo, toujours prête à désamorcer les conflits tout en faisant éclater une énorme bulle Malabar sur son nez. Vous êtes continuellement à vous chamailler. On dirait chien et chat.

Frère et sœur résumerait mieux notre relation. On s'aime autant qu'on s'exaspère !

– Je suis désolée ! m'excusé-je en me levant pour aller embrasser Lucas. Tu as touché un point sensible. Je n'arrive pas à me mettre à l'écriture, continué-je. Ça me stresse. Je prends des notes et des notes et c'est tout ! Je n'écrirai jamais rien.

La liste des courses peut-être…

– C'est pas grave, ça va venir, me rassure-t-il, pas rancunier, en me serrant contre lui. Mais tu fouettes ! T'as perdu ton déo ? s'écrie-t-il soudain en me repoussant.

Je vais le massacrer, et la présence de Jo, soldat de la Paix, n'y fera rien !

Je prépare une salve assassine mais je suis bloquée dans mon élan. Si Lucas peut sentir mon odeur aigre de transpiration, elle n'a pas pu échapper à l'adonis au bracelet indien ! Je blêmis et reste figée, les yeux dans le vague.

– Romane ! m'interpelle Jo d'un ton inquiet. Ça va ?

Je ne prends pas la peine de répondre. Je ne pense qu'à une chose : la veste que j'ai abandonnée au poignet de l'employé de Sarah Ackerman fouette-t-elle autant que moi ?! L'idée m'est insupportable. Ce n'est qu'au bout de trois bonnes minutes que je réplique enfin :

– C'est certainement les effluves de poisson pourri que tu fais mijoter.

Super réactive ! Bravo.

Je suis un monstre de mauvaise foi ! Je sais que je ne sens pas la rose ! Pour cause : j'ai traversé Paris en courant, pour fuir mes sentiments, mais hors de question de l'admettre ! Autant reporter la faute sur Lucas.

Méchante !

Jo pose son ordinateur, se lève et d'un ton ferme mais affable annonce : « Réunion immédiate du conseil de sécurité. » Dans ce cas, Lucas et moi obéissons illico. Nous nous asseyons sur la table basse, face à elle qui se rassied à son tour.

– Les amis, commence-t-elle, très diplomate, je crois qu'à ce stade il est impératif de discuter. Il me semble que vous êtes un peu sur les nerfs, ce qui provoque des tensions et qui n'est jamais bon pour la paix universelle. Lucas, qu'est-ce qui te travaille ?

Ziggy Stardust *made in France* soupire et se lance :

– J'ai décidé d'annoncer à mon père que je voulais arrêter mes études de commerce international pour prendre des cours de cuisine. Je ne sais pas du tout comment il va le prendre. J'ai fait mon *coming out* l'année dernière et il me demande encore quand je vais lui présenter une copine.
– Ah ouais ! ponctue Jo. C'est sûr, ça ne va pas être facile...

Je renchéris, compréhensive, en cachant mal mon défaitisme :

– Il va s'habituer à l'idée que tu préfères les garçons, c'est sûr. Mais il va avoir du mal à renoncer à ta carrière de directeur financier, tu es sa seule préoccupation, surtout depuis...

Mais je n'ose pas évoquer la mort de la mère de Lucas, voilà trois ans, des suites d'une longue maladie qui a laissé son riche antiquaire de père inconsolable. Je sais que pour Lucas aussi c'est une blessure toujours ouverte.

Jo reprend la main, et très « pro » explique que lorsqu'on est angoissé par une situation dont on ignore l'aboutissement, le mieux est d'envisager les pires possibilités : ça apaise.

J'aurais dû m'en souvenir dans l'ascenseur avant de chercher à défoncer la grille.

Lucas se prête au jeu et imagine aussitôt qu'il prépare à son père un repas digne d'un grand chef mais, manque de bol, il fait un choc anaphylactique ! Jo, plus positive, suppose qu'il va peut-être trouver l'idée formidable ! Il pourra se nourrir d'autre chose que des falafels du restaurant libanais en bas de chez lui, et perdre quelques kilos !

Nous rions de bon cœur, tout à fait réconciliés, mais je suis subitement envahie par une sorte de lassitude. Comme si j'étais absente, la tête ailleurs. Je repense à ce que j'ai senti au contact de ce garçon et j'en suis encore stupéfaite. J'ignorais qu'on pouvait dans la même seconde éprouver panique, désir, exaspération *et* joie !

Pour une fille qui a le projet de devenir romancière, il était temps que j'expérimente la confusion des sentiments...

Jo me demande si tout va bien, ce qui me tire aussitôt de ma rêverie. Je réponds que : oui, tout est parfait ! j'ai découvert un peu tard que je n'avais pas envie de faire de la recherche universitaire, mais j'ai mon master de sciences sociales et depuis un mois j'ai enfin un vrai un job dans une petite maison d'édition, dont les comptes ne sont pas reluisants mais qui lutte courageusement, et surtout je vis avec mes deux meilleurs amis... que demander de plus ?

– Attends ! Ne nous raconte pas d'histoires, tu es en train de noyer le poisson, s'amuse Lucas, plus fin que je ne le pensais. Il y a quelque chose qui te taraude. Il s'est passé un truc aujourd'hui ! Ça se voit tout de suite.
– Mais pas du tout ! protesté-je en rougissant.
– Tu mens ! s'écrie Jo. Tu as la paupière droite qui saute.

Allez-y ! Passez-moi au laser !

Je choisis la seule façon de me défendre que je connaisse, du moins celle qui me semble efficace.

À l'attaque !

– Et si on parlait plutôt de ton relooking extrême ? Est-ce que tu as vraiment l'intention de te rendre à tes entretiens dans cette tenue ? Tu sais que le gothique, ça peut décourager les meilleures volontés.
– Ce n'est pas gothique ! s'insurge Jo, perdant ses nerfs en me fixant de ses grands yeux noirs cernés de khôl. C'est manga rock ! Je veux être jugée sur mes compétences et non sur mon apparence. C'est un acte militant.

Diversion accomplie ! L'unique sujet capable d'irriter Jo, c'est celui-là ! Je suis une peste. J'assume.

Lucas, pas téméraire, préfère s'éclipser, prétextant qu'il doit terminer le repas du soir. Il nous concocte une petite merveille, dit-il. On va être bluffées.

– Pourquoi devrais-je renoncer à mes couettes roses, à mes minijupes en tulle et mes chaussures plateau ? insiste Jo en haussant la voix.

– Pour qu'on te prenne au sérieux par exemple, lâché-je, de plus en plus mesquine, m'assurant ainsi de ne plus être le sujet de conversation.

– Eh bien c'est n'importe quoi ! Un, il faut que le monde s'habitue à la différence. Deux, toutes les « magical girls » des mangas japonais sont habillées comme moi et ont des super-pouvoirs. Et ça, s'enorgueillit-elle en mordillant son piercing de lèvre, c'est un argument de taille quand on veut bosser dans l'humanitaire !

Je l'adore !

J'éclate de rire et Jo avec moi. L'ONG qui va embaucher cette fille fera l'affaire du siècle. Lucas, rassuré par notre bonne humeur inattendue, rapplique avec trois verres à moutarde et une canette de bière. Il l'ouvre et nous sert généreusement. Nous trinquons à notre amitié en faisant tinter nos bocks design à l'effigie de Babar et de Maya l'abeille, quand mon téléphone sonne.

Ma mère, sans doute, qui me rappelle notre déjeuner de demain.

Je m'excuse et me lève pour aller répondre, j'ai laissé mon appareil sur la console près de l'entrée. Le numéro qui s'affiche ne me dit rien. Je décroche et manque de m'évanouir quand je reconnais la voix sensuelle au léger accent étranger qui demande :

– Romane Gentillac ?

Je suis en plein délire ! C'est la chaleur, la bière, une maladie mentale qui s'amorce mais ce n'est pas LUI qui prononce mon nom !

– Oui, c'est moi, réponds-je d'une voix sourde, puis en murmurant, j'ajoute : Une seconde, s'il vous plaît.

Je fais signe à mes amis dubitatifs que je reviens et je file dans la salle de bains à l'autre bout du loft où je m'enferme à double tour. Je reste figée, muette, le combiné collé à l'oreille, le cœur battant comme un tambour.

Et le regard absorbé par les motifs de poissons rouges sur la lunette des toilettes.

– C'est Alec. Vous vous souvenez ? C'est moi qui vous ai dépannée tout à l'heure, me rappelle-t-il en riant.

Non, non, ça me dit rien…

– Ah oui ! susurré-je, tremblante. Bonjour… enfin je veux dire… oui… oui… oui…

C'est pas vrai ! Je suis un boulet !

– Vous êtes sur écoute ? C'est pour ça que vous parlez à voix basse, continue-t-il en baissant lui aussi la voix. Est-ce que vous voulez que nous échangions en messages codés ? s'amuse-t-il.

– Non, je suis… dans le métro, réponds-je en actionnant la chasse d'eau dans l'espoir débile d'être plus crédible. Comment avez-vous eu mon numéro ? enchaîné-je un peu trop sèchement en regrettant mon geste.

– Dans la précipitation, vous avez oublié votre veste, me rétorque-t-il d'une voix un tantinet railleuse. Dans une des poches, il y avait votre carte de visite. Seriez-vous libre ce soir afin que je vous la rende autour d'un dîner ? lance « sexy man », super-décontracté.

Je rêve ou il me donne un rendez-vous ? Non ! Je ne suis pas prête à revivre l'état surnaturel de tout à l'heure, et encore moins à surpasser la honte de m'être enfuie !

– Je suis désolée. Je ne peux pas. Je vous propose de la laisser chez Mme Ackerman, je la récupérerai à l'occasion.

Je ne viens pas de refuser ?! Je n'ai pas fait ça ! Si ?!

– Je tiens vraiment à vous la rendre en main propre, enchaîne-t-il aussitôt. Je ne voudrais pas qu'elle soit égarée. Je me sens responsable, c'est pour épargner mon bracelet que vous avez dû vous dévêtir, insiste-t-il avec ce soupçon moqueur qui le caractérise et qui me fait rougir jusqu'aux cheveux. Et puis je vais devoir quitter Paris prochainement, conclut-il.

Comment ça ?! Pour toujours ? Je ne le reverrai peut-être plus…

– Bon ! Si vous y tenez… Très bien… Je… Nous… Enfin… Voilà… D'accord.

Est-ce qu'il a compris que ça voulait dire oui ?!

– Je vous attends au Soleil, c'est le nom du restaurant, précise-t-il en riant, rue Oberkampf dans le onzième. Vingt heures trente.

Et il raccroche alors que moi j'ai juste l'impression de décrocher d'une paroi montagneuse de 3 000 mètres. J'ai rendez-vous avec Brando, Johnny Depp et Jim Morrison réunis, dans deux heures ! C'est bien le temps qu'il va me falloir si je veux retrouver une apparence d'*Homo sapiens* femelle ! Pour le moment, l'image que me renvoie le miroir est d'une espèce indéterminée qui a cru gruger l'évolution en enfilant une jupe !

Mais qu'est-ce que je vais dire à Lucas et Jo ?

Sans réfléchir, je retourne dans la salle commune. Quitte à mentir, autant que ce soit sur le vif, ce sera plus naturel. Je rejoins à la cuisine en affichant une mine blasée et leur annonce que je ne peux pas passer la soirée avec eux : Louane, l'une des dirigeantes de Woolf éditions, organise une soirée spéciale « feu d'artifice ». Elle habite aux Invalides. Je ne peux pas refuser. C'est le boulot !

Je m'étonne ! Où suis-je allée chercher tout ça ?

Je n'ai pas le temps de me poser davantage de questions car Lucas frappe un grand coup de cuillère contre l'évier et me fait sursauter. Après une bonne dizaine de jurons qui n'ont rien de commun avec « saperlipopette », il tente de me culpabiliser :

– J'ai préparé un festin ! Ça m'a pris tout l'après-midi ! De l'anguille ! Et on devait aller voir le feu d'artifice ensemble comme chaque année !

– Mais arrête ! On se croirait dans *Cauchemar en cuisine*, note Jo, toujours sagace.

Et la preuve, puisqu'elle ajoute, un petit sourire en coin sur son rouge à lèvres sombre :

– S'il y a anguille, elle est sous roche… tu vois bien qu'elle n'est pas comme d'habitude…

Voilà ce que c'est que d'avoir des amis perspicaces !

Je préfère ne pas argumenter, je m'enfoncerais. Je secoue la tête en riant, soupire un vague « n'importe quoi » et tourne les talons pour aller prendre le bain qui s'impose, autant pour laver mon corps que mon âme damnée de menteuse !

Au détergent !

3
INSOLATION FULGURANTE

Pourquoi ai-je remis ces foutus escarpins ? Pour gagner quelques misérables centimètres et me donner de l'assurance ? Sans effet : j'ai l'impression d'avoir 14 ans, d'aller à ma première boum quand je me demandais encore comment on embrassait les garçons !

Point positif : je n'ai plus d'appareil dentaire.

Ou bien pour me concentrer sur la douleur de mes voûtes plantaires et oublier que je n'ai émis qu'une seule objection avant de m'empresser d'accepter le rendez-vous ?

J'ai tout d'une fille aux abois ! Et ce top à bretelles beige, ce jean « galbant super-plus » n'arrangent rien.

Je descends la rue en traînant le pas, surtout ne pas arriver la première ! Je ne veux pas que « Brando » s'imagine que je suis pressée de le revoir. Je viens juste récupérer ma veste.

J'arrive devant le restaurant bondé en ce vendredi soir. De la musique et des rires s'échappent des grandes baies vitrées ouvertes sur la rue. Toute une jeunesse insouciante s'amuse et fraternise. Je me demande comment ces gens font pour être si décontractés ? Je suis plus tendue qu'un fil à linge ? C'est sans doute qu'ils n'ont pas tous rendez-vous avec l'homme qui m'a bouleversée ce matin.

Bien se souvenir que mon trouble n'est QUE chimique !

Je passe devant la vitrine pour tenter de l'apercevoir. Je ne veux pas rentrer et avoir à le chercher, plantée sur le pas de la porte. J'ai l'impression que mon cœur a triplé de volume, qu'il a envahi toute ma poitrine mais qu'il ne bat pas pour autant. Je me sens faible, comme si j'allais tomber, quand soudain je le vois ! Il est installé à une table près de la fenêtre et regarde la carte.

Mon cœur s'est remis à fonctionner normalement mais il vient de descendre dans mon ventre !

Il est pile vingt heures trente. Je me déteste d'être aussi ponctuelle ! Il ne m'a pas vue. Je me fais la plus discrète possible, repère une planque et cours me cacher dans la boutique de bijoux indiens juste en face.

Pourvu que la fumée d'encens me « zénifie » !

Je salue la vendeuse et fais semblant d'admirer les plastrons posés sur le présentoir, mais je guette Alec. Il est vraiment trop sexy ! Il regarde de temps en temps autour de lui en passant la main dans ses cheveux, peut-être qu'il me cherche et s'impatiente.

J'adore cette idée !

Tout à ma contemplation, je me retrouve bientôt pratiquement collée à la vitrine. Je devrais peut-être en rester là. J'ai la confirmation que cet homme est absolument irrésistible ! Pas la peine d'aller chercher plus loin. Le truc que j'ai ressenti ce matin et qui perdure n'est jamais que la conséquence normale d'une rencontre avec le symbole contemporain de la virilité.

C'est sociologique ! Finalement, mes études n'auront pas été vaines.

En même temps, c'est l'occasion d'en savoir davantage sur sa patronne. Peut-être qu'il pourrait me donner quelques pistes pour finir de convaincre Sarah Ackerman. Si je traverse la rue pour aller m'asseoir en sa compagnie, je ne fais que prouver mon engagement professionnel !

La serveuse qui arrive à la table d'Alec ne fait, elle, que conforter ma décision d'aller le rejoindre. Elle se trémousse comme un ver luisant ! Mais qu'a-t-elle besoin de se pencher sur lui pour détailler la carte ?! Je me redresse et, manquant à toute civilité, quitte la boutique sans même un merci !

Quand je pénètre dans l'établissement, je fais en sorte de ne pas le repérer tout de suite. Je fais même mieux : je regarde exactement à l'opposé. J'essuie mes mains moites en les glissant dans les poches arrière de mon jean. C'est évidemment une attitude très naturelle !

J'essaye de réguler ma tension artérielle quand, sans prévenir, Alec le magnifique se déploie devant moi. Il est toujours aussi grand que tout à l'heure et toujours diablement cool. Il a troqué son tee-shirt déchiré et son vieux jean contre un polo blanc cintré et un pantalon de toile brune. Je ressens instantanément les mêmes symptômes que le matin, majorés par les effluves divins d'un grand parfum. J'accroche un sourire sur mes lèvres desséchées par le trac et feins la surprise.

– Heureusement que j'étais sûr que vous viendriez, me sourit-il en me regardant droit dans les yeux, je commençais à trouver le temps long.

Il m'énerve déjà !

Comme s'il voulait me torturer, il pose une main dans mon dos et me guide vers sa table. Si au moins il y avait un pare-feu dans les parages, ça m'éviterait de brûler quelqu'un.

Alec tire l'une des deux chaises libres, m'invite à m'asseoir puis s'installe face à moi. Ses jambes sont si longues qu'il se tient de côté, les bras croisés, il me regarde, œil brillant et petit rictus. Il a un air aussi désinvolte que magnétique… et une barbe naissante qu'il n'avait pas ce matin.

C'est de la triche, il n'a pas le droit d'ajouter des facteurs « charme » !

J'ai l'impression qu'il attend que je dise quelque chose, je n'ai toujours pas prononcé un mot. J'ai trop peur de lui sortir une banalité désolante. Je ne sais pas où je trouve le courage de le fixer sans ciller. Certainement dans la teinte ambrée aux éclats d'émeraude, unique, de ses prunelles.

– Je suis désolé de vous avoir mis en retard tout à l'heure, commence-t-il après d'interminables secondes de silence.
– En retard ? demandé-je sans comprendre, en redressant mon dos et en croisant mes mains sous mon menton.

Ah bravo ! swag attitude…

– Oui, vous êtes partie si vite, j'en ai déduit que vous alliez chercher une vieille tante à la gare…

Hein ?

Deux théories s'opposent : la première, il croit vraiment à ce qu'il dit et s'imagine que j'ai une tantine en province ! La seconde : il se doute que je n'assume pas du tout ma fuite et me tend une perche pour qu'on passe à autre chose. Je choisis la seconde.

– Une cousine, en fait… Elle arrivait de…

D'où ?!

– Bretagne ! achève-t-il à ma place avec ce calme souriant, un brin supérieur, qui me sidère.

– De Bretagne, c'est ça ! conclus-je comme hypnotisée.

Alec persiste à me regarder, les paupières légèrement plissées, ses longs doigts battent le rythme d'un tube de Miley Cyrus sur un coin de table. Il fait chaud. Je me sens fondre ! Je vais finir par m'étaler sur ma chaise comme du beurre mou ! Et il en remet une couche :

– Votre cousine a bien voyagé ?

Erratum : trois théories, dont celle-ci, la plus probable : il se fout de moi !

– Oui, merci ! réponds-je un peu sèchement. Miley a bien voyagé !

Miley ?! Je savais qu'il fallait que j'en dise le moins possible !

– Et dire que Miley a failli attendre à cause de mon bracelet qui a rencontré un des boutons de votre veste, soupire-t-il alors que la serveuse vient prendre la commande.

C'est un sous-entendu ou je ne m'y connais pas ?!

La libellule prend note en dévorant Alec du regard. Si je suis servie, j'aurai de la chance, je doute qu'elle m'ait vue. Par chance, elle retourne vers le bar.

– Est-ce que vous connaissez l'hypothèse selon laquelle les objets auraient une âme ? me questionne soudain Alec.

– Non, je ne crois pas, dis-je totalement sous son charme.

– Ils emprunteraient l'esprit de leur propriétaire et agiraient en leur nom, continue-t-il.

– Ah, oui ? ponctué-je en me servant un grand verre d'eau que je vide d'un trait dans l'espoir de refroidir le moteur.

– C'est passionnant, vous ne trouvez pas ?

– Oui, passionnant ! murmuré-je, hallucinée.

Je ne vais pas répéter tout ce qu'il dit !

– Mais il faut que je vous fasse un aveu, continue-t-il, feignant la confusion.

Je frémis !

– J'ai oublié votre veste ! s'excuse-t-il en plongeant ses yeux dorés au fond des miens qui doivent être ceux d'un merlan frit !

Est-ce qu'il l'a fait exprès pour me revoir ? Hum !

La libellule revient, et décide de faire goûter le vin à Alec. Je reste béate d'admiration et me rêve en grand cru quand il fait tourner l'alcool au fond de son verre, le sent, l'aspire entre ses lèvres, le garde un moment en bouche avant de l'avaler.

Appelez l'Immigration ! Cet Américain est une atteinte à la moralité publique !

Nous trinquons ensemble. La magie du vin fait rapidement son effet et me détend un peu. Si je n'ai pas été très bavarde jusqu'ici, voilà que maintenant je suis un vrai moulin à paroles. Je me sens étrangement à l'aise. En plus d'être beau et sexy, Alec est infiniment drôle et plein d'esprit.

– Il y a longtemps que vous travaillez pour Sarah Ackerman ? demandé-je par curiosité et pour ne laisser aucun blanc qui pourrait trahir mon état.

Ça a l'air de le surprendre, que j'évoque le sujet. Il se mordille la lèvre inférieure et s'apprêtant à me répondre, je l'arrête aussitôt.

– Excusez-moi, vous n'avez pas envie de parler boulot, évidemment !

– Non, ce n'est pas ça, reprend-il en regardant au-dehors. C'est que…

– Je comprends, le coupé-je aussitôt, mais j'ai pourtant envie d'en savoir davantage sur la milliardaire. Mme Ackerman m'a semblé farfelue, continué-je. Je ne m'attendais pas à… ça !

– C'est une perle ! s'exclame-t-il. Sarah est quelqu'un qui ne se prend pas au sérieux et qui considère son personnel comme membre de la famille.

Tiens, il l'appelle par son prénom.

– Et vous êtes en poste essentiellement place des Vosges ?

– Eh bien, hésite-t-il encore, je suis principalement à New York.

Bon. Le seul homme qui ait éveillé à ce jour mon instinct de reproduction réside à 8000 kilomètres. Bien que je tente de rester de marbre, je cache mal ma déception. Est-ce pour ça qu'il ajoute :

– Mais je viens assez souvent à Paris.

Ça change tout ! La possibilité d'une étreinte par trimestre, c'est juste le nirvana !

La soirée se prolonge, tiède et follement agréable. Alec à son tour me pose des questions. Il veut savoir ce que je fais dans la vie. Je lui parle de mon job d'assistante d'édition, de mes études de socio qui n'ont pas révélé de vocation particulière, et bien sûr de la raison pour laquelle j'étais chez Sarah Ackerman. J'hésite à lui demander de plaider en ma faveur puis renonce.

– Vous êtes auteure ? me demande-t-il subitement.

Il me fixe, une lueur tendre et mystérieuse dans les yeux, avant de boire sensuellement une gorgée de vin.

– Non, pas vraiment, rétorqué-je. Je gribouille, rien de plus. Mais qu'est-ce qui vous fait penser ça ?
– Votre façon de vous exprimer, votre côté un peu décalé, rêveur et à l'évidence très déterminé, me répond-il en caressant ses lèvres du bout des doigts. Je sais reconnaître le talent, vous ne devriez pas vous sous-estimer. Qu'est-ce que vous écrivez ?

Ce type a une façon de poser des questions qui appelle automatiquement des réponses.

– J'ai écrit quelques nouvelles, mais en ce moment je prends surtout des notes en vue d'un roman… conclus-je déjà gagnée par l'ivresse et infiniment flattée qu'il s'intéresse à moi.

– Vous avez proposé votre travail à des éditeurs ? persiste-t-il.
– Non !
– Pourquoi ? Vous n'avez pas confiance en vous ?

De quoi je me mêle ? C'était pourtant bien parti…

– Pas du tout, protesté-je ! Enfin oui, je veux dire !

Ouh là !

– Alors faites-le ! lâche-t-il en croisant les bras sur son torse. En fait, vous êtes pleine d'assurance mais vous avez peur qu'on vous dise non.
– Certainement pas !

Il est devin, c'est pas vrai !

– Je suis sûr qu'on vous dirait oui ! enchaîne-t-il aussitôt en me servant un autre verre. Allez-y, demandez-moi quelque chose ?

J'ai déjà le vertige, est-ce bien raisonnable de boire encore ?

– Que voulez-vous que je vous demande ? pouffé-je en prenant l'air détaché avant de porter le verre à ma bouche.
– Ce que vous voulez. Prenez ça comme un entraînement, me susurre le démon en face de moi.

Si c'est juste un training… Voulez-vous coucher avec moi, par exemple ?

– Je ne sais pas… bafouillé-je. Passez-moi le sel !
– Non ! répond Alec fermement, en plongeant ses yeux au fond des miens.
– Mais pourquoi ?! m'emporté-je, comme s'il m'avait donné une gifle.
– Ah vous voyez ! me taquine-t-il, victorieux. Vous n'aimez pas qu'on vous dise non, j'en étais sûr. Le sel, c'est très mauvais pour le cœur.

C'est possible, le mien bat à tout rompre.

Pour la première fois de la soirée, j'ose le fixer. D'abord surpris, il me regarde simplement. Il n'y a plus l'ombre d'une raillerie sur ses traits harmonieux. On se contemple, indifférents aux bruits alentour, étonnés de ce qui nous arrive.

Je n'ai plus peur de mon silence. Je ne pense plus à ma coiffure. Je ne suis plus en face de Mr Brico-sexy dans un bar branché de la capitale. Je suis en pleine voltige au-dessus du monde avec Alec, l'homme que j'ai rencontré ce matin et dont je suis en train de tomber amoureuse.

Enfin je crois…

– Faites-moi une demande à laquelle je pourrais dire oui, murmure-t-il, la voix éraillée.

À ce stade, ce n'est plus de la voltige, c'est de l'expérimentation dans un accélérateur de particules ! Tout se retourne en moi. Je sens mes lèvres frémir, mes entrailles palpiter, mon sang s'embraser. Je brûle ! Il faut m'éteindre. Mais qu'est-ce qui m'arrive ? Je n'ai jamais rien ressenti de tel ! Ce n'est pas le moment. Ce type va me briser le cœur. Il ne sera plus à Paris dans quelques jours. Non vraiment, même si j'ai une envie folle de passer du temps avec lui, il vaut mieux que je rentre.

– Je voudrais que vous me raccompagniez jusqu'à un taxi, laissé-je tomber d'une voix blanche, je me lève tôt demain matin.

Comment briser le charme en une leçon !

Je m'excuse et file aux toilettes m'asperger d'eau froide. Je me jette machinalement un coup d'œil dans le miroir, le désir me va plutôt bien. J'ai un teint radieux ! Je souffle un bon coup et retourne dans la salle. Alec est en train de payer au bar. Il a enfilé sa veste et a pris soin de prendre mon sac à main. Il me le tend. Je comprends qu'on ne revient pas s'asseoir. Je le remercie, il me fait un signe courtois en retour mais fuit mon regard.

Nous remontons la rue vers Ménilmontant, côte à côte en évitant de nous toucher, sans un mot, mais une force irrésistible m'attire vers lui. De temps en temps, nos bras se frôlent et m'électrisent. Trois taxis au moins passent sur la chaussée sans que ni lui ni moi n'en arrêtions un seul. J'ai envie de lui demander comment il se fait qu'il soit bilingue mais renonce, gênée d'avoir interrompu brutalement le dîner.

Je regrette déjà !

La côte est rude. Je m'arrête pour reprendre mon souffle. Alec s'en amuse et m'attrape par la main pour m'aider à monter. Je sens ses doigts se presser autour des miens. C'est délicieux. Je suis si bien avec lui. J'ai comme l'illusion de le connaître depuis toujours.

C'est quand l'héroïne dit un truc pareil qu'en général je pouffe !

Soudain je trébuche et encore une fois Alec me rattrape. Comme le matin, nous voilà enlacés, nos visages proches à se toucher. Je frissonne et cette fois encore ferme les yeux dans l'espoir d'un baiser.

– Vous êtes gelée ! s'exclame-t-il en se reculant.

Il ôte sa veste, passe derrière moi et la dépose délicatement sur mes épaules.

– Vous êtes une petite nature, me raille-t-il dans mon dos en soufflant sur ma nuque, on est en pleine canicule !

Le froid après le chaud. Imprudent ! Ne sait-il pas que c'est ainsi qu'on fusionne les atomes ?

Soudain une fusée éclate au loin, au-dessus de la tour Eiffel. J'avais presque oublié que c'était le 14 juillet ! Des gens crient de joie. Alec est derrière moi. Si au moins maintenant j'osais lui faire une demande qu'il ne pourrait pas refuser ! Du genre : embrassez-moi !

C'est le moment qu'il choisit pour me demander ce que je pense du feu d'artifice qu'il a commandé en mon honneur. Il est vraiment aussi désopilant qu'irrésistible. J'éclate de rire, me tourne vers lui, bien décidée à lui envoyer une vanne, mais quand je me retrouve face à son visage, je me jette à son cou et l'embrasse au milieu des passants.

Alec me rend immédiatement un baiser fougueux. Nos lèvres se découvrent, attentives au moindre détail. Nos langues se cherchent et se trouvent enfin. Je ne peux retenir un long soupir de bonheur quand il me serre contre lui. Je l'enlace, ses mains étreignent mes épaules, quand il m'entraîne à l'abri d'une porte cochère.

Là, sous un porche, dans la pénombre, Alec me plaque contre un mur et laisse glisser ses lèvres brûlantes sur mon cou. Une ivresse passionnée et incontrôlable se saisit de nous, entrecoupée de souffles sonores et de gestes désordonnés.

Alec glisse sa main sous mon top et commence à caresser mes seins. Un éclair de lucidité me traverse : ça va trop vite, ce n’est pas le lieu. Il faut que je l’arrête immédiatement. Je ne suis pas sûre de pouvoir dire non si ce plaisir se prolonge. Mon ventre se tord d’un désir voluptueux et totalement inédit. Mes mains s’égarent dans sa chevelure. Le désir est si fulgurant que j’en suffoque, mais soudain mes pensées me ramènent à la raison !

Est-ce qu’il a des préservatifs ? Je le connais à peine ! Je ne peux pas faire l’amour avec un inconnu dans un hall d’immeuble le jour de la fête nationale !

Je le repousse, essoufflée et confuse, en bredouillant que ce n’est pas possible. Pas ici ! Pas comme ça ! Alec me fixe dans le noir mais je peux sentir son regard acéré. Il ne dit rien, la respiration saccadée, il reste immobile. Puis d’une voix que je ne lui ai pas encore entendue, froide et catégorique, en remettant de l’ordre dans ses cheveux, il lâche :

– Oui, en effet, ce n’est pas possible. Ni ici ni ailleurs.

Ces mots me transpercent de douleur. Je ferme les yeux pour retenir mes larmes. Le bruit de la lourde porte d’entrée claque et me fait sursauter. Faites qu’il ne soit pas parti ! J’ouvre les paupières. Alec a disparu, me laissant désemparée, le corps tourmenté et le cœur en lambeaux.

4

FAMILLE : ARCHAÏSME PERSISTANT DE NOS JOURS

Trois impacts de projectiles non identifiés. Six traces grises d'origine indéterminée et deux trous de perceuse, dont l'un est encore garni d'une cheville. Voilà l'état des lieux du plafond de ma chambre.

Je n'ai pas fermé l'œil de la nuit et je n'ai pas pu éviter de me repasser le film de la veille. Ça a commencé comme une farce burlesque pour virer à la comédie romantique avant de sombrer dans le mélo où l'on pleure à la fin !

Après que le sale macho – dont je ne prononcerai jamais plus le nom – m'a plaquée dans une cour d'immeuble, j'ai fini par prendre un taxi pour rentrer chez moi. Par chance, Lucas et Jo n'étaient pas encore rentrés.

Au moins je me serai épargné un interrogatoire !

Mais vient un moment où il faut se lever. Même si je resterais volontiers couchée jusqu'à vingt heures à ne rien faire d'autre que l'inventaire détaillé des taches sur les murs. Je dois me préparer pour vivre la deuxième journée la plus pourrie de ma semaine après celle d'hier : l'anniversaire de mariage de mes parents !

J'enfile mon vieux tee-shirt, celui qui n'est pas fait pour booster mon ego mais dans lequel je me sens en sécurité et me traîne pour aller rejoindre la machine à café. Quand j'ouvre la porte qui sépare les chambres de la salle principale je me retrouve en plein concert d'Iggy Pop !

À huit heures du mat' et dans mon état pré-dépressif, j'estime avoir droit à un peu plus de sérénité !

Sous le regard dubitatif de Lucas qui tente de fermer un sac de voyage, je fonce sur la chaîne, stoppe le CD et envoie Radio Classique. Jo qui était en train de se tortiller en déchirant méthodiquement sur ses cuisses les restes d'un collant, déjà bien amoché, s'apprête à protester puis renonce.

Je dois avoir ma tête de tueuse en série.

Direction la cuisine. Sans un mot, je me fais couler un double expresso. Je me demande ce que mes colocataires font debout si tôt, puis je me souviens que c'est ce week-end qu'ils partent dans le Cotentin avec Ana, la mère de Jo, et ses deux jeunes sœurs. Le père de Lucas y possède une résidence secondaire et la laisse à disposition de son fils.

Je m'assieds sur le rebord de l'évier et déguste mon café. Sans effet bénéfique sur mon humeur. Il est manifeste que Jo et Lucas brûlent d'envie de connaître les détails de ma soirée. Ils se rapprochent subrepticement de moi. L'une a l'envie pressante de passer l'éponge sur la table, qui ne présente pas de souillure particulière, et l'autre la regarde faire.

C'est vrai que c'est instructif !

Je sens bien qu'ils attendent que je dise quelque chose. Mais je reste muette en écoutant la voix de la Callas chanter le désespoir amoureux de Norma.

Je crois que je vais exploser la chaîne !

Leur patience ayant des limites, Jo rompt le silence la première.

– C'était bien, hier soir ?

– Super ! réponds-je, laconique et changeant prudemment de sujet, je regrette sincèrement de ne pas pouvoir vous accompagner en week-end.

– Ce sera pour une autre fois, temporise gentiment Jo.

– Dans le Cotentin, il fait beau deux jours par an et c'est aujourd'hui et demain, intervient Lucas. En plus pour une fois qu'Ana et les filles viennent avec nous…

– Ne remue pas le couteau dans la plaie ! le coupe Jo. Aujourd'hui c'est barbecue chez les Gentillac, ironise-t-elle.

– Tu parles ! Plutôt ambiance *garden party* à l'Élysée, soupiré-je. Ça m'étonnerait que ma mère ait prévu des merguez.

– Alors qu'Ana, elle, elle va nous faire la zarzuela ! persiste Lucas.

– Mais tu ne penses qu'à bouffer ! le chambre Jo. Je me demande ce que tu compenses.

Et c'est parti pour la chicane ! Au moins ils ne me poseront plus de questions.

Pendant que Jo et Lucas se chamaillent je repense à nos années lycée. Quand Jo et moi nous disputions les premières places et que Lucas était à la traîne. Ça n'a pas vraiment changé. Nous formions déjà un improbable trio. Jo, brillantissime, la seule fille de concierge dans cette classe peuplée essentiellement d'enfants de l'élite. Lucas, fils unique et gâté par un père souvent absent et une mère malade, et moi, la petite-bourgeoise, obsédée par son livret de notes, ses parents trop stricts et son appareil dentaire !

Après l'école, Lucas et moi allions nous réfugier chez Ana, la mère de Jo, qui était un peu la nôtre aussi. Du moins celle que j'aurais rêvé d'avoir. Attentive, drôle, toujours tendre, sans jugement, elle irradiait autour d'elle la joie et la simplicité ! Quand on rentrait dans son appartement de fonction, on pénétrait dans cinquante mètres carrés d'amour, de musique et d'huile d'olive ! Le paradis ! Et son veuvage précoce n'y avait rien changé. C'est encore comme ça aujourd'hui.

Lucas me tire de ma rêverie en me mettant sous le nez son plat de la veille. Il tient absolument à ce que je goûte.

Au risque de le vexer, je refuse. Je suis désolée mais je n'ai pas envie de déguster de l'anguille à huit heures trente du matin !

Sans doute dans le seul but de se venger, Lucas me pose la question fatidique. Enfin plutôt une rafale de questions. Jo reste en retrait et observe. La soirée était-elle sympa ? Qui était présent ? Qu'avons-nous mangé ? Comment était le feu d'artifice vu des Invalides ?

Je lutte de toutes mes forces pour éviter de penser à ce que je faisais à ce moment-là et réponds scrupuleusement à tout. Je donne même des détails sur l'étage de l'appartement fictif et pousse le vice à préciser la marque du champagne !

Je pourrais écrire des romans policiers, je ne suis pas trop mauvaise en alibis...

– Et les cascades lumineuses ? me demande Jo d'un ton détaché, en glissant une tranche de pain dans le toaster. Elles devaient être magnifiques, vues des Invalides !

– Oui, c'était merveilleux ! Je n'ai jamais rien vu d'aussi beau, murmuré-je en me remémorant Alec et la beauté de ses traits.

– Il n'y avait pas de cascade cette année ! termine-t-elle, victorieuse, alors que la tartine saute comme un diable du grille-pain.

Elle m'a piégée !

– Tu nous as menti ! s'indigne Lucas en me pointant du doigt, alors que je suis toujours assise sur le rebord de l'évier. Où étais-tu ?

– Mais c'est la police judiciaire ici ! m'exclamé-je en me redressant d'un bond.

– Pas du tout, dit calmement Jo, mais je te rappelle que nous avons signé un pacte de transparence, nous devons tout nous dire.

– La prochaine fois, fais-moi penser à ajouter une clause de non-ingérence !

Avant d'avouer, lasse de mentir :

– Et puisque vous voulez savoir, j'ai dîné avec un homme !

Je le leur aurais dit tôt ou tard...

Je regagnerais bien ma chambre mais l'expression hagarde que je lis sur leur visage me retient. Ils restent muets, les bras ballants et la bouche ouverte sur un cri de surprise qui n'a pas éclaté. En revanche, la *Neuvième* de Beethoven explose à la radio comme pour souligner le caractère surnaturel de ma révélation.

Pom-pom-pom-pom !

– Tu as accepté l'invitation d'un homme ? me demande Lucas, sidéré, en se laissant choir sur le banc de la cuisine.

– Oui ! Et alors ? Pas de quoi publier l'info sur Twitter ! m'énervé-je.

– Attends un peu, s'immisce Jo, on parle bien de la même chose ? Tu es sortie avec un être vivant masculin/singulier susceptible d'avoir du poil au menton et une bosse dans le slip ! C'est bien ça ?

Lucas et Jo éclatent de rire. Je dois bien reconnaître que si je n'étais pas d'humeur massacrante, je rirais volontiers.

– Oui, soupiré-je en m'asseyant autour de la grande table rectangulaire en bois vernis, on parle bien de ça. Un homme, un mec, un type, un jules…

Un brise-cœur !

– On le connaît ? demandent ensemble mes camarades.
– Non. Et d'ailleurs c'est inutile d'en parler, dis-je pour couper court. C'était juste un test.

Ah bon ?!

Je cherche quelques détails supplémentaires, convaincants et pas trop ridicules.

– Le type n'était pas terrible, c'est sûr, je voulais savoir si ça allait me faire un truc mais rien de nouveau ! Ça me laisse froide.

Quelle mauvaise foi !

– C'est que tu es sortie avec un blaireau ! conclut Jo, fataliste. C'est pas grave. Tu finiras par le croiser, l'homme de ta vie.

Un blaireau ? un étalon, oui ! Et si c'était lui justement, l'homme de ma vie, et que c'est déjà fini ?

Cette pensée me tord les entrailles. Je sens des larmes me monter aux yeux. Jo le découvre, remonte ses mains aux ongles jaune fluo vers son visage et s'écrie, épouvantée :

– Merde ! Tu es amoureuse !

Y a des fois, j'aimerais partager une cellule avec des gens qui ont fait vœu de silence !

– Jamais de la vie ! Ce mec m'est indifférent et je ne le reverrai plus, protesté-je en retenant mes sanglots.

Et pour bien les renfoncer dans ma gorge, je goûte à l'anguille au safran.

Beurk !

Soudain j'entends mon portable siffler. Ça vient de ma chambre !

– Un SMS ! m'écrié-je, limite hystérique, avant de courir le consulter.

Voilà la preuve indéniable que je suis amoureuse ! Avec le niveau sonore de la radio, seule une femme qui espère un signe de l'homme qui l'a plaquée la veille peut percevoir la sonnerie de son téléphone à l'autre bout d'un loft de cent cinquante mètres carrés !

J'ai reçu un message, en effet, mais pas celui que j'espérais :

[12 h 30. Et je te rappelle qu'une tenue correcte est vivement recommandée. Ta mère]

Je t'avais reconnue, maman !

Je m'en veux d'espérer un coup de fil d'A… enfin de ce type ! Machinalement, pour me punir, je me pince le dessus de la main gauche. C'est décidé, dès que « sexy man » me viendra en tête, je me torturerai la main ! Il faut que je passe à autre chose ! Mais quand sur le dossier de la chaise de mon bureau, je vois sa veste, celle dont il m'a couverte hier soir, j'ai bien du mal à ne pas me jeter en pleurant sur le lit.

Je fourre son pardessus au fond du placard, souffle un bon coup et retourne dans la salle principale. Ana, la mère de Jo, est arrivée. Elle m'ouvre chaleureusement ses bras. Son étreinte maternelle me réconforte comme par magie. J'aimerais lui raconter mes tourments et comment mon petit *corazón* est blessé, mais ce n'est pas le moment.

Deux agents infiltrés sont dans la pièce, prêts à se saisir du moindre tuyau.

Ana, un mètre cinquante d'énergie positive et d'intuition, prend mon visage entre ses mains. De sa voix cassée aux accents ibériques, elle me demande :

– Ça va, toi ?

– Je regrette de ne pas pouvoir venir avec vous ! Je dois aller chez mes parents. Sinon, ça va très bien.

Je vois dans le noir pétillant de ses yeux qu'elle ne me croit pas une seconde mais qu'elle préfère ne rien dire. Elle noue ses cheveux teints en rouge qui lui donnent l'allure d'un piment et soupire, fataliste :

– *Querida*, tu sais, la famille, c'est compliqué mais c'est important ! On a besoin de ses racines, ne serait-ce que pour les planter ailleurs.

Je médite cette pensée pleine du bon sens typique d'Ana, quand elle lance à la cantonade qu'il est temps de partir, Eva et Lola, ses deux plus jeunes filles, les attendent dans la voiture. Tous m'embrassent et le petit groupe s'ébranle joyeusement dans l'escalier.

Debout sur le pas de la porte, je dis au revoir à mes amis. Ils vont me manquer, même si ce sont d'incorrigibles fouineurs. Je sais qu'ils ne seront pas encore sur l'autoroute que Jo et Lucas auront livré leur scoop : Romane a flashé sur un mec !

Mais ils n'en sauront pas davantage. Je compte bien rayer de ma mémoire la journée d'hier !

Aïe ! Je me suis pincée trop fort !

***

Quand on sonne à la grille du pavillon de mes parents, dans la banlieue chic parisienne où j'ai grandi, on a l'impression d'être dans la salle d'attente d'un aéroport. Boudinée dans mon ensemble pantalon bleu marine, vestige de l'époque où je vivais chez eux et où je devais avoir trois kilos de moins, j'ai tout d'une hôtesse de l'air.

J'ai respecté le *dress code* dictée par ma mère !

– Tu es en retard, me fait-elle remarquer en venant m'ouvrir.
– Bonjour, maman !

Moi aussi je suis contente de te voir…

Marie-Béatrice Gentillac – MarieB pour les proches – m'accueille vêtue de la seule tenue que je lui connais : Un tailleur Chanel décliné en différents coloris selon les saisons. Aujourd'hui elle porte le bleu, il est assorti à ses yeux et s'accorde avec sa coupe au carré grisonnante impeccable. Nous nous saluons de quatre bises distantes et je la suis dans l'allée qui mène jusqu'aux trois marches de l'entrée.

Depuis la dernière fois que j'ai mis les pieds chez mes parents – cela fait plus de six mois – le décor n'a pas changé. Toujours le grand miroir doré dans le salon au-dessus de la cheminée, les divans tapissés de velours, le tapis écru et les deux fauteuils Voltaire, dont celui de mon père.

Son journal est posé dessus en signe d'appartenance exclusive.

Xavier Gentillac, mon paternel, vient à son tour à ma rencontre. Costume gris, sobre et élégant, cravate rouge, il a fait tomber la veste.

C'est quoi, ce laisser-aller ?!

Il ne fait pas son âge malgré ses cheveux argentés et ses lunettes en fer. On a du mal à croire qu'il a bientôt 60 ans. Ma mère, pourtant de six ans plus jeune, fait presque plus vieille que lui.

Je lance un sourire un peu crispé à mon père pendant qu'il me détaille avant même de m'embrasser. J'ai toujours rêvé qu'il me prenne dans ses bras. Mais ce n'est pas le genre de la famille. La rigueur et la distance, voilà les deux mamelles de la bonne éducation chez les Gentillac.

Et la discrétion, gage de réputation sans tache !

J'aimerais bien me débarrasser du bouquet de fleurs et des cigarillos que je destine respectivement à ma mère et à mon père, mais ils sont plantés devant moi et m'inspectent. Papa est un grand chirurgien, une pointure, comme on dit. Même hors de sa clinique, il garde des réflexes professionnels. Son diagnostic tombe enfin et il est sans appel :

– Tu aurais pu mettre d'autres chaussures !

Ils voient vraiment tout sauf les détails importants.

Eh oui, c'est vrai, j'aurais pu, mais j'ai les pieds en compote à cause de mes foutus escarpins ! J'ai préféré enfiler mes Converse roses !

J'ai une envie subite de me pincer ! Mr Macho-sexy vient de m'apparaître dans un flash, accoudé nonchalamment à la cheminée !

Autant pour le chasser de mon esprit que pour échapper au malaise qui me rappelle trop celui de mon enfance, j'offre les dahlias à ma mère et tends la boîte de Montecristo à mon « papa » en leur souhaitant : « Joyeux anniversaire ! »

Sourire emprunté + hochement de tête = merci mais il ne fallait pas.

Nous traversons la cuisine pour aller rejoindre le grand jardin à l'arrière de la maison. Ma mère, en passant, pose le bouquet au bord de l'évier sans le mettre dans un vase et nous voilà sur la terrasse où une jolie table est dressée. Je pose mon sac sur une chaise, m'empare de mon téléphone et le coupe aussitôt.

Non, je n'attendrai pas qu'Alec m'appelle ! Ouille !

Wandrille, mon frère de sept ans mon aîné – « Wando », pour tout le monde – est allongé dans un transat installé sur la pelouse. Il se détend en regardant son épouse Alice s'occuper de leurs deux enfants. Léonard, 3 ans, visiblement encore plus insupportable que la dernière fois, et Juliette, 5 ans, petite blonde à tresses, adorable.

– Ton frère a besoin de se reposer, me confie ma mère de cette voix pleine de fierté qu'elle prend quand elle parle de lui. Il a des journées harassantes depuis que maître de Thyli l'a choisi pour être son bras droit au cabinet d'avocats.

Mes doigts se crispent sur la balustrade en marbre blanc qui entoure la terrasse et d'où ma mère contemple sa chère progéniture. Si elle prononce encore une fois ce nom, « Thyli », je pars immédiatement !

Dix minutes et je n'ai déjà plus envie d'être là !

– Mais je rêve ou c'est ma sœurette qui nous fait l'honneur de sa présence ! s'exclame mon frère en venant nous rejoindre, la démarche sportive, sa petite tribu sur les talons.

Je me fends d'un « salut, ça va ? » un peu sec. C'est fou comme il ressemble de plus en plus au Ken de Barbie ! Je brûle d'envie de lui faire une réflexion sur ses nouvelles lunettes à montures extra-larges mais le gros bisou tendre de ma nièce me ramollit comme un caramel.

Avec Juliette accrochée au cou, j'embrasse ma belle-sœur, une fille sympa et discrète que j'ai toujours bien aimée. Je tente une approche vers Léonard dans les bras de sa mère, mais il me colle une droite digne de Rocky Balboa !

– C'est pas bien de taper tata ! le sermonne sa sœur.
– S'il te plaît, Juliette, gronde mon père, arrête donc de chercher Léo !

Pas de doute, tout est en place !

Le schéma familial se répète à l'identique. C'était déjà comme ça quand mon frère et moi étions plus jeunes. Tout lui était permis tandis qu'on ne me passait rien ! Mes parents s'extasiaient sur les prouesses bruyantes de Wando – que je vénérais – alors que j'étais condamnée à la douce réserve.

Par chance, le ciel m'a pourvue d'un sale caractère, plutôt insoumis.

Nous passons à table. Je me dis que plus vite on va manger, plus tôt je serais rentrée. Mais c'est juste l'apéro ! Champagne pour les dames et whisky pour les messieurs. C'est réglementaire. Wando et mon père allument chacun un énorme cigare et parlent boulot entre hommes.

Mes cigarillos ont dû passer à la trappe.

Le repas s'éternise au son mélodieux des caprices de Léonard qui refuse de faire la sieste et trouve naturel d'en empêcher sa sœur. Je me demande si j'ai un SMS, j'ai envie de rallumer mon portable. Je me pince sous la table.

Après la première entrée, voilà la seconde. Après la viande, le poisson et avant le dessert, le fromage ! Chez les Gentillac, on fait tout comme au XIXe siècle, même les déjeuners de fête !

Je fais péter le deuxième bouton de mon pantalon. Je n'avais pas réussi à fermer le premier.

Pour digérer, c'est la promenade au jardin avec Léonard dans les pattes qui décapite les pâquerettes que Juliette a cueillies. On s'extasie sur les roses et les hortensias. Entre femmes, bien sûr. Les mâles sont sur la terrasse, ils refont le monde…

Qui est à eux.

Il est dix-sept heures. Je n'en peux plus mais c'est la cérémonie de l'orangeade et c'est là que ça se gâte pour de bon ! Mon père attaque le premier :

– Est-ce que tu as l'intention de vivre encore longtemps comme une adolescente, en communauté ?

Colocation, papa.

– Écoute, ça me convient, je n'envisage pas de changer pour le moment, réponds-je le plus calmement possible.
– Et ton nouveau travail ? me questionne Wando en mordillant ses lunettes, l'air méprisant. Tu dois gagner une misère, il ne t'a pas échappé que le monde de l'édition est en crise ?

C'est moi qui vais en faire une !

– Quand vas-tu revenir à la raison et enfin te marier ? enchaîne immédiatement ma mère, me donnant ainsi le coup de grâce et m'empêchant de répondre à mon frère, ce qui n'est pas plus mal. Nous avons un charmant garçon à te présenter. Un jeune chirurgien, la trentaine, très prometteur, n'est-ce pas, Xavier ?

– Absolument, ponctue mon père. Quelqu'un de très bien.

Traduction : Quelqu'un comme eux !

– Tu connais la maxime : « Une femme sans mari est un champ sans moisson ! »

Proverbe : Atavisme familial auquel je n'ai pas échappé !

– Dix-neuf heures ! m'écrié-je en entendant sonner l'horloge du salon. Il faut absolument que j'y aille. J'ai encore une heure de métro et une pile de repassage pour lundi !

Évidemment tout le monde me regarde étonné, sauf ma mère qui, fermant les yeux comme à son habitude, soupire :

– Au moins tu ne laisses pas tout filer à vau-l'eau !

5
ÉTINCELLES ET ROUGE AUX JOUES

Quatre heures de transport aller-retour avec rames surchauffées et arrêts sur les voies compris. Les réflexions de mon père, les jugements de Wando et l'après-midi qui s'éternise pour s'achever sur un proverbe maternel aussi débile que misogyne. Je ne me suis pas trompée : c'est bien l'une des journées les plus désolantes de l'année !

Et il n'est que vingt et une heures !

Je préfère passer sur ce maudit espoir qui ne m'a pas lâchée alors que je devais rester vigilante pour éviter les sujets tabous et les piques assassines. C'est même pour ça que j'avais scrupuleusement éteint mon téléphone ! Je ne voulais pas risquer de me précipiter dessus à la première vibration et provoquer des observations désobligeantes.

Et que dire de la déception que j'ai ressentie en rallumant mon portable sur le chemin de la gare ? J'avais deux SMS. L'un de Jo :

[Lucas s'est planté : le beau temps, c'est pas maintenant ! Bisous. On t'aime]

Accompagnant le message, une photo de toute la bande, hilare, sur la plage et sous un parapluie. Le second, pour m'inviter à la vente privée d'une marque de prêt-à-porter.

Plus jamais je ne donnerai mes coordonnées dans la moindre boutique !

Mais rien de l'homme qui disparaît en un claquement de porte ! Rien de celui qui s'évapore après m'avoir mis les hormones en folie ! Pas un signe du bourreau qui a prononcé l'horrible sentence : « Ni ici ni ailleurs. »

Même pas un malheureux message pour me dire qu'il aimerait récupérer sa veste et où il a laissé la mienne !

Et me voilà de retour à la maison. Toute seule et déprimée, le dessus de la main gauche présentant comme un début de gale à force de me pincer à chaque fois que ce type fait irruption dans ma tête, c'est-à-dire souvent !

Aïe !

Pendant que dans ma chambre je me mets en tenue de combat pour affronter le divan, je ne peux toujours pas m'empêcher de penser à lui ! Je revois ses lèvres charnues, ses yeux merveilleusement dorés, je sens encore contre le mien son corps brûlant !

Un coup d'ongle… Ça m'apprendra !

Je fais l'effort d'aller me brosser les dents au cas où je m'endormirais devant le programme télé passionnant d'un samedi soir de juillet. Je me contemple dans le miroir de la salle de bains en tee-shirt doudou et culotte de mémère, du dentifrice plein la bouche.

C'est sûr, ça ne me remonte pas le moral !

Hier soir, je m'étonnais de l'effet bonne mine du jeu de la séduction, maintenant je peux constater l'effet inverse : la frustration donne un teint blafard d'employée des pompes funèbres !

Il faut que je pense à noter ce détail dans mon cahier si jamais il me vient l'idée saugrenue d'écrire un roman d'amour.

J'en suis à appliquer ma crème antirides, celle que ma mère m'a fait envoyer en juin pour mes 23 ans – une façon de me rappeler que le temps passe et que je ne suis toujours pas fiancée – quand je suis prise d'une nouvelle bouffée délirante !

Si je n'ai personne sous la main, il m'arrive de m'adresser la parole ! Tous les auteurs font ce genre de trucs, paraît-il !

Ce type voulait juste coucher avec toi, avec ta jupe trop courte du matin et tes œillades de nymphomane, il t'a prise pour une fille facile ! C'est pour ça qu'il t'a invitée le soir même. Pour te passer à la casserole !

Oui, en général, ça n'a rien de flatteur…

En arrivant dans le salon, j'ouvre grand les fenêtres. Au loin, je peux entendre de la musique. Pas de quoi m'empêcher d'allumer la télévision et de me poser sur le divan. Après un tour de chaînes, je m'arrête sur une émission : des filles en tenues de gala tentent de séduire un gentleman en smoking. Ils ne parviennent pas à me changer les idées.

Et j'en ai une qui est en train de s'épanouir dangereusement dans ma tête !

Mon iPhone à la main, je viens d'enregistrer le numéro de téléphone depuis lequel Alec m'a jointe hier. Dans la liste de mes contacts, il apparaît maintenant à la fin du répertoire en « XXX ».

Ça me tente trop !

Je m'apprête à appuyer sur l'icône verte. Il faut que je lui parle. Je ne peux pas rester dans cet état à me morfondre indéfiniment, mais mon orgueil me rattrape juste à temps ! Non, jamais je ne m'abaisserai à l'appeler la première et si je ne le revois plus, tant pis !

Adieu ma veste, adieu ma main, adieu mon cœur !

Je ne vois plus que deux choses à faire : éteindre mon portable et me consoler avec une glace caramel et beurre salé. Un aller-retour au frigidaire plus tard, j'attaque la glace à même le pot. Ouf ! Il en reste la moitié ! J'essaye de ne pas culpabiliser alors que je racle méthodiquement le fond. Je m'étire ensuite, les mains sur le ventre et je sens le sommeil me gagner.

Je somnole depuis un bout de temps devant la télé en me haïssant d'avoir englouti plus de 5 000 calories dans la journée, quand je suis tirée de ma léthargie par des pétards dans la rue ! Bientôt minuit et ces sales gamins ne sont pas couchés !

On dirait ma mère !

Je tente de me rendormir mais le bruit s'intensifie. Il est maintenant pile en bas de l'immeuble ! Depuis mon canapé, je vois même de petits feux d'artifice éclater sous ma fenêtre ! Au risque de passer pour une vieille réac, je me lève d'un bond, bien décidée à réprimander ces jeunes imbéciles !

Je commence à râler avant de me pencher sur la rue mais mon humeur belliqueuse me quitte instantanément ! J'ai l'impression qu'on vient de me plonger dans une trempette de guimauve. Alec vient de se rematérialiser sur le trottoir en face de chez moi.

J'espère que je ne rêve pas, que ce n'est pas un sale coup de ma digestion !

Je fais une rapide mise au point alors que mon cœur s'emballe, que mes jambes se ramollissent, mais pas de doute, c'est lui et je suis bien réveillée ! En costume de lin écru, appuyé nonchalamment contre un réverbère, une bouteille de champagne à ses pieds, Alec est en train d'allumer la mèche d'un pétard. Ses cheveux bruns lui tombent délicatement sur le visage, mais je peux apercevoir son profil aquilin et sa bouche irrésistible.

Il redresse la tête et, comme s'il ne s'était pas passé vingt-quatre heures de silence entre le moment où il m'a abandonnée et l'instant présent, il me lance un sourire plus lumineux que les flammèches qui crépitent au bout de sa main. Je reste figée, sans un mot, alors qu'intérieurement j'exulte de joie !

– Quand je vous vois, je fais des étincelles, plaisante-t-il en haussant la voix, pendant qu'éclatent au-dessus de lui des étoiles bleutées.

L'incendie vient de se déclarer sur mes joues et il se propage dans mes entrailles ! J'ai envie de descendre me jeter dans ses bras, qu'il me fasse virevolter dans les airs, m'embrasse et que nous partions tous les deux bras dessus, bras dessous alors que débute le générique d'*Un Américain à Paris* ! Au lieu de quoi je prends un air blasé et soupire d'une voix de mégère :

– Vous venez me rendre ma veste ?

Je peux m'estimer heureuse, j'aurais pu sortir un poncif dans le genre : « Mieux vaut tard que jamais ! »

– Ah, c'est ça ! me répond-il, faussement désolé, je savais que j'avais oublié quelque chose.

– De me dire au revoir, peut-être ?

– Si j'avais su que j'allais devoir rester une partie de la nuit sous vos fenêtres, j'aurais au moins pris ma guitare, me rétorque-t-il sans juger bon de relever.

Après le bain de guimauve, voilà que je suis en train de me débattre dans une cuve bouillonnante ! Je fais quoi ?! Ma pimbêche et je lui claque la fenêtre au nez avant de me suicider au chocolat et de regretter mon geste jusqu'à la fin de mes jours ? Ou bien je n'écoute que mon cœur et la frustration que je ressens depuis hier et je l'invite enfin à monter ?

– Je vous ouvre, m'entends-je prononcer, déjà affolée de me retrouver à portée de ses lèvres. C'est au deuxième.

Je parviens tant bien que mal à garder mon calme sur la minuscule distance qui me sépare de l'interphone. J'entrouvre l'accès au loft, je ne sais plus où j'en suis, j'arrange mes cheveux, vérifie mon haleine et manque de renverser le portemanteau. J'entends les pas d'Alec sur le premier palier. Ma poitrine va exploser ! Je n'ai plus de salive dans la bouche, je vais tomber raide !

– Je peux rentrer ? me demande Alec en passant la tête dans l'embrasure de la porte.

– Oui ! dis-je en mode express d'une voix haut perchée dont je n'ai heureusement pas l'habitude.

L'appartement est dans la pénombre. La lumière de la télévision et celle de la rue éclairent tout juste la pièce. Tant mieux, il ne verra pas que je suis cramoisie. Je n'arrive pas à croire que Mr Brico-sexy est vraiment ici. Il est dans MON entrée, une bouteille de champagne à la main et il me regarde, toujours ce sourire effronté sur les lèvres.

Je devrais certainement lui souhaiter la bienvenue ou au moins le saluer, mais comment ? Je lui serre la main en femme d'affaires, je l'empoigne fougueusement et le traîne jusqu'à mon lit ou bien je lui donne une paire de claques pour lui apprendre à me planter ?

Finalement, ce sera façon gendarmette ! Je ferme la porte et d'un ton mécanique, en joignant le geste à la parole, je montre le divan et annonce :

– Si nous allions nous asseoir ?

Manque plus que le sifflet et je suis bonne pour la circulation !

– J'obéis avec plaisir, me répond-il en se dirigeant vers le salon, visiblement amusé par mon malaise, ce qui ne semble pas le gêner outre mesure.

Je le suis, flageolante et surexcitée, en refaisant pour la deuxième fois ma queue-de-cheval. J'admire son dos et sa haute stature. Ce costume en lin lui va comme un gant ! Il est encore plus beau qu'hier et même beaucoup plus grand !

Non. C'est juste que je suis pieds nus.

Et c'est là que je me souviens que je suis en tenue spécial déprime ! Je n'ai plus qu'à tirer sur mon vieux tee-shirt, en espérant cacher mes cuisses autant que ma culotte blanche 100 % confort, 300 % vieille fille !

Alec s'installe dans le sofa, pose la bouteille sur la table basse où j'ai abandonné mon gros pot vide de crème glacée. Mais à peine assise, je me rends compte que l'émission devant laquelle je me suis endormie n'est pas finie ! Je ne pourrais même pas mentir et raconter que je regardais un programme littéraire !

Ce qui me donnerait au moins l'excuse d'être une intello !

Il reste deux filles et le Bachelor n'a plus qu'une seule rose ! Le mien glousse discrètement. Est-ce qu'il se moque de moi ou des candidates ? Des deux, sans doute ! Il doit me prendre pour une romantique en mal de prince charmant ! Je m'empare de la télécommande qui gît sur le tapis et change de chaîne !

La gêne est à son comble, le désir, palpable entre nous. Mon sang pulse jusque dans mes tempes et j'ai du mal à avaler. Je ne sais que faire et lui non plus. Et si je l'embrassais ? Non ! Je me pince, étouffe un cri et me rappelle soudain qu'il faut que je zappe. Horreur ! Je tombe sur un long baiser de cinéma en noir et blanc.

Cette fois, j'éteins ! Nous voilà dans le noir !

– Comment m'avez-vous retrouvée ? demandé-je en allumant l'allogène près de moi, pour dissiper le trouble.
– J'ai fouillé tout Paris, engagé trois détectives, mais finalement votre adresse était sur la carte de visite, me répond-il en reprenant son formidable aplomb.

Mais comment fait-il si vite ?

– Vous avez des coupes, pour qu'on fête nos retrouvailles ? poursuit-il en commençant à ouvrir la bouteille.

Non ! J'ai des verres à moutarde à l'effigie de Babar…

– Désolée, je n'ai pas de…

Mais je n'ai pas le temps de finir qu'Alec fait sauter le bouchon et le champagne jaillit !

– Ce n'est rien, on va boire au goulot, s'amuse-t-il en portant la bouteille à sa bouche.

Ce n'est pas que je suis séduite, c'est que je suis complètement renversée ! Ce type est un caméléon ! Je ne peux pas décrocher mon regard de lui. Tout me plaît chez lui – sauf quand il disparaît – mais je crois que ce que je préfère, c'est sa divine insolence !

– Désolé, j'ai bu le premier, mais je ne voulais pas tacher la moquette avec les éclaboussures, s'excuse-t-il, amusé, en me tendant le Dom Pérignon.

– Merci ! murmuré-je en essayant de soutenir son regard.

Je prends la bouteille en évitant de trembler. L'idée de poser ma bouche là où Alec a posé la sienne me porte à la confusion. Il me fixe toujours. Ses prunelles sombres aux éclats d'or me sondent jusqu'à l'âme. Je ne veux pas baisser les yeux, mais je crains qu'il y lise le désir qui m'assaille. Je bois donc à mon tour en fermant les paupières.

Quand je les rouvre, Alec me dévore littéralement des yeux. Je ne peux que me rendre compte de son désir, qui ne fait qu'augmenter le mien.

Je me demande si j'ai bien fait de le laisser entrer. Peut-être vient-il seulement pour finir ce qu'il a commencé sous le porche ? Que veut-il exactement ? Comme s'il lisait dans mes pensées, Alec détourne les yeux, allonge à nouveau son bras sur le rebord du divan et s'explique :

– Je suis désolé d'être parti comme un voleur hier soir. C'est ce que je suis venu vous dire, ce n'était pas très élégant. Ce soir, je voulais vous ramener votre veste et je l'ai encore oubliée ! Vous allez penser que je le fais exprès, termine-t-il en me lançant un regard mutin.

– C'est pas grave, je ne vous rendrai pas la vôtre, réponds-je en retrouvant un semblant d'assurance, toujours retranchée à l'autre bout du canapé.

– Mince alors ! On va être obligés de se revoir, lâche-t-il doucement en mordant sa lèvre inférieure et sans baisser les yeux.

OK ! Il veut quoi au juste ? Que je me consume sur place ?

Non ! Je ne vais pas coucher avec un presque inconnu que je connais depuis deux jours et qui a déjà trouvé le moyen de me plaquer une fois ! Et de la pire manière qui soit.

– Oui, eh bien, n'allez pas tracer des plans sur la comète ! commencé-je, énervée par cette pensée. Je ne suis pas une fille facile, je ne sais pas ce qui m'a pris hier soir, ce n'est pas mon genre… Si je vous ai envoyé de mauvais signaux, je regrette.

– Moi, je ne regrette rien, me coupe-t-il, soudain sérieux. Sinon d'être parti de cette façon si cavalière. Vraiment, je vous prie sincèrement de m'excuser, termine-il en se levant. Je crois que je vais y aller.

Quoi ?! Mais pas question ! Il veut que je flambe sur le bûcher de la frustration !

Je panique. Mon cœur s'emporte. Tant pis si je fais une bêtise. Au pire, j'aurai des remords. Sans réfléchir davantage, je me redresse et, d'une voix que j'aurais voulue moins suppliante, lui dis :

– Est-ce que je peux vous poser la question à laquelle vous ne pouvez répondre que oui ?
– Allez-y.
– Ne voudriez-vous pas plutôt rester ?

Le souffle court, frémissant d'un désir aussi impudique que ridicule, j'attends sa réponse… qui ne vient pas ! Son regard sur moi s'assombrit, ses traits se tendent, je me sens comme une proie face à un grand fauve, quand Alec fond sur moi, m'étreint les épaules, me soulève presque du sol, se penche et m'embrasse fougueusement.

Waouh !

Nous échangeons le baiser le plus ardent de toute l'histoire du *french kiss* ! C'est du moins ce qu'il me semble quand nos lèvres se reconnaissent et se confondent. Ses soupirs rauques m'enivrent presque autant que la douceur de nos langues entremêlées. Je caresse sa nuque pendant qu'il glisse ses doigts sous mon tee-shirt et me serre plus fort encore.

Ses mains chaudes sur mon dos m'arrachent un petit cri de joie. Je l'enlace, bien décidée à ce qu'il ne m'échappe plus, mais Alec n'a pas l'intention de partir, cette fois. Il soulève mon tee-shirt, je tends les bras pour qu'il me l'enlève, quand d'une voix sourde il me demande :

– *Where is your room?*

Où est ma chambre ? Mais beaucoup trop loin !

J'enroule une de mes cuisses autour de son bassin, reprends possession de ses lèvres et l'attire sur le divan.

Je suis allongée sur le divan, Alec est au-dessus de moi. Son corps lourd sur le mien, ses mains découvrent ma poitrine nue. Mes seins et toute ma chair frémissent à ce contact, surtout quand je sens son sexe dur contre mon pubis sous la toile de son pantalon. Les lèvres unies, nous prolongeons notre baiser en soupirant déjà de bonheur.

Dans un geste précipité, je tente de lui retirer sa veste, je parviens tout juste à la faire glisser sur ses épaules. Alec ne semble pas vouloir abandonner ses caresses mais il s'arrête un instant, se recule pour me regarder tendrement.

– Une nouvelle crise de panique ? s'amuse-t-il. Pourtant vous n'êtes pas coincée dans un ascenseur, juste dans mes bras.

Oui, je sais bien et ça m'affole ! Je ne réponds rien. Je n'ai plus qu'un désir, sentir sa peau contre la mienne. Me frotter contre lui et qu'il me prenne tout entière, immédiatement.

J'ai déjà trop attendu !

Sentant mon insistance, il finit par ôter lui-même son pardessus en lin avant d'enlever son polo et jette le tout sur le tapis. L'halogène est toujours allumé. Alec est à genoux sur moi et serre ma taille entre ses cuisses. Loin de me sentir gênée par la lumière vive, j'admire son torse nu à la musculature parfaite. Je tends mes mains vers lui et découvre, de plus en plus excitée, le galbe de ses pectoraux saillants.

J'essaye de l'attirer à moi mais lui aussi veut me contempler. Ses yeux s'égarent sur mon buste et me détaillent, alors qu'il commence à promener la pointe de ses doigts sur mes tétons dressés. L'attraction entre nous est surnaturelle. On s'en étonne ensemble sans un mot, à la simple lueur de nos regards. Je me cambre et le supplie de me rendre sa bouche.

– Attends. Tu es belle ! Laisse-moi te regarder, murmure-t-il dans un souffle. J'attends ça depuis plus de vingt-quatre heures, une éternité…

Ces mots ne font qu'amplifier mon ivresse et augmentent la sensation de brûlure délicieuse qui inonde mes entrailles. Je m'agrippe à ses larges épaules puis descends le long de ses biceps jusqu'à ses poignets. Les mains d'Alec s'aventurent maintenant sur mon ventre.

Et c'est là que je regrette de ne pas avoir enfilé un string !

Je lance un bras en arrière, m'empare de l'interrupteur et éteins la lampe.

– Rallume ! proteste-t-il dans la pénombre.
– Non !
– Immédiatement ! insiste-t-il en soupirant.
– Je suis chez moi, c'est moi qui décide ! le taquiné-je.

Et pour l'empêcher de rallumer, je l'attire à moi et l'embrasse fiévreusement pendant que d'une main experte j'ôte l'affreuse culotte avant de la jeter dans la pièce.

Alec, persuadé sans doute que mon geste n'est que l'expression d'une impatience hors norme, s'embrase un peu plus et à ma plus grande joie il redouble d'ardeur.

– J'ai vu tout de suite, dans ta cage, que tu étais une lionne.

J'adore comme il m'énerve !

Entièrement nue, suffocante, je le laisse lécher la peau de mon cou et découvrir mes fesses qu'il presse sous ses mains. Ses lèvres parviennent jusqu'à mes tétons. Je gémis en enfouissant mes doigts dans ses cheveux. Son pénis est maintenant dressé, toujours prisonnier de la toile. Je ne peux plus résister. Plus audacieuse que jamais, je passe mes mains entre nos deux corps serrés et parviens, pourtant fébrile d'excitation, à défaire sa ceinture. En réponse, mon sublime visiteur mordille la pointe de mes seins et m'arrache un cri de volupté.

Je baisse son pantalon sous ses fesses pendant qu'il pétrit toujours les miennes et que sa bouche remonte sur mon menton. Je sens un genou d'Alec s'immiscer entre mes jambes que j'ouvre aussitôt pour qu'il vienne enfin entre mes cuisses. Dans cette nouvelle posture, je peux sentir toute la virilité de mon amant contre mon sexe déjà humide et j'en perds la raison.

Je tente encore de lui enlever son pantalon. Je veux le sentir tout de suite, mais Alec m'arrête brusquement. La respiration saccadée, il fait un effort immense pour se contenir et, posant une de ses mains sur mon front pendant que l'autre retient mon poignet, il me dit :

– Je n'ai pas de préservatif, Romane, je ne suis pas venu pour ça ! Il vaut mieux que je parte, tu me rends fou.
– Non ! m'indigné-je. Attends, j'ai ce qu'il faut.
– Ah bon ? me demande-t-il, un peu surpris.

Qu'il pense ce qu'il veut de moi, je n'en suis plus là !

– Oui, ne bouge pas ! Je reviens, le supplié-je en me dégageant, tremblante, avant de me lever totalement nue pour courir dans la salle de bains.

C'est là que Lucas range son stock ! Mais où exactement ?

J'allume la pièce et, comme si ma vie en dépendait – ce qui n'est pas tout à fait faux – j'ouvre les tiroirs, fouille les étagères, renverse nerveusement tubes et flacons, quand je tombe enfin sur la boîte tant espérée.

Et elle est presque pleine ! Merci, dieu du Sexe !

– J'arrive ! m'écrié-je, terrifiée à l'idée qu'il disparaisse.

Mais quand je me retourne, Alec est là, immense, torse nu, les cheveux en bataille dans l'embrasure de la porte. Il a ôté son pantalon dans le salon et ne porte plus qu'un boxer gris qui laisse apparaître des abdos merveilleusement dessinés. Instinctivement, je me colle au lavabo.

– J'allais venir, murmuré-je sous le choc de le voir, magnifique devant moi, alors que je suis entièrement nue.

– Tu ne peux pas éteindre, cette fois, tu es encore coincée. Il me semble que l'interrupteur est dans le couloir, c'est bête, me taquine-t-il, la voix rauque en s'approchant de moi.

Je reste offerte à son regard sous la lumière blanche. Il me fixe, le souffle court. Il est d'une beauté irréelle !

Je ressens un peu de honte, ma boîte de préservatifs à la main et le désordre que j'ai mis dans la pièce autour de moi, mais aussi un impérieux désir. Je serre les cuisses pour calmer la volupté douloureuse qui tiraille mon sexe toujours plus humide. Alec me soulève comme une plume par la taille et me pose sur le rebord du lavabo. Je l'entoure aussitôt de mes cuisses pour le retenir. De ma main libre, je me retiens à son cou, je tiens toujours l'étui dans l'autre. Je me cambre en arrière alors qu'il passe sa langue sur ma gorge.

– Prends-moi tout de suite, le conjuré-je en collant enfin mon clitoris contre la bosse sous son dessous, ce qui me tire un long soupir.

– Chut ! Ne sois pas si pressée…

Il garde une main sur mes reins et de l'autre défait délicatement le nœud qui retient mes cheveux pour les libérer sur mes épaules. Je bascule la nuque pour lui offrir mes seins mais il me ramène à lui avant de m'embrasser. Je me frotte davantage contre son sexe puis fais glisser le boxer sur ses hanches, délivrant son pénis.

Je sens qu'Alec s'embrase mais qu'il tente aussi de se maîtriser. Il veut prendre son temps ou me faire languir, peut-être pour m'affoler davantage. Il se recule un peu et je peux enfin admirer son sexe, large, long et dressé.

Je me mets debout, poussée par un instinct que je découvre et qui m'étonne, je me plaque contre lui, nos regards s'accrochent, intenses et pourtant pleins de douceur. Je laisse glisser mes paumes sur son torse et sans le lâcher des yeux commence à m'accroupir en lui enlevant complètement son dessous. Alec hésite, il pose sa main sur ma tête et me retient :

– Non, tu n'es pas obligée…

Ce n'est pas une obligation, c'est une pulsion !

Agenouillée devant lui, je prends son pénis entre mes doigts, ma main fermée n'en fait pas le tour. Je le caresse doucement de bas en haut, découvrant son gland et le recouvrant au rythme de son souffle. La respiration de mon adonis s'emballe. Il se cambre, laissant échapper un râle de plaisir en enfouissant ses doigts dans mes cheveux.

Je le prends alors dans ma bouche. C'est la première fois que je fais cela.

Jamais avant lui je n'ai eu envie de faire ce genre de… délice !

Cette découverte me fait frémir de bonheur et m'excite encore plus, surtout quand je sens qu'Alec est sur le point de jouir.

Mais il m'arrête :

– Moi aussi je veux te goûter.

Et Alec me prend dans ses bras. Il me porte jusque dans le couloir avant de me redemander où est ma chambre. Mes bras accrochés autour de ses épaules, je lui indique la porte. Il la pousse du pied et me dépose sur mon lit.

Là, l'homme de mes rêves s'agenouille sur le parquet, me saisit par les hanches et me fait glisser au bord du matelas avant de m'écarter les jambes. Mon ventre se tord en anticipant le plaisir imminent. Quand je sens sa langue sur mon sexe, mon clitoris se gonfle de désir et s'humidifie un peu plus. Je soupire voluptueusement, les bras étendus au-dessus de ma tête.

Mon expert me titille maintenant aussi du bout des doigts. Il écarte mes lèvres pour mieux atteindre mes zones érogènes et prend mon sexe tout entier dans sa bouche. Il me goûte et m'aspire comme il l'a fait l'autre soir avec le vin. Cette pensée, autant que la sensation divine, m'excite un peu plus.

Si c'est possible !

Je me relève en m'appuyant sur mes avant-bras et le regarde, aussi fébrile que passionnée, me déguster dans la pénombre. Je suffoque bientôt, au bord d'un précipice de volupté.

Pressentant ma jouissance toute proche, Alec me lèche plus intensément, insinue sa langue dans mon vagin avant de me pénétrer de ses doigts. Une décharge électrique traverse tout mon corps qui se met à trembler, comme saisi de mouvements involontaires. Je ne me contrôle plus et le long cri de plaisir qui jaillit de ma gorge ne parvient pas à me ramener à moi.

Comme pour étouffer mes gémissements, mon amant s'allonge sur moi et m'embrasse doucement tout en caressant mes cheveux. Je me tords encore de soubresauts de plaisir quand je sens sur moi son regard brûlant. J'ouvre les yeux. Il me regarde, les pupilles dilatées et la respiration haletante. Il se soulève à peine tout en prenant un préservatif dont il déchire l'emballage entre ses dents. Je suis attentivement chacun de ses gestes pendant qu'il fait glisser le cercle de latex sur son sexe.

Quoi ! Moi, je regarde sans rougir ! Je suis scandaleuse ! Enfin !

Tout mon corps est tendu vers lui. Aussi fou d'impatience que moi, Alec me pénètre d'un seul coup, enfonçant son sexe au plus profond de moi. Je me sens comme transpercée, je ne cherche même pas à retenir le cri de volupté qui s'échappe de mes lèvres. Au contraire, je gémis davantage et plus fort en basculant mon bassin. Alec intensifie ses mouvements de reins et accélère la cadence. Il me possède depuis quelques minutes quand mes ongles s'enfoncent dans la peau de ses épaules. Je me cambre, renverse la nuque, les muscles d'Alec se tendent, il enfouit sa tête dans mon cou et nous jouissons ensemble dans un dernier râle de plaisir.

Après quelques secondes où seules nos respirations résonnent dans la chambre, Alec butine tendrement mes lèvres, je sens la caresse de son regard sur mon visage éclairé par les lumières de la rue.

– J'adore faire l'amour avec toi, me murmure-t-il.

– Je crois bien que moi aussi, réponds-je en riant.

– Tu es sûre ? me demande-t-il en me mordillant déjà la pointe des seins. Je pense qu'il vaut mieux s'en assurer.

– Ce serait plus prudent en effet, soupiré-je en sentant mon désir s'épanouir à nouveau.

– Je vois que tu es une fille raisonnable, et prévoyante, avec ça, si j'en juge ta boîte de préservatifs.

– Ce n'est pas ce que tu crois ! protesté-je dans un souffle.

Mais je préfère ne pas me lancer dans des explications. Ce n'est pas le moment de lui parler de Lucas. Je n'ai pas la moindre envie qu'il s'invite dans notre scène torride. Autant ne rien dire et m'abandonner à une nouvelle étreinte qui ne précédera jamais que la suivante et ainsi de suite jusqu'à épuisement total des capotes !

Oui ! Il faut que je sois certaine que cette vague délicieuse et dévastatrice qui m'a engloutie était bien un orgasme !

Pas de place au doute !

6
AU TAPIS !

J'émerge doucement, blottie contre Alec, ma tête posée sur son torse, son bras autour de mes épaules. Il dort profondément mais me serre toujours aussi fort.

Pourtant, aucun risque que je m'échappe !

Sa poitrine se soulève au rythme de son souffle régulier qui tranche singulièrement avec nos soupirs exaltés de la nuit. Le jour se faufile dans ma chambre où nous avons continué nos ébats torrides après des préliminaires enflammés au salon. Ce souvenir me donne envie de me coller davantage à lui pour le réveiller.

Et reprendre nos jeux érotiques.

Renouveler les expériences pour confirmer le résultat. C'est scientifique !

Je dépose de petits baisers tendres sur ses pectoraux galbés et lui signifie que je suis d'attaque, mais des évidences en cascade traversent mon esprit : Tant qu'il dort, il ne bouge pas. Tant qu'il ne bouge pas, il ne part pas. Tant qu'il ne part pas, il reste avec moi !

Et tant qu'il reste avec moi, je nage en plein bonheur !

Je soulève délicatement la nuque et profite de son sommeil pour contempler son visage. L'arc de ses sourcils noirs s'étire sur son front large, nimbé de la soie brune de ses cheveux. Son nez très légèrement busqué lui donne le caractère d'un aigle royal. Ses lèvres ourlées auraient quelque chose d'enfantin si elles n'étaient pas si follement sexy au-dessus de son menton ciselé.

J'ai bien du mal à résister à l'envie de l'embrasser mais mon ventre gargouille ! J'ai largement brûlé les calories de la veille ! Alec aussi va avoir faim, il s'est beaucoup dépensé, et je n'ai même pas fait les courses ! Je décide de me lever pour aller à la boulangerie.

Je desserre à regret son étreinte. Pour ne surtout pas réveiller mon adonis, je soulève délicatement son bras et sens sous mes doigts la cicatrice que j'ai découverte cette nuit. Une ancienne blessure à l'intérieur de l'avant-bras gauche a laissé une longue marque indélébile. Je me demande ce que ça peut bien être.

J'attrape à la va-vite un jean, un top et une culotte. Avant de quitter la chambre, je m'assure que tout ça n'est pas qu'un rêve. Non ! Alec le magnifique, ce presque inconnu qui ne m'est plus étranger est bien assoupi dans mon lit !

Et dire que jusqu'ici je n'ai rien fait d'autre que dodo, quelques insomnies et réviser mes cours entre ces draps !

Je file m'habiller au salon en me demandant comment j'ai pu passer à côté de l'orgasme si longtemps ? C'est comme si j'avais vécu les dernières années à ne rien faire d'autre que d'attendre ce matin ! Et je pensais sincèrement que ma vie était intéressante !

Nos affaires dispersées sur le tapis me rappellent nos délices nocturnes et me font hésiter quelques secondes. Est-ce bien raisonnable de courir chez le boulanger et acheter des viennoiseries, alors que mon corps réclame des douceurs bien plus croustillantes ? Je me persuade du contraire en me disant que ça ne va prendre qu'une dizaine de minutes et qu'un petit déjeuner romantique ne fera qu'ajouter au plaisir du réveil.

Pendant que je m'habille je découvre, honteuse, que ma grande culotte s'étale sur la table basse, juste à côté du pot vide de crème glacée !

Elle prend une foutue place ! Ce n'est pourtant jamais qu'un 38 !

Avant de sortir, je décide de ranger un peu ! D'autant qu'Alec ne me semble pas avoir remarqué mon horrible dessous, je l'ai enlevé hier soir plus vite que mon ombre !

Autant détruire les preuves…

Je cours jeter la culotte au vide-ordures et reviens au salon pour plier le reste. Quand je ramasse le pantalon d'Alec, quelque chose tombe de sa poche. Un galet gris, à peine plus gros qu'un caillou. Je ne peux m'empêcher de l'examiner, un peu gênée de fouiner dans ses affaires, mais découvre qu'un grand chien y est gravé.

Peut-être un gri-gri pour m'envoûter ?

Je remets la petite pierre à sa place en me disant qu'Alec n'a pas besoin de sorcellerie pour me tourner la tête et quitte l'appartement sans même donner un tour de clé. Comme un fait exprès, c'est l'affluence à la boulangerie !

Il est à peine huit heures ! À croire que tout le quartier est affamé en même temps.

La queue s'étire jusque sur la rue. Je m'impatiente, fais une tentative pour doubler ce qui me vaut des regards assassins. Pourtant, j'ai deux excellentes raisons de passer devant tout le monde : le sexe et l'amour !

Inutile de me raconter des histoires, le plaisir mêlé d'émotion que j'ai ressenti cette nuit n'est pas seulement le fruit de quelques réactions chimiques : je suis amoureuse. Même si ça ne m'est jamais arrivé, je sais en reconnaître les symptômes.

J'ai lu quelques bouquins…

Au bout de vingt minutes, les croissants chauds à la main, je retourne enfin rejoindre Alec. J'ouvre doucement la porte d'entrée, pose le sachet sur la table basse et je vois tout de suite que les affaires d'Alec ne sont plus là !

Mon cœur s'emballe aussitôt. Je cours dans le couloir, passe devant la salle de bains et constate qu'il n'y est pas. Tout mon corps s'ébranle. Ma gorge se serre déjà. Je ralentis et j'avance doucement vers ma chambre. Quand je rentre, le lit est vide.

Évaporé !

Tristesse immense ! Je me laisse tomber sur le matelas en retenant mes larmes, quand je découvre qu'Alec m'a laissé un mot sur l'oreiller. Je prends le papier, un brouillon qu'il a trouvé sur mon bureau et déchiffre son écriture nerveuse :

« La nuit était tellement belle, mieux vaut ne pas se laisser rattraper par le jour où les cœurs se transforment en piques. »

Je n'y comprends rien mais ce qui est clair, c'est que mon chagrin se transforme en colère noire. Qu'est-ce que ça veut dire, sinon qu'il fuit une seconde fois, qu'il me plante après que je me suis livrée tout entière ? Il a eu ce qu'il voulait et au revoir, merci !

Même pas !

Je déchire le mot en pleurant et en jurant à haute voix de ne plus jamais revoir ce sale macho. J'arrache les draps de mon lit pour effacer ses traces, les jette dans le couloir. J'ai l'impression que je deviens dingue. Si c'est ça, l'amour, quelques heures de joie intenses qui précèdent mille tourments, non merci !

Des cœurs ! des piques ! C'est quoi ? Une partie de poker ?

Épuisée, je finis par me calmer et m'affale sur la chaise de mon bureau. Après quelques secondes de vide absolu où je suis comme aspirée dans le néant, je me dis que s'il veut jouer, je vais lui sortir le grand jeu ! S'il s'imagine que je vais l'appeler, il se plante ! Je suis prête à garder le silence quitte à en crever !

***

Quatre jours ! Je suis trop forte. Quatre jours ont passé depuis que l'homme invisible a disparu et je n'ai pas cherché à le joindre. Lui non plus d'ailleurs, mais j'évite d'y penser, ne serait-ce que par égard pour ma main qui commence à enfler.

Je me pince toujours, mais je résiste.

J'ai du boulot par-dessus la tête et tant mieux. Je n'ai pas le temps de ruminer. Entre la lecture des manuscrits, les échanges avec les auteurs et les corrections, je suis bookée. Et je n'ai pas l'âme d'une tragédienne, j'ai autre chose à faire que de me lamenter.

D'autant que je dois aussi gérer le planning de ma patronne. Car si Aude Lussac a du talent comme éditrice, elle en est complètement dépourvue en ce qui concerne l'organisation. Il est dix heures du matin et elle est déjà totalement désorientée.

– Romane, s'il vous plaît, dites-moi ce que j'ai à faire, me supplie-t-elle en s'asseyant sur mon bureau, des factures impayées plein les mains.

– Vous avez rendez-vous à la banque dans une heure, réponds-je en consultant son agenda.

– Ah non, pas ça ! s'écrie-t-elle en tirant son tee-shirt – qui a tout l'air d'un sac à déprime plutôt que d'un vêtement approprié à sa fonction.

Je sais de quoi je parle, j'ai le même. Mais je ne le mets pas pour bosser, moi…

Elle se redresse, fait le tour de la minuscule entrée qui me sert de bureau – et accessoirement de salle d'archives, de cantine, de fumoir pour tout le monde – et croit arranger ses cheveux trop décolorés en faisant un palmier sur son crâne.

J'ai déjà vu ma nièce avec la même coiffure, mais elle n'a pas 40 ans et sa blondeur est naturelle.

Son associée passe à peine la porte qu'Aude lui saute dessus en lui mettant les factures sous le nez. Louane Marchand, la petite trentaine, est le parfait opposé de sa collaboratrice. C'est à se demander comment ces deux-là ont eu l'idée de créer ensemble Woolf, leur maison d'édition.

– Quoi ?! s'emporte-t-elle en déposant avec précaution son pardessus élégant sur le portemanteau. Oui, je sais, nous sommes au bord de la faillite, mais ce n'est pas en envoyant la stagiaire pour décrocher le contrat qui pourrait nous en tirer que la situation va s'améliorer.

Sourde à ses remarques dont j'ai pris l'habitude, je tente :

– Je peux essayer de recontacter Sarah Ackerman, si vous voulez, m'empressé-je en me pinçant la main sous mon bureau.
– Non, pas question, je m'en charge, me rétorque sèchement Louane.
– C'est une excellente idée, Romane, la contredit Aude. Vous êtes la seule à avoir obtenu une entrevue, glisse-t-elle sournoisement en toisant sa collaboratrice. Appelez-la tout de suite.

Pendant qu'Aude et Louane vont s'expliquer bruyamment dans l'autre pièce, je téléphone à Mme Ackerman, dont l'agent m'avait donné le numéro personnel. Par chance, elle répond tout de suite, se souvient de moi et, mieux, se rappelle que je ne suis pas Bérénice Chlock-Chlock. Elle m'attend dans une heure !

C'est fou ce que je peux être efficace quand je dois obtenir ce que je veux sans avoir à le demander.

Je laisse un mot à mes chefs qui s'étripent toujours joyeusement et, sous le prétexte de récupérer les ouvrages que je lui avais laissés, je file chez Sarah Ackerman en espérant recroiser la route de ce salopard d'Alec, histoire de lui dire tout le mal que je pense de lui !

Alors que j'étais plutôt sûre de moi, voilà que dans le métro je commence à paniquer. Qu'est-ce que je fais si je le croise ? Je ne pourrai même pas lui faire de scène…

Ni lui arracher son beau sourire de sale macho !

Pour m'apaiser, je décide de prendre des notes dans mon cahier. Je consigne quelques impressions et m'amuse à faire le portrait de voyageurs dont j'imagine les préoccupations.

Un bon moyen de me détourner des miennes.

Mais la diversion ne dure pas. Alec et notre folle nuit d'amour me reviennent en mémoire. Je suis parvenue jusque-là à verrouiller mes sentiments – ou presque – mais l'idée de le revoir fait sauter les serrures. Je veux le contacter avant de me trouver face à lui. Pas question de me laisser surprendre ni ramollir ! J'attrape mon téléphone et fais ce que je m'étais interdit. En référence à notre première soirée, je lui envoie :

[J'espère que votre oncle d'Amérique n'a pas attendu trop longtemps à la gare. J'imagine que c'est pour ça que vous avez filé si vite dimanche matin…]

Volonté : zéro.

Je n'ai pas le temps de me morfondre car je reçois aussitôt une réponse.

[Il m'arrive malheureusement de rater des rdv mais j'étais à l'heure pour mon oncle Tom.]

Joie profonde ! Il m'a répondu ! Et avec un sous-entendu, il doit regretter sa fuite, sinon pourquoi m'aurait-il parlé de « rendez-vous ratés » ?

Pourquoi l'ai-je contacté, déjà ? Ah oui ! Pour ne pas me laisser ramollir !

Surexcitée, je manque de louper ma station. Alec pense à moi, c'est sûr ! L'essentiel est que je reste professionnelle. Il faut que je me calme. C'est ma dernière chance de convaincre la milliardaire de signer avec Woolf.

***

Je sonne à l'interphone, stressée. Et si c'était lui qui me répondait ? J'entends le grésillement de l'appareil, quelqu'un a décroché. Je m'annonce le plus sereinement possible. La porte s'ouvre sans un mot.

Je pénètre dans le hall, revois l'ascenseur, mon cœur se serre quand je me remémore ma rencontre avec Alec. Je m'attends à le voir surgir à tous moments. Je grimpe l'escalier, fébrile et impatiente, et découvre la porte d'entrée entrouverte. Je frappe. Personne ne répond. J'imagine que je dois rentrer.

Alors que je m'engage dans le grand couloir vers le salon où m'a déjà reçue Mme Ackerman, j'entends des pas derrière moi. Un frisson me traverse de part en part. C'est lui ! Il va me demander s'il peut me débarrasser de ma veste !

Et je vais lui filer une claque… ou un baiser.

Mais au lieu de la voix grave d'Alec, j'entends celle aiguë et chantante d'une femme. Je me retourne et découvre une petite dame souriante, un fichu sur la tête, qui m'invite à la suivre. Je suis si déçue que c'est à peine si je parviens à la saluer.

Pense à ton job !

– Merci, Zineb ! Je veux bien que vous nous prépariez un thé à la menthe, lance Mme Ackerman alors que nous rentrons dans le salon. Asseyez-vous je vous en prie, mademoiselle Gentillac.

Elle se souvient de mon nom ! Youpi !

Ce coup-ci, c'est moi qui dois prendre le fauteuil bulle étant donné que la quinquagénaire est allongée sur le divan, le visage couvert d'une étrange pâte jaunâtre, des rondelles fraîches de concombre sur les yeux.

– Vous m'excuserez mais c'est l'heure de mon masque au beurre de yak. Vos ouvrages sont sur la table, je n'ai pas eu le temps de les consulter, mais comme je rentre bientôt à New York, je tenais à vous les rendre.

– Merci, dis-je, dépitée, en me balançant malgré moi.

Pendant qu'elle se détend sur fond de musique tibétaine, je cherche quelque chose à lui dire tout en jetant un œil à la pièce. Mon regard est irrésistiblement attiré par le clavecin. De nombreuses photos trônent sur l'abattant. Sarah au pôle Nord, Sarah en Afrique, Sarah en Asie, mais je cesse de respirer quand je découvre Sarah Ackerman à la plage ! En maillot de bain, elle tient Alec par le cou et se vautre sur son épaule ! Il est torse nu et tous deux sourient à l'objectif !

Je comprends mieux pourquoi il l'appelle par son prénom !

Ils sont très proches, en effet ! Alec a l'âge d'être son fils mais je sais que Ackerman n'a pas d'enfant ! Mais qui donc est ce type ?! Un simple employé ou son homme à tout faire ?

Vraiment tout !

La réalité s'impose à moi avec toute sa brusquerie. Je comprends mieux les hésitations de ce sale macho quand je lui parlais de son travail ! Alec est un gigolo ! Prise d'une soudaine nausée pendant que vibrent les bols tibétains, je fourre nerveusement les ouvrages dans mon sac, m'excuse et m'apprête à quitter précipitamment la pièce.

– Vous ne prenez pas de thé ? me demande la vieille cougar en soulevant un concombre pour me situer.

– Non, merci. Je dois y aller, dis-je en m'enfuyant, épouvantée d'avoir passé une folle nuit d'amour avec le jeune amant de la milliardaire.

Si jamais ça arrive à ses oreilles, elle ne risque pas de signer avec Woolf ! Si je ne perds pas mon boulot, j'aurai de la chance ! Et dire que ce gigolo a osé répondre à mon SMS !

Je voulais jouer au poker ? On peut dire que je joue comme un manche ! Alec a sorti le grand bluff et c'est moi qui suis au tapis !

Je comprends mieux pourquoi les cœurs au grand jour se transforment en piques !

II

PREMIÈRE HISTOIRE D'AMOUR

7
LA GALERIE

– Accusée Romane Gentillac, qu'avez-vous à dire pour votre défense ?

Je reste pétrifiée et fixe le bout de mes pieds. La voix autoritaire du magistrat aux accents familiers me tire de ma torpeur et me fait relever la tête.

Maman ! Mais qu'est-ce que tu fais là ?

Ma mère trône devant moi, assise dans un fauteuil bulle, toute vêtue de noir et coiffée d'une ridicule perruque blanche. À sa droite, Sarah Ackerman, en paréo, me toise du regard tout en picorant des araignées vivantes. À sa gauche, Aude Lussac, ma patronne, tend vers moi un doigt accusateur.

– Rien ! J'ai failli à mon devoir professionnel. Je devais convaincre Sarah Ackerman de signer avec Woolf et au lieu de ça, j'ai couché avec Alec, un Américain que j'ai rencontré dans l'hôtel particulier de la milliardaire. J'ai d'abord cru qu'il était un simple employé de maison, mais il semblerait que ce soit une erreur !

Fatale !

– Mais madame le juge, continué-je, ce sale type m'a envoûtée ! La preuve : une fois qu'il a obtenu de moi plusieurs orgasmes en chaîne et l'assurance que j'étais dingue de lui, il a disparu alors que je faisais la queue à la boulangerie. Mr Brico-sexy ne m'a laissé qu'un vague mot sur l'oreiller en guise d'adieu !

C'est quoi ces rires gras derrière moi ?

– Hier ma patronne m'a demandé de retourner chez la milliardaire. Une dernière tentative pour obtenir l'exclusivité de ses mémoires et sauver Woolf de la faillite. Alors que j'avais tenu héroïquement six jours sans contacter Alec, obligée de me pincer chaque fois que je pensais à lui, j'ai imaginé que j'allais le revoir. Je me suis préparée mentalement pendant tout le trajet en métro. J'étais partagée : me jeter à ses pieds ou lui donner une gifle ? Mais en définitive, c'est moi qui ai pris la claque de ma vie.

Mais pourquoi suis-je venue pieds nus à mon procès ?

– À peine arrivée chez Mme Ackerman, je me suis rendu compte qu'Alec n'y était pas. Premier choc. Le deuxième :

la découverte d'une photo qui ne laissait aucun doute quant à la nature des relations qu'Alec entretenait avec la milliardaire. Ils posaient tous les deux en petite tenue sur le clavecin !

Horreur ! Moi, je suis carrément à poil !

Je me réveille en sueur avant que la sentence ne tombe, consternée d'avoir confié à ma mère – même en rêve – les détails de ma vie personnelle.

Tout va bien, je suis dans mon lit ! Ce n'était qu'un cauchemar.

À bien y réfléchir, ça ne va pas si bien que ça. Mais on dirait qu'il fait beau, il est dix heures, c'est samedi et je ne travaille pas. Je vais bien trouver un centimètre carré de pelouse libre dans le parc pour y poser une moitié de fesse. Ce sera l'occasion de sombrer dans la déprime en contemplant le bonheur des amoureux.

Allez, debout ! Objectif : atteindre la machine à café.

– Hello ! me salue Lucas, d'innombrables bouquins ouverts devant lui sur la table.

– Bonjour ! Ça va ? demandé-je en me faisant couler un expresso.

– Désolé, j'ai encore squatté la cuisine. Il faut croire que c'est mon élément, je suis fait pour être un chef étoilé ! Waouh ! Tu as une sale tête.

– C'est bien que tu n'aies pas d'ambition diplomatique, je t'en aurais dissuadé.
– Ce n'est pas ce que je voulais dire ! s'excuse Lucas. Tu as l'air triste.
– Non ! Toi en revanche, tu as l'air complètement dépassé… C'est toujours tes cours de rattrapage ?

Technique ninja ancestrale : retourner la force de l'adversaire contre lui et éviter de répondre.

– Je suis nul ! Déjà l'anglais, c'était pénible, mais alors le chinois ! C'est, paraît-il, la langue incontournable des affaires !

Il s'interrompt, me regarde droit dans les yeux.

– Mais qu'est-ce qui ne va pas, Romane ? C'est encore le type du 14 juillet ?
– Qui ?! m'étranglé-je en toute mauvaise foi avant d'exploser en sanglots.

Très convaincant. Bravo !

– Si quelqu'un s'avise de te faire du mal, il va avoir affaire à moi, s'emporte Super-Lulu.
– C'est juste un coup de fatigue, le rassuré-je en m'asseyant en face de lui. Où est Jo ?
– À un entretien d'embauche, elle nous l'a dit pas plus tard qu'hier. Jo a raison : tu es am…
– Asthmatique ! le coupé-je en me pinçant la main sous la table.

– Ah bon ?! s'étonne Lucas. Je vais à une expo-vente à midi, Jo doit m'y rejoindre, tu viens ?

C'est ça qui est bien avec mon meilleur ami, il peut changer de conversation comme on bifurque sans prévenir sur une bretelle d'autoroute ! À tout prendre, je préfère l'accident plutôt que d'avouer que je suis amoureuse d'un gigolo.

– C'est une vente d'objets amérindiens, continue-t-il. J'ai décidé d'annoncer à mon père que j'arrêtais l'école de commerce. Je vais lui acheter un calumet de la paix pour faire passer la pilule. C'est une super idée, cette pipe, non ? Qu'est-ce que tu en penses ?

– Que j'ai une chance inouïe d'avoir un ami comme toi ! pouffé-je tendrement. Je vais me préparer.

– Ah non, c'est moi d'abord ! s'écrie Lucas.

– Pas question ! Sinon je n'aurai même pas le temps de me brosser les dents !

***

Mince ! J'ai oublié ma doudoune. Ça caille ici !

Il ne fait pas plus de dix degrés dans la galerie. Soit il y a un problème de clim', soit la rue de Seine a dérivé vers le cercle polaire. Pour une fois que je mets des sandales et une petite robe d'été ! J'ai accepté de venir pour me changer les idées, boostée par l'excitation de Lucas, mais le cœur n'y est pas vraiment.

Tout m'énerve. Mon sale caractère refait surface. Non, il ne s'est jamais noyé.

– Bienvenue !

Le bellâtre roux qui nous accueille tient absolument à ce qu'on sache qu'il est le maître des lieux, il pose devant nous, son écharpe blanche négligemment jetée sur sa veste, une main glissée dans la poche de son pantalon, il m'insupporte déjà.

– Stan ! s'écrie Lucas avec sa voix de séducteur deux tons en dessous de la normale. On s'est croisés lors d'une vente chez mon père, insiste-t-il devant l'étonnement manifeste de notre interlocuteur.
– Mais oui ! se rappelle faussement le galeriste. Vous êtes le fils de…
– Pierre Leprest, l'antiquaire. Ravi de vous revoir, lance Lucas, la voix toujours plus grave.

À ce rythme, il va finir basson à l'opéra !

– Mais bien sûr ! Nicolas, c'est ça ? s'enfonce Stan, en maintenant tant bien que mal sa pose de mannequin.
– Lucas, rectifie mon meilleur ami un peu vexé.
– Lucas, mais bien sûr ! Je suis désolé, de riches Américains ont fait le déplacement pour la vente, je ne sais plus où j'en suis ! s'excuse Stan avant d'ajouter en fixant Lulu dans les yeux : je suis hyper excité !

Pas autant que Lulu !

– Bon ! On se retrouve tout à l'heure, lancé-je à mon meilleur ami qui ne semble pas déçu de me voir partir.

Traître + cœur d'artichaut !

Et je m'aventure dans l'immense frigidaire. J'ai une nouvelle raison d'avoir la chair de poule : un labyrinthe de vitrines sur fond blanc avec à l'intérieur une collection impressionnante d'objets rituels indiens. Des masques funéraires, des amulettes, des bijoux tressés de cuir, des crânes décorés et à chaque fois la mention outrancière : « Objets désacralisés » !

Si on n'a rien à craindre, alors…

Les nombreux visiteurs, plutôt chics, acheteurs potentiels, vont et viennent en riant, flûtes de champagne à la main au milieu de ce vaste cimetière. Je déambule au hasard. Pour passer le temps, je m'amuse à saisir des bribes de conversations qui, mises bout à bout, n'ont ni queue ni tête.

Mais c'est drôle ! Je pourrais écrire des pièces de théâtre.

« Romane Gentillac : l'auteur qui renoue avec la grande tradition de l'absurde… »

Toute à ma rêverie, je m'enfonce dans le dédale immaculé et glacial et me trouve bientôt dans une petite pièce isolée au fond de la galerie. Je m'arrête net quand je tombe nez à nez avec la poupée de chiffon la plus terrifiante que j'aie jamais croisée !

Désacralisée, c'est sûr ? Demi-tour !

Mais voilà que j'entends des voix étouffées de l'autre côté de la fine cloison. Je tends l'oreille en me disant que ça ferait une bonne scène d'introduction. Un homme et une femme parlent en anglais avec cet accent caractéristique des Américains.

Le même que ce salopard d'Alec ! Aïe ! Ça faisait près de dix minutes que je ne pensais pas à lui !

– Tu devrais me faire confiance... murmure la femme. Tu es mon époux... Il y a des choses qu'on ne peut pas...

– La ferme ! la coupe le mari dévoué avec une violence à peine maîtrisée. Mets-toi bien ça dans la tête : je profite des occasions que je veux, ce n'est pas à toi d'en décider.

– Non ! Je ne me tairai pas, persiste-t-elle, je te rappelle que c'est ton demi-frère et c'est lui qui...

– Mais tu vas la boucler ! s'emporte l'homme en baissant la voix. Je sais ce que j'ai à faire. Occupe-toi plutôt de ta manucure...

Il n'y avait plus de prince charmant en stock, faut croire ! Elle a pris ce qui lui tombait sous la main, la pauvre !!

Les voix s'éloignent. Je tente de les apercevoir mais ne les distingue que de dos. Lui est très grand, blond. Elle est petite. Elle le suit tête baissée. Bientôt ils se dérobent à mon regard. Je les laisse filer en me disant que j'ai bien de la chance d'être célibataire. Je retourne sur mes pas.

Est-ce que j'hallucine ?!

Ces larges épaules, cette haute stature, ces cheveux noirs, ce mélange de classe et d'indolence.

C'est Alec ! Il est près du buffet, de dos, mais je suis sûre que c'est lui ! Plus vrai que nature, net au milieu d'une foule instantanément floue.

Je débloque ! Je ferme les yeux, quand je les ouvrirai, il aura disparu. Un, deux, trois. Merde ! Il est toujours là !

Mr Brico-sexy porte un costume classique mais je le reconnaîtrais entre mille ! Mon ventre se noue quand je découvre son merveilleux profil, son nez aquilin et devine son sourire d'ange de l'enfer. Je reste figée, séchée sur place.

Pitié ! Ne me collez pas dans une vitrine !

OK. J'ai compris. Le destin me tend une perche ! Dès que je serai capable de bouger, je vais aller lui dire tout le mal que je pense de lui et surtout que je sais qu'il n'est que le gigolo de Sarah Ackerman.

C'est quoi cette bimbo d'au moins 60 ans qui lui caresse l'épaule ?

L'une des riches Américaines dont parlait Stan, à tous les coups. Ce sale macho ne se contente pas d'être l'amant de la milliardaire, il a carrément une petite entreprise !

« Spécialiste en petits travaux et en accompagnement de blondes bourrées d'antioxydants… ou botoxées ! »

Alors que je me débats entre consternation et jalousie, mais toujours figée sur place, Alec se retourne, sans doute titillé par mes ondes vibratoires en folie. Son regard s'arrête net sur moi. Après une microseconde où il paraît surpris, ses yeux dorés s'éclairent d'une lueur animale où brûlent encore les braises du désir…

Du moins c'est ce qu'il me semble. Ou alors ce que j'espère…

J'ai la preuve absolue que le dérèglement climatique est à l'œuvre ! Frigorifiée la minute précédente, je fonds maintenant plus vite qu'un glacier dans le désert. Encore une seconde sous son regard et il ne restera plus de moi qu'une misérable flaque d'eau, ma robe rouge et mes sandales ridicules flottant à la surface.

Est-ce que quelqu'un pourrait arrêter le marteau-piqueur hystérique qui sévit dans ma poitrine ?

Alec s'excuse auprès de la dame, pose son verre et se dirige vers moi. Il avance calmement, un sourire imperceptible sur ses lèvres divines, son col de chemise ouvert, il a plaqué ses cheveux, ce qui accentue ses traits sublimes.

Première étape : parvenir à fermer la bouche et avoir l'air moins ridicule.

– Bonjour, me salue-t-il en s'arrêtant à ma hauteur.

Il me fixe, insupportablement décontracté, ravi de me voir, à l'évidence, ni mal à l'aise ni étonné. Il attend tranquillement que je lui retourne la politesse alors que j'ai juste envie de lui retourner une gifle.

Est-ce qu'il se souvient qu'il m'a plaquée deux fois comme une malpropre ?

Mon corps se remet en marche. Et pour quoi faire ? Je vous le donne en mille. Pour passer ma main dans mes cheveux et tirer sur ma robe !

C'est moi qui mériterais une claque.

Je décide de faire l'impasse sur le « bonjour » :

– Je vois que vous êtes en plein travail, attaqué-je sèchement avant de lancer un regard assassin à la cougar botoxée.

Loin d'être déstabilisé ou refroidi par mon accueil, le diabolique se penche vers moi et, d'une voix sensuelle et taquine qui manque de me faire imploser, me chuchote :

– Tu me suis ?
– J'ai autre chose à faire ! réponds-je sur un ton de pimbêche. C'est le hasard, comme au poker ! Vous semblez en connaître un rayon, si j'en juge la lettre que vous m'avez laissée sur l'oreiller. C'était quoi déjà ?

– Qu'il valait mieux partir avant que la reine de cœur ne se transforme en dame de pique. Il semblerait que j'avais raison. Tu es fâchée !

– Depuis quand se tutoie-t-on ?

– Depuis que tu m'as dit en soupirant : « Continue, encore… »

Je ne trouve rien à rétorquer. À l'évocation de notre nuit d'amour, seules des sensations délicieuses et furtives, des images bonnes pour la censure effleurent mon esprit. L'insolent me regarde, l'œil pétillant, visiblement fier de m'avoir mouchée.

– Si nous allions discuter à l'abri des regards indiscrets ? me lance-t-il en me saisissant par le bras tout en regardant autour de lui.

Le contact de sa main sur ma peau nue ne fait qu'augmenter mon trouble. Je m'apprête à refuser mais il m'entraîne déjà.

– Mais c'est un enlèvement, protesté-je en résistant tant bien que mal, alors qu'une partie de moi – et je ne veux pas savoir laquelle – ne demande qu'à le suivre.

Alec me lâche précipitamment à l'approche d'un homme d'une trentaine d'années, chauve, petit et râblé, un appareil photo en bandoulière.

– Harper ! s'exclame Alec. Il n'y avait rien d'intéressant à New York ?

– Que du réchauffé ! répond l'autre sans se démonter en me tendant la main, tout sourire : Franck, enchanté.

– Romane, balbutié-je décontenancée par le regard incisif d'Alec, son air sombre et supérieur qui me subjugue.

Pauv' fille ! Déjà, petite, au pays de Candy, je craquais sur l'énigmatique Terry plutôt que sur le prince des collines !

– Il y a vraiment des pièces splendides ! remarque Franck Harper en me dévisageant.

– Oui, en effet, si on aime les profanations… répond sèchement Alec en s'interposant entre le photographe et moi. Bonne journée, Harper. Alors on y va ? me lance-t-il en me poussant vers la sortie.

– Vous claquez des doigts et j'arrive ? C'est ce que vous vous imaginez ?! m'indigné-je, mais ce n'est pas mon genre…

– Oui, je sais, tu me l'as déjà dit l'autre soir.

– Arrêtez de me tutoyer, m'énervé-je en m'arrêtant devant une vitrine.

– J'ai un trou ! Comment s'appelle la dame de pique déjà ? Ce ne serait pas Romane ? ironise-t-il.

– C'est Pallas, le petit nom d'Athéna, la déesse de la guerre… À votre place, je serais prudent !

– Je devrais suivre ton conseil, murmure mystérieusement Alec, mais quand on a un carré d'as entre les mains…

– Ma parole, vous avez la passion des cartes !

– Drôle et cultivée ! Tu as tout pour me plaire, soupire-t-il. Allons boire un verre, nous continuerons la partie en terrasse.

– Je n'ai pas envie de jouer.

– Moi non plus.

– Qu'est-ce qui cloche, chez vous ? Vous vous prenez pour un prestidigitateur ? Apparition, disparition ! C'est un TOC ?! Vous avez pensé à l'hypnose ?

– Non. Quand je te vois, je n'ai pas la moindre envie de dormir, lâche-t-il, la colère te rend plus belle encore.

Il plonge ses yeux dans les miens. Ce que j'y vois ne laisse pas de place au doute. Son visage tout entier frémit d'un désir mutin. Il me saisit par le bras et, sûr de lui, m'entraîne vers la porte. Excédée, je fais exactement le contraire de ce que je voudrais faire – à savoir : le suivre au bout du monde – et je me dégage de son emprise en le repoussant d'un geste un peu trop vif.

– Pourriez-vous arrêter de me tutoyer, insisté-je en regardant autour de moi pour retrouver mon calme.

D'un coup, je m'arrête de gigoter.

Non ! Ce n'est pas elle.

Un peu plus loin, Jo et Lucas nous regardent, hallucinés. Je leur rends la pareille, bouche bée. Jo porte un tailleur-pantalon qui lui va comme un gant ! Elle est même allée jusqu'à enlever ses piercings, et s'est fait un chignon qui dissimule la pointe rose de ses cheveux. Alec profite de mon silence pour me relancer :

– Tu ne peux pas me refuser un verre.

– Très bien, réponds-je pour en finir. Ce sera l'occasion de vous dire adieu.

Et quel bon prétexte pour accepter.

Je demande à Mr Diabolic-gigolo de patienter et m'approche de mes meilleurs amis un peu contrite. Qu'est-ce que je vais bien pouvoir trouver comme énormité cette fois ?! Je suis prise en flagrant délit ! Autant faire comme si de rien n'était.

– Tu es magnifique ! complimenté-je Jo très sincèrement.

– Je connais ta technique de diversion, me répond-elle d'une voix blanche, en fixant Alec qui ne manque rien du spectacle.

– Et tu ne nous dis rien, enchaîne Lucas un peu vexé.

– Parce qu'il n'y a rien à dire. Ce n'est pas du tout ce que vous croyez, m'enlisé-je.

– On voit ça. Tu fais juste une scène de ménage à une bombe sexuelle qui te dévore des yeux ! s'exclame Jo.

La discrétion, c'est dans vos cordes ? Bon, inutile de m'attendre, leur annoncé-je en allant rejoindre Alec qui s'impatiente déjà.

Cette fois, c'est moi qui vais le mettre au tapis.

8
DÉBUT DE PARTIE

– Vous avez décidé de ne plus parler ? me demande Alec en me servant un verre de vin.

Assise en face de lui à la terrasse que nous avons ralliée dans Saint-Germain-des-Prés, je préfère ignorer sa réflexion et regarder les passants. Ça me donne au moins un prétexte pour fuir le regard de ce macho.

Alec, lui, ne se prive pas de me détailler. Accoudé sur la minuscule table ronde, il a posé son menton dans sa main et promène ses yeux sur mon visage. Je me demande s'il fait la même chose avec ses clientes ?

Diablement efficace.

Il s'attarde sur mes lèvres que je voudrais moins frémissantes, quand je me décide enfin à répondre :

– Vous avez décidé de ne plus me tutoyer ?

– C'est que vous m'impressionnez, vous avez l'air si distante, ironise-t-il en me proposant de goûter aux agapes.

– Non, merci. Je n'ai pas faim, répliqué-je sèchement.

– Comme vous voulez. Mais boire sans manger, vous prenez des risques…

Qu'est-ce qu'il croit ? Que je vais me jeter à ses pieds ? Même ivre, plutôt crever que de me rabaisser…

– Qui sont les personnes que vous avez saluées en partant ? me demande-t-il sans transition. Vous sembliez très proches. Un couple d'amis ?

– Ils ne sont pas ensemble, répliqué-je sournoisement, espérant malgré moi déclencher sa jalousie.

– Le grand blond serait-il le valet de pique ?

Il ne faut pas badiner avec l'amour, je sais. Mais je vais quand même en remettre une couche.

C'est trop bon !

– Vous ne doutez de rien à ce que je vois. Et si c'était le roi de cœur ?

– Eh bien, il faut lui dire que la carte est déjà jouée. Je ne passe jamais mon tour, réplique-t-il très calmement.

Qu'est-ce que ça veut dire ? Aurait-il posé une option sur moi ? Pourquoi suis-je venue, au fait ? Ah oui ! Pour lui dire adieu.

– Vous prenez de longues pauses en tout cas et vous jouez plusieurs parties à la fois, répliqué-je, bien décidée à ne pas me laisser embobiner.

Alec me lance un regard étonné. Il ne semble pas comprendre à quoi je fais allusion. Je me laisserais presque attendrir mais je lutte de toutes mes forces pour rester vigilante. Je le sens un peu déstabilisé et me félicite d'avoir pris la main.

– J'ai raté un épisode ? Qu'est-ce que ça veut dire ? me questionne-t-il apparemment honnête.
– Que je n'ai ni l'envie ni les moyens de m'offrir un gigolo, lâché-je en le défiant droit dans les yeux.

Alec demeure quelques secondes interdit. Il me fixe, l'air grave, le visage immobile pendant qu'intérieurement j'applaudis mon sang-froid. En théorie, maintenant que j'ai abattu mes cartes et raflé la mise, je devrais me lever et partir façon *Casino Royale*. Ce serait glamour mais je reste collée sur ma chaise comme un moucheron sur une vitre !

Je me déteste.

Au bout de quelques instants, Alec plisse les paupières, une lueur de braise pleine de dérision traverse l'or de ses prunelles et le diabolique explose de rire. Vexée et bouillonnante, je reste coite face à tant de légèreté et de mépris.

S'il avait la décence d'être moins sexy !

– C’est bien ce que je crois ? s’exclame-t-il en riant.

C’est impossible de discuter avec ce type ! À croire que rien ne peut l’atteindre. Je ne sais plus où j’en suis et il me ferait presque douter de ce que j’ai vu ! Tout son corps est tendu vers moi, son regard incandescent plein d’ambiguïté m’affole et m’exaspère. Je me sens à la fois irrémédiablement attirée et folle de fureur.

– Inutile de bluffer ! Hier après-midi, chez Mme Ackerman, j’ai vu la photo de vous deux. Visiblement, vous ne décoincez pas que l’ascenseur ! Et que dire de la mégère à la galerie avec laquelle vous trinquiez ? Et le type à l’appareil photo ? Un futur client, peut-être ?

La dernière réflexion n’était pas indispensable…

Il faut croire que ma tirade enchante Alec ! Voilà maintenant qu’il jubile. Loin d’être pris en faute, il semble même savourer l’instant. Il se délecte de ma colère et croque une olive comme si mes révélations le mettaient en appétit. Soudain il devient sérieux et, calmement :

– Bon, mettons cartes sur table. Sarah Ackerman est ma tante. Je ne suis ni son domestique ni son gigolo. La mégère comme tu dis est une spécialiste des arts premiers et en aucun cas ma maîtresse, continue-t-il en pouffant. Franck Harper… Que dire ? Un journaliste new-yorkais qui croise souvent ma route mais qui n’est pas du tout mon genre ! Je préfère les petites brunes, achève-t-il en me dévorant des yeux.

Attention : technique d'affaiblissement de l'adversaire !

– Et pourquoi je vous croirais ? demandé-je en retrouvant espoir malgré moi.

– Parce que c'est la vérité. Mais je dois dire que je suis flatté que mes compétences amoureuses soient éblouissantes au point que tu penses que j'en fais un métier !

Et l'œil brillant, levant son verre, il me lance :

– Je trinque à ta merveilleuse imagination !

Ce qui est sûr, c'est qu'il ne doute de rien !

Mais pourquoi est-ce que je le crois ?! Sur un point en tout cas, je ne peux qu'être sûre qu'il dit vrai. C'est un amant prodigieux !

– Vous êtes le neveu de Sarah Ackerman ? demandé-je pour m'en assurer.

– Lui-même ! Désolé ! C'est moins excitant que son gigolo.

Je ne sais pas si je dois exulter de joie en dansant sur la table ou cacher ma tête au fond d'un trou en mode autruche ! Encore une fois je me suis ridiculisée ! Autant que je résiste encore un peu, histoire de garder ce qui me reste de dignité.

– Je me suis trompée, mais qu'importe. Certes ma conclusion était un peu hâtive mais vous n'en demeurez pas moins un menteur. Pourquoi ne m'avoir rien dit ?

– J'ai bien tenté au restaurant mais vous ne m'avez pas laissé finir, dit-il en me vouvoyant à nouveau. Ce n'est pas dans mes habitudes de dérouler mon pedigree à la première rencontre. Vous étiez tellement sûre que j'étais l'homme à tout faire de Sarah, j'ai cru que ça vous plaisait d'avoir un bricoleur sous la main, invoque-t-il de plus en plus provocateur.

Est-ce qu'il parle bien de ce que je crois ? Oh !

– Je vous emmène en week-end, conclut-il sans transition, en posant un billet sur la table avant de se lever.
– En week-end ?! Comme ça ? balbutié-je, interloquée.
– C'est samedi, non ?

Franchement, je sais plus trop quel jour nous sommes…

Je ne sais que faire. Ce type est complètement fou et totalement irrésistible ! Bien sûr, si je n'écoute que mon désir immédiat, je me lève sans poser plus de questions et me laisse entraîner, mais je suis une fille raisonnable, et surtout j'ai mon orgueil.

Enfin d'habitude…

– Non, je regrette, je ne suis pas les inconnus. Je ne vais nulle part avec vous, trouvé-je la force de répliquer.

Alec cache mal sa déception. Il passe une main sur son menton, regarde autour de lui et enfile sa veste tout en gardant le silence. Mon cœur s'arrête à l'idée qu'il pourrait partir, là, tout de suite. Pourtant, je m'entête et décide de ne pas bouger.

Je mise gros.

– Dommage ! finit-il par lâcher en s'appuyant sur le dossier de la chaise tout en me toisant. Il m'avait semblé l'autre nuit que tu étais plus audacieuse.

Je me sens devenir écarlate, mais, piquée au vif, je soutiens courageusement son regard. Alec a compris que l'orgueil était mon point faible et il joue le tout pour le tout. Je demeure muette. Des sentiments contradictoires assaillent mon esprit. C'est vrai que je ne sais presque rien de lui, mais le hasard a eu la bonté de le remettre sur ma route. Si je ne le suis pas maintenant, je ne le reverrai peut-être plus jamais.

Le regard d'Alec s'attendrit, mes doutes ne lui ont pas échappé. Son visage devient plus lumineux, tandis que toute raillerie disparaît de ses traits. Il me sourit et prend la bienheureuse décision de se rasseoir. Il pose sa main sur la mienne et alors que je me sens fondre, il murmure avec délicatesse :

– J'ai envie de passer du temps avec toi, Romane. Je sais que je t'ai fait mauvaise impression. Et j'ai récidivé l'autre matin quand je suis parti… C'était stupide, cette lettre. Mais c'est comme ça, je ne pouvais pas rester. Accorde-moi deux jours… J'ai tellement envie de te connaître.

Je vole avec les anges. Même un peu plus haut. Nos visages sont si proches que je peux sentir le souffle d'Alec sur ma joue. Ses yeux et sa voix cassée par l'émotion ne mentent pas. Je suis toute ramollo, complètement retournée, et voilà que je me prends pour une chatte ! Je miaule :

– Qu'est-ce qui me dit que vous n'allez pas disparaître comme l'autre fois et me planter, seule, je ne sais où ?

J'ai carrément ronronné.

– Je te le dis : je ne disparaîtrai pas. Je te le jure la main sur ton cœur… Heu ! Sur mon cœur ! blague-t-il. Je ne te quitterai pas d'un pouce, même sous la douche…

Bon, bon, bon !

Me voilà rassurée.

– Mais tu t'es blessée ! remarque-t-il en découvrant le dessus de ma main gauche écarlate.
– C'est rien, réponds-je sans plus savoir où me mettre. Je me suis brûlée.

Les ailes !

Je retire ma main et la cache sous la table. Alec attend toujours ma réponse, comme suspendu à mes lèvres. J'aime bien le faire languir, je le fixe avec un petit sourire indécis. Il n'est pas dupe, il a bien compris que j'avais perdu la partie.

Je n'ai plus ni full, ni suite, ni carré… Je suis « capot »

Depuis que j'ai rencontré Alec, je n'ai pas cessé de me faire des films, d'inventer tout et n'importe quoi à son sujet, mais ce que j'ai ressenti l'autre nuit entre ses bras n'était pas le fruit de mon imagination. C'était si fort qu'il faudrait que je sois irresponsable pour passer à côté de lui ou du moins d'un autre moment de plaisir.

– Je dois passer chez moi pour récupérer quelques affaires, annoncé-je en guise de réponse.

– Non, ça va nous retarder, me rétorque-t-il du tac au tac en laissant à peine paraître sa satisfaction. On a perdu assez de temps.

Je n'ai pas le loisir de protester qu'il sort son téléphone et compose un numéro. Je tente de dire quelque chose mais il est déjà en conversation :

– Bonjour, Lana ! Comment allez-vous ? J'ai besoin de vos compétences de styliste. Pourriez-vous préparer une garde-robe, j'ai une invitée…

Il n'y a personne au bout du fil.

– Une très jolie jeune femme brune, continue-t-il. Les cheveux mi-longs, en dessous des épaules. Des reflets roux au soleil, les yeux noisette, de petits points verts ici et là, précise-t-il en examinant mes prunelles, visiblement très amusé alors que je commence à me dissoudre. La peau…

Rouge…

– Un teint délicieux de pêche… Je dirais un mètre soixante-cinq, et de mes mains je fais presque le tour de sa taille, ça vous donne une idée ?

Moi, ça m'en donne plein, en tout cas…

– Voilà ! Continue Alec, le téléphone toujours collé à l'oreille en buvant une gorgée de vin. Un instant, s'il vous plaît, Lana. Du combien chaussez-vous ? me demande-t-il le plus sérieusement du monde.

– Du trente-sept, réponds-je comme si j'étais témoin d'une rencontre du troisième type.

– Trente-sept, annonce Alec à son tour. Vous faites un assortiment…

Ben oui, comme des macarons…

– Mettez aussi des talons hauts…

Non, ça, c'est pas la peine…

– La demoiselle adore dominer la situation, confie-t-il en me regardant, divinement taquin. Vous savez où faire livrer tout ça. Merci, Lana.

– C'est parti, me lance-t-il.

Allons-y !

***

Je sais ce qu'est une voiture ! Un engin avec un moteur, quatre roues, des sièges, un volant, le tout permettant de se déplacer d'un point à l'autre. Je le sais, sauf que la machine dans laquelle j'ai pris place et qui file sur l'autoroute n'a qu'un vague air de famille avec les automobiles « normales » !

Ce doit être ça, une voiture de sport !

Enfoncée côté passager, je regarde Alec à la dérobée aux commandes de son bolide. Il a enlevé sa veste et fixe la route tout en passant les vitesses avec une classe sensuelle qui me déstabilise un peu.

Euphémisme, n. m. : Atténuation dans l'expression de certaines idées trop brutales !

Je n'ai même pas demandé où nous allions. Depuis que nous avons quitté Paris, je n'ai pas dit un mot. D'abord parce que je ne comprends pas bien ce qu'il m'arrive, mais aussi par crainte de sortir une énormité. C'est en général ce que je fais quand je suis impressionnée.

Je rêve ou nous sommes au Bourget ? Génial ! J'aime l'avion presque autant que l'ascenseur…

La semaine dernière, je suis tombée sous le charme de Mr Brico-sexy, hier j'ai cru qu'il n'était qu'un gigolo et voilà qu'il pénètre maintenant en voiture directement sur le tarmac !

Oh, my God ! C'est qui, ce type ?

À quelques mètres d'un petit avion, Alec coupe le moteur. Je m'apprête à lui demander s'il faut vraiment que je monte dans ce truc minuscule, quand il ouvre sa portière et descend.

Reste cool, bébé !

Pendant qu'Alec discute avec un homme à qui il remet les clés de sa voiture, je commence sérieusement à flipper ! Je sais bien que c'est le genre de chose qui se produit chez moi quand j'ai l'impression que la situation m'échappe. Je le sais, mais… et si Alec était un gangster ?!

Je suis en plein délire.

J'attrape mon portable, il faut que je prévienne Jo et Lucas que je pars pour le week-end. Au pire, ils pourront donner l'alerte si je ne rentre pas. Plus discrète que l'agent secret de Sa Majesté, je compose à la va-vite un SMS plutôt obscur :

[Suis au Bourget. Vais prendre un jet privé. Ignore tout de la destination. Retour prévu dimanche soir. Ne vous inquiétez pas.]

C'est vrai que c'est rassurant.

– Tu envoies un SOS au valet de pique ? me demande Alec en m'ouvrant la portière. Tu as peur que je t'enlève ?
– Pourquoi, vous avez l'intention de me vendre ? demandé-je en forçant la décontraction.

– Aucun risque, me dit-il en m'aidant à sortir. Je te garde pour moi.

Je ne sais toujours pas qui il est exactement, mais voilà un homme qui sait comment me parler.

Jamais je n'aurais pensé monter un jour dans un truc pareil. Je rentre dans le jet avec un sentiment d'irréalité qui me coupe le souffle. Finalement, c'est plus grand que j'aurais cru et absolument magnifique. Un genre de palace volant.

Alec me propose de m'asseoir dans un grand fauteuil de cuir blanc près du hublot. Je suis presque détendue ou franchement sonnée, je ne sais pas trop. L'ex-Mr Brico-sexy s'installe à côté de moi.

Comment pourrais-je le surnommer maintenant ? Rockefeller, ça lui va bien.

Avant même le décollage, Alec me propose une coupe de champagne que j'accepte d'un hochement de tête stupéfait. Ce que je vis est trop exceptionnel pour me laisser envahir par mes craintes ! Je ne voyage pas dans ces conditions tous les quatre matins.

Je ne voyage d'ailleurs pas du tout, je n'en ai pas les moyens…

C'est décidé ! Je vais profiter de ce vol, du week-end fabuleux et inespéré qui s'annonce, de l'homme incroyable qui m'accompagne – que je devais plaquer il y a de cela moins d'une heure, si je ne m'abuse – mais n'y pensons plus et concentrons-nous sur le plaisir !

– Où allons-nous ? lui demandé-je soudainement radieuse.

– Dans un paradis rouge et or que nous atteindrons d'ici deux heures. Ça te va comme réponse ? me rétorque-t-il en souriant.

– Parfait ! J'imagine que je dois m'en contenter ?

– Cette fois-ci tu imagines bien, en effet ! relève-t-il en riant alors que l'avion commence à prendre de la vitesse sur la piste.

Un SMS ! Je n'ai pas éteint mon téléphone.

[On ne te l'a jamais dit mais tu es GIVRÉE. CINTRÉE. COMPLÈTEMENT ALLUMÉE. Si tu n'es pas là dimanche soir, on appelle Interpol. Sois prudente, mais pas trop sage. Bisous, belette. Jo et Lucas]

Cette fois-ci, je ne rêve pas, je vole !

9
VOYAGE EN TOSCANE

1) Je ferme les yeux.

2) Je me mords la lèvre inférieure au risque de me défigurer.

3) Les battements de mon cœur palpitent jusque dans mes tempes.

4) Tout mon corps se tend !

5) Mon cœur va imploser ! C'est normal, cette accélération ?

6) Mon ventre se tord.

7) Alec pose sa main sur la mienne, nos doigts s'unissent !

8) Immobilisation totale de l'appareil !

Ça marche bien, ce truc de décomposer les actions quand je panique mais qu'il ne me lâche pas la main pour autant…

– J'ai cru que vous alliez me broyer les doigts, plaisante Alec en enfilant sa veste avant d'ajouter : *Benvenuta a Firenze !*

– On est à Florence ? En Italie ? m'exclamé-je en me redressant à mon tour.

– Je dirais même mieux, nous voilà en Toscane.

Le pilote vient ouvrir la porte de l'avion et une lumière éclatante inonde la cabine. Alec le remercie et nous voilà sur la terre ferme. Une berline noire aux vitres fumées nous attend sur le tarmac. Un chauffeur en costume nous salue et nous ouvre la portière. Toujours sidérée par ce que je suis en train de vivre, je m'installe sur la banquette arrière, muette, suivie aussitôt par l'homme mystère.

Est-ce que quelqu'un pourrait me dire le titre du film dont je suis l'héroïne à mon insu ?

Durant tout le vol, Alec s'est montré extrêmement délicat et prévenant. Pas le moindre sous-entendu, pas de petites réflexions. Il m'a demandé si j'allais bien une bonne dizaine de fois. Le parfait opposé de l'homme avec lequel j'ai pris un verre trois heures plus tôt. J'avais mille questions à lui poser mais j'ai dû laisser la liste à Paris car rien ne m'est revenu en mémoire. Évidemment, j'étais morte de trac !

Rien à voir avec les bruits de la carlingue, le jet est ultra-silencieux. Non, j'attendais seulement qu'il m'embrasse. Eh bien j'attends toujours…

Alec m'a parlé aéronautique, couleur du ciel, formes diverses et variées des nuages. Peut-être craignait-il que je lui fasse une nouvelle attaque de panique à plus de 10 000 mètres d'altitude ? Malheureusement, il n'a pas pu oublier mon état d'hystérie avancé quand j'étais coincée dans l'ascenseur, lors de notre première rencontre.

Quelle horreur ! Y a pas moyen de couper ça au montage ?

Et maintenant encore, alors que nous sommes isolés du conducteur par une vitre opaque, que nous aurions tout loisir de refaire plus ample connaissance, Alec se montre étrangement distant. A-t-il décidé de me faire attendre ? Ou bien est-il plus réservé que ce qu'il ne laisse paraître ? C'est à n'y rien comprendre.

À moins qu'il espère que je fasse le premier pas ?

Et mon orgueil, je le mets où ?

Alec me lance des regards à la dérobée, un petit sourire aux lèvres, mi-séduit, mi-amusé. À croire qu'il entend mes pensées ! Nos yeux se croisent l'espace d'un éclair et nous détournons aussitôt la tête comme deux adolescents.

Je sens de petits papillons voleter dans mon ventre et une confusion délicieuse s'installer entre nous. Pendant que la voiture quitte la route principale pour s'engager sur des chemins escarpés, je décide de lâcher prise, de savourer ce moment de désir suspendu et de laisser faire les choses.

Statistiquement, il devrait se passer un truc entre nous avant la fin du week-end.

J'admire les blés coupés, les îlots d'amandiers, les vallons aux courbes harmonieuses où se dressent des rangées de cyprès sous un ciel bleu turquoise. Florence est plantée au loin, comme un bijou sur une cape. Mais existe-t-il au monde un endroit plus romantique ?

Je vais pleurer !

Je me sens tout à coup fébrile, submergée d'émotion. J'ai beau chercher, je ne me souviens pas avoir ressenti pareille exaltation en voyant défiler un paysage derrière une vitre. D'autant que ce n'est pas ma première visite en Italie.

Bon, la dernière fois, c'était avec les scouts, j'avais 14 ans et l'abbé Rustique, notre accompagnateur, n'avait pas le sex-appeal d'Alec… En plus j'étais malade au fond du bus !

Bientôt la voiture franchit un immense portail en fer qui s'ouvre magiquement devant nous. Des champs d'oliviers s'étirent à perte de vue jusqu'à ce que nous arrivions dans une cour ombragée entourée d'un corps de ferme en pierres ocre.

– Nous y sommes, m'annonce Alec la voix un peu éraillée. Mon petit paradis.

Nous saluons le chauffeur et descendons de la voiture qui repart immédiatement. Un couple de vieux Italiens nous accueille. Ils semblent bien connaître Alec et l'embrassent chaleureusement.

Youpi ! Un week-end chez papi et mamie.

– Romane, voici Luisa et Giovanni. Ce sont les intendants, ils vivent de l'autre côté de la propriété, précise Alec en me regardant avec insistance.

Merde ! Ça se confirme, il lit vraiment dans mes pensées… J'ai honte.

– Ils font la meilleure huile d'olive de toute la Toscane, continue-t-il.

– De l'Italie ! plaisante Giovanni avec un merveilleux accent italien. *Benvenuta, signorina !*

– C'est bon de vous voir, s'écrie Luisa en me lançant un sourire qui dévoile ses belles dents en or ! J'ai préparé la maison, monsieur Alec, et les antipasti sont au frais, mais si vous voulez passer goûter mes spaghetti…

– Mais tu vois bien qu'ils ont mieux à faire, renchérit Giovanni l'œil brillant, avant d'entraîner sa femme vers une vieille Citroën grise qui démarre en chevrotant.

– Ils sont délicieux, non ? me demande Alec avant de m'inviter à le suivre, toujours un peu distant.

– Oui ! Ils ont l'air de beaucoup vous aimer.

Nous rentrons dans la demeure. La décoration est simple, un peu champêtre. Je suis immédiatement séduite mais aussi quelque peu déconcertée.

C'est normal, non ? d'être déconcertée… il faut me comprendre : après la voiture de course, le jet d'un chef d'État et le chauffeur à casquette, je m'attendais à un palace des Mille et une nuits.

– Viens, me dit Alec en me devançant sur un petit escalier de bois qui craque sous nos pas.

Arrivés à l'étage, nous avançons dans un large couloir. Alec s'arrête devant une pièce. Il ouvre, se colle à la porte et me fait signe d'entrer. Nos corps se frôlent quand je passe près de lui, mais voyant qu'il ne fait pas de geste pour m'arrêter, je continue mon chemin, complètement électrisée.

Comme une pile ! C'est pour ça que je suis allumée.

– Voici ta chambre, m'annonce-t-il en me caressant des yeux, de loin, pendant que je découvre les lieux.

Une chambre pour moi toute seule, c'est délicat, vraiment… Inutile de mentir, je préférerais partager la sienne.

Je fais de mon mieux pour ne rien laisser paraître de ma déception, mais très vite je suis happée par le charme de l'endroit. Le sol est recouvert de parquet, d'anciennes photos de paysans sont accrochées au mur et des bouquets de fleurs séchées sont noués aux poutres apparentes. Le plus impressionnant, c'est le lit à baldaquin immense qui trône au milieu de la pièce.

On pourrait s'y coucher facilement à quatre… et faire de la pole dance sur les montants !

– C'est magnifique ! m'écrié-je, et pour changer de sujet, de peur qu'il ne lise encore dans mes pensées, je me précipite sur un portant à roulettes rempli de vêtements somptueux. C'est pour moi ? m'étonné-je à la limite de l'état de choc.

– J'espère que ça te convient, me lance-t-il depuis la porte.

– Oui ! Merci !

J'ai envie de tout passer en revue mais ce n'est pas le moment.

Je m'approche de la grande baie vitrée qui s'ouvre sur une immense terrasse et un panorama de rêve. Je ne peux m'empêcher de noter deux détails : d'abord l'escalier extérieur qui descend dans la cour et ensuite la fenêtre juste à côté de la mienne qu'on peut rejoindre directement par le balcon ! Serait-ce les appartements de mon hôte ?

– Juste à côté, c'est ma chambre, précise Alec sur un ton délicieusement détaché et follement sensuel, et toujours négligemment appuyé à la porte.

Ah oui ?!

– Je t'emmène faire le tour du propriétaire avant le dîner, continue-t-il. Tu sais monter ?

Hein ? Quoi ? Ai-je bien entendu ?

J'étais une excellente cavalière dans le temps mais je n'ai pas reposé mes fesses sur une selle depuis que j'ai quitté mes parents. De quoi vais-je avoir l'air, crispée sur un canasson ?

– Bien sûr ! répliqué-je avec une fausse assurance qu'Alec a la courtoisie de ne pas remarquer.

– Je te laisse te mettre en tenue. On se retrouve sur la terrasse dans un quart d'heure.

C'est juste le temps nécessaire pour repasser mes galops !

Alec referme la porte derrière lui. Je reste les bras ballants quelques secondes interminables. Ce que je vis n'est qu'un fantasme. Ce n'est pas possible autrement. La salle va se rallumer et je vais comprendre que je suis au cinéma !

C'est quoi, ce film, déjà ? La Rose pourpre du Caire. *Woody Allen. Le héros romantique tombe amoureux d'une spectatrice et sort de l'écran. C'est ce qui doit m'arriver…*

Mais non. Tout cela est vrai, je ne suis pas dans une histoire mais dans la vraie vie et j'ai quinze minutes pour me transformer en écuyère ! Je me jette sur le portant pour trouver la tenue adéquate mais ne résiste pas à tout détailler !

Nous allons aussi au festival de Cannes ?

Robes de cocktail, tuniques, vestes et gilets, foulards, jeans, tops… Au moins dix paires de chaussures et un sac de voyage qui doit coûter plus cher qu'un aller-retour Paris-Sydney !

Et des dessous en dentelle tellement sexy... Il faut que je me calme !

Je trouve enfin ma tenue d'équitation. J'arrache ma robe, lance mes nu-pieds et m'habille en quatrième vitesse comme si ma vie en dépendait. Vraiment, il faut que je souffle, je ne vais jamais tenir, à ce rythme ! Je décide de faire un détour à la salle de bains pour me rafraîchir et vérifier à quoi je ressemble.

Pas mal du tout !

Ce pantalon noir est exactement à ma taille et ces bottes marron sont du meilleur effet ! C'est qui, la reine du shopping ? C'est moi ! Qui l'eût cru ? Et que dire de cette chemise blanche qui flatte ma poitrine ?

Tiens, je fais sauter un bouton pour la peine...

Je remets l'inventaire des cosmétiques à plus tard et sors sur la terrasse, impatiente de retrouver Alec qui n'est pas encore là. Je m'approche de sa fenêtre ouverte et le surprends, torse nu en pantalon noir moulant et bottes de cavalier.

Je me fige, subjuguée par son insolente beauté alors qu'il enfile sa chemise avec une grâce virile qui me coupe le souffle, mais Alec me surprend à son tour. Nos yeux s'accrochent, il prend son temps pour boutonner sa liquette tout en me fixant d'un regard sombre et enivrant.

Est-ce que la scène du baiser, c'est maintenant ? Gros plan sur nos lèvres et fondu enchaîné...

Je détourne la tête, rougissante et confuse, mon imbécile de cœur battant la chamade, je me dissous dans la contemplation du paysage.

– Tu es prête, belle amazone ? me demande-t-il en venant se poster juste derrière moi.

On peut dire ça comme ça...

***

Bonne nouvelle ! Mon éducation du XIXe siècle me sert à quelque chose : je me tiens sur un étalon anglais mieux que la reine Élisabeth !

À mes côtés, Alec fait avancer sa monture au pas en traversant d'immenses plantations d'oliviers. Il me fait découvrir son domaine. La terre est sanguine et les champs d'un jaune éclatant. Je comprends pourquoi il m'a dit qu'il m'emmenait dans le rouge et l'or : c'est exactement ça.

La lumière diffuse de cette fin d'après-midi d'été nous enveloppe d'un voile bienveillant. Alec me couve du regard alors que je m'extasie à chaque instant sur la nature somptueuse. Les cigales sont encore à l'œuvre et semblent nous inviter aux confidences qui ne tardent pas à venir.

– Ça peut paraître étrange mais je suis tombé amoureux de cet endroit au premier coup d'œil, m'avoue-t-il.

Je comprends, ça m'a fait pareil avec vous…

– C'était très étonnant, une impression de familiarité et d'étrangeté à la fois.

Oui, c'est ça.

– J'adore l'Amérique mais l'Europe m'a toujours attiré, poursuit-il. C'était à vendre. Je n'ai pas hésité une seconde, je l'ai acheté et j'ai gardé Luisa et Giovanni pour l'intendance.

Il faut se faire des petits plaisirs de temps en temps…

– Et qu'est-ce que vous faites exactement dans la vie ? Vous êtes marchand d'art ? demandé-je dans l'espoir d'en savoir davantage.

– Non, pourquoi ?

– Je ne sais pas… Enfin comme vous étiez à la galerie, je me disais que…

– Ne vous dites rien surtout et profitez du moment, me coupe-t-il en souriant.

– Vous voyagez beaucoup, n'est-ce pas ? insisté-je.

– Oui, assez.

– Et vous vivez à New York !

– Voilà, me répond-il, laconique.

– Et quand vous venez en France, vous logez chez votre tante !

– Nouvelle conclusion hâtive, s'amuse-t-il en riant. J'ai l'aile gauche de l'hôtel particulier.

Oui, bien sûr ! Son pied-à-terre…

Alec n'a visiblement pas l'intention de m'en dire plus. Si mes questions n'ont pas de réponse, je n'en savoure pas moins le plaisir de chevaucher en sa compagnie tout en l'admirant discrètement. Je me sens étrangement bien.

Il a retroussé ses manches, laissant apparaître la large cicatrice qui lui barre l'intérieur de l'avant-bras droit. Je l'avais déjà remarquée lors de notre nuit d'amour. En la découvrant en plein jour, je suis d'autant plus intriguée et ne peux m'empêcher de poursuivre mon interrogatoire.

– Vous vous êtes battu avec un ours ? le taquiné-je en regardant l'ancienne blessure.

– Non.

– Un loup, peut-être ?

– Encore moins ! Je suis indien par ma mère. Elle m'a aussi donné un nom cherokee : *Amarok*. Ce qui signifie « grand loup des plaines », aucun n'oserait m'attaquer. C'est mon animal totem.

– Indien. Comme Geronimo ! m'extasié-je naïvement.

– Exactement comme ça, petite squaw, m'affirme-il en prenant un air impénétrable.

Mais oui ! C'est ça, le petit caillou qui était tombé de sa poche au matin de notre folle étreinte ! Il m'avait semblé qu'un grand chien y était gravé mais c'était un loup. Un porte-bonheur sans doute… Et me voilà en plein Far West, arrachée d'une diligence, jetée sur un petit cheval nerveux par un Alec à moitié nu, des plumes dans les cheveux et des peintures de guerre sur le visage !

– Tu es parisienne ?

Hein ?

– Oui… Non ! Enfin de la proche banlieue, balbutié-je en revenant à moi.
– Comment se fait-il que tu parles aussi bien anglais ?
– J'avais une nurse anglaise, réponds-je.
– Une fille de bonne famille, à ce que je vois, ironise Alec.

Ça y est, il m'énerve…

– J'ai quitté la maison le jour de mes 18 ans.
– Pourquoi ? me questionne-t-il sans hésiter.
– Joker ! Je n'ai pas envie de parler de ça. Je me suis débrouillée toute seule et j'en suis très fière. Je n'ai rien à voir avec une fille à papa, si c'est ce que vous croyez, pérorée-je en vraie peste.
– Je me trompe ou c'est une flèche qui m'est destinée ? Maintenant que tu ne peux plus m'inventer une vie de gigolo, tu fais de moi une sorte d'héritier oisif qui vivrait aux crochets de sa tante.
– Et c'est le cas ? le provoqué-je.
– Joker ! lâche-t-il sans me quitter des yeux.

– Trop tard, je l'ai déjà posé.

– Il y en a deux, Mlle Je-pars-au-quart-de-tour ! explose-t-il de rire avant de partir au grand galop vers la maison qui se dessine au loin.

***

De retour de balade, après avoir ramené les chevaux au box, je me suis fait mousser sous la douche une bonne demi-heure avant de me tartiner de crème parfumée. J'ai relevé mes cheveux en un petit chignon flou et me suis même maquillée.

Serais-je en train de découvrir ma féminité ? C'est bien possible…

J'ai hésité un moment. La robe de cocktail rouge ? La bleue à volants ? Finalement j'ai opté pour la simplicité. Façon de parler : j'ai enfilé une robe longue en soie noire décolletée jusqu'au nombril devant, échancrée jusqu'aux reins derrière et des talons de dix centimètres.

Normalement, je ne devrais pas dormir seule ce soir…

Alec m'attend pour dîner. Je vais le rejoindre, aussi intimidée qu'impatiente. Je descends les premières marches et l'aperçois en bas de l'escalier, divin dans son smoking sombre. Il me regarde et ne cache pas sa satisfaction en me découvrant avant de me tendre la main.

– Tu es magnifique ! me souffle-t-il à l'oreille.

– Merci. Vous n'êtes pas mal non plus, réponds-je d'une voix suave en frissonnant.

Il pose sa main sur mon dos nu et me conduit dans un jardin intérieur où une table ronde est dressée près d'une petite fontaine. Des coussins sont installés par terre en guise de divan. Des dizaines de bougies illuminent le patio, une musique jazzy, follement sensuelle, sort des enceintes fixées aux murs.

– Champagne ou chianti ? me demande-t-il en laissant glisser son regard sur mon décolleté.

La nouvelle version de moi-même n'a pas jugé opportun de mettre un soutien-gorge…

– Chianti, réponds-je d'une voix sourde, de plus en plus émue mais pourtant assurée.

Alec sert un seul verre. J'attends qu'il me le tende mais il n'en fait rien. Il reste à me regarder, les prunelles incandescentes d'un désir qu'il ne cherche plus à dissimuler et s'avance enfin vers moi.

Ouh là ! Je me sens toute chose ! L'ancienne Romane referait-elle surface ?

Il trempe un doigt dans l'alcool et me lance un sourire imperceptible, l'œil luisant derrière une mèche brune qui lui barre le front. Je suis chacun de ces gestes avec une attention accrue, le cœur palpitant et le souffle court. Délicatement

Alec passe son doigt sur mes lèvres et vient y goûter le chianti du bout de sa langue.

Je le laisse faire, abandonnée à cette douceur délicieuse que j'attends depuis une éternité, mais je sens la passion monter en moi. Je l'enlace, colle mon corps impatient contre le sien tout aussi vibrant de convoitise quand notre baiser devient plus fougueux.

Alec pose le verre sur un coin de table et sans cesser de m'embrasser commence à dénouer mes cheveux.

– Assez attendu ! On dînera plus tard, me murmure Alec en laissant courir ses lèvres sur ma gorge.

– Il faut savoir languir, soupiré-je emportée de volupté…

– Je n'avais pas noté que la patience était une de tes vertus, murmure-t-il en glissant vers la naissance de mes seins…

Moi non plus…

Est-ce que c'est parce qu'il a su garder ses distances toute la journée qu'Alec se montre si prodigieusement impatient ?!

Presque autant que moi…

D'un geste adroit et vif, mon bel Indien fait tomber ma robe sur mes épaules et dévoile mes seins. Sa bouche s'en empare fiévreusement en m'arrachant un long soupir de délivrance. Je me cambre de plaisir en sentant sa langue sur mes tétons et glisse mes mains dans ses cheveux, plus doux que la soie.

Déjà haletante, dans la lumière vacillante des chandelles et l'air parfumé du soir, je savoure nos retrouvailles auxquelles je n'osais plus croire. Je laisse mon amant prendre possession de mon corps. J'ai envie de me donner à lui sans la moindre réserve. Alec ôte sa veste nerveusement, la jette dans un coin de la pièce et s'agenouille devant moi.

Ses lèvres courent sur mon ventre et de petits cris imperceptibles fusent de ma gorge sans que je puisse les retenir. Je sens sa nuque solide sous mes doigts, devine ses épaules musclées qui se dessinent sous le tissu de sa chemise blanche. Je tremble et serre les cuisses sous l'effet d'un impérieux désir.

Comme s'il voulait encore freiner ma passion, Alec se redresse d'un coup. Il s'écarte de moi, me fixe, le regard embrasé, et déboutonne calmement sa chemise.

– Enlève ta robe, m'ordonne-t-il d'une voix délicieusement autoritaire.

Un peu surprise par le tour que prennent nos retrouvailles mais follement excitée, j'hésite quelques secondes puis m'exécute. Je ne sais plus de quel côté sont les agrafes de ma nouvelle tenue ! Je baisse pudiquement les yeux en laissant échapper un rire de confusion mais Alec, très sérieux, insiste pour que je le regarde. Il se met torse nu, ma robe tombe à mes pieds.

Je m'apprête à enlever mes escarpins trop hauts mais il me l'interdit. Je m'arrête, un peu désorientée, tout en l'interrogeant du regard. Alec change aussitôt de ton et me sourit.

– N'aie pas peur, murmure-il tendrement. C'est juste un jeu. Il m'a semblé que tu aimais ça mais je vais sans doute trop vite.

– Non. Je veux jouer selon tes règles, soufflé-je. J'ai confiance.

– Tu peux dire non, ça ne changera rien entre nous...

– Je ne veux surtout pas dire non, murmuré-je comme un aveu en m'offrant à l'intensité de ses prunelles, sulfureuse, en string de dentelle noire et talons aiguilles.

– Très bien. Alors je te rappelle qu'à partir de maintenant, tu n'as plus de joker.

– Je n'avais pas l'intention de le poser.

Alec reste silencieux et me détaille, sa respiration sonore soulève ses pectoraux saillants. Je sens l'intérieur de mes cuisses s'humecter et un vertige me cueillir. Je ne sais pas trop que faire de mon corps mais il semblerait qu'Alec, lui, le sache.

– Je veux que tu danses pour moi, me lance-t-il en s'asseyant à califourchon sur une chaise. Et que tu te caresses.

Ce n'est plus le moment de jouer l'effarouchée... d'ailleurs, je n'en ai pas envie.

Je ferme les yeux et laisse la musique m'envahir. J'ondule d'abord pudiquement puis je deviens de plus en plus lascive. Je me sens prête à tout oser pour le séduire. J'entrouvre les paupières afin de m'assurer qu'Alec apprécie le spectacle. Les jambes écartées, les bras posés sur le dossier de la chaise, il me fixe en passant sa langue sur ses lèvres, comme un loup, en effet. Avec toujours plus d'audace, mes mains découvrent mon corps pour son plus grand plaisir et le mien…

Je me demande où je vais chercher de telles chorégraphies !

Je m'approche de lui en chaloupant et viens danser à quelques centimètres de ses doigts. Je m'accroupis en frôlant ses lèvres du bout des seins. Il a bien du mal à rester en place sur sa chaise. Je me redresse, toujours lascive. Alec lèche mon ventre au passage et me regarde, subjugué. J'ai bien l'impression que je suis en train de gagner la partie, quand il se lève d'un bond et m'enserre la taille.

Alec, fou de désir, se saisit immédiatement de ma bouche qu'il mordille pendant que ses doigts pétrissent la chair rebondie de mes fesses. Je le laisse s'embraser et soupire de bonheur en le sentant devenir plus fougueux qu'un étalon. Il me serre entre ses bras puissants, égare ses mains dans mes cheveux mais je ne fais pas un geste tant qu'il ne m'en donne pas l'ordre, attentive à respecter les règles du jeu.

C'est bien la première fois que je suis des consignes.

Je sens son sexe dur sous son pantalon. Je tressaille d'impatience et me demande si j'ai le droit de l'exciter davantage en frottant mon pubis contre son pénis ? Je tente. On verra bien !

Il faut savoir prendre des risques…

Sous l'effet de ma caresse, Alec perd le contrôle de la situation et laisse échapper un soupir rauque qui me remplit de satisfaction et augmente mon désir. Soudain, alors que je crois avoir gagné, il crispe ses doigts dans mes cheveux et m'incline brusquement la tête en arrière.

Quoi ? Je suis éliminée !

Alec me regarde quelques secondes, les prunelles ardentes. Je le défie du regard sans cesser de me frotter à lui. Un éclair traverse ses yeux et, comme s'il n'était pas encore déterminé à la défaite, il me soulève dans ses bras avant de me poser sur le rebord de la fontaine.

– C'est moi qui mène le jeu, me rappelle-t-il en m'écartant les jambes avant de s'agenouiller devant moi.

Je sens des gouttes d'eau fraîche ricocher sur mon dos en même temps qu'Alec commence à parcourir de ses lèvres le pourtour de mon string. J'accroche mes doigts sur la margelle et me cambre de plaisir sous la divine sensation. Alec évite sciemment mon sexe qu'il frôle à peine de ses baisers. Je deviens de plus en plus humide et, si je le pouvais, je le supplierais de me lécher tout de suite.

Mais l'irrésistible s'arrête et me sourit. Je soupire et tente de le déstabiliser en me mordant la lèvre tout en repoussant mes cheveux d'un geste sensuel. Alec se penche, prend de l'eau dans la paume de sa main et la laisse couler entre mes seins. L'eau ruisselle sur mon corps, Alec me saisit délicatement par la taille et me lape en remontant de mon pubis vers ma poitrine.

De sa main libre, il commence à titiller mon clitoris sous la dentelle de mon dessous. En me découvrant humide, Alec se met à respirer plus vite et ses baisers se font plus pressants sur ma peau. Je ne le touche pas mais ne peux retenir un cri. Je savoure ce moment de pur délice, la nuque rejetée en arrière, l'eau de la fontaine crépitant dans mon dos, quand Alec descend enfin entre mes cuisses.

Il repousse mon string et doucement fait courir sa langue sur mon clitoris. Je suffoque presque. Le plaisir m'inonde. C'est encore meilleur que la première fois. Si c'est possible ! Alec me tient les hanches et, alors qu'il redouble d'ardeur et que je sens venir la jouissance, il vient me pincer le bout d'un sein.

– Continue, le supplié-je.

Le plaisir me rend folle, je soupire et gémis mais Alec ne s'arrête pas pour autant. Au contraire, il me goûte plus intensément encore en me pénétrant de sa langue. Il me semble que je vais mourir de volupté. N'y tenant plus, j'enfonce mes doigts dans ses cheveux et me tords comme une liane en m'extasiant.

Alec s'apaise. Il remonte doucement en déposant de petits baisers sur mon ventre, mes seins, mon cou jusqu'à ce qu'il rejoigne ma bouche. Chacune de ses caresses est une brûlure exquise. Je l'enlace enfin ! Tant pis si je suis hors jeu !

Je parcours son dos, ses épaules sublimes et nous nous embrassons. Ce baiser dure une éternité. Ardemment d'abord, Alec se fait de plus en plus tendre comme en symbiose avec la musique jazzy et le clapotis de la fontaine.

– J'ai envie de toi, lui murmuré-je, alors qu'il dégage délicatement une mèche de cheveux sur mon visage.

Alec me sourit. Il est si merveilleusement délicat tout à coup. Il me retire mes chaussures puis fait glisser mon string le long de mes cuisses, me dénudant tout à fait avant de se lever et de m'attirer contre lui. Me voilà toute petite, presque insignifiante sur son cœur. Je sens une vague d'amour me traverser et je me blottis contre son torse pour y déposer des baisers.

– Ce n'est pas encore la fin de la partie, se reprend-il.

Alec me soulève et me porte dans ses bras jusque sur les coussins. Je m'allonge et je le regarde sortir de sa poche des préservatifs. Dans la lumière tamisée, il retire ses chaussures, son pantalon puis son boxer et reste nu devant moi. Je découvre son érection et j'ai aussitôt envie de la prendre dans ma bouche. Au mépris total des règles du jeu, je m'avance vers lui, posant un genou et une main après l'autre.

Je ne suis pas sûre de tout assumer demain matin mais « demain est un autre jour ».

Le souffle court, Alec me regarde m'approcher de lui, plein de fougue retenue, et il ne trouve pas la force de m'arrêter.

Accroupie devant lui, je fais d'abord glisser mes mains sur ses abdos et découvre ses fesses musclées. Je le fais languir en soufflant sur son sexe sans pour autant le toucher.

Sa respiration devient plus impatiente. Je lui lance un coup d'œil qui l'affole et saisis son pénis dans une main, alors que l'autre divague sur sa chute de reins. Je fais courir ma langue sur son gland, m'amuse à l'exciter avant de le prendre entièrement dans ma bouche. Son sexe durcit encore.

Sous l'effet du plaisir, il laisse tomber les préservatifs et enfouit ses mains dans mes cheveux. Il bascule le bassin à mesure que je fais glisser mes doigts et ma langue sur son sexe. Ses gémissements rauques me rendent plus hardie encore et je pétris ses fesses en redoublant de sensualité. Cette fois il me stoppe, me relève en me serrant contre lui et murmure d'une voix cassée :

– Je veux qu'on jouisse ensemble.

Faisons tout ensemble…

Je l'enlace et l'embrasse fougueusement en m'accrochant à lui. Il me rend un baiser plus ardent encore puis sort un préservatif de son sachet. Pendant qu'il le fait glisser sur son sexe, le temps me paraît trop long, je ne peux plus souffrir la moindre distance et l'attire contre moi.

Alec, au-dessus de moi, me pénètre doucement. Il a posé une main sur mes cheveux et a passé l'autre sous mes reins.

Mes doigts caressent sa nuque, je sens son souffle dans mon cou. Nous faisons l'amour tout en délicatesse. Je goûte le sel de sa peau sur ses épaules en fermant les yeux, alors qu'il s'enfonce au plus profond de moi.

Jusqu'au cœur.

Il se relève appuyé sur un coude et me demande de le regarder. Sa voix n'a plus rien d'autoritaire. J'ouvre les yeux et lis dans son regard l'étonnement d'autant de grâce partagée. Les bougies lancent des ombres dansantes sur son merveilleux visage. Mes soupirs deviennent plus sonores et Alec redouble d'ardeur.

J'ai envie de lui dire que je l'aime ! Je caresse doucement son visage du bout des doigts, ses lèvres, il me regarde au fond des yeux, mais au moment où je m'apprête à parler, une lueur sauvage, presque affolée, traverse ses prunelles.

En un instant, il redevient le maître du jeu. Il se saisit fermement de mes poignets, étend mes bras au-dessus de ma tête et les maintient d'une seule main. Il pose l'autre sur ma bouche comme un bâillon.

Soumise à sa volonté, le plaisir se décuple en moi. Je gémis en sentant le sexe d'Alec me traverser. Une vague à peine perceptible prend naissance dans mes reins et se diffuse doucement dans tout mon être. Alec, toujours plus vigoureux, commence à gémir à son tour.

Je le fixe et vois son regard se troubler. L'approche de son orgasme me porte à l'extase et la vague devient raz-de-marée. Je sens mon merveilleux amant jouir et le suis immédiatement. Nos corps s'unissent et se confondent, noyés dans le même plaisir inégalé.

Alec se laisse tomber sur moi. Je suis envahie de bonheur mais sidérée d'avoir été à deux doigts de lui avouer si vite mon amour. Alors qu'il reprend son souffle, la tête posée dans mon cou, j'adresse une petite prière au cosmos :

Qu'il me dise « Je t'aime » le premier…

10
LES RISQUES DU JEU

– Tu as faim ? me demande doucement Alec en me caressant les cheveux.

– Non, réponds-je, lovée contre son torse. Je n'ai besoin de rien.

Ni boire ni manger. Juste recommencer et recommencer encore l'amour que nous venons de faire. Je veux rester là, nue entre les bras de mon merveilleux amant, allongée sur les coussins moelleux du jardin intérieur jusqu'à la fin de mes jours.

Je n'ai pas l'intention de quitter cet endroit et encore moins cet homme !

Je suis comblée de bonheur, le corps épuisé de plaisir et le cœur prêt à exploser, débordant d'une émotion que je n'ose dire. Pourtant, entre deux soupirs, j'ai bien failli avouer mes sentiments à Alec. C'était moins une !

– Tu n'as pas faim, même pour un tiramisu ? insiste-t-il.
– Si tu le prends comme ça ! m'exclamé-je.
– Ne bouge pas, je pars en commando jusqu'au frigidaire et je reviens.

Alec attrape un plaid pour me couvrir avant de se lever. Je le regarde dans la pénombre, il est juste dans un rai de lumière des dernières bougies. Il enfile son pantalon de smoking sans prendre la peine de mettre son boxer.

Il est roots, mon Indien, ça me rend dingue !

Je m'affale sur le dos et fixe le ciel étoilé au-dessus de moi. Alec est aussi mystérieux et insondable que l'espace. Je ne sais presque rien de lui sauf qu'il parvient à provoquer chez moi des vibrations dignes du Big Bang.

J'en ressens les effets bien après la fin de la cause !

– J'ai eu chaud ! Des antipasti laissés pour compte se sont révoltés et m'ont tendu une embuscade. Je les ai évités de justesse, blague Alec en s'asseyant près de moi, une coupe à la main.

Je m'assieds en riant, je pourrais presque applaudir tellement je le trouve drôle et sexy, mais je me contente de tenir le plaid remonté sur ma poitrine. Alec prend un peu de mascarpone sur le bout de l'index et le porte à ma bouche. Je ferme les yeux et me délecte du dessert autant que de son doigt.

Bon ben voilà, j'ai repris des forces, on peut y retourner…

– Qu'est-ce que tu aimes, comme musique ? me demande-t-il en goûtant à son tour le tiramisu.

– Heu… Eh bien… j'écoute de tout, répliqué-je en abandonnant à regret mes idées coquines, mais j'ai un faible pour le rock.

– Ah bon ? s'étonne Alec en me tendant une autre bouchée, cette fois avec une cuillère.

– Ça a l'air de te surprendre ?

– Non…

– Menteur ! m'écrié-je. Je sais que tu me prends pour une bourgeoise abonnée à l'Opéra.

– Tu m'as bien pris pour un gigolo, me fait-il remarquer.

– C'est pas faux ! J'aime aussi le classique, mais Ana, la mère d'une amie, m'a fait découvrir il y a quelques années les Doors, les Stones, les Sex Pistols… Ce n'était pas du tout le genre de trucs qu'on écoutait chez moi…

– Et ça t'a plu, lâche-t-il en léchant la cuillère.

– Oui, beaucoup, confirmé-je en le dévorant des yeux. D'ailleurs pour mes 20 ans, elle m'a offert sa collection de vinyles et même sa vieille platine.

– Viens ! me dit soudain Alec en m'aidant à me lever.

Enroulée dans le plaid, je le suis jusqu'au salon. Quelques lampes sont allumées et diffusent une lumière douce dans la pièce. Je remarque les grands divans en cuir marron, usés aux accoudoirs, et les tapis persans qui recouvrent entièrement le sol. Des dizaines de tableaux sont accrochés aux murs, des livres et des objets hétéroclites traînent ici et là dans un charmant désordre.

Pas de doute, c'est bien le neveu de Sarah Ackerman !

– Tu fais de la musique ? demandé-je en découvrant un piano droit et une guitare sèche dans un coin de la pièce.
– Comme ça… répond Alec sans s'étendre davantage. Regarde ! continue-t-il en ouvrant une grande armoire en chêne où des centaines de vieux 33 tours sont rangés.
– Waouh ! Mais j'en ai presque autant.
– Ça m'étonnerait que tu aies celui-là, renchérit Alec en me montrant un disque.
– *Harvest*. L'un des premiers albums de Neil Young. 1972, si je ne m'abuse. Je peux même te dire que la chanson « Heart of Gold » est dessus. Et je ne veux pas te vexer, mais je l'ai ! répliqué-je fièrement.
– Vous m'impressionnez beaucoup, Mlle Je-pars-au-quart-de-tour, soupire Alec en s'avançant vers moi pour me faire reculer jusqu'au divan.
– Il y a de quoi, réponds-je en laissant tomber insolemment à mes pieds le plaid qui me couvrait.

Alec s'arrête et, comme un félin fixe un oiseau avant de fondre sur lui, me détaille, l'œil et la lèvre frémissants.

– Tu as une culture musicale qui me laisse sans voix, murmure-t-il.
– Tu n'as qu'un échantillon de mes compétences, l'aguiché-je en m'allongeant sur le sofa, lascive, imitant à la

perfection la pose d'un nu sur l'une des toiles du salon. Mon album de Neil Young est numéroté…

– Ah oui ? persiste Alec feignant la surprise en s'agenouillant près de moi. Numéroté ! Vraiment, je suis ébloui.

Il effleure d'une main légère les courbes de mon corps en partant de la cheville et remonte doucement vers mes hanches.

– Mais j'ai le regret de te dire que le mien est dédicacé !

Je n'ai plus d'arguments à opposer à une telle révélation et en guise de surenchère je l'attire à moi dans un baiser.

***

– Ça va ? s'inquiète Alec en me voyant ruisselante sur le bord de la route.

Quand après une folle nuit d'amour et quelques heures de sommeil, Alec m'a proposé d'aller faire une balade, je ne m'attendais pas à une randonnée.

Ni à une orgie de pasta alla carbonara !

– Je n'en peux plus ! soufflé-je. Quatre kilomètres pour descendre au village et au moins cinq cents grammes de spaghetti, je t'avoue que j'ignore bien comment je vais remonter.

– Eh bien comme ça ! s'exclame-t-il en me soulevant de terre avant de me jeter sur son épaule en riant.

Alec me maintient fermement, une main posée sur le haut des cuisses, et il marche d'un pas guerrier à la fureur du soleil. Je me débats en lui donnant des petits coups de poing dans le dos et exige qu'il me repose tout de suite.

Je résiste pour la forme. La vérité, c'est que j'adore être là où je suis…

– Tu n'as jamais pensé à faire du théâtre ? me taquine Alec, indifférent à mes invectives. Je te verrais bien en Catharina, la mégère apprivoisée de Shakespeare.

– Oh ! m'indigné-je en savourant le plaisir de m'accrocher à ses biceps.

Un véhicule au moteur poussif s'approche de nous et semble avoir bien du mal à grimper la côte. Je me débats de plus belle en me rendant compte qu'on voit presque mon string !

– Je ne veux pas que n'importe qui voie mes fesses ! m'écrié-je.

– Moi non plus, m'assure Alec en me posant, mort de rire avant de se mettre en travers de la route pour arrêter la camionnette.

– Tu es sauvé ! ricane-t-il pendant que je tire sur ma petite robe absolument divine mais décidément trop courte.

Le chauffeur, un paysan que connaît Alec, nous fait monter à l'arrière du vieux pick-up et nous nous installons dans les bottes de foin. Secoués de toutes parts, nous rions aux larmes en essayant d'échanger des baisers malgré les soubresauts de l'engin.

En voyant Alec ainsi, en jean, marcel blanc et vieilles chaussures de marche, j'ai bien du mal à me figurer que c'est le même homme avec lequel j'ai voyagé hier en jet privé. Un nouvel accès de curiosité s'empare de moi et malgré le bruit de la voiture, je demande en élevant le ton :

– Tu ne m'as toujours pas dit ce que tu faisais dans la vie.

– Est-ce que c'est vraiment le moment ? crie Alec, mort de rire, essayant de couvrir les pétarades du moteur.

– C'est une occasion comme une autre, dis-je en tombant sur lui dans un tournant.

– Je suis dans l'informatique, finit-il par me lâcher sans donner plus de détails.

– C'est-à-dire ? C'est un peu vague.

– Eh bien, tu sais, ce sont ces appareils munis d'écrans et de claviers !

– Ah oui, je vois. Des sortes de machines à écrire qu'on peut brancher sur secteur, ironisé-je.

– Grande spécialiste des technologies de pointe, à ce que je vois, se moque-t-il en me renversant dans les foins.

De retour au domaine, je sens mon cœur se serrer en voyant qu'il est déjà seize heures. Le chauffeur doit venir nous chercher en fin d'après-midi pour nous conduire à l'aéroport. Ce soir, je serai de retour à Paris et j'ignore quand je vais revoir Alec. Mais je décide de ne plus y penser pour ne pas gâcher le temps qui nous reste.

– Je vais prendre une douche, annoncé-je en pénétrant dans la maison toute fraîche.

– Excellente idée. Allons-y ! réplique mon baroudeur en me devançant dans l'escalier.

– Tu viens aussi ? murmuré-je, bloquée en bas des marches, un petit sourire ravi sur les lèvres.

– Mais je n'ai qu'une parole ! Je t'ai dit avant de venir ici que je ne te quitterais pas même sous la douche. Je tiens vraiment à te faire bonne impression, conclut-il, sérieux soudain, en me prenant la main pour me conduire dans sa chambre.

Encore une première. Peut-être la chance des débutants, mais l'expérience du sexe sous un jet continu d'eau tiède est un succès ! Je n'aurais jamais imaginé ce que des mains expertes comme celles d'Alec et un peu de mousse sont capables de faire. Combien de fois ai-je joui pendant ce week-end ?!

Je ne vais quand même pas me mettre à comptabiliser mes orgasmes !

Enroulée dans une serviette éponge, assise sur le lit d'Alec et encore émerveillée de bonheur, je le regarde s'habiller. Je me sens tellement proche de lui ; c'était si inimaginable encore hier matin. Je le trouve si beau, si intense, si mystérieux et pourtant tellement évident, je pourrais rester comme ça à ne rien faire d'autre que l'admirer en silence le restant de mes jours.

Oui, je sais, j'exagère mais à peine.

Il enfile un jean, un tee-shirt bleu et se recoiffe à la va-vite avant de nouer ses Converse grises. Je note chaque détail dans ma mémoire comme si je les consignais dans mon cahier de notes. D'ailleurs, je n'ai pas songé un instant à ce que je pourrais écrire depuis que je suis ici avec lui. Je n'ai fait que vivre.

Et c'est pas mal non plus…

Je remarque que sa chambre est plus modeste que celle des invités. Les murs nus, le lit en fer et les livres empilés aux quatre coins de la pièce en disent plus long sur lui que tout ce qu'il tente de cacher.

Récapitulons : beau, sexy, amant merveilleux, drôle, fan de rock, riche et secret avec un goût évident pour la littérature. S'il n'est pas fait pour moi, il ne me reste plus qu'à rentrer au couvent !

Soudain, un son que j'avais presque oublié retentit dans la pièce. Alec soupire et me lance un regard dépité avant de récupérer son téléphone au fond de la veste qu'il portait en arrivant.

– Les affaires reprennent, me lance-t-il.

Il va répondre sur la terrasse. Retour immédiat au réel. Le portable est le signal que la parenthèse enchantée est sur le point de se refermer. Je me pelotonne dans les draps pour respirer l'odeur d'Alec quand je le surprends à élever la voix. Je ne peux qu'entendre la conversation. Il parle en anglais et je comprends très vite qu'il s'agit de quelque chose d'important.

Il fait les cent pas sur le balcon tout en faisant rouler dans sa main son talisman. Aurait-il quelque chose à craindre ? Il répète en anglais : « Ce n'est pas possible ! » et passe nerveusement sa main dans ses cheveux.

– Quand est-ce que cela est arrivé ? demande-t-il la voix étranglée, avant de conclure après un silence : OK. Je serai là demain.

Il raccroche et reste figé, de dos, sur la terrasse. Je ne sais que faire. Dois-je le rejoindre, lui demander si tout va bien ou faire comme si je n'avais rien entendu ? Mais ce n'est pas le cas. Il a parlé « d'être là demain ». Mais là où ? À New York ?!

À l'idée qu'Alec rentre déjà aux États-Unis, je ressens instantanément une boule au ventre. Si c'était le cas, quand le reverrais-je ? Je sais qu'il n'habite pas en France, il me l'a dit dès notre premier rendez-vous. Je l'ai suivi en connaissance de cause, mais c'était avant de vivre ces moments complices, de partager à en perdre la raison le plaisir de nos chairs.

Avant d'aggraver mon cas.

Alec revient dans la pièce. Il est sombre et totalement fermé. Il me regarde à peine et commence à ranger quelques affaires dans un sac. Ça a l'air grave, peut-être le décès d'un proche ? Je n'ose pas le questionner. Après tout si c'était le cas, il me le dirait sans doute.

Enfin, j'espère !

– Tu as un souci ?

– Non, me rétorque-t-il d'une voix blanche en forçant un sourire. La voiture va bientôt arriver, tu devrais aller t'habiller, continue-t-il en évitant mon regard.

– Oui, bien sûr, j'y vais, murmuré-je, la gorge serrée, déçue de découvrir qu'il n'a pas la moindre envie de me mêler à sa vie.

– Toutes les affaires sont à toi, me lance-t-il alors que je suis déjà dans le couloir. Il doit y avoir un sac de voyage… Emporte tout en souvenir…

En souvenir ! Est-ce que c'est déjà fini ?

Il hésite, alors que je peine à retenir mes larmes. Je détourne la tête et demeure stoïque en souhaitant qu'il prononce encore les mots qui pourraient me redonner espoir.

– En souvenir de ce week-end, lâche-t-il simplement en me déchirant le cœur au passage.

***

Si pendant le vol aller, je n'ai fait qu'attendre son baiser, au retour je n'ai fait que désespérer de son silence. Alec est resté muet, les yeux rivés sur le *New York Times* et moi le regard perdu dans l'encre noire de la nuit.

Ne me manquait plus qu'un tricot et vive les vieux mariés !

Et maintenant, c'est pire ! Cap sur les Buttes-Chaumont pour le naufrage programmé de mes espérances. Le silence est presque solide dans la voiture qui file sur le périphérique. Lui aux commandes, les mâchoires serrées, il fixe la route comme déterminé à en finir au plus vite, un mur infranchissable dressé entre nous. Je suis partagée entre dépit et chagrin, sidérée qu'il puisse devenir un autre homme en quelques secondes.

Alec stoppe sa voiture sous mes fenêtres, à l'endroit précis où la semaine dernière il était venu allumer des feux d'artifice. Il demeure immobile, les mains crispées sur le volant et baisse résolument la tête, bien décidé à ne pas croiser mon regard. Je ne peux me résoudre à descendre. C'est impossible de se quitter comme ça, mais j'ai peur de laisser exploser ma colère. Et s'il se braquait ?

Pauv' pomme, j'suis vraiment qu'une poire !

– Est-ce qu'on va se revoir ? demandé-je brusquement.

Alec se tourne vers moi et me regarde avec une telle intensité que mon cœur palpite aussitôt d'espoir retrouvé. Il prend le temps de détailler chacun de mes traits comme s'il voulait les planter dans ses yeux puis me caresse doucement les lèvres.

– Est-ce qu'on va se revoir ? répété-je plus fermement.
– Certainement, souffle-t-il en me glissant quelque chose dans la poche.

Je reste sonnée par une telle réponse. Si je n'avais pas si peur de le perdre et de le défigurer, je lui arracherais les yeux ! Alec quitte la voiture, ouvre le coffre, sort mon sac de voyage tout neuf rempli de « mes souvenirs » et vient m'ouvrir la portière. Je ferme les paupières de toutes mes forces pour empêcher mes larmes de couler avant de sortir.

Alec détourne aussitôt les yeux, referme la porte et sans se retourner rentre à nouveau dans sa voiture puis démarre en trombe. Je suis vidée de toute substance instantanément. Je regarde l'auto disparaître et éclate en sanglots en me laissant tomber sur mon bagage de luxe !

Qu'est-ce que je m'en fous !

Je sanglote de plus belle, renifle assise sur le trottoir tout en cherchant un Kleenex au fond de ma poche. Mais pourquoi j'aurais un mouchoir ? Je n'en ai jamais ! Je sens un petit carton sous mes doigts, je le sors et découvre ce qu'Alec m'a laissé… sa carte de visite !

Mais il se prend pour un VRP ! ?

Folle de rage d'abord, je suis à deux doigts de réduire en miettes la maudite carte, puis je repère deux numéros de téléphone et une adresse mail qui peuvent toujours servir. Mais surtout, je découvre pour la première fois le nom de l'homme qui me rend chèvre : Alec Mendelssohn-Freeman.

Romane Gentillac, désenchantée, monsieur.

Des passants ivres me décident à rentrer chez moi. Je ne me sens pas de passer la nuit sur le trottoir avec un sac Vuitton ! Je traîne jusqu'au perron ma valise de dix kilos en me demandant quand je vais le revoir ? Est-ce qu'il va m'appeler ? Et s'il n'en fait rien, serai-je capable de surpasser mon orgueil XXL pour le contacter ?

Rien de moins sûr. Retour à la case départ.

Me revoilà rongée par le doute. Enfin presque. J'ai au moins une certitude : je suis raide amoureuse d'Alec Mendelssohn-Freeman !

Qui vient de se volatiliser pour la troisième fois…

11
CIAO !

J'avais presque oublié qu'une autre épreuve m'attendait. Je ne suis pas rentrée dans le loft que Jo et Lucas me sautent dessus ! Ils sont complètement hystériques et alternent reproches, questions et soulagement de me voir de retour. Je lâche mon bagage et vais illico me jeter dans le divan, la tête enfouie sous les coussins.

– Je le savais, jamais tu n'aurais dû suivre ce type ! s'affole Lucas.

– Romane, parle-nous, insiste Jo. Qu'est-ce qu'il t'a fait ? Tu peux tout nous dire.

Ah non, pas tout, j'ai ma pudeur…

– On va déposer plainte, s'excite mon colocataire en me tirant de ma cachette.

– Mais pour quoi faire ? demandé-je éberluée. Qu'est-ce que tu veux que je raconte à la police ? Monsieur l'agent, je suis tombée amoureuse ! Retrouvez-moi le coupable sur-le-champ et empêchez-le de quitter le territoire ?

– Mais c'est génial ! s'exclame Jo.

– Non ! C'est une catastrophe, hurlé-je. Il évolue dans un univers de milliardaire quand je rame pour payer mes factures ! Il se déplace en jet privé et met moins de temps pour aller en Italie qu'il ne m'en faut pour aller bosser ! Pour lui, tout est facile, qu'est-ce qu'il peut savoir de ma vie ? Il peut se montrer délicat, drôle et follement tendre et la minute d'après grave, silencieux et distant ! Je ne sais quasiment rien de lui. Je ne sais pas quand je vais le revoir, jamais peut-être et j'ignore où il sera demain, à New York ou à Tombouctou ?

– Waouh ! s'exclame Jo sans plus de commentaires, en s'asseyant sur la table du salon, le regard fixé sur moi.

– Quel débit ! Tu as pris de la coke ? s'inquiète Lucas.

Mais de quoi il me parle ? Je prends même pas d'antalgiques !

– Elle est complètement défoncée, renchérit Jo en se penchant vers moi pour examiner mes pupilles. Mais si tu veux mon humble avis, c'est que du naturel ! Elle a passé le week-end bourrée d'hormones du plaisir et maintenant elle décompense…

Allô ! je suis là !

C'est en sentant le goût salé des larmes dans ma bouche que je comprends que je suis en train de pleurer en silence.

Les yeux dans le vague, incapable de réagir, je me contente de tomber de très haut ! Mes amis fondent sur moi et chacun tente de me consoler à sa manière.

– Ça va aller ! Tu veux qu'on se prépare un banana split ? me propose Jo, pleine de sollicitude.

– Non, merci ! réponds-je en sanglotant.

– Faut positiver, belette… tente Lucas en me frottant le dos. Tu connais le dicton : un de perdu…

– Ah non ! Pas ça… le coupé-je.

– Et sinon, c'est quoi ce sac ? demande Lucas sans plus d'égards que de transition.

– Mais tu peux pas la mettre en veilleuse ! s'énerve Jo qui ne s'emporte que rarement.

– Si on peut plus poser de questions. C'est bon, je vous laisse entre filles ! maugrée Lulu en filant dans sa chambre.

– Il est chiant, des fois, soupire Jo en faisant claquer l'élastique de ses bas rayés.

Ah tiens, je n'avais même pas remarqué qu'elle avait retrouvé son look traditionnel.

– C'est quoi ? me demande Jo en prenant le bristol que je tiens toujours à la main, comme une relique.

– Sa carte de visite. C'est tout ce qu'il m'a laissé avec un tas de fringues que je n'aurais jamais plus l'occasion de porter.

– Mendelssohn ? Il est de la famille de Mendelssohn Computers ?

– Je sais pas, franchement, mais il m'a dit qu'il bossait dans l'informatique.

Jo attrape son ordinateur qui n'est jamais bien loin et rentre dans le moteur de recherche le nom écrit sur la carte. Après quelques clics elle siffle, émerveillée, puis me tend l'écran.

– Ben dis donc ! La première fois que tu tombes amoureuse, il faut que ce soit de l'une des plus grosses fortunes de la planète.

Le visage d'Alec s'affiche sur l'écran, à la une de plusieurs magazines. Je n'arrive pas à y croire. Je lis frénétiquement tout ce qui me tombe sous les yeux ! Alec serait à la tête de l'empire Mendelssohn depuis trois ans. À la mort de son grand-père, Georges, il aurait fait l'unanimité au sein du conseil d'administration pour lui succéder alors qu'il avait à peine 27 ans.

Plusieurs articles parlent de lui comme d'un génie de l'informatique et le comparent à Mark Zuckerberg, le créateur de Facebook, ou encore à ceux de Microsoft et d'Apple ! Il est aussi question de son parcours atypique, il aurait inventé ses premières applications pour mobile à 14 ans et aurait intégré ensuite l'une des plus grandes écoles américaines de management.

– Mais comment tu t'es débrouillée pour rencontrer, ce mec ?! me demande Jo.
– Ce serait trop long ! J'ai pas le courage…

À 23 ans, il était déjà multimilliardaire uniquement grâce aux différentes start-up qu'il aurait créées. Je souffle un bon coup et commence à comprendre pourquoi il ne m'a pas dit qui il était.

Peut-être craint-il que je m'intéresse davantage à ses milliards qu'à lui-même ! Mais ça n'excuse pas son comportement inadmissible ! Cette façon de disparaître sans cérémonie. Soudain mon œil est attiré par une image où l'on voit Alec avec une femme !

Non, non, pas ça !

Je clique sur la photo et le sourire radieux d'Alec crève l'écran et vient transpercer mon cœur déjà mal en point. Sur un tapis rouge, en smoking, il tient par la taille une blonde, absolument divine. Ne supportant plus cette vision, je me lève d'un bond et demande à Jo de s'assurer que l'info est récente.

– C'était le mois dernier, lâche-t-elle désolée.

– Lis-moi l'article, lui demandé-je le souffle court.

– Romane, je ne crois pas que ce soit une bonne idée.

– S'il te plaît, Jo, je veux savoir.

– Très bien, accepte Jo avant de commencer la lecture : « *On se demande quand Beth Solinaro, la chanteuse des Strange Days et le superbe et richissime Alec Mendelssohn-Freeman, vont officialiser leur relation et nous offrir un beau mariage ? D'autant que ce n'est un secret pour personne : le concurrent de Bill Gates serait...* » Tu es sûre ? insiste Jo en s'arrêtant de lire.

– Oui. Continue. Qu'est-ce que je pourrais apprendre de pire ?

– Peut-être qu'il est l'heureux papa de Dany, 8 ans, le fils de Beth dont on ne connaît pas le père, m'annonce Jo d'une voix blanche.

Contre toute attente, j'éclate d'un rire nerveux et m'exclame, victime d'une attaque de proverbes :

– C'était trop beau pour être vrai. Il s'est bien payé ma tête, le multimilliardaire. Et dire que j'ai cru qu'il avait des sentiments pour moi. Je comprends mieux pourquoi il disparaît sans prévenir, il a une famille !

– Tu n'en sais rien, si ça se trouve, ce sont des ragots. Regarde, c'est un magazine people. C'est la gazette des conneries, tout le monde le sait.

– Ferme ce truc, je ne veux plus rien savoir.

– Ne t'emballe pas, insiste-t-elle.

J'écoute d'une oreille distraite les conseils de Jo en me disant qu'elle a peut-être raison. J'ai déjà pris Alec pour un domestique, pour un gigolo, pour un fils à papa et maintenant pour un homme sur le point de se marier et père de famille ! Je suis peut-être spécialiste des conclusions hâtives mais cette fois, c'est quand même gros.

Sa passion pour le rock…

Tu parles, sa passion pour la rockeuse, oui !

– Promets-moi de ne pas faire n'importe quoi, me supplie Jo en me faisant rasseoir près d'elle. Je ne t'ai jamais vue dans un tel état ! Tu as du flair, si ce type était vraiment un salaud, tu ne serais pas amoureuse de lui.

– Hum-hum, acquiescé-je pour qu'on change enfin de sujet.

Mais il ne perd rien pour attendre...

– Bon, ça y est, vous vous êtes fait vos confidences ? demande Lucas en revenant dans la pièce. Je vous propose de faire la paix, dit-il en s'asseyant près de nous avant d'allumer une immense pipe.

– C'est pour ton père ? demandé-je.

– Oui ! Il n'est pas beau ce calumet ? nous demande fièrement Lucas en soufflant une épaisse fumée blanche.

Je tire à mon tour sur la pipe et manque de m'étouffer. Jo me tape dans le dos puis aspire, bien plus habile que moi.

– C'est une vraie de vraie ! Elle provient d'une tribu amérindienne. J'ai le certificat d'authenticité, et la bonne nouvelle, c'est que je vais être obligé de rencontrer à nouveau le beau Stan !

– Le mec de la galerie ? m'assuré-je en cachant mal ma consternation.

– Oui ! répond Lucas. Je dois récupérer la facture, il m'a fait croire qu'il n'avait plus de facturier, mais je suis sûr que c'est une tactique pour me revoir... On a complètement flashé !

Tous les mois, Lucas rencontre l'homme de sa vie... Tout le monde ne peut pas en dire autant !

– Au fait, Jo, comment s'est passé ton entretien ? lui demandé-je soudain désolée de ne pas l'avoir fait plus tôt.

– Faut croire que mon tailleur a fait son effet, annonce Jo, tout sourire. Je pars mardi pour le Soudan. Ils ont besoin de quelqu'un immédiatement. La dernière coordinatrice a pris une balle dans la jambe. Je suis trop contente ! Heureusement que j'ai mes vaccins à jour !

– Une balle dans la jambe ! C'est la guerre, c'est dangereux, constaté-je bêtement. Tu es sûre que c'est ce que tu veux ?

– C'est mon vœu le plus cher, Romane, tu le sais. Vous allez me manquer bien sûr mais sans ça, ma vie n'aurait pas de sens, ce serait un vaste gâchis.

– Je comprends, répliqué-je. Mais jure-moi de faire bien attention à toi !

– Mais oui, je suis une « magical girl », tu sais bien !

– Les deux femmes de ma vie sont folles ! C'est une chance, que je préfère les garçons, soupire Lucas.

On se serre les uns contre les autres, bien fort comme nous l'avons toujours fait pour nous soutenir, comme une vraie famille. Jo et Lucas proposent de boire un verre mais je prétexte la fatigue pour aller me coucher. Je n'ai qu'une idée, régler son compte à Alec ! Je ne peux pas souffrir l'idée qu'il m'ait menti !

Alors que je ne me suis jamais autant livrée à quelqu'un !

***

Aussitôt arrivée dans ma chambre, je prends mon portable et décide de lui envoyer un SMS sans plus attendre. Hors de question de me morfondre et de revivre les angoisses de la semaine dernière. Si ce que j'ai appris ce soir à propos de son histoire avec la chanteuse sont des rumeurs infondées, je veux en avoir la preuve.

Et si tout est vrai, que j'en finisse avec lui.

Je me demande comment tourner la chose, comment ne pas avoir l'air trop intrusive mais après tout il me doit une explication ! Il se prend pour qui ? Milliardaire ou domestique, pour moi ça ne change rien et ça ne m'impressionne pas ! Je choisis volontairement la provocation :

[Je rêve d'un album dédicacé des Strange Days ! Tu peux m'arranger ça, monsieur Mendelssohn ?]

Réponse immédiate. Il est collé à son téléphone ou bien il ne peut pas dormir…

[Ta culture musicale n'en finit pas de m'impressionner. Je verrai ce que je peux faire…]

Quelle enflure ! S'il s'imagine que je vais en rester là !

[Parfait. Si Beth peut griffonner quelque chose après avoir couché le petit…]

Il compose des SMS plus vite que son ombre ! En voilà déjà un autre.

[Qu'est-ce que tu insinues ?]

Je la connais la tactique du mec qui louvoie… On ne me la fait pas, à moi !

[Que je ne suis pas du genre à ramasser les miettes ni à coucher avec un homme presque marié.]

Je compte jusqu'à dix. Même pas ! Voilà la réponse.

[Je croyais que les auteurs avaient d'autres lectures que les tabloïds ! Je suis déçu.]

C'est lui qui est déçu ! Il se moque de moi et il ne veut rien me dire. Il va voir comment je m'appelle : Miss radicale.

[Réflexion faite, à la question : « Va-t-on se revoir ? », je réponds moi-même : certainement… PAS !]

Bon alors, qu'est-ce qu'il attend ? Vingt, vingt et un…

Des secondes puis des minutes interminables défilent sans qu'Alec cette fois prenne la peine de me répondre. Ma gorge se serre, j'ai peur de l'avoir perdu. Peut-être que j'aurais dû écouter Jo et ne pas m'emballer.

Mais ça non plus, ce n'est pas mon genre…

***

Mais où est-il, ce foutu cahier de notes ?

J'ai beau vider mon sac sur la banquette du métro, je ne le trouve pas. C'est complet de chez complet. J'ai perdu toutes les idées de mon hypothétique roman. Ma vie est un enfer ! Et dire qu'il faut que j'aille bosser quand même. Après une nuit sans sommeil à guetter une réponse d'A… Aïe !

Je me repince ! Ma main avait presque retrouvé un aspect normal.

Ça va faire six heures et quatre minutes que je n'ai pas eu le moindre signe de ce salopard. S'il tenait à moi il m'aurait répondu, ne serait-ce que pour m'avouer qu'il est engagé ailleurs ! Il s'est bien foutu de moi. Je ne compte pour rien. Une parmi d'autres et voilà. Je donnerais n'importe quoi pour l'effacer de mon disque dur.

Mon téléphone ! Merde, où est-il ? Pitié ! Faites que ce soit Alec. C'est lui.

[Dommage, j'avais une veste à te rendre…]

J'ai envie d'écraser l'écran ! C'est tout ce qu'il a à me répondre ! « J'avais une veste à te rendre » ?! Et encore avec six heures de retard, histoire de mieux me torturer. Mais c'est quoi ce sale pervers ? Cette fois-ci, c'est fini. Basta ! Je ne veux plus jamais avoir affaire à lui. Je ne prends même pas la peine de lui envoyer un SMS en retour. Rien. Il n'aura plus jamais de mes nouvelles. Plutôt crever et me pincer jusqu'au sang !

Mais qu'est-ce que je suis en train de faire ? Je lui réponds ! Je suis dingue.

[Gardez-la, monsieur Mendelssohn-Freeman. Je ferai déposer la vôtre chez votre tante. En attendant, prenez celle-ci : je ne veux plus jamais vous revoir, ne cherchez pas à me contacter. PS : Définition de « prendre une veste » : Vieille expression française pour exprimer qu'un joueur est éliminé du jeu. Autrement dit : c'est FINI !]

Je reste figée, le téléphone à la main, les yeux embués de larmes. Cette fois, je le sais, Alec ne me répondra plus. Je viens de rater ma station et ça m'est égal. Qu'est-ce que ça peut bien faire ? J'ai juste l'impression d'avoir plaqué l'amour de ma vie.

III

ADIEU MON MILLIARDAIRE

12
LE MANÈGE DE L'AMOUR

Un pied devant l'autre et on recommence. J'avance et j'ai l'impression que je vais perdre l'équilibre. Je viens de planter l'amour de ma vie par SMS ! Pourtant tout semblait enfin sur les rails. Je commençais à peine à le connaître véritablement, même si j'étais raide dingue de lui depuis longtemps !

Depuis le début, quoi !

Son nom, déjà : Alec Mendelssohn-Freeman. Son job : je redoutais qu'il soit gigolo mais en définitive, il est seulement PDG d'une multinationale et milliardaire. Ses origines qui le rendent irrésistible : sa mère est amérindienne.

Tu m'étonnes !

Mais après un week-end idyllique en Toscane où j'ai expérimenté, par ordre de priorité, les orgasmes en chaînes, une variante de la « pole dance » en talons aiguilles, le voyage en jet privé, une balade à cheval et les spaghetti non déshydratés, Alec m'a encore plantée et a disparu de mes radars.

Depuis que j'ai rencontré ce type, c'est comme si j'avais embarqué sur les montagnes russes !

Dix jours à peine et je suis déjà passée par toutes les émotions que procure le manège de l'amour, alors que j'ai horreur de la foire. Mais qu'est-ce que je ne déteste pas, ce matin, je me le demande ? Stop ! Je ne veux plus penser à lui. Terminé.

Aïe ! Ce n'est plus une partie de poker. Ça tourne au pouilleux massacreur, ce jeu débile où le perdant est pincé jusqu'au sang.

Allez ! J'ai d'autres centres d'intérêt que ce macho d'Alec. J'ai une carrière à mener et un best-seller à écrire, moi ! Sauf qu'en plus, j'ai égaré mon cahier de notes !

Je ne sais pas ce que j'ai pu en faire. Je perds vraiment la boule ! Je crois que je vais pleurer.

Je pousse la porte du quatre pièces où les éditions Woolf ont élu domicile et je suis aussitôt saisie à la gorge par une odeur de tabac mêlée à celle du café noir. Aude, ma patronne, est installée à ma place, dans cette espèce de hall minuscule qui me sert de bureau. Elle fume une cigarette, les pieds posés sur ma table. Quand elle me voit entrer, un large sourire fend son visage émacié et elle se met à applaudir.

Qu'est-ce que j'ai fait, encore ?

Je me demande si c'est un piège et je cherche quelle faute j'aurais bien pu commettre quand Louane sort de son bureau sans même me saluer et ouvre l'unique fenêtre pour aérer, furax. C'est sûr, j'ai fait une énorme bourde ! Sinon, pourquoi cette pimbêche me lancerait-elle ce regard assassin ?

Parce qu'elle ne peut pas me saquer, pardi !

– Bravo, mademoiselle Gentillac ! s'écrie Aude en se levant d'un bond, renversant au passage le cendrier sur mon fauteuil. Et merde ! Faudra nettoyer ça…

J'imagine que c'est moi qui vais m'y coller ?

– Vous êtes une perle, ma petite Romane ! Je le savais ! continue Aude sans prêter attention à la mauvaise humeur de son associée.

– Qu'est-ce qui me vaut cet accueil ? demandé-je en me détendant un peu alors que Louane me foudroie littéralement des yeux.

– Sarah Ackerman ! m'annonce Aude, victorieuse.

Si au moins je pouvais me pincer, ça me ferait du bien. Me découvrirais-je quelques tendances masochistes ?

– Figurez-vous qu'elle m'a téléphoné hier soir, continue-t-elle. Enfin, cette nuit. Elle veut travailler avec nous. Je ne sais pas ce que vous lui avez raconté vendredi, ma chère Romane, mais Mme Ackerman est partante pour une série d'entretiens. On le tient, ce bouquin qui va nous sortir de la panade !

– C'est génial ! m'enthousiasmé-je.

– Ça va ! Inutile de s'emballer, me coupe sèchement Louane. Rien n'est encore signé. Et ne restez pas plantée là comme un poireau. Vous voyez bien que c'est un véritable capharnaüm, ici ! Vous croyez qu'on a les moyens de se payer une femme de ménage ?

Assistante d'édition et agent d'entretien. Ce doit être ça, le poste évolutif…

Elle s'attend à ce que je réponde, mais je préfère garder le silence et obéir comme un bon petit soldat, histoire de l'exaspérer. Secrètement, j'exulte ! Je suis tellement fière de moi. Franchement, je ne pense pas y être pour grand-chose dans la décision de Sarah Ackerman. En revanche, c'est bien moi la responsable de la fureur de Louane.

Ça me met du baume au cœur.

– Faut-il que je passe aussi l'aspirateur ? demandé-je avec un sourire aussi faussement soumis que démoniaque.

Comme je l'avais supposé, Louane devient plus rouge qu'un camion de pompier et s'apprête à hurler mais Aude s'exclame :

– Pas le temps ! Sarah Ackerman est en route avec son avocat pour discuter des modalités du contrat. Ils vont arriver d'une minute à l'autre.

À l'idée de revoir cette femme, je me sens faiblir de nouveau. Je repense à ma visite éclair de vendredi et à la façon dont je me suis enfuie de chez elle en découvrant la photo d'elle avec Alec. Dire que j'ai pris sa tante pour sa maîtresse !

– Mes cheveux, ça va ? me demande Aude en me montrant le palmier jaune et filasse qu'elle a sur la tête.

– Oui, très bien, réponds-je.

On ne peut pas toujours dire la vérité…

On frappe déjà à la porte. Je sursaute et mon cœur est pris de palpitations, exactement comme si Alec en personne allait se présenter devant moi !

– Attendez une minute, murmure Aude. Je vais dans mon bureau, je ne voudrais pas qu'elle pense que nous l'attendons comme le Messie.

– Allez ouvrir ! s'exaspère Louane, qui me voit figée pendant qu'elle réajuste sa jupe.

Je m'exécute et me trouve face à une Sarah Ackerman insoupçonnée en survêtement mauve, casquette jaune vissée sur la tête et bâtons de marche, accompagnée d'un homme… désagréablement familier !

Non, ce n'est pas son entraîneur, mais bien son avocat…

Quelle horreur ! Paul de Thyli !

Il me fixe, l'air surpris, puis reprend aussitôt sa contenance. Incapable de bouger, prise de sueurs froides, je me fige. Louane se précipite vers moi et les invite à rentrer.

Je ne sais pas exactement ce qui se passe. Aude est sortie de son bureau, je crois. Elle pépie dans un coin du hall. J'entends à peine ce qui se dit, tout entière aspirée par le bourdonnement de mes oreilles.

C'est un cauchemar !

– Romane Gentillac ! s'exclame l'avocat de Mme Ackerman en saisissant ma main pour la serrer. Tu ne me reconnais pas ? J'ai tellement changé ?

Non, pas du tout.

Paul, le meilleur ami de mon frère Wando, est exactement le même que lorsque je l'ai perdu de vue. Quelques rides d'expression autour de ses yeux clairs tout au plus et les cheveux plus courts, peut-être, sinon il a le même sourire carnassier qu'à l'époque.

Et toujours une tête certifiée de « sale con ».

– Oui, bien sûr, Paul, je me souviens, réponds-je en retirant ma main moite de la sienne, tout en faisant un effort surhumain pour ne pas trahir mon émotion.

– Vous vous connaissez ! s'émerveille Sarah. J'adore les coïncidences. C'est un signe ! Qu'en pensez-vous, madame Lussac ?

– Assurément ! renchérit ma patronne, ravie. Ce projet me semble démarrer sous les meilleurs augures.
– Nous nous connaissons depuis une éternité ! N'est-ce pas, Romy ? lance Paul en me glissant un clin d'œil qui me dégoûte instantanément et m'empêche de répondre.

Agacée sans doute que je lui vole la vedette pour la seconde fois depuis mon arrivée, Louane propose en forçant un sourire :

– Bien, et si nous passions dans la salle de conférences ?

Une ancienne chambre de huit mètres carrés avec une table de cuisine et cinq chaises. Laissez-moi rire, j'en ai besoin.

Toutes pénètrent dans la petite pièce attenante alors que Paul s'attarde dans l'entrée. Je m'installe à mon bureau et allume mon ordinateur, évitant de lui parler. Il me dévisage maintenant sans la moindre retenue. Je n'ose pas le regarder, je ne veux surtout pas qu'il puisse s'enorgueillir de mon trouble.

– Toujours craquante comme une belle pomme, murmure-t-il en se penchant vers moi.

S'il pouvait s'étrangler avec un morceau ! Ce qui est sûr, c'est que j'en ai un en travers de la gorge et que je le lui cracherais bien à sa face d'enfoiré. Mais j'ai l'impression d'avoir 17 ans de nouveau et d'être sans défense.

– C'est par là que ça se passe, trouvé-je la force de dire froidement en montrant la salle de réunion.

– Bien sûr. J'en perdrais presque ma conscience professionnelle ! ironise-t-il en allant rejoindre les autres avant de fermer la porte derrière lui.

Quelle découverte ! Paul de Thyli a une conscience.

Je tremble comme une feuille et tente de retrouver un semblant de sérénité quand je me rends compte que je n'ai pas pris le temps de nettoyer les cendres qu'Aude a renversées un peu plus tôt sur mon fauteuil.

C'est bien un pantalon blanc que j'ai mis ce matin ?!

– Vous pouvez venir, s'il vous plaît ?

Cette voix monocorde, défaite, c'est celle de Louane qui vient de rouvrir la porte. Elle doit s'adresser à quelqu'un d'invisible, étant donné qu'elle ne me regarde pas. Mais elle insiste en soupirant :

– Mme Ackerman tient à ce que vous soyez présente.

OK. Restons pro même avec un pantalon pourri et l'angoisse de me trouver dans la même pièce que ce nuisible Paul.

Je rentre à regret dans la salle, les mains sur mon postérieur pour cacher les taches qui doivent s'étaler en longues traînées grises, et m'assieds sur la seule chaise encore libre. Juste en face du pou, lui-même attablé près de Sarah Ackerman.

Paul profite de la situation pour me détailler. Il me jette des coups d'œil tout en sortant des documents de son attaché-case. Mon malaise ne fait que croître et je ne peux m'empêcher de vérifier que les boutons de ma chemise sont bien fermés jusqu'en haut.

– Bien, nous pouvons commencer, déclare Aude en prenant un ton professionnel que je ne lui connais pas. Si cela vous convient, madame Ackerman, je propose que Louane Marchand se charge de mener les entretiens et rédige vos « mémoires ». Elle a déjà supervisé plusieurs publications…

– Dont j'ai écrit moi-même les préfaces, précise Louane. Nous pouvons organiser des tranches de travail…

– Une petite minute, la coupe Sarah. Je ne doute pas de vos compétences, Miss Marchand, mais jusqu'à maintenant, j'ai traité avec Miss Gentillac.

Et…

Tous les regards se tournent vers moi. Celui de Sarah, brillant d'un feu étrangement bleu et dansant, celui de Paul, métallique et qui me donne l'envie soudaine de prendre mes jambes à mon cou, et ceux d'Aude et de Louane, circonspect pour l'une, meurtrier pour l'autre, stupéfaits pour les deux.

Ils attendent certainement une réaction de ma part mais je reste sidérée. Sarah me sourit, ravie de son effet, et affiche une décontraction qui me rappelle immédiatement son neveu. Au lieu de rassembler mes forces pour sortir un mot intelligible, je cherche dans son visage une vague ressemblance avec celui d'Alec.

Non. Ne pas pincer !

Je suis flattée malgré moi, d'autant que Louane se décompose et j'assiste – non sans plaisir – au combat intérieur qu'elle se livre pour ne pas exploser. Aude fait de son mieux pour cacher sa stupeur et tire nerveusement sur sa couette.

Paul coule sur moi son regard libidineux tout en caressant ses lèvres du bout de son stylo. Non ! Ce n'est pas possible ! Même si j'adorerais écrire cette biographie, je ne peux pas travailler avec une cliente de Paul de Thyli !

– Mais enfin, Mlle Gentillac n'est qu'assistante ! fait remarquer Louane, me soulageant du silence, même si c'est pour dire une vacherie.

– Je comprends, répond l'Américaine, toujours aussi cool. Tant pis, j'aurais adoré travailler avec Woolf, conclut-elle, détachée, en faisant mine de se lever.

Alec aurait pu dire ce genre de chose… C'est un peu ce qu'il a fait en me plantant devant chez moi avec sa carte de visite…

– Une petite seconde ! intervient Aude, qui semble être à deux doigts d'en coller une à sa chère associée. Nous pouvons discuter et nous finirons par trouver un arrangement. Personnellement, je ne vois pas la moindre objection à ce que Romane mène ces entretiens et rédige la biographie de Mme Ackerman.

– Je n'aurais pas de réticence moi non plus si Mlle Gentillac avait les compétences, mais ce n'est pas le cas, souffle Louane, dévoilant de petites dents parfaites dans un sourire crispé.

Je lui montrerais bien mes « compétences » à celle-là !

– Permettez-moi d'en douter, Miss Marchand, intervient Sarah. Je pense au contraire que cette petite a toutes les qualités pour le job !

Je n'arrive pas à y croire ! Je suis flattée et je me réjouis de la déconvenue de Louane, mais voilà qu'elles parlent de moi comme si j'étais absente. Je me décide à intervenir :

– Je tiens à dire que je suis très honorée par cette marque de confiance, madame Ackerman. Il est vrai que je ne suis qu'assistante et que je n'ai jamais rédigé de préface, dis-je, faussement humble, en fixant Louane dans les yeux. En revanche, j'ai publié des articles dans des revues de sociologie et même écrit quelques nouvelles.

– Il y a tout de même une différence entre rédiger deux ou trois paragraphes et écrire une biographie, note Louane en tapotant sur la table.

– C'est Romane qui mènera les entretiens, déclare Aude, clouant le bec à sa comparse. Le débat est clos. Ne reste plus qu'à régler quelques détails.

Éditions Woolf: 51 % de parts pour Aude, 49 % pour Louane ! Le match s'arrête là.

– *Perfect !* s'écrie Mme Ackerman. Je voudrais parler avec Miss Gentillac en tête à tête, si cela ne vous dérange pas.

Aude se lève aussitôt et prie tout le monde de la suivre à l'extérieur. Louane fait presque tomber sa chaise en se redressant et quitte la salle sans me regarder. Paul me fixe et un nouveau malaise me prend à la gorge, mais heureusement il sort lui aussi.

Je ne sais pas ce que je dois faire. Saisir cette opportunité incroyable ou refuser tout simplement cette offre ? Paul est l'avocat de Sarah, je ne peux pas envisager d'avoir affaire à lui ! Je ne peux pas non plus me dire que je vais travailler avec la tante d'Alec alors que nous avons rompu.

Mais ce serait peut-être une occasion de le revoir…

Aux prises avec mes contradictions et excédée qu'Alec traîne encore dans ma tête – alors que je devrais être totalement concentrée sur mon avenir professionnel – je me pince la main si fort qu'un petit cri de douleur s'échappe de mes lèvres.

– Tout va bien, ma petite ? me demande Sarah, étonnée.
– Oui. Très bien…

Je suis juste en pleine confusion…

– Je tenais à vous rendre ceci, continue Sarah en sortant de son sac à dos mon cahier de notes. Vous l'avez oublié chez moi vendredi.

Je me rappelle maintenant ! J'ai vu la photo, je me suis levée comme une hystérique, j'ai ouvert mon sac, y ai fourré en quatrième vitesse les livres que je devais récupérer et c'est sans doute là que mon cahier a glissé.

– Je dois vous confier que j'ai tout dévoré ! Je sais que ça ne se fait pas… Mais ça m'est égal. Qu'est-ce que c'est au juste, un journal intime ?

– Non, réponds-je, complètement sonnée. Ce sont des idées jetées comme ça…

– J'adore votre style, ma petite, me coupe Sarah. C'est intelligent, c'est fin, c'est sans concession. Bref, vous avez du talent ! C'est pour ça que je veux que ce soit vous qui rédigiez ma biographie.

– Merci, balbutié-je en sentant monter en moi une joie toute neuve.

– Je ne veux pas vous contraindre. J'accepterai de travailler avec Woolf même si vous refusez. Alors ne vous inquiétez pas pour votre job. J'ai mis la pression sur vos patronnes car c'est comme ça que ça marche. Je connais la vie, ça fait cinquante-cinq ans que je la pratique. Par contre, si vous acceptez, c'est maintenant ou jamais, et c'est à New York que ça se passe. Je dois rentrer impérativement aux States pour préparer ma prochaine expédition au Pôle. Nous ferons les entretiens chez moi et je mettrai à votre disposition un appartement dans Manhattan. Qu'en dites-vous ?

Putain ! Bordel ! C'est génial !

Je regarde Sarah complètement abasourdie, le cœur battant. Elle vient de me dire que j'avais du talent et qu'elle veut que j'écrive un livre à New York. Je n'aurais jamais espéré qu'un truc pareil m'arrive, pas si jeune !

Mais j'hésite…

Quoi ? Je refuserais de voir mon rêve d'écriture se réaliser à cause de Paul qui ressurgit dans mon existence comme un diable sort d'une boîte ? Il n'a pas fait assez de dégâts dans ma vie peut-être ? Et Alec est à New York…

Mais qu'est-ce que je me raconte ! Ça va pas bien !

Si je pars, c'est à la conquête de moi-même et certainement pas pour reconquérir ce sale macho. Le destin me fait signe et j'ai trop d'ambition pour laisser passer ma chance. Ma décision est prise. Je regarde Sarah dans les yeux, lui offre mon plus beau sourire et, d'un ton ferme, je lui dis :

– J'accepte volontiers, madame Ackerman.
– *Perfect* ! Demain, New York est à vous, ma petite.

13
ÇA DÉCOLLE !

La tête de Louane, quand Sarah a annoncé ravie que je l'accompagnais à New York et qu'on partait le lendemain ! Je ne me lasse pas de ce souvenir. Elle est devenue verte sous son fond de teint porcelaine et s'est affaissée comme un soufflé.

Et Aude qui n'avait qu'une hâte, que cette « Chère madame Ackerman », comme elle l'appelle, signe les papiers. Je lui suis reconnaissante même si je ne me fais pas d'illusions. Je sais que seule son ambition pour Woolf a convaincu Aude de me laisser partir.

Hier, en sortant de la salle de réunion, j'avais une telle confiance qu'il me semblait que j'avais grandi de trente centimètres en quelques minutes. Paul me fixait toujours, croyant sans doute m'impressionner, mais j'ai soutenu son regard et c'est lui qui a fini par baisser les yeux.

Finalement, c'est ma plus grande victoire !

Même maintenant, alors que j'attends d'embarquer, j'ai du mal à croire ce qui m'arrive. Inutile de préciser que j'ai usé et abusé de la technique du pincement depuis hier, à la fois pour me dire que je ne rêvais pas et pour détourner mes pensées d'Alec.

Technique nulle, inutile d'essayer.

Car en préparant mes bagages, en cherchant mon passeport tout en essayant d'expliquer l'affaire à Jo et Lucas abasourdis, je n'ai pas cessé de penser à lui. Comme quoi les femmes ont vraiment un cerveau multitâche !

Enfin, ça dépend lesquelles, bien sûr…

C'est sûr que collaborer avec sa tante ne va pas m'aider à m'arracher Alec du cœur. Je me suis même demandé si ce n'était pas lui qui avait convaincu Sarah de m'engager ! Je sais que c'est encore un délire dont j'ai le secret. Non ! Sarah Ackerman m'a engagée parce que j'ai du talent.

Quoi, prétentieuse ? Non, je dope ma confiance.

Je pars vers mon destin, j'en suis sûre. Et ce qui est incroyable, c'est que Jo marche vers le sien en même temps que moi. À cette heure, elle est déjà en vol pour Khartoum où elle va prendre en charge la logistique d'une ONG. Et ce pauvre Lulu qui reste seul à Paris, à se demander comment il va annoncer à son père qu'il ne sera jamais *trader* mais cuisinier.

– Vous me semblez bien songeuse, remarque Sarah.
– Tout ça est tellement inattendu, vous me conduisez vers l'inconnu, madame Ackerman. Je suis tout excitée et tellement reconnaissante ! réponds-je.
– Vous allez voir, vous allez adorer ça. N'allez pas vous imaginer que je sois charitable. Vous n'avez rien d'un oiseau de basse-cour, vous êtes de la race des oies migratrices. J'ai l'œil, faites-moi confiance. Et par pitié, *honey*, appelez-moi Sarah ! Vos « madame Ackerman » me donnent l'impression d'avoir mille ans.

Honey !

Quand nous pénétrons dans l'appareil, un frisson d'angoisse me parcourt de la tête aux pieds. Je m'installe près de Sarah dans les immenses fauteuils inclinables de la classe affaires et je me fais la réflexion que c'est quand même beaucoup mieux que la classe éco.

Mais un peu moins bien que le jet privé... Non, je n'ai pas pensé à qui j'ai pensé !

– Je vais vous expliquer comment va se dérouler notre collaboration, m'annonce Sarah qui a déjà enlevé ses chaussures et enfile un gros pull en laine. Vous êtes toute blanche ! Vous n'avez pas peur de l'avion, au moins ?
– Pas du tout ! mens-je.

– À partir de demain neuf heures, nous aurons deux semaines pour mener les entretiens. Vous disposerez ensuite de deux mois pleins à Paris pour rédiger la biographie afin que le livre sorte début novembre pour rester dans le cadre de la rentrée littéraire. Ça coïncide avec mon retour d'expé, ce sera un excellent coup de com'. Vous imaginez bien que je ne serai pas joignable sur la banquise, continue-t-elle en mettant des chaussettes de trappeur qui lui montent jusqu'aux genoux.

Elle m'inquiète. Est-ce qu'il va aussi faire moins quarante dans la cabine ?

– Vous aurez donc mon amie Brooke comme interlocutrice. C'est elle qui validera vos travaux. Je lui fais entièrement confiance, elle me connaît mieux que moi-même.

– Très bien. Est-ce que…

– Je vais vous la présenter rapidement, oui. Elle est à New York.

J'avais oublié qu'on avait du mal à en placer une avec elle…

– Que ce soit clair, continue Sarah. Vous devez écrire un portrait de moi sans concession. Je ne suis pas un ange, ma petite, j'ai un sale caractère, je suis terriblement bavarde, un brin égocentrique et je ne m'encombre ni de préjugés ni de morale bien-pensante.

– Ça me convient, réponds-je en crispant mes doigts sur les accoudoirs pendant que le Boeing s'arrache de la piste dans le vrombissement tonitruant des moteurs.

Je profite d'un silence de Sarah, absorbée à regarder le sol s'éloigner, pour poser la question qui me taraude depuis la veille :

– Et Paul de Thyli dans tout ça ? A-t-il un droit de regard ?
– Non, ce cher Paul ne s'occupe que de la partie contractuelle, me répond-elle, le nez collé au hublot.

Elle se tourne ensuite vers moi avec un petit sourire en coin, et ajoute :

– Ne vous inquiétez pas, *honey*, vous serez amenée à le revoir à la parution. C'est un vieil ami ou un ancien amant ?

Quoi !

– Ne répondez pas. Qu'est-ce que je vous disais ! Vous pourrez ajouter « indiscrète » à la liste. J'adore les histoires d'amour contrariées, c'est mon côté fleur bleue, que voulez-vous ?

Je préfère ne pas relever ses sous-entendus scabreux. Je n'ai pas la moindre envie de me lancer dans des explications. C'est moi qui dois recueillir les confidences de Sarah, pas l'inverse, et je m'en réjouis. Je suis au moins rassurée sur un point : je n'aurai pas affaire à cette ordure de Paul.

– Vous voulez un alcool fort, ma petite ? me propose-t-elle en appelant l'hôtesse.
– Non, merci.

À quatorze heures, ça ne me dit rien du tout…

Sarah tire de son sac une boîte de somnifères, en jette deux dans sa bouche et fait glisser le tout en avalant cul sec l'intégralité de son gin tonic bien tassé.

– On se revoit à New York, *honey* ! me lance-t-elle.

Elle se met un bonnet sur la tête et un masque de sommeil sur les yeux avant d'incliner son siège en position couchée.

Je n'ai jamais vu personne s'endormir aussi vite ! Elle a mis le paquet, mais quand même ! Il ne me reste plus qu'à regarder un film. Ça m'évitera d'écouter tous les bruits étranges de la carlingue.

Je commande finalement une coupe de champagne pour fêter mon succès et, un casque sur les oreilles, je me laisse entraîner dans les tribulations hilarantes de Woody Allen.

Ben oui, je l'adore ! Un névrosé qui a réussi, ça m'encourage…

Deux heures de vol écoulées et Sarah dort toujours à poings fermés. Un steward très affable vient me demander si j'ai besoin de quelque chose. J'ai l'impression que si j'exigeais un bain au lait d'ânesse, là tout de suite, il me répondrait que c'est possible. Je me contente de quelques journaux et d'un « thé blanc parfumé à la brume de rose ».

Moi non plus, je ne sais pas ce que c'est…

Je feuillette le *New York Times* et un coup de poignard dans la poitrine me fait redresser le siège. Un article annonce : « Une perte inestimable pour Mendelssohn Computers ». C'est la boîte d'Alec ! Il est question du suicide du directeur financier en poste depuis vingt ans. Un certain Peter Santorro.

Suit un bref historique. George Mendelssohn, un informaticien visionnaire d'origine irlandaise, a créé l'entreprise dans les années soixante-dix. Quarante ans plus tard, la petite structure est devenue une multinationale avec des ramifications sur tous les continents.

En 2013, à la mort de Georges, son petit-fils Alec est élu à la tête de l'entreprise à l'unanimité par le conseil d'administration alors qu'il n'avait que 26 ans. Depuis son arrivée, Mendelssohn Computers serait en passe de damer le pion aux deux plus grands noms du high-tech.

Une photo en buste d'Alec illustre les propos. En costume cravate, il est tout aussi sexy qu'en tee-shirt et vieux jean. Il me fixe depuis le journal. Une chaleur me monte au visage, suivie d'un grand froid saisissant.

En moins d'une seconde s'évanouissent tous mes efforts pour le chasser de mon esprit. Je ferme les yeux et le film de notre histoire passe sous mes paupières closes en accéléré. Je regrette instantanément de l'avoir plaqué. Et si Jo avait raison ? Si j'étais trop impulsive ? Si cette histoire avec Beth n'était que ragots ?

Je commence à faiblir. Me souvenir de ses SMS ironiques !

Je poursuis ma lecture, même si je ferais mieux de fermer le journal, mais je ne résiste pas à l'envie d'en apprendre plus. Le journaliste s'interroge sur les candidats susceptibles de remplacer Peter Santorro.

Plusieurs noms sont évoqués mais celui de Sam Mendelssohn, le demi-frère aîné d'Alec, revient à plusieurs reprises. Problème : Sam est marié avec Abby Young Carlson, la fille unique du riche banquier, et a déjà de hautes responsabilités dans la banque appartenant à son beau-père.

C'est une saga !

Je me demande soudain s'il n'y aurait pas un lien entre le coup de fil qu'il a reçu en Toscane et la terrible nouvelle du suicide de Santorro. Je cherche dans l'article un détail qui pourrait me renseigner et ça matche ! Santorro est mort quand nous étions en Italie. Cela explique son changement d'état soudain, son mutisme et même sa fuite précipitée. Ça n'a rien à voir avec une femme mais avec un deuil et une crise professionnelle !

C'est génial ! Enfin, on se comprend…

Je m'en veux d'avoir fait de cette affaire une histoire personnelle. Mes SMS le soupçonnant d'être déjà en couple avec Beth ont dû l'énerver et me faire passer pour une emmerdeuse qui lui cherche des poux alors qu'il vit un moment tragique !

Réfléchissons vite mais bien. Le destin m'offre une chance de me rattraper. Il est évident qu'Alec est à New York. Il faut que j'essaie de le revoir à tout prix, ne serait-ce que pour m'excuser.

Doucement ! Ça, on verra...

Je commence à me sentir coupable. Je déteste ça ! Pour me détendre, je prends des nouvelles des stars en feuilletant un magazine. Kim Kardashian s'est encore fait gonfler les fesses, Leonardo DiCaprio est toujours célibataire et j'ai tout appris de la technique infaillible pour se faire un œil de biche au liner. Mais je me tétanise en découvrant deux photos qui me donnent envie de sauter immédiatement de l'appareil !

L'une représente Alec et Beth se tenant la main sur un tapis rouge. Elle, d'une blondeur insupportable, vêtue d'une robe noire en dentelle qui met en valeur ses seins généreux, le regarde énamourée. Lui, dans un smoking dont le nœud papillon est négligemment détaché, lui sourit de ses dents éclatantes.

Je vais crever. Mais d'abord, je vais souffrir beaucoup en détaillant la deuxième image.

Moi, Romane Gentillac, dans ma robe rouge pourrie, sandales ridicules aux pieds, le visage déformé par une grimace hideuse, tente de résister à Alec qui me tient fermement par le bras. La seule chose qui me console, c'est que mes cheveux dissimulent en partie ma figure et que lui non plus n'est pas à son avantage !

Il a la bouche toute tordue, bien fait !

Je me souviens, c'était samedi matin à la galerie. Alec insistait pour que je sorte boire un verre avec lui et je faisais de la résistance. Mais qui a pris cette photo ? Le photographe qui nous a parlé, évidemment. Celui qu'Alec s'est étonné de rencontrer à Paris. Il avait dû enlever le flash, je n'ai rien remarqué.

C'est quoi déjà son nom à cette enflure ?

Mais le pire, c'est encore la petite phrase en guise de commentaire :

« Alec Mendelssohn, en pleine rupture avec une illustre inconnue sans intérêt, revient à sa star du rock, son unique amour. »

Je suis vexée, triste, furieuse, pleine de doutes et mon orgueil vient d'en prendre un sacré coup. Ce torchon vient de m'humilier publiquement.

Personne ne peut me reconnaître, mais moi, je sais !

Et si ce journal disait vrai ? Si cette Beth était vraiment le seul amour d'Alec ? Mon cœur se serre tellement que j'ai la sensation qu'il se flétrit dans ma poitrine. Je fourre le tabloïd au fond de mon sac et, tout en me pinçant la main, j'essaie de sangloter en silence.

***

Nous venons d'atterrir et l'avion roule sur la piste pour rejoindre la passerelle. Sarah dort toujours. Elle va bien finir par se réveiller, j'espère ! Finalement, j'ai réussi à somnoler un peu et ça m'a fait du bien. Je suis encore sous le coup de l'émotion de ces photos mais il est hors de question de me laisser démoraliser par ces bêtises.

Je suis venue tout péter !

Le Boeing se traîne toujours à deux à l'heure sur la piste. Je me demande si Jo est arrivée à bon port, elle aussi. Pour patienter, comme les autres voyageurs, je rallume mon portable et lui envoie un SMS :

[Hey ! « Magical girl » ! Statue de la Liberté en ligne de mire ! Enfin, presque. Sois prudente et, surtout, donne-moi de tes nouvelles. Bisous.]

Maintenant, un petit coucou à mon Lulu :

[Tout est OK. Je viens d'atterrir. J'espère que tu ne feras pas trop de bêtises sans tes deux nounous d'enfer. PS : Souviens-toi que le mojito n'est pas un antidépresseur ! Bizz.]

Je me demande parfois si Lucas n'a pas été génétiquement modifié pour taper des messages à cette allure ! J'ai déjà la réponse :

[T'inquiètes pas pour moi. Je vais m'occuper. Alors prête pour la ruée vers l'Or, belette ?]

À la fac, j'avais pris l'option écriture cunéiforme. C'est pour ça que je peux déchiffrer certains SMS de Lucas.

[Yes ! À moi l'American Dream ! Bisous, mon Lulu.]

Je pourrais aussi envoyer un SMS à mes parents, je ne leur ai pas dit que je partais. Mais je préfère éviter leurs ondes négatives. Je les contacterai plus tard quand j'aurais avancé dans la rédaction, juste pour leur prouver qu'ils avaient tort de ne pas croire en moi.

Tiens ? Un SMS d'un numéro qui n'est pas dans mes contacts…

[Et le bel oiseau a déployé ses ailes…]

Ce n'est pas le style de Jo, c'est sûr ! Alec, peut-être ? Sa tante lui aurait-elle parlé de moi ? Mais pourquoi ce numéro inconnu ? J'espère seulement que ce n'est pas Paul ! Sarah lui aurait-elle donné mon numéro ? Bon, inutile de me stresser à peine arrivée, on verra bien.

Sarah se redresse soudain comme un ressort, en bâillant.

– On est encore à Paris ! s'exclame-t-elle. Mais il me semblait qu'on avait décollé…

Je ne vais pas m'ennuyer !

***

Un taxi nous dépose devant un immeuble en plein cœur de Manhattan où Sarah met à ma disposition un studio pendant mon séjour. Je suis émerveillée et émue par cette ville gigantesque qui se dresse vers le ciel. Je m'engouffre à sa suite entre les vitres d'une grande porte tambour. Je bataille quelques secondes avec ma valise à roulettes, quand Sarah s'en saisit.

– Ah non, vous me mettez mal à l'aise, madame Ackerman ! m'indigné-je en courant derrière elle, vers un des nombreux ascenseurs.

– Ne faites pas votre sainte-nitouche, j'ai horreur de ça ! Et ne m'appelez plus madame Ackerman. Encore une fois et je vous réexpédie d'où vous venez. D'ici un mois je vais devoir traîner quarante-cinq kilos sur la glace, je peux bien faire rouler cette chose minuscule. Vous voyagez léger, dites-moi !

– Je ne suis pas vraiment une folle du shopping, avoué-je alors que nous montons à une vitesse supersonique vers le cinquante-neuvième étage.

– Ce n'est pas grave, vous êtes là pour écrire, pas pour suivre la Fashion Week !

J'admire son bon sens !

– Vous voilà chez vous, *honey* ! s'exclame-t-elle en m'invitant à rentrer. Ce n'est pas très grand mais c'est fonctionnel. Le lit, le coin cuisine, la salle de bains et le bureau juste en face de la baie vitrée. Si vous préférez le déplacer contre un mur, à votre guise !

Pourquoi est-ce que je ferais ça ?! J'ai l'Empire State Building sous le nez, l'océan juste derrière et le ciel par-dessus comme une promesse d'avenir. Merde ! Je suis à New York !

– Merci ! madame… Heu, Sarah, pardon ! C'est parfait.

– On se met au travail dès demain matin ! Je préfère que les entretiens se déroulent chez moi, c'est à deux pas, et j'adore cuisiner en papotant.

Eh ben voilà ! Je ne vais pas y échapper à cet œil de barracuda « cruou »…

– Pour commencer, continue-t-elle en s'asseyant devant le bureau pour griffonner quelque chose d'illisible sur un papier, vous venez dîner ce soir à la maison, voici mon adresse. Je vous présenterai Brooke, autant que vous la rencontriez tout de suite puisque vous allez être amenées à collaborer. vingt heures trente, ça vous va ?

– Oui, très bien, réponds-je en étouffant un bâillement.

– Cool ! Comme ça, je vous présenterai aussi mes neveux ! s'écrie-t-elle en sortant.

Des sentiments contradictoires se déchaînent sous mon crâne. Je m'agite, vérifie mon téléphone, relis l'étrange SMS que j'ai reçu dans l'avion. Est-ce Alec ? L'idée de le revoir me porte à l'enthousiasme ! Et à la crainte…

Et hop ! Une expédition punitive contre ma main… Demain, promis, j'arrête !

Je me laisse tomber sur le lit, les bras en croix, mon portable dans la main. Il est évident que mon désir de le revoir est intact, si j'en juge par mes palpitations cardiaques. Pas de panique. Il faut juste que je rassemble mes esprits !

Il faut aussi que j'assume ma bourde : je l'ai quand même planté alors qu'il est en pleine crise professionnelle. Mais j'ai l'image d'Alec et de cette Beth imprimée sur la rétine. Ce sera peut-être l'occasion de nous expliquer.

Un SMS !

[Je veille sur toi, ma petite Romy… Prends garde de ne pas te brûler les ailes.]

« Romy ! » Plus de doute possible ! Le seul à m'appeler ainsi, c'est Paul. Je jette mon téléphone sur le bureau comme s'il était contaminé et me précipite vers la salle de bains. Je ressens une envie folle de me récurer. J'étais sûre que cet enfoiré allait tenter quelque chose tôt ou tard pour me déstabiliser.

Je laisse le jet tiède de la douche couler sur ma nuque douloureuse et je regarde, les yeux embués, l'eau se faire aspirer inexorablement par le siphon. Hors de question de faire comme elle. Personne ne pourra m'entraîner vers le fond et certainement pas ce minus qui est parvenu à se faire appeler « maître ».

Je ne sais pas comment Alec va réagir en me voyant. Il ne faut pas non plus que je me fasse trop d'illusions. Il n'a pas cherché à me reconquérir. C'est sans doute mieux comme ça. Je ne vais pas m'enchaîner le cœur à un homme qui est peut-être en couple et père d'un jeune enfant. Je préfère souffrir le martyre et rester digne plutôt que d'avoir des miettes de temps en temps.

Claustrophobe, amoureuse éperdue peut-être, mais courageuse et éprise de liberté, Romane Gentillac. Qu'on se le dise !

14
RETROUVAILLES AU SOMMET

Quand je sonne à la porte de Sarah, au dernier étage d'une tour qui en compte cent deux, je n'ai rien perdu de ma volonté martiale mais je n'en mène pas large à l'idée de revoir Alec. Je sais que je suis méconnaissable sur la photo du magazine, mais j'ai l'impression que tout le monde va s'écrier en me voyant : « C'est elle ! »

Parano, avec ça !

Sarah m'ouvre elle-même la porte, tout sourire. En la voyant dans sa combinaison sarouel blanche et ses tongs, je me sens déplacée dans mon tailleur strict de secrétaire acariâtre. Ne sachant que mettre, j'ai enfilé ce que j'avais emporté de plus classique : la même tenue que lors de notre première entrevue. Heureusement, je n'ai plus la veste : Alec ne me l'a toujours pas rendue et n'est pas près de le faire.

Je lui ai suggéré de la garder. Une manière élégante de lui dire qu'il pouvait se la mettre où je pense… Ça y est, j'ai honte.

– *Honey* ! J'avais peur que vous vous soyez perdue ! Entrez donc.

Le ventre noué par le stress, je pénètre dans l'immense appartement-terrasse en faisant de mon mieux pour garder la tête haute et l'allure altière. Je regrette d'avoir tiré autant sur mon chignon, mais qu'est-ce qui m'a pris ? J'ai l'impression que mes yeux me remontent jusqu'aux tempes !

C'est pas si mal, au moins je peux voir sur les côtés. Si Alec est dans un coin, je devrais le repérer…

À mon grand étonnement, la déco n'a rien à voir avec celle de l'hôtel particulier parisien. Ici, que du mobilier moderne, des lignes épurées, des couleurs froides et quelques toiles monochromes d'artistes contemporains. Le tout enveloppé par les notes de piano paisibles d'un air de Satie et des lumières tamisées.

– Romane, venez par ici que je vous présente !

J'ai peur de voir Alec se dresser devant moi d'une seconde à l'autre. J'ai l'impression désagréable de me tasser et que le sol se dérobe sous mes pieds. Ah non ! C'est juste que mes escarpins s'enfoncent dans l'épaisse laine blanche de la moquette.

– Sarah m'a tellement parlé de vous ! s'exclame une femme inconnue. Elle est intarissable, vous savez.

Ouf ! Ce n'est pas lui. Ou devrais-je dire : Merde ! c'est qui, cette bomba latina ?

– Brooke, Romane ! Romane, Brooke, fanfaronne Sarah en faisant les présentations.
– Je suis ravie à l'idée de travailler avec vous, me dit la somptueuse créature.

Et en plus on dirait que sa voix veloutée sort tout droit de la radio…

– J'en suis très contente, moi aussi, réponds-je en cachant ma stupeur.

Il faut dire qu'il y a de quoi ! Je ne sais pas pourquoi, je m'étais imaginé que l'amie de Sarah était une vieille dame un peu extravagante avec de grosses lunettes. J'étais loin du compte. La petite quarantaine, vêtue d'une robe jaune vaporeuse, évasée sur les épaules, ses longs cheveux noirs lissés, Brooke ressemblerait plutôt à…

Un croisement réussi entre Penélope Cruz et Monica Bellucci !

– Quelle merveilleuse idée vous avez eue là, une biographie de cette énergumène ! s'amuse Brooke en me tendant un cocktail.

Et sympa, avec ça… Mais pourquoi ça m'énerve tant ?

Dire que j'aurais pu être sexy moi aussi si je n'avais pas intentionnellement laissé à Paris les vêtements qu'Alec m'a offerts en Toscane. Et tout ça par orgueil !

Ça se confirme : je suis jalouse ! C'est FINI ! Il faut que je me le dise comment pour le comprendre ?

J'ai beau regarder partout dans le salon, point de sale macho irrésistible à l'horizon. Seulement un couple près de la baie vitrée. Le demi-frère d'Alec, sans doute, et son épouse. La femme s'avance vers moi, souriante, pour me saluer, et l'homme la suit sans lâcher son portable des yeux. Eux aussi sont en tenue décontractée.

Décidément, je suis la seule déguisée en pingouin !

– Voici Sam, mon neveu, et sa femme Abby. Je vous présente Romane, dont je vous ai parlé tout à l'heure, continue Sarah.

Je fais tout à l'envers moi, je rencontre la famille après la rupture…

– Bonjour, me salue froidement Sam en me regardant à peine alors que je cherche vainement dans ce grand blond un peu fade, aux traits sévères et irréguliers, une vague ressemblance avec Alec le Magnétique.
– Bonjour, ravie de vous…

Mais il ne me laisse pas le temps de réciter ma petite leçon de politesse, car à ce moment précis il se détourne de moi sans la moindre excuse et sort sur la terrasse arborée pour répondre au téléphone.

Question une : est-ce que ce type serait un connard ? Question deux : où est le demi-frère de ce connard ? Je n'en peux plus d'attendre !

– Veuillez pardonner mon mari, s'excuse Abby d'une petite voix fluette. Il attend un coup de fil important, il ne s'est pas rendu compte.

– Ne vous inquiétez pas, il est tout excusé, la rassuré-je en souriant.

Même pas en rêve !

Je n'aurais jamais imaginé que l'héritière d'une grande banque américaine puisse ressembler à cette petite blonde gracile, bohème chic, en jupe à volants, un foulard noué dans les cheveux. Elle ose à peine me regarder mais je distingue le bleu intense de son regard que je devine anxieux.

– C'est Sam, il est comme ça, il ne faut pas se formaliser, temporise Sarah.

– Oups ! s'écrie Brooke. J'allais oublier le poulet au four. Je reviens !

Mais on est chez Sarah ou chez Brooke ? Je ne comprends rien...

– Vous verrez, New York est très agréable l'été, m'assure Abby, et alors que son mari revient vers nous, elle lui demande d'une voix enfantine tout en s'accrochant à son bras : nous sommes rentrés de Paris dimanche, n'est-ce pas, mon chéri ?
– Oui, soupire-t-il en se dégageant d'un geste brusque de l'étreinte de sa femme dont le regard s'embrume aussitôt.

Le comportement sans égard de ce type et surtout l'air désemparé de son épouse me mettent vraiment mal à l'aise. Et chose incroyable, même Sarah a l'air gêné. J'ai l'impression furtive de les connaître mais c'est juste qu'ils doivent me rappeler mon frère et sa compagne…

Eh oui, mon frère est aussi un sale con. Je rêve ou c'est l'interphone ?!

– Ah, voilà mon autre neveu ! s'exclame Sarah en allant appuyer sur le bouton.

Encore un coup au cœur comme celui-là et je ne donne pas cher de ma peau !

Je vais devoir affronter Alec d'ici deux minutes ! Moi, j'aurais besoin d'une heure pour faire baisser ma tension artérielle. Sarah revient vers nous tandis que Sam lui lance un regard assassin.

– Tu ne m'avais pas dit qu'il serait là, siffle-t-il entre les dents.
– J'ai oublié ! rétorque-t-elle en riant. Lui non plus ne s'attend pas à vous trouver tous ici.

Il ne sait donc pas que je suis là !

– Quelle bonne idée ! s'écrie Abby avec un rire nerveux tout en guettant d'un air inquiet son mari du coin de l'œil.

Sam n'avait rien de sympathique mais maintenant il semble carrément furax. Dans un mouvement d'humeur sombre, il quitte précipitamment notre petit groupe, Abby sur les talons, pour rejoindre la terrasse.

Visiblement il ne veut pas voir Alec, ce qui n'est pas mon cas ! Me voilà agitée intérieurement par les vents brûlants de l'impatience. Sarah me dit quelque chose mais je ne l'écoute plus. Comment le pourrais-je ?

Et si Alec était accompagné de Beth ?!

Je fixe la porte d'entrée, à la limite du malaise. Le temps est devenu fou, les secondes s'étirent comme des élastiques et tirent dangereusement sur les ressorts de mon cœur quand enfin Alec pénètre dans l'appartement.

Seul ! Enfin, pas tout à fait, une armée d'anges l'accompagne et chante sa gloire éternelle pour mon plus grand ravissement.

Sarah se précipite pour l'accueillir alors que s'efface en moi toute pensée belliqueuse. Je reste au milieu de la pièce, mon verre à la main, incapable de détourner les yeux de la vision surnaturelle d'un Alec plus beau encore que dans mon souvenir.

Je l'ai quitté il y a deux jours à peine mais ça m'a paru très long !

En jean, tee-shirt et veste de costume, il embrasse chaleureusement sa tante puis en se redressant il me découvre, stupéfait. Après un bref étonnement, ses prunelles sombres s'embrasent, un feu de joie et de plaisir éclaire son regard et m'enflamme d'un espoir ardent.

– J'ai improvisé une petite fête en l'honneur de mon invitée, l'informe Sarah en l'entraînant vers moi. Tu ne le sais pas mais ta chère tante va faire l'objet d'une biographie, et c'est cette petite Frenchy qui va l'écrire ! Je te présente Romane. Romane, voici Alec, mon petit neveu chéri. Enfin, façon de parler ! Ce qu'il est grand !

– Mademoiselle, me salue Alec, faisant mine de ne pas me connaître tout en plantant ses yeux dans les miens.

– Ravie de vous rencontrer, murmuré-je, totalement renversée, en lui tendant une main tremblante.

– Ah ! Brooke m'appelle à la cuisine, reprend Sarah. Pardon, elle doit se battre avec le poulet, il n'est peut-être pas mort ! plaisante-t-elle en riant aux éclats. Je vous confie à Al, *honey*, je reviens tout de suite.

Prenez votre temps…

– Tu es tenace, hein ? me glisse Alec en caressant mes doigts.

– Oui, réflexion faite, je tiens beaucoup à ma veste, répliqué-je d'une voix sourde sans le lâcher des yeux. Je n'ai pas hésité à sauter dans un avion pour la récupérer.

– Elle est à Paris ! Moi aussi, je me suis surpris à tenir beaucoup à la mienne. Je n'ai pas arrêté d'y penser. Tu l'as gardée, j'espère ?

– Oui, elle est au fond de mon placard.

– On va être obligés de se revoir, alors. J'en suis désolé, conclut-il en me fixant avec une telle ardeur que j'ai la confirmation que c'est bien à moi qu'il tient et non pas à son vêtement.

J'aime bien être sûre…

Je préfère retirer prudemment ma main de la sienne et m'éloigner un peu avant de commettre l'acte inconsidéré de lui rouler un patin au beau milieu du salon de tantine ! Certes, Brooke et Sarah sont à la cuisine en train de régler son compte à la volaille, mais l'affreux Sam et la pauvre Abby sont toujours sur la terrasse…

Je ne voudrais pas avoir l'air de ce que je suis : une folle furieuse !

– Alec, je suis désolée, commencé-je. J'ai appris pour le suicide de ton collaborateur et j'imagine que tu avais d'autres chats à fouetter que de répondre à mes questions de fouineuse ou de penser à me rendre ma veste !

Bravo ! Je me suis excusée, mais j'ai toujours envie de l'embrasser…

– Non, c'est moi qui suis désolé, me répond-il en fuyant mon regard. J'aurais dû m'expliquer mais je ne suis pas très causant dans ces cas-là. Et puis, continue-t-il en glissant négligemment une main dans la poche de son jean, à vrai dire, je n'avais jamais eu de veste à rendre à personne.

Est-ce qu'il est en train de me dire que c'est la première fois qu'il est amoureux ? Et que c'est de moi ! ?

Je me sens soudain pousser des ailes, je suis légère, légère ! Je me balance dans les airs, bercée par ce qu'Alec vient de m'avouer. Et dire qu'il y a dix minutes encore, je redoutais que tout soit fini ! Décidément, avec lui, on peut s'attendre à tout. Avec moi aussi, apparemment !

– Je ne m'attendais pas à te croiser aussi vite, s'étonne Alec, soudain plus froid à la vue de Sam, de retour dans le salon.

– Moi non plus, répond-il sèchement sans même le saluer.

– Alec ! s'écrie Abby en sautant au cou de son beau-frère.

Elle jette tout de même un regard apeuré à son mari qui va s'asseoir dans le canapé, le visage résolument fermé.

L'ambiance pesante me fait aussitôt redescendre sur terre. Brooke et Sarah reviennent de la cuisine et il me semble que Sarah force un peu la bonne humeur pour détendre l'atmosphère. Je ne peux m'empêcher de guetter la réaction d'Alec quand la brune incendiaire l'embrasse à son tour. Je suis rassurée, il n'a pas les yeux qui lui sortent de la tête en la voyant.

– Comment va la vieille Europe, Al ? lui demande Brooke qui, en lui donnant ce petit nom, confirme qu'ils se connaissent bien.

– Envoûtante, comme d'habitude, rétorque-t-il en me coulant un regard discret qui me fait comprendre que je le suis tout autant.

Waouh !

– Tu aurais dû y rester, dans ce cas, lâche Sam, glacial.
– Toujours aussi aimable, à ce que je vois, ironise Alec en souriant avec cette assurance désinvolte qui le rend irrésistible. Tu me diras, avec Wall Street qui dégringole, c'est rassurant de voir que certaines valeurs restent stables, même ton agressivité…
– Ce n'est pas du tout ce que Sam voulait dire, s'empresse Abby, de plus en plus paniquée. Il est ravi que tu sois parmi nous. N'est-ce pas, chéri ?
– C'est exactement ce que je voulais dire. Arrête de penser à ma place, tu n'en as pas les capacités. Occupe-toi de ce qui te regarde, ta manucure, par exemple !

J'ai déjà entendu ça quelque part. Ça y est !

Je sais pourquoi j'ai l'impression de les connaître, je ne les ai jamais vus mais leur voix m'est familière. C'est le couple que j'ai surpris en train de se disputer samedi dernier à la galerie ! Je suis sûre que c'était eux !

Tout le monde est extrêmement gêné. Même Sarah ne trouve rien à dire. La pauvre Abby est au bord des larmes et au lieu de se défendre contre ce sombre connard, elle baisse la tête et sonde ses sandales.

– Oh ! J'ai choqué Mademoiselle, me nargue Sam alors que je me surprends à le fixer avec dégoût.

– Désolée de vous décevoir mais pas vraiment. Je ne suis plus impressionnée par les clichés machistes. Trop banal, je préfère l'exceptionnel, répliqué-je en faisant de mon mieux pour me contenir tandis que je sens Alec sur des charbons ardents.

– Il a fallu que tu nous dégotes une féministe, Sarah ! me provoque-t-il en me toisant avec un air de mépris. Vous êtes la nouvelle secrétaire, c'est ça ?

– Pas du tout, Sam. Romane est auteure, répliquc aussitôt Sarah, très agacée.

– Encore un truc de nana ! se gausse l'impudent.

– Ça suffit, Sam, intervient Alec en prenant ma défense.

– Non, laissez ! le coupé-je. Puisque vous semblez vous intéresser à mon CV, je suis aussi sociologue et anthropologue à mes heures. C'est à ce dernier titre en définitive que vous m'impressionneriez davantage. Je pensais que l'homme de Neandertal avait disparu, mais que nenni, il est à New York ! Grâce à vous, avec cette découverte, je peux briguer un prix Nobel ! Ça serait du plus bel effet sur mon CV. Qu'en pensez-vous ?

Si, si, je viens de dire ça !

Alec me lance un regard admiratif qui me fait fondre tandis que Sarah et Brooke retiennent difficilement un rire. L'espace d'un instant, j'ai eu peur d'être allée trop loin, mais je ne pouvais plus me taire. Seule, Abby s'isole dans son coin.

– Qu'as-tu à dire pour ta défense, Sam ? renchérit Alec, de plus en plus provocateur.

– On dirait que Geronimo veut déterrer la hache de guerre ?

Sam attaque carrément Alec sur ses origines amérindiennes ! Quel salaud !

– Pas de ça chez moi ! s'interpose Sarah, hors d'elle.

– Alors ne joue pas les entremetteuses ! lui réplique Sam.

– Je propose que nous passions à table ! s'exclame soudain Brooke comme pour faire diversion. Nous trinquerons à la collaboration de Romane et Sarah.

– Et à la famille ! soupire Sam en se dirigeant vers l'immense table en verre où les couverts sont déjà mis.

Sam et Alec ont au moins un point commun : l'ironie. J'espère que la ressemblance s'arrête là !

***

On ne peut pas dire que le dîner soit agréable. Sam est infect, il rabroue sa pauvre épouse dès qu'elle ose ouvrir la bouche, soupire aussitôt que son demi-frère prend la parole et il n'aime rien de ce que Brooke a préparé. Pourtant, je passe la plus belle soirée de ma vie ! Alec est assis en face de moi, me dévore des yeux et je sens qu'il n'attend qu'une chose : qu'on se retrouve seuls !

Comment les autres peuvent-ils ne pas s'en rendre compte ?!

Je finis même par ne plus entendre les réflexions humiliantes de Sam envers son épouse qui s'excuse en permanence à sa place. Tout m'est indifférent à part Alec. Je suis tellement heureuse, amoureuse et folle de désir qu'il n'y a plus de place en moi pour d'autres émotions !

Je ne ressens pas non plus un étonnement particulier quand Sarah et Brooke s'embrassent à pleine bouche.

Mystère Brooke résolu !

– *Honey* ! s'exclame soudain Sarah, affolée, en fixant ma main torturée, toujours rouge et quelque peu enflée. Vous vous êtes blessée ?!

– Non ! Ce n'est rien, réponds-je, extrêmement gênée, en fuyant le regard d'Alec.

– Vous savez, Romane, j'ai un excellent dermato, je peux vous y conduire si vous le souhaitez.

Sam manifeste ostensiblement son ennui devant ces préoccupations de « bonnes femmes ».

– Non ! insisté-je. Tout va bien… C'est une mauvaise habitude que j'ai prise… enfin, c'est stupide !

– Je connais ça, dit Brooke. J'ai arrêté de fumer l'année dernière et j'avais l'oreille toute rouge, je tirais dessus dès que je pensais à une cigarette !

– Oui, moi c'est pareil ! confié-je, trop heureuse de constater que je ne suis pas la seule cintrée à avoir de telles pratiques, je me pince à chaque fois que je pense à…

– À quoi ? demande « Al » en me regardant avec un sourire en coin, l'œil pétillant.

Cet homme est un attentat à la pudeur ambulant !

– À mon portable ! C'est comme une addiction, c'est terrible, terminé-je, honteuse.

– C'est difficile de se déconnecter. Vous êtes plutôt coup de fil ou SMS ? continue Alec en souriant du coin des lèvres.

– Ça dépend, réponds-je.

J'ai chaud !

Pendant que Brooke, Abby et Sarah dissertent sur les méfaits des cellulaires, je me noie dans les prunelles dorées d'Alec. Et hop ! Me voilà déjà nue dans ses bras à suffoquer de plaisir sous ses baisers ardents, mais un cri vient me tirer brusquement de ma délicieuse rêverie.

– Merde ! Tu ne peux pas faire attention ! hurle Sam en direction d'Abby tout en se levant d'un bond. Tu ne fais vraiment que des conneries !

Abby vient de renverser malencontreusement son verre de vin sur le jean de son mari. Sous nos regards contrits, elle éclate en sanglots avant d'attraper sa serviette et d'éponger fébrilement les dégâts sur la nappe.

– Pardon ! Je suis désolée ! pleure-t-elle en suivant son ignoble époux à travers la pièce pour nettoyer aussi son pantalon.

– Ça suffit ! s'énerve-t-il en la repoussant alors qu'Alec s'est déjà levé pour s'interposer entre son demi-frère et sa belle-sœur.

– Tu ferais mieux de partir, lui conseille Alec d'une voix blanche, à deux doigts de lui décocher un uppercut.

– Ne t'inquiète pas, je me tire ! J'ai assez vu ta gueule !

Et il quitte l'appartement. Abby s'excuse encore une fois et part elle aussi. Elle le suit comme un bon chien humilié, la tête basse, exactement comme je l'ai vue le faire samedi dernier. La porte d'entrée claque et me fait sursauter.

– Romane, je suis désolée de vous avoir imposé ça, se désole Sarah.

– Il fallait s'en douter, *darling*, lui reproche gentiment Brooke. Tu sais bien comment est Sam !

– Tu as raison, reconnaît Sarah. Je ne sais pas pourquoi je m'entête.

– Allez, ce n'est pas si grave, la rassure Alec en la prenant dans ses bras. Tu croyais bien faire, comme d'habitude ! Tu es une optimiste. Après-demain, c'est la soirée de lancement du site musical de Mendelssohn. Sam et Abby seront nécessairement présents, tu auras une nouvelle chance de nous réunir, s'amuse-t-il. Vous êtes conviée, vous aussi, me glisse-t-il au passage.

– S'il te plaît, mon chéri, est-ce que tu pourrais raccompagner Romane chez elle ? demande Sarah. Je n'en peux plus, je vais aller me coucher.

En voilà une idée qu'elle est bonne !

***

Pendant que nous roulons dans les avenues illuminées, je savoure le silence délicieux qui, loin de nous séparer comme la dernière fois lorsque nous sommes rentrés de Toscane, nous unit dans la joie des retrouvailles. Alec conduit sa Peugeot 403 de collection, accoudé nonchalamment à la fenêtre ouverte.

Exactement la même voiture que celle du légendaire inspecteur Columbo ! J'adore l'inspecteur Columbo…

Les mains posées sagement sur les genoux, triturant un bout de ma jupe, je regarde en douce ses cheveux voleter autour de son visage. Une mèche brune danse sur son front et semble suivre le rythme des battements de mon cœur.

– Au moins, tu as fait la connaissance de mon demi-frère ! lance-t-il soudain. Je dois dire que tu m'as beaucoup impressionné quand tu l'as remis à sa place.

– Je me suis laissé emporter, j'ai peur d'avoir envenimé les choses. Ce n'est vraiment pas…

– Ton genre, je sais !

Il éclate de rire en me lançant un coup d'œil complice qui ne fait qu'aggraver mes palpitations.

– Mon intention ! terminé-je en souriant. Cesse de te moquer de moi.

– Je te taquine, c'est tout… Tu n'es responsable de rien, Sam t'a provoquée intentionnellement. Il adore blesser ceux qui lui semblent vulnérables, les mettre en porte-à-faux. C'est sa façon d'exister, comme tous les faibles, mais avec toi, il est tombé sur un os !

Avec un peu de chair, quand même…

– En vérité, ce n'est pas la première fois que je les croise et j'avais déjà vu Sam à l'œuvre. Entendu, devrais-je dire. Ils étaient à la galerie samedi dernier, non ?

– Absolument ! Encore une idée de Sarah, qui tente tout pour nous rapprocher. Sam et Abby étaient à Paris pour affaires et Sarah s'est débrouillée pour que nous nous rencontrions « par hasard »… Elle savait que j'allais à l'expo et elle a demandé à Sam d'y conduire une vieille amie à elle. Tu sais, ma cliente, la dame blonde avec laquelle tu m'as vu à la galerie, quand tu pensais que j'étais gigolo.

Ah non ! Je ne peux pas reconnaître toutes mes bourdes dans la même soirée !

– Je ne vois pas du tout de quoi tu parles, réponds-je en cachant mon visage entre mes mains.

– Ne te cache pas, ce serait dommage, murmure-t-il alors que nous sommes arrêtés à un feu rouge.

Je tressaille et tourne les yeux vers lui. Dans la pénombre, ses prunelles brûlent d'un désir tendre qui me bouleverse. À ce moment-là je me demande si ce n'est pas le moment de tenter une approche, mais le feu passe au vert et Alec démarre aussitôt.

– Je ne m'étais pas trompé, tu es vraiment talentueuse, sinon jamais Sarah ne t'aurait engagée. Je te félicite, « *honey* » ! s'amuse-t-il, imitant la voix de sa tante.

– Merci !

– Tu vois ce building des années trente ? dit-il soudain. C'est là que j'habite. Juste à côté du Metropolitan.

Et on ne s'arrête pas ?! Mais je ne veux pas dormir seule. Je ne veux pas dormir du tout !

– Et toi, qu'est-ce que tu faisais à la galerie ? demandé-je brusquement pour changer de sujet, de peur qu'il ne saisisse encore mes pensées comme le week-end dernier.

– C'est un peu long mais en substance j'aime beaucoup l'art tribal. Pour les vendeurs, je suis un collectionneur, mais j'achète seulement dans le but de rendre aux tribus ce qui leur a été volé. Car malheureusement, la plupart du temps ces œuvres d'art arrivent sur le marché après avoir été subtilisées à leurs originels propriétaires. Et toi ? À part me suivre, qu'est-ce que tu faisais là ?

– J'accompagnais un ami, rétorqué-je en ignorant sa remarque.

– Le valet de pique ? demande Alec, la voix légèrement troublée par un doute tenace.

– Lucas. Mon colocataire.

– Tu habites avec un garçon ? s'inquiète-t-il en manquant de rentrer dans l'arrière d'une voiture arrêtée devant nous.

– Et avec une fille aussi ! ajouté-je pour le rassurer avant de me rendre compte que je ne fais que m'enfoncer.

Il va croire que je suis déjà en couple... à trois !

– En fait, ce sont mes deux meilleurs amis. On se connaît depuis le lycée...

– Ah ! Tu m'as fait peur, avoue Alec. Et ton ami s'intéresse aux Cheyennes ?

– Non ! Pas spécialement, il s'intéresse surtout à la cuisine, à la fête et aux garçons, précisé-je afin de lever tout malentendu. Il était venu chercher un calumet pour l'offrir à son père dans l'espoir d'éviter une guerre terrible !

– Il a vu beaucoup de westerns ! s'exclame-t-il, délicieusement ironique. Et il l'a acheté ?

– Oui ! Je l'ai même fumé ! répliqué-je fièrement.

– J'espère pour lui que ce n'est pas un objet volé. Qu'il a au moins une facture. Il risque de gros ennuis si ce n'est pas le cas.

Ce serait un comble que Lucas offre un calumet de la paix volé à son père !

– Tu permets ? Il faut que je lui envoie un SMS, m'excusé-je en le composant déjà alors qu'Alec stoppe la voiture devant l'entrée de mon immeuble.

– Je t'en prie. Je ne voudrais pas que tu abîmes ta belle main en la torturant à nouveau, me répond-il en coupant le contact.

– Et voilà ! C'est envoyé, dis-je comme une idiote alors qu'il me fixe et qu'un trac terrible s'empare de moi.

– Alors comme ça, pour résister à la tentation tu te pinces ?

Non je ne rêve pas, il a posé sa main sur ma nuque !

– Je me demande si je ne devrais pas en faire autant pour résister à l'envie irrépressible de t'embrasser ? me chuchote-t-il en se penchant vers moi.

Ses lèvres courent dans mon cou puis s'emparent des miennes avec une fougue impatiente. Je l'enlace et je m'entends dire entre deux soupirs :

– Je n'ai rien à boire mais je t'en supplie, monte prendre un dernier verre…

J'ignore comment nous parvenons à dire bonsoir au gardien, comment nous pouvons attendre l'ascenseur avec autant de sang-froid. Alec me frôle dangereusement le dos avec sa main et je me sens comme une allumette sur le point de s'embraser. Dans quelques minutes nous allons faire l'amour et l'idée qu'il me prenne me fait presque piaffer d'impatience.

Comme une pouliche ! Oh my God !

– Est-ce que tu as des préservatifs ? murmuré-je soudain dans un souffle, en priant qu'il me réponde par l'affirmative.
– Oui.
– Comment ?! m'indigné-je en tournant vers lui un regard affolé contredisant mon premier souhait.
– Je ne suis pas un moine ! pouffe Alec, les yeux rivés sur les portes qui s'ouvrent enfin avant de me pousser littéralement dans la cabine.

Par chance, Alec n'a rien de monastique, en effet, et surtout, nous sommes seuls ! Il se jette sur moi et j'appuie comme je peux sur le numéro de l'étage alors qu'il me plaque contre la cloison. Ses lèvres charnues s'abattent aussitôt sur les miennes.

Je l'enlace, j'enfouis mes mains fébriles dans ses cheveux et repousse nerveusement sa veste sur ses larges épaules sans pour autant parvenir à l'enlever. Nos langues se trouvent et se mélangent dans des soupirs rauques tandis que ses doigts redécouvrent mon visage. Pendant un petit instant, l'idée me traverse que lui aussi a eu peur de me perdre.

Alec quitte ma bouche pour m'embrasser les yeux et le front, alors que je glisse mes mains entre nos corps serrés pour sentir ses pectoraux sous son tee-shirt. Cette sensation décuple mon désir, mon baiser se fait plus ardent et il y répond avec la même fougue en se plaquant davantage contre moi.

Folle de convoitise et encore sous l'effet du manque, je descends vers son sexe et mes doigts se referment sur la bosse qui enfle son pantalon. Alec, totalement excité par mon geste, passe sa main sous mon chemisier et s'empare de ma poitrine sous la dentelle sans abandonner mes lèvres.

Nous prenons toujours de la hauteur. Je sens son sexe durcir encore sous la toile de son jean et je commence à le caresser, accentuant la pression de mes doigts sur son érection. Alec est tellement excité qu'il fait sauter les boutons de mon chemisier qui tombent au sol dans un tintement joyeux, dévoilant mon soutien-gorge. Il se baisse, m'enlevant le plaisir de sentir son pénis enfler sous ma main, mais sa bouche vient se poser sur mes seins tendus et presque douloureux pour m'apaiser.

Je m'abandonne au plaisir des morsures délicates de ses dents sur mes tétons, pendant qu'il remonte ma jupe d'un geste prompt. Ses doigts pétrissent la chair de mes fesses, je l'encourage de mes soupirs. Ses lèvres descendent maintenant sur mon ventre, goûtant ma peau, la mordillant, ce qui me porte aux limites de l'extase. J'étends mes bras sur les côtés afin de savourer son étreinte et de m'offrir complètement à lui quand, soudain, un petit rebond et l'ascenseur s'arrête en pleine montée.

Merde ! J'ai appuyé sur le bouton qui bloque la machine !

– On est coincés ! m'affolé-je.
– Chut ! souffle Alec, avant de se redresser et de me faire taire par un baiser renversant qui a le pouvoir de calmer mon angoisse et d'augmenter notre passion.

J'ai rencontré Alec coincée dans un ascenseur alors que je le suppliais de me tirer de là. Maintenant je vais faire l'amour avec lui bloquée entre deux étages et je ne veux surtout pas sortir de la cabine !

Si ça, ce n'est pas de la thérapie comportementale…

Je passe mes mains sous sa veste et son tee-shirt. Sa peau est incroyablement douce, un peu moite de transpiration. Ce contact et l'odeur musquée de son corps déchaînent en moi une pulsion animale qu'Alec ressent aussitôt et qui déclenche son instinct de dominant.

Il glisse ses doigts dans mon chignon écroulé et relève mon visage vers le sien avant de planter ses yeux au fond des miens. Collé à moi, son sexe de plus en plus dur contre mon bas-ventre, il me fixe avec une telle intensité que je pourrais jouir uniquement par son regard.

Sa main libre se pose sur mon cou. Me sentir à sa merci décuple mon désir et, les bras toujours en croix, la jupe remontée sur les hanches, j'ondule du bassin contre son pénis en scrutant insolemment ses prunelles dorées pour le provoquer et l'inviter à poursuivre. Ses doigts descendent sur ma poitrine, libérant mes seins au passage.

Mon amant me semble tout-puissant. Je décide librement et pour ma plus grande joie de me livrer à lui le temps de nos jeux charnels. Me soumettre à sa volonté et savourer encore le plaisir, comme en Toscane, être sous son emprise enivrante.

Ne rien subir, choisir et jouir librement de mes choix. C'est un bon programme.

Alec pince délicatement mes tétons, m'arrachant un petit cri délicieusement douloureux, et continue de descendre sa main sur mon ventre sans me lâcher du regard. Il repousse la dentelle fine de mon string et, quand il découvre mon sexe humide, un gémissement sauvage de satisfaction s'échappe de ses lèvres entrouvertes.

Il caresse mon clitoris, le titille pour m'affoler un peu plus, me faisant soupirer et me tendre. Ses pupilles dilatées rendent son regard plus sombre et fascinant. J'enroule une jambe autour de sa taille, son poids sur moi me maintient en équilibre quand il me pénètre de ses doigts.

Mes mains se crispent contre la paroi de la cabine tandis qu'il me découvre, qu'il m'explore dans un geste tantôt lent tantôt plus vif, alors que je l'accompagne en basculant mon bassin. Je sens toujours sous la toile de son pantalon son sexe bandé. Alec m'embrasse le cou en grognant, insinue sa langue dans mon oreille, jusqu'à ce que l'orgasme m'inonde.

Je suffoque, ma tête se met à tourner et je tremble, comme électrifiée, quand un long gémissement que je ne peux retenir jaillit malgré moi du plus profond de mon être. Alec vient plaquer sa main sur ma bouche afin d'étouffer ce cri puis retire ses doigts de mon vagin.

Il me fixe un moment alors que je mords la chair tendre de sa paume en baissant les paupières, comblée. Mon amant irrésistible caresse tendrement mon visage, mes cheveux puis, sans que je m'y attende, il me retourne contre le grand miroir qui orne l'une des cloisons.

Le contact froid de la glace sur mes seins me fait tressaillir. J'ouvre les yeux et je vois son reflet derrière moi. Nos regards s'accrochent une nouvelle fois. Lentement, je pose les mains sur la glace. Nos respirations haletantes envahissent l'espace clos pendant qu'il fait glisser mon string, prend le temps de me le retirer et remonte le long de mes cuisses en léchant ma peau alors que j'écarte les jambes.

Il reste maître de lui, bien qu'à l'évidence il est follement excité. Je le regarde, impudique et offerte, chercher quelque chose dans la poche intérieure de sa veste. Il en sort un préservatif dont il déchire l'emballage d'un coup de dents puis défait sa ceinture. Son pantalon et son boxer tombent à ses pieds.

Mon corps pourtant apaisé par la jouissance s'embrase aussitôt à cette vue et l'impatience de le sentir au fond de moi s'empare de toute ma chair. Je me cambre et soupire sans le lâcher des yeux pendant qu'il met la capote sur son sexe dressé.

– Prends-moi ! le supplié-je, n'y tenant plus.

– Chut ! souffle-t-il encore pour toute réponse, m'affolant davantage, avant de s'approcher de moi et de me caresser doucement les fesses comme pour me faire languir.

Alec, magnifique, flatte doucement ma croupe, mes reins puis me saisit par les hanches. Je passe un bras dans mon dos, prends son sexe dans ma main et, tout en le fixant dans le miroir, l'amène à me pénétrer. Il entre en moi en gémissant de plaisir et bascule la tête en arrière sans lâcher mon bassin.

Son doux va et vient me remplit de bonheur mais la certitude que je l'avais perdu, encore présente il y a quelques heures à peine, m'en fait vouloir plus encore. J'impose un rythme soutenu à notre union charnelle en ondulant. Son sexe me transperce dans des mouvements de plus en plus rapides.

– Tu vas me faire jouir trop tôt ! soupire-t-il en se retenant.

– Je veux que tu viennes tout de suite ! réponds-je.

Encouragé par ma demande, Alec augmente encore l'intensité de ses coups de reins.

Je gémis, au bord d'un nouvel orgasme, mais il continue à me prendre sans faillir. Il retient sa jouissance, les paupières closes, un rictus de douleur et de plaisir sur le visage avant de se laisser aller en moi dans un râle profond. Je le suis aussitôt, nos corps et nos cœurs exultent ensemble.

Je ne veux pas qu'il se retire, je serre les muscles de mon sexe autour de son pénis tandis qu'il se penche vers moi et dépose des baisers tendres sur ma nuque en caressant mes seins. Je sens son sexe devenir moins vigoureux et s'échapper de mes entrailles brûlantes. Je tente de le retenir. Ma chair est rassasiée mais mon âme le désire encore.

Et il me semble bien que ce n'est pas près de passer…

Entre deux baisers et quelques rires, nous nous rhabillons à la va-vite comme des adolescents après une grosse bêtise. Alec remet l'ascenseur en route. Je cherche les clés de l'appartement au fond de mon sac, une idée fixe en tête. Dès que nous aurons passé la porte du studio, je compte bien le pousser à commettre encore et encore le péché de chair.

Nous courons dans le couloir vide, riant comme des fous. Je tiens contre ma poitrine mon sac à main pour me dissimuler. Je ne peux plus fermer mon chemisier : il n'a plus de boutons ! En enfonçant nerveusement la clé dans la serrure, je demande soudain à Alec :

– Est-ce que tu as encore des préservatifs ?!

– C'est un piège ? me répond-il en se collant derrière moi pour que je sente sa nouvelle vigueur durcir son sexe.

– Tu en as, oui ou non ?! m'énervé-je, folle de désir.

– Oui…

– Parfait !

Et combien ? Mais chut ! Je parle trop…

15
SOIRÉE DE GALA OU CATASTROPHE ?

– Tu es déjà réveillée ? s'étonne Alec en me serrant contre lui.

Comment lui dire que je n'ai pas fermé l'œil, de peur qu'il ne se sauve encore une fois pendant mon sommeil ? Je savoure mon premier matin d'Amérique en caressant son torse nu à la lumière du jour qui se lève sur l'Empire State Building.

– Le décalage horaire, sans doute, supposé-je en déposant un baiser sur ses lèvres.
– Moi, j'ai enfin dormi comme un bébé ! Ça ne m'était plus arrivé depuis que je te connais, avoue-t-il en me basculant par surprise sous son corps chaud. Sais-tu, canaille, que tu m'as volé mes nuits ? Et le jour, je lutte pour te chasser de mon esprit ! Crois-tu vraiment que je n'aie que ça à faire ?

Il blottit son visage dans mon cou.

– Eh bien, ne le fais pas alors ! répliqué-je comme une évidence en entourant de mes jambes son bassin. Où est le problème ?

– Je suis obligé ! soupire-t-il en se dégageant doucement avant de se laisser tomber sur l'oreiller. C'est parce que je tiens à toi que je dois te fuir, mais je n'en ai pas la force !

– Tu plaisantes, pas vrai ? demandé-je en me redressant pour le fixer d'un œil amusé.

– Non, pas du tout, Romane, me répond-il d'un air torturé, les yeux brillants d'une lueur inconnue.

– Mais pourquoi ?!

– Non, s'il te plaît, je n'ai pas envie de parler de ça… Viens là ! me supplie-t-il en m'attirant sur lui.

OK. J'ai compris, les journaux disent vrai ! Il n'est pas libre !

– Attends un peu, monsieur Alec Mendelssohn-Freeman ! m'emporté-je en sautant du lit. Je suis peut-être pénible, c'est fort possible, mais dis-moi au moins si ça a quelque chose à voir avec cette Beth ?

Accoudé au matelas, il me regarde m'énerver toute seule. Les mains sur les hanches, nue comme un ver dans la lumière franche du studio, je suis sur des charbons ardents et il semble à la fois subjugué et amusé.

– Alors là, rien à voir ! m'assure-t-il en balayant mes soupçons d'un revers de main avant de tendre son bras vers moi.

J'esquive et saute sur mon sac à main posé sur le bureau et sors l'affreux journal. Ce torchon où ma grimace est imprimée pour l'éternité à côté du sourire glamour de la sublime chanteuse des Strange Days.

– Ce n'est pas mon genre de coucher avec des hommes presque mariés ! Je sais bien que ces feuilles de chou sont spécialisées dans le mensonge, mais tu comprends quand même que je m'interroge. C'est pour ça que tu veux me fuir ? pleurniché-je en venant me rasseoir près de lui. Il n'y a pas de fumée sans feu !

Et voilà ! Fallait bien que j'aligne un proverbe à la noix ! Juste en pleine montée dramatique !

– Je suis désolé de te mêler à ces ragots, Romane. Ce ne sont que des conneries. En tout cas, on a une sale gueule sur la photo ! remarque-t-il en riant.

Ça y est, il m'énerve !

D'autant que la seule chose qui semble vraiment le préoccuper, l'urgence, ce n'est pas de me dire une bonne fois pour toutes qui est cette fille pour lui, non ! Il veut connaître l'identité du photographe !

Il est tellement sexy dans les draps en désordre en train d'examiner l'horrible photo…

Je ne vais quand même pas insister. J'ai déjà fait suffisamment de dégâts et on se connaît depuis moins de quinze jours ! Il me dit qu'il ne cherche pas à me fuir à cause de Beth, je suis toute disposée à le croire… Ce que je ne voudrais surtout pas, c'est qu'il veuille me fuir à cause de moi.

Et de mon fichu caractère !

– C'est sans doute le type que tu m'as présenté à la galerie samedi dernier, supposé-je.

– Franck Harper ! s'exclame Alec. Il assure qu'il ne fraye pas avec la presse à scandale mais ça confirme mes doutes. C'est lui qui me flashe partout depuis quelque temps ! Je vais appeler sa rédaction et lui dire ce que je pense de ses manières. Maintenant, passons aux choses sérieuses, s'enflamme-t-il en jetant le journal avant de me renverser sur le lit.

– Encore une dernière question ! soupiré-je tandis que je résiste difficilement à ses baisers sur mes épaules.

– Tu ne lâches jamais l'affaire, toi ? me taquine-t-il sans pour autant interrompre son voyage minutieux sur ma peau.

– Comme Columbo ! Il a toujours une dernière question.

– Je t'écoute, me murmure-t-il en glissant sa langue dans mon nombril.

– Je suis sérieuse ! Il faut que je sache, insisté-je en le forçant à me regarder. Est-ce que tu as une histoire d'amour avec Beth comme le prétend le papier et est-ce que son fils… Enfin, tu vois ?

– Ça fait deux questions, note-t-il, les yeux pétillants.

– Bon, eh bien réponds à la première ! trépigné-je.

– Non !

– Quoi, non ? Tu ne veux pas répondre !

– Non ! Je n'ai jamais eu d'histoire d'amour avec Beth ! précise-t-il en riant.

– C'est vrai ? m'enthousiasmé-je, enfin délivrée de mes doutes. Donc ça veut dire que Dany, le fils de Beth, n'est pas…

– Stop ! crie-t-il en quittant le lit d'un bond. J'ai un vrai problème, moi ! Rien à voir avec ces bêtises. Je n'ai plus de préservatifs et je rêve de te faire l'amour !

Mais c'est une catastrophe !

– J'ai bien l'impression que ni toi ni moi ne tenons à nous éloigner l'un de l'autre, continue-t-il après un silence en passant nerveusement sa main dans ses cheveux.

– Ravie de te l'entendre dire !

– Couvre-toi, s'il te plaît, souffle-t-il en se tournant vers la fenêtre pour se rhabiller. Est-ce que tu prends la pilule ?

– Oui, murmuré-je d'une petite voix.

– Tu veux bien que nous fassions un test VIH ? me demande-t-il, comme éberlué par sa propre proposition en boutonnant sa chemise. On a les résultats dès le lendemain. Le centre de dépistage est juste en bas. Ça te va ?

– Oui, bien sûr, assuré-je sur le même ton mécanique en dissimulant ma joie face à la preuve évidente qu'il veut une relation exclusive.

– Bon ! Il faut que je me sauve, j'ai un boulot de dingue, dit-il soudain en enfilant sa veste.

Mais qu'est-ce qu'il fait ! Il part ?!

– Tu ne m'embrasses pas ?! m'affolé-je tandis qu'il a déjà la main sur la poignée.

– Trop risqué ! J'ai peur de ne pas résister. On se voit demain à la soirée.

– Demain soir ! Mais c'est dans une éternité !

Clac !

C'est quoi ce « clac » ? La porte qui vient de se refermer derrière lui ou mes nerfs qui lâchent ? Je n'ai jamais été aussi pressée de faire une prise de sang !

***

[Sors de ma cervelle et libère-moi de tes charmes, Aphrodite. J'ai du boulot, c'est du sérieux. Est-ce que tu portes une culotte ou un string ?]

Depuis qu'Alec s'est enfui hier matin, il n'a pas cessé de m'envoyer des SMS de ce genre où il me supplie de le désenvoûter, mais qui se terminent systématiquement par un point d'interrogation. Un petit hameçon auquel je mords avec un plaisir extrême. Et je continue de le faire dans le taxi qui me conduit dans un restaurant face à Ellis Island, où Sarah m'attend pour déjeuner. Je ne vois rien de la ville, le nez collé à mon portable.

Je ferai du tourisme plus tard... Pour l'instant je réponds à « Al ».

[Ni l'une ni l'autre, et je n'ai pas la moindre intention de te délivrer de ton mal.]

Comme je m'en doutais, travailler avec Sarah n'est pas de tout repos, mais c'est passionnant. Hier soir, après notre premier entretien, j'ai décidé d'abandonner la prise de notes. Elle parle trop ! J'ai acheté un dictaphone.

Sa vie est un roman… J'ai enfin une idée qui tient la route !

Elle m'a d'abord parlé de son père, Édouard, un marchand d'art français d'origine juive réfugié en Amérique avec sa famille pour fuir les persécutions nazies. De sa mère, Mary, une fille de pasteur évangéliste du Minnesota dont le jeune Ed est tombé fou amoureux !

Ensuite, elle m'a raconté son enfance entre la France et les États-Unis. Une période grise malgré l'argent car fille unique entre des parents stricts et bourrés de principes. À 10 ans, elle s'enflammait pour les récits d'aventure mais on avait tracé un chemin bien différent pour elle. L'attendaient les mondanités, un futur mari soporifique et des enfants bien dressés. Mais à 14 ans, elle était déjà amoureuse de sa voisine et se rêvait exploratrice !

Bref, les seuls moments où elle était heureuse, c'est quand elle était chez Georges et Esther, son oncle et sa tante de New York. Et là, ça devient encore plus passionnant car Esther Ackerman, épouse Mendelssohn, n'est autre que la grand-mère d'Alec. Une universitaire, toujours révoltée, libre penseuse et humaniste.

« Elle était capable de colères monumentales mais ça finissait toujours en autodérision. »

Tiens, tiens...

Je suis très professionnelle et attentive à tous les propos de Sarah mais je dois avouer que j'ai adoré qu'elle me parle de ses joies enfantines avec le père d'Alec, son cousin. J'ai l'impression de mieux connaître celui-ci, maintenant, et je n'ai pas eu besoin de poser des questions pour satisfaire ma curiosité. Sarah est intarissable. Elle m'a d'ailleurs confié qu'elle considérait son neveu – qui n'est pas vraiment son neveu mais son petit-cousin – comme son propre fils.

« Vous savez, le jeune homme qui vous a raccompagnée hier soir ? »

Oui, oui, je vois très bien.

J'ai ainsi appris que l'hôtel particulier de la place des Vosges appartenait à Alec. Il l'a acheté pour sa grand-mère à la mort de Georges, afin qu'elle puisse retourner sur les terres de son enfance. La vieille dame n'avait jamais oublié sa patrie et elle a élevé son petit-fils dans la pure tradition française. Malheureusement, elle est morte de chagrin quelques mois après son mari.

« Aujourd'hui, il ne lui reste plus que moi. »

J'ai failli ajouter : « Je suis là, maintenant ! »

Quand j'ai demandé où étaient les parents d'Alec, elle a soupiré, s'est assombrie et après un silence elle m'a seulement répondu :

– Une histoire tragique, je n'ai pas le courage…

Elle m'a ensuite fait boire une mixture à base de pâte de soja, de citron et d'huile de foie de morue absolument infecte.

Mais antioxydante…

Je me demande si cette « terrible histoire » est en lien avec le comportement contradictoire d'Alec. Cette manière qu'il a de tout donner avant de se reprendre. Cette fragilité que j'ai entrevue hier matin au réveil. Quelle est cette blessure mystérieuse qui le pousse à me fuir ?

Voilà que je reçois des SMS en cascades ! Bon, le premier est de Lucas… Il a pris son temps.

[Avais perdu mon téléphone et exam' de chinois : un carnage ! J'attends toujours la facture du calumet. Stress si c'est un objet volé… L'ai déjà offert à mon père qui l'adore mais je ne lui ai pas dit que j'arrêtais l'école. Pas de news de Jo. Les boules ! Bizzz, Miss America !]

Les SMS suivants proviennent tous du même expéditeur et ce n'est malheureusement pas celui que j'espérais. Quatre messages au numéro inconnu s'alignent, odieusement malsains, les uns après les autres :

[Bonne journée, Romy !]

[Travaille bien, ma tourterelle.]

[Tellement fier de toi !]

[Je veille…]

Je suis d'accord, Lulu, les boules ! Pas de nouvelles de Jo et Paul me harcèle ! Je commence à flipper sérieusement.

Mais en sortant du taxi, mon smartphone m'annonce que j'ai reçu un mail et c'est Jo ! Un envoi groupé qui s'adresse autant à Lucas et moi qu'à Ana, sa mère. Voici en substance ce qu'elle nous écrit : « Le réseau coupe en permanence alors je fais vite. Tout va bien, enfin pour moi du moins, même si je n'étais pas vraiment préparée à ça… Ne vous inquiétez pas, je suis là où je dois être… Je pense à vous et je vous aime. Votre Jo. »

Le portable dans les mains, je reste démunie en relisant ces quelques lignes sobres dont les points de suspension en disent davantage que les mots. Soudain, je lève la tête et je suis subjuguée par le gigantisme de Miss Liberty sur son île, qui dresse son flambeau libérateur au-dessus de la mer.

Et peut-être des hommes... Ce n'est pas le moment de philosopher, Romane Gentillac. Au boulot !

***

– Quel est votre groupe sanguin, *honey* ? me demande Sarah alors que je m'installe en face d'elle à la terrasse du restaurant.

– O+, réponds-je, un peu surprise.

– Parfait ! Comme moi. Les protéines sont tout à fait recommandées pour nous, les donneurs universels. Vous aimez les fruits de mer, j'espère ?

Bof ! En parlant de mollusques, je lui demanderais bien pourquoi elle fait bosser Paul, mais je ne la connais pas assez.

– J'adore les crustacés ! affirmé-je.

– Vous êtes resplendissante. New York vous réussit !

Votre neveu, surtout...

Je pose mon dictaphone sur la table et enregistre Sarah qui saute du coq à l'âne tout en gobant ses huîtres. Je l'écoute me raconter sa première rencontre avec un ours polaire et comment elle a failli devenir la seconde épouse d'un prince saoudien. Elle était tombée amoureuse de sa première femme.

Je ris aux larmes en lui concédant que c'est une bonne raison quand je reçois un nouveau SMS. Je m'excuse et ne peux m'empêcher de le consulter. C'est Alec :

[Test VIH négatif…]

– Pardon, je dois répondre, c'est… ma cousine, m'excusé-je en rougissant.

[Idem…]

– Elle vit en France ? me demande Sarah.
– Qui ? Non, en Auvergne ! Enfin oui donc…

Pff !

– C'est votre boy-friend ! s'exclame-t-elle. Vous avez reçu un autre message. Enfin, lisez-le ! Vous allez bientôt le retrouver à Paris, rassurez-le. C'est Paul ?

Pitié !

[Attends-moi ce soir après la soirée devant l'entrée de service. Je ne vais pas te laisser dormir de la nuit, ça t'apprendra à me rendre dingue.]

J'ai le feu aux joues et j'ai du mal à respirer…

– *Honey* ! s'écrie Sarah, épouvantée. Vous voilà écarlate et vous suffoquez ! My God, vous êtes allergique à l'iode !
– Non ! Tout va bien, Sarah, la rassuré-je avant qu'elle n'appelle les secours. C'est juste un coup de chaud.

***

En fin de journée, Alec m'a fait livrer une robe fourreau en soie rouge, largement échancrée sur les épaules et fendue sur un côté. Au paquet était joint un mot écrit de sa main :

« J'imagine que tu as dû brûler les affaires que je t'ai offertes en Toscane, alors accepte ce geste tout à fait intéressé. Si je veux que tu portes cette tenue, c'est avec l'unique objectif de te l'ôter moi-même ! »

Ça m'a remise en forme car j'avais un petit coup de barre. J'ai même réussi une coiffure ultra-glamour. Je ne sais pas comment j'ai fait !

Quand j'arrive à la soirée accompagnée de Brooke et de Sarah, je suis sur des charbons ardents. Alec se trouve à l'entrée pour accueillir les invités. Il salue sa tante et sa compagne qui entrent ensuite dans le hall de l'hôtel où se déroule la fête.

Je frissonne en m'approchant de lui, le cœur battant et les jambes en coton comme si je le voyais pour la première fois, puis lui tends la main. Il reste stupéfait en me découvrant, cheveux souples et œil de biche dans ma robe affolante.

À terme, je voudrais surpasser Dita Von Teese.

– Je ne sais pas comment je vais pouvoir faire mon discours sans passer d'abord sous une douche froide, me murmure-t-il, les prunelles embrasées, en desserrant discrètement le nœud papillon de son smoking.

– C'est toi qui l'as voulu, réponds-je. Moi, je serais venue en jean…

– Je ne suis pas sûr que ça aurait changé quelque chose, malheureusement. Je suis perdu ! soupire-t-il en passant sa main sur sa barbe naissante.

– Compte sur moi pour te trouver ! répliqué-je d'une voix sensuelle.

Je lui lance un regard incendiaire avant de retirer ma main, à regret, en voyant arriver Sam et Abby.

Je suis étonnée qu'ils soient là après l'esclandre d'avant-hier. Il n'a honte de rien ! Égal à lui-même, Sam nous ignore tandis qu'Abby, gênée, nous fait un geste de la main en suivant son mari, avant de s'arrêter un peu plus loin pour embrasser Sarah et Brooke.

– À tout à l'heure, me dit Alec alors que je m'apprête à rejoindre les autres.

Il change brusquement d'expression.

Franck Harper, le photographe qui nous a piégés à Paris, s'apprête à entrer dans la salle. Alec s'interpose, l'empêchant de passer. Je reste ! J'ai trop envie de voir ce blaireau remis en place par mon homme.

C'est un costaud !

Alec lui donne une espèce d'accolade en l'entourant de son bras et se penche pour lui parler. Brooke, Sarah et Abby fixent la scène, un peu inquiètes. Sans se départir de son sourire, Al reconduit le nabot vers la sortie mais j'arrive à entendre ce qu'il lui dit :

– Je m'en fous de ton accréditation ! Tu dégages. Tu sais très bien de quoi je parle. Je vous retrouve dans mes pattes, toi et ton appareil photo, je vous écrase comme des moustiques.

Bravo ! Va pleurer sur le trottoir, misérable !

Je rentre dans la salle au moment où le public nombreux se met à applaudir. Beth vient de faire son entrée sur scène accompagnée de ses musiciens. C'est confirmé, c'est un canon. Alec la rejoint avec un petit garçon brun à qui il donne la main, et mon cœur se serre en les voyant tous les trois comme une vraie famille.

Il n'y a rien entre eux. Stop ! Qu'est-ce qu'il me faut ? Un test de paternité après le VIH ?

– Il est *cute*, ce petit Dany ! C'est le fils de Beth, m'explique Brooke. Alec l'adore.

Il aime les enfants, moi aussi. Parfait !

– Ils ont formé les Strange Days ensemble quand ils étaient au lycée, continue Brooke pendant qu'Alec commence sa présentation.

– Mon neveu sait tout faire, renchérit Sarah en baissant la voix. Musicien, compositeur, c'est un génie de l'informatique et de la finance, et en plus il est beau ! Pas vrai qu'il est beau ? me demande-t-elle soudain.

– Pas mal, bafouillé-je.

– Et il est toujours seul, soupire Brooke. Tout ça à cause de cette sale histoire…

Mais quelle histoire ? Quelqu'un va me dire quelque chose ?

Mais pas maintenant. La lumière baisse, Alec et Dany descendent de scène alors qu'explose la batterie et que Beth commence à chanter. On entend soudain un fracas plus fort encore, les enceintes près du plateau tombent au sol, faisant stopper net la musique alors que des gens crient de stupeur.

Où est Alec ? Je ne le vois plus !

C'est la panique. Une femme monte sur l'estrade en poussant Beth qui veut l'arrêter. La sécurité se précipite sur scène et tente de maîtriser l'inconnue rousse, mais elle se débat et fait tomber micros et batterie, ce qui rajoute au chaos général. Les gens commencent à fuir, de peur d'un attentat. Les Strange Days se sauvent. La femme hurle :

– Alec Mendelssohn est un escroc ! Mon mari le savait. C'est lui qui l'a poussé au suicide. Il est pire qu'un assassin !

– Mais qui est cette folle ? s'insurge Sarah. Je vais la calmer !

– Ce n'est pas le moment, lui fait remarquer Brooke alors qu'Abby et Sam se rapprochent de nous.
– Qu'est-ce qui se passe ? demande Abby, consternée.

La lumière se rallume et je ne peux que remarquer le visage froid, presque satisfait de Sam.

– Escroc ! Assassin ! continue de crier la rousse alors que les agents de sécurité l'évacuent sans ménagement.

Je cherche Alec, affolée et l'aperçois enfin. Au milieu de la cohue et des murmures interrogatifs, il est figé dans un coin du hall et fixe la femme hystérique. Seul. Comme nous, il a l'air de ne pas comprendre ce qui se passe.

Je voudrais aller le rejoindre, mais comment faire sans éveiller les soupçons ? D'autant que des journalistes, caméras et appareils photo au poing, affluent autour de lui en le harcelant de questions. Les flashes crépitent sur son visage décomposé et il reste de marbre, silencieux. Impuissante, je détourne les yeux de son désarroi qui me brise le cœur.

– Mais c'est la femme de Santorro ! s'exclame Sarah en la voyant passer près de nous.

Santorro ? Le directeur financier. L'article du New York Times !

D'autres journalistes se ruent sur elle, nous poussant sans ménagement au passage.

– Alec Mendelssohn-Freeman détournait des fonds et mon mari le savait ! poursuit-elle, fébrile, en s'adressant aux caméras. Peter Santorro s'est suicidé mais ce qui l'a poussé à le faire, ce sont les pressions insupportables que Mendelssohn faisait peser sur lui. Honte ! Honte sur lui !

Brooke retient Sarah comme elle peut. Abby reste sidérée, se tourne égarée vers son mari qui demeure glacial, ne manifestant pas la moindre compassion envers quiconque.

Surtout pas envers son demi-frère.

Je ne peux pas laisser Alec seul dans cette épreuve. Après tout, je me fous des photographes et des ragots et je ne crois pas un instant ce que dit cette folle furieuse. Je me retourne pour aller le rejoindre mais Alec n'est plus là. J'ai beau le chercher partout dans la salle, je ne le trouve pas.

Il a encore disparu !

IV

DIFFAMATION !

16
RETOUR DE MANIVELLE

Meredith Santorro ! Je ne suis pas près d'oublier la veuve du pauvre directeur financier de Mendelssohn Computers faisant irruption à la soirée d'inauguration du site musical de la multinationale. Sa haine et ses allégations m'ont stupéfiée. Même les agents de sécurité ne sont pas parvenus à la faire taire. C'était atroce ! La veuve de Santorro a été traînée vers la sortie, se débattant entre larmes et invectives. Elle haranguait la foule pour continuer à déverser le fiel de ses dénonciations !

De nombreuses télévisions étaient présentes pour couvrir l'événement. Je n'oublierai jamais la solitude d'Alec, entouré de caméras et de journalistes qui le harcelaient de questions, alors qu'il restait muré dans le silence. Elles résonnent encore dans ma tête :

« Monsieur Mendelssohn, Mme Santorro vous accuse de détournement des fonds. Est-ce que c'est vrai ? »

« Elle assure que son époux était au courant de vos pratiques frauduleuses. Elle prétend que ce sont vos intimidations qui l'ont conduit au suicide. Pourquoi ne pas répondre, monsieur Mendelssohn ? »

Alec, d'ordinaire si insolent, est resté figé, la bouche résolument fermée et les yeux dans le vide. J'ai fini par détourner la tête tant il m'était insupportable de le voir acculé de la sorte. Comment l'aider ? J'étais impuissante, tout autant que Sarah qui fulminait. Brooke a dû la retenir pour l'empêcher de donner une correction à cette maudite Meredith.

Quand je me suis retournée, Alec avait disparu. J'ai bien cru que j'allais m'écrouler. Pourquoi se taire, pourquoi fuir s'il est innocent ? Il pouvait se justifier publiquement devant les caméras et pourtant il a préféré le silence et la fuite. Une affreuse angoisse vient de s'emparer de moi. Et si Meredith Santorro disait la vérité ?

Je ne peux pas imaginer qu'Alec soit un escroc et qu'il ait pu pousser Santorro au suicide. Peut-être cet homme était-il dépressif ? Que je sache, il n'a pas laissé de lettre incriminant Alec. Si tel était le cas, sa veuve l'aurait évoqué… Non ! Je ne serais jamais tombée amoureuse d'un salaud !

Mais il pourrait m'appeler. M'envoyer un SMS pour me rassurer. C'est trop demander ? Merde !

J'ai beau consulter mon portable, il demeure inexorablement muet, ce qui ne fait qu'attiser mon angoisse. Et dire que j'aurais dû finir cette soirée en apothéose charnelle entre les bras d'Alec…

On est loin du compte !

Me voilà toute seule dans mon studio, assise à mon bureau, le regard perdu à l'horizon d'une forêt de gratte-ciel illuminés. Une vision qui ne parvient même pas à me distraire de cette évidence : Alec m'a encore plantée !

Serait-ce une maladie chronique ?

Ne devrais-je pas essayer de le joindre ? Il doit être accablé de se voir ainsi traîné dans la boue. Il me semblait solide comme un roc, mais maintenant que je le connais mieux, je me rends compte que ce n'était qu'une façade. Un masque pour cacher une vulnérabilité, une blessure qui ne dit pas son nom mais que Sarah évoque pourtant en parlant de « cette terrible histoire… » le concernant.

Et dont je ne sais toujours rien !

J'ai pu toucher du doigt sa fragilité hier matin alors que nous étions dans les bras l'un de l'autre, quand il m'a avoué qu'il cherchait à me fuir sans y parvenir. Je ne comprends pas pourquoi, mais il avait l'air si sincère, si égaré. Non ! Je ne peux pas le laisser affronter cette crise seul. C'est trop lourd. Et si, comme Santorro, Alec commettait l'irréparable ?! Ce ne serait pas la première fois qu'un homme puissant mettrait fin à ses jours à la suite d'une campagne de diffamation !

Peut-être qu'à cette heure, il n'envisage pas d'autre issue à ses problèmes ?

Il faut que je le contacte ! C'est peut-être ce qu'il espère, sinon il va penser que je le crois coupable. Je dois l'assurer de mon soutien indéfectible. Il faut qu'il comprenne que je n'ai rien à voir avec ces hordes de loups affamés de scandales, et que je ne prête pas foi à n'importe quelle médisance. Surtout maintenant que l'affreuse éventualité de son suicide comme ultime fuite vient de faire irruption dans mon esprit. Sans réfléchir davantage, je compose un SMS pour lui faire part de mon soutien.

[Sache que je suis là. Tu n'es pas seul dans la tourmente. Tu peux me joindre à tout moment.]

Mon message envoyé, je reste de longues minutes à attendre une réponse qui ne vient pas. Mon inquiétude ne fait que croître. Ma gorge est si serrée que je parviens à peine à respirer. Pourquoi suis-je allée me mettre de pareilles idées en tête ?

Je suis vraiment trop dramatique ! Ce n'est pas son genre… Tant pis, je l'appelle !

C'est pire que tout : Alec est sur messagerie ! À tous les coups, il a éteint son portable volontairement. J'écoute, les larmes aux yeux, sa voix enregistrée qui m'invite à laisser un message, mais je raccroche sans rien dire, démunie. C'est possible qu'il ait besoin d'être seul pour réfléchir, si j'insiste trop, il va trouver que je suis collante…

Et voilà ! Maintenant en plus d'être anxieuse, je suis remontée comme une pendule. Allez comprendre ?!

Le mieux, c'est encore de prendre sur moi, de retenir comme je peux les mille chevaux qui trépignent sous mon capot et d'attendre qu'il se manifeste. Je ne veux pas le stresser davantage. Il a eu sa dose !

J'abandonne mon téléphone et je vais prendre un bain. Espérons qu'un peu d'eau chaude et des kilos de mousse apaiseront mes tourments et mes contradictions.

Je rentre dans trente-sept degrés de bien-être et d'huiles essentielles relaxantes. Malheureusement, j'entends toujours les commentaires des invités. Tous ces gens qui doutaient d'Alec !

« Encore une histoire de gros sous ! C'est vraiment tous des pourris !... »

Et l'expression glaciale de Sam qui regardait la scène. À croire qu'il était satisfait de ce qui arrivait à son demi-frère. Il n'a pas eu un geste de soutien envers Abby, qui semblait égarée. Pire, il la fixait avec dédain ! Il fallait s'y attendre, il est d'une telle cruauté avec elle. Mais il aurait pu manifester de la compassion pour sa tante.

Rien !

La pauvre Sarah était totalement effondrée et hors d'elle, elle a juste eu le temps de me donner rendez-vous demain matin à son domicile, avant que Brooke ne réussisse à l'entraîner dans un taxi.

Tout à l'heure, devrais-je dire, il est déjà une heure du matin !

Il faut absolument que je me détende. Je suis là pour bosser ! Pourtant le rictus méprisant de Sam, son regard fixe me reviennent dès que je ferme les paupières. Même la tête sous l'eau, en bloquant ma respiration, son image continue de me hanter !

Et pourquoi est-ce que je repense maintenant à la conversation que j'ai surprise entre Sam et Abby quand nous étions dans la galerie ?

De quoi s'agissait-il, déjà ? Sam disait à sa femme qu'il entendait profiter des occasions qu'il voulait… Que ce n'était pas à elle d'en décider, avant de la renvoyer à sa manucure. C'est ça !

Je suis restée trop longtemps en apnée. Voilà que je deviens adepte d'une théorie fumeuse du complot…

Mais c'est vrai que c'est tentant. L'article que j'ai lu dans l'avion évoquait le nom de Sam comme successeur légitime au poste de directeur financier.

La mort de Santorro profite carrément à Sam !

Je me redresse d'un coup et sors du bain, effrayée par mes divagations. Les émanations d'huile de lavande ne me conviennent pas. Mais où vais-je chercher de pareils scénarios ?! Il faut que je me tourne vers l'écriture de polar !

Je m'enroule dans une serviette éponge et retourne dans la pièce principale en tentant de canaliser mon imagination. Sam assure déjà la sous-direction de la banque Young Carlson qui appartient au père d'Abby. C'est un poste de plus grand prestige que celui de directeur financier.

Non ! Mon antipathie pour Sam me fait divaguer. La conversation de la galerie n'a rien à voir avec ce qui s'est passé ce soir. Je cherche juste des preuves de l'innocence d'Alec. La vérité, c'est que j'ai une trouille bleue qu'il soit coupable.

Mais enfin, ça aussi c'est n'importe quoi ! Pourquoi Alec détournerait-il de l'argent ? Il est riche à milliards ! Même s'il n'était pas PDG de Mendelssohn Computers, il n'en serait pas moins multimilliardaire uniquement grâce à ses start-up !

Je sais, ça ne prouve rien. On en a vu d'autres… Mais pas Alec !

Je me demande quand même où j'ai mis les pieds. Alec ne s'est toujours pas manifesté et mon inquiétude commence à virer à l'obsession ! Il faut que je reprenne la situation en main, j'ai horreur de perdre le contrôle ! Cette fois-ci je l'appelle et s'il ne répond pas, je lui laisse un message.

Ça sonne ! Tout à l'heure, par contre, il était sur messagerie. S'il a rallumé son portable, c'est qu'il est bien vivant.

Ça me rassure. L'appareil à l'oreille, j'écoute se succéder les sonneries et à chacune d'elles, n'obtenant pas de réponse, je désespère un peu plus. Encore une fois, le répondeur. Un frisson me traverse, des mains invisibles se referment sur ma gorge, je suis à deux doigts de raccrocher, mais je me ravise :

– Heu… C'est Romane. Je… Enfin… J'espère que tu vas bien malgré… l'imprévu de ce soir… Voilà. Rappelle-moi, s'il te plaît. Je suis… enfin… Voilà. Je t'embrasse. Fort.

On peut dire que je suis à l'aise au téléphone ! Quelle assurance. « L'imprévu de ce soir »… Je rêve ! Et est-ce que ça s'est entendu que j'étais énervée ?

Je le savais ! Je n'aurais jamais dû chercher à le joindre. Au moins avant, je pouvais toujours supposer qu'il n'avait plus de batterie. Mais à l'évidence, c'est seulement qu'il ne veut pas me parler. Sinon, il m'aurait répondu !

J'hésite à le rappeler, à laisser sonner jusqu'à ce qu'il me réponde. Je me sens capable de tout ! Même de le harceler alors que c'est précisément ce qu'il ne faut pas faire. Certainement pas après ce qu'il vient de subir. Mais je n'ai pas non plus le courage d'attendre indéfiniment qu'il daigne me faire un signe.

Résignée, pétrie de questions sans réponse, inquiète et furax, j'éteins mon portable et le jette sur le bureau avant de me mettre au lit. Toute seule !

***

On va dire que j'ai dormi. J'ai sombré à deux heures du mat', il est sept heures… Cinq heures de sommeil, c'est déjà ça, mais l'angoisse ne m'a pas quittée. Où est Alec ?! À peine réveillée, je me précipite sur le bureau et rallume mon portable.

Horreur ! Il ne m'a pas répondu ! Cette fois, je n'en peux plus. J'ai vraiment peur qu'il lui soit arrivé quelque chose. Sans plus réfléchir, je compose un SMS :

[Alec, dis-moi si tu vas bien. Je suis folle d'inquiétude. Je t'en supplie, ne me laisse pas dans ce silence atroce. Romane]

Assise à la même place qu'hier, toute nue, je sanglote en fixant un horizon cyniquement bleu pour mes idées noires. Je regarde mon reflet s'affaisser inexorablement dans la vitre quand je reçois enfin une réponse :

[Je suis désolé. Ne t'inquiète pas. Je n'ai pas l'habitude de partager quand les choses vont mal. J'ai besoin de gérer cette crise seul. Meredith Santorro a menti. Je te demande juste de me faire confiance. Alec]

Il en aura mis, du temps !

Au moins, je suis rassurée mais si mon inquiétude cède enfin, on ne peut pas en dire autant de ma colère. Alec me demande de lui faire confiance, très bien. Mais c'est à sens unique ! La preuve : il ne veut pas me parler et à l'évidence, lui ne me fait pas suffisamment confiance pour que je l'épaule. Il préfère s'isoler !

N'empêche, je suis sûre qu'il est honnête. On en revient au complot !

Non ! Je ne peux pas le laisser tout seul dans cette épreuve, même si c'est ce qu'il me demande. Il croit qu'il a besoin d'être seul, mais il se trompe. Et depuis quand je respecterais les consignes ?! Ce serait une nouveauté, ça ! Alec doit être en plein désarroi, enfermé chez lui, à broyer du noir. Il m'a montré où il habitait en me raccompagnant l'autre soir. Ça ne va pas être facile de retrouver son building, mais je me souviens que c'est un édifice des années trente, près du Metropolitan.

C'est vague mais qui ne tente rien… Oh non, pas une attaque de proverbes, c'est pas le moment !

***

Je m'engouffre dans l'ascenseur quand mon téléphone sonne. C'est Lucas. Ce n'est pas le moment, mais je réponds quand même.

– On parle de ton mec à la télé ! hurle-t-il à peine ai-je décroché.

Quoi ? La rumeur est arrivée jusqu'en France !

– Tu l'avais plaqué, continue-t-il, hystérique, sans me laisser le temps d'en placer une. Tu aurais mieux fait d'en rester là. Voilà, tu sors avec un bandit !

– Ah, ça va ! m'énervé-je. On n'est pas dans *Le Parrain* ! Je te rappelle que tu as peut-être acheté un calumet volé ! Et si tu as été alerté, c'est bien parce que j'ai revu Alec. Écoute, Lulu, je n'ai pas le temps de t'expliquer, mais il semblerait que ce soit un complot. Je suis sûre qu'il est innocent !

– Sois prudente, Romane, j'ai vu un documentaire hyper flippant sur le Net ! Une société secrète manipulerait le monde. Les Illuminati. S'ils sont derrière tout ça, c'est peut-être très dangereux !

– Mais tu ne crois pas à ces bêtises, j'espère ! éclaté-je de rire. Lulu il faut que tu arrêtes de passer tes nuits sur Internet, tu vas finir par croire qu'on n'a jamais marché sur la Lune et que le monde est gouverné par des mutants. Je pense plutôt à une tentative de prise de pouvoir à l'intérieur de l'entreprise. Un complot, oui, mais tout ce qu'il y a de plus classique. Bon, dis-moi plutôt comment tu vas ? Tu m'inquiètes.

– Mal ! Mon père est fou de rage ! Si j'arrête l'école de commerce, il me coupe les vivres. Il ne veut pas entendre parler de cuisine ! Ana s'est proposée d'aller lui parler.

Waouh ! Convaincre son père. Faudrait une délégation internationale ou l'encercler avec des chars d'assaut.

– Laisse faire Ana, elle trouve toujours des solutions, et qui pourrait résister à son charme ? réponds-je pour le rassurer. Surtout, ne rentre pas en conflit avec ton père, tu serais perdant. Tu devrais prendre un peu de recul, va voir la mer par exemple.

– Tu me conseilles de me noyer, avoue ! réplique-t-il en riant.

– Certainement pas ! Juste d'aller pêcher pour te changer les idées… La pêche invite à la réflexion, c'est bien connu.

– Romane, tu es la voix de la sagesse ! s'écrie Lucas. Je vais aller ferrer le gros poisson sur les planches de Deauville. En cette saison, c'est bourré de beaux garçons en bermuda.

– Comme tu veux, mon Lulu ! Je vois que tu as repris du poil de la bête, je m'en réjouis. Je dois te laisser mais un jour il faudra que tu m'expliques pourquoi les gays portent des bermudas à carreaux ?!

– Pourquoi ? Tu veux faire une thèse sociologique sur le sujet ? me taquine-t-il. OK. Belette, je mène une enquête approfondie et je te tiens au courant. Bisous.

Je raccroche au moment où je sors sur le trottoir, bien décidée à trouver un taxi, quand quelqu'un m'emboîte le pas. L'espace de quelques secondes mon cœur enfle de joie, persuadée que c'est Alec, mais je découvre avec stupeur l'affreux visage de Paul qui me fige sur place !

– C'est comme ça qu'on accueille un vieil ami ? me lance-t-il, tout sourire, en s'approchant dangereusement de moi. Moi qui m'attendais à ce que tu me sautes au cou !

– Qu'est-ce que tu fais là ? Je n'ai pas la moindre envie de te parler, parviens-je à articuler en me remettant à marcher malgré mes jambes flageolantes.

– Allez ! Sans rancune. Embrasse-moi en souvenir de nos jeunes années, insiste-il en m'attrapant le bras.

Je me dégage aussitôt.

– Ne me touche pas ! m'emporté-je tout en cherchant autour de moi quelqu'un susceptible de me porter secours.

– Tu préfères que ce soit Mendelssohn ? Tu vas vite en besogne !

– Je ne sais pas de quoi tu parles.

– Je l'ai vu sortir de chez toi l'autre matin ! Je savais que tu étais chaude mais je pensais que l'argent ne t'intéressait pas. Il faut croire que je suis naïf, ironise-t-il.

– Comment as-tu eu mon adresse ? demandé-je, dégoûtée.

– Je m'occupe des affaires de Sarah. Je sais que c'est là qu'elle accueille ses invités. C'est moi qui ai acquis pour elle cet appartement où tu te vautres comme une putain... Ah, ne fais pas cette tête ! Ne te méprends pas. Je ne suis pas venu à New York pour toi, il y a longtemps que j'ai tourné la page. Je suis là pour affaires.

– Alors qu'est-ce que tu veux ?

– Juste te saluer, ma chérie, et te mettre en garde. Ton mec n'est pas très clean, regarde les journaux. C'est dommage, tu vas encore décevoir tes parents !

Par chance, un taxi libre est arrêté à un feu rouge. Je me précipite à l'intérieur et fonds en larmes alors que Paul me fixe avec son ignoble sourire depuis le trottoir. Je panique mais je trouve malgré tout le courage de balbutier : « Le Metropolitan, s'il vous plaît. » Le chauffeur démarre aussitôt et accélère sur la grande avenue. Il me semble pourtant qu'il ne va pas assez vite pour semer mon passé qui est en train de me rattraper.

Le taxi me dépose devant les marches du musée, je paye ma course et fais un tour d'horizon. Des dizaines d'immeubles semblables à celui d'Alec sont alignés sur la Cinquième Avenue. Découragée, encore sous le coup de l'émotion de mon horrible rencontre avec Paul, je n'en perds pas pour autant ma détermination. Je veux voir Alec !

Ni une ni deux, je lui téléphone mais tombe encore une fois sur sa messagerie. Mais il le fait exprès ?! J'ai envie d'écraser mon portable ! Inutile d'insister, sans ses indications, je ne pourrais jamais me rendre à son adresse. Comment ai-je pu imaginer une seconde que j'allais retrouver si facilement où il habitait ?

Je suis dans Big Apple, pas à Conflans-Sainte-Honorine !

Il faut vraiment que je sois amoureuse pour avoir des idées aussi saugrenues. Il est à peine huit heures mais je n'ai pas envie de tourner en rond dans le quartier comme une âme en peine, je vais aller directement chez Sarah.

Alec y est peut-être ?! Comment n'y ai-je pas pensé plus tôt !

17
LE BLUES DE LA BANQUISE

– Vous êtes en avance ! Je vous préviens tout de suite, *honey*, ce matin, je suis à cran ! me déclare froidement Sarah en m'ouvrant la porte, moulée dans une tenue de gym vert fluo.

Moi aussi ! Votre neveu est là ?

– Après cette soirée désastreuse, continue-t-elle en me faisant rentrer, je n'ai pas fermé l'œil ! Brooke m'a soutenue toute la nuit mais elle est partie au boulot aux aurores, prétextant qu'elle avait à faire à sa galerie ! D'accord, elle prépare une nouvelle expo, c'est un boulot de dingue, mais la vérité, c'est qu'elle ne me supportait plus ! Ce n'est pas plus mal que vous soyez là, je n'avais pas envie d'être seule, conclut-elle alors que j'ai bien du mal à la suivre dans l'appartement.

Merde ! Alec n'est pas là !

Il ne me reste plus qu'à me jeter à corps perdu dans le travail et mine de rien tenter d'obtenir quelques infos. Sarah sait forcément où se trouve son neveu… Le tourbillon Ackerman me conduit jusque sur la terrasse.

– Si j'avais cette Meredith Santorro sous la main, s'exclame-t-elle en enfilant des gants de boxe, voilà ce que je lui ferais !

Ah oui, quand même !

Et elle se met à frapper en criant de toute son énergie dans un sac de sable pendu à la pergola entre les clématites mauves et le jasmin. Avec tout ça, j'en oublierais presque l'angoisse dans laquelle ma rencontre avec Paul m'a jetée une heure plus tôt. Je reste debout, sans un mot, dans la lumière éclatante du matin, et la regarde cogner, partagée entre incrédulité et envie.

Si ça pouvait être Paul, je me joindrais à elle avec une joie sauvage !

Alors que Sarah est toujours en mode entraînement intensif et décharge son agressivité, je repense avec terreur aux paroles de Paul, à ses sous-entendus pervers, à sa façon obscène de me regarder. Maintenant que je ne suis plus sous le coup de la panique, j'arrive à réfléchir et je comprends que si Paul a vu sortir Alec de chez moi l'autre matin, c'est qu'il traîne dans les parages depuis plusieurs jours. Il m'espionne !

Je suis dans un film d'épouvante et je n'ai pas le meilleur rôle. C'est Paul qui a la tronçonneuse !

Quand je pense qu'il a osé poser sa main dégoûtante sur mon bras et qu'il a tenté de me culpabiliser en me disant que j'allais encore décevoir ma famille ! Ce type est vraiment une ordure cynique. Et non content de m'insulter, il semble ravi de ce qui arrive à Alec !

Est-ce que Paul aurait quelque chose à voir là-dedans ? S'en prendre à Alec pour m'atteindre ? C'est une hypothèse un peu tirée par les cheveux… Non, c'est encore un délire, mais je me demande si Sarah l'apprécierait autant si elle savait comme il jubile des déconvenues de son neveu.

Ça m'étonnerait !

Je devrais le dire à Sarah mais comment faire sans trahir mon histoire avec Alec ? Je pourrais au moins lui conseiller de se méfier de Paul. Elle semble accorder une confiance aveugle à son avocat mais elle ne sait pas qui il est en réalité. Peut-être devrais-je au moins lui glisser de s'abstenir de lui donner des renseignements me concernant ?

Non, ça va la conforter dans l'idée que j'ai une aventure avec lui. Beurk !

– Santorro n'est qu'une menteuse ! hurle Sarah, me tirant de mes pensées. Voilà ce qu'elle se serait pris dans les dents si Brooke ne m'avait pas arrêtée !

Et elle décoche une droite digne de Mike Tison qui fait tournoyer le sac autour des pauvres fleurs délicates.

– Est-ce que je vous ai dit bonjour, *honey* ? me demande soudain Sarah en s'arrêtant au beau milieu d'un coup d'attaque, les jambes fléchies et la tête rentrée dans les épaules.

Non. Mais moi non plus je ne vous ai pas saluée, vous ne m'en avez pas laissé le temps…

– Tout ça n'est que perfidie ! enchaîne-t-elle sans attendre ma réponse en s'affalant dans les coussins du salon extérieur avant d'ôter ses gants. Du harcèlement moral. Alec ! Mon neveu est absolument intègre ! Asseyez-vous, Romane, vous me donnez le vertige. Thé ou café ?

– Café, merci, réponds-je du tac au tac en m'installant près d'elle. Je sais bien qu'Alec, enfin votre neveu, est tout à fait honnête. Je le connais à peine mais c'est l'impression qu'il me donne.

– Eh bien, c'est exactement ça, m'assure Sarah d'un ton ferme en prenant la théière posée sur la table basse avant de me servir un thé.

J'avais dit café. C'est pas grave…

– Et les médias qui en font une affaire d'État ! continue de ruminer la milliardaire boxeuse. Ces images qui tournent en boucle, ces experts sortis de nulle part qui expertisent, mais quoi ? Ils n'ont pas la moindre preuve ! s'emporte-t-elle en se levant.

Et la voilà qui commence à sauter à la corde juste en face de moi. Si Sarah savait à quel point je partage ses soucis ! Avant de monter chez elle, j'ai encore tenté de joindre Alec, mais il ne m'a pas répondu. Je brûle d'envie de demander à Sarah si elle a des nouvelles de son neveu mais encore une fois, je crains de trahir mes sentiments.

– Et cette histoire de détournement de fonds, c'est une mascarade ! continue Wonder Woman, à peine essoufflée, en faisant tourner rapidement la corde autour d'elle avec une dextérité qui me laisse pantoise. Ce n'est pas possible. Et vous savez pourquoi ? L'argent ne l'intéresse pas. Je sais ce que vous allez me dire : « Quand même un peu, il est blindé. » Eh bien, voilà le paradoxe ! Mon neveu est un être complexe mais tout ce qu'il y a de plus loyal. Qu'est-ce que vous voulez que je vous dise ?

Tout !

– Et jamais il ne prendrait le risque de salir le nom de Mendelssohn, poursuit-elle en montrant quelques signes de fatigue. Il adorait son grand-père. C'est pour honorer sa mémoire et se consacrer à l'entreprise qu'à la mort de Georges, Alec a abandonné ses projets. Encore un sacrifice ! Et cette folle qui vient l'accuser du pire, comme s'il n'avait pas assez souffert !

Mais de quels sacrifices parle-t-elle ? Alec ne voulait pas de ce poste de PDG ? Quels projets a-t-il abandonnés ? La musique, peut-être ? J'ai vu une guitare en Toscane, un piano et puis tous ces disques… Hier soir, Sarah ou Brooke m'a dit qu'il était à l'origine des Strange Days, avec Beth.

Et cette souffrance, cette sombre histoire dont je ne sais toujours rien mais qui revient comme un refrain dans la bouche de Sarah, qu'est-ce que c'est ? J'ai compris que c'était « ça » qui influençait le comportement d'Alec, mais de quoi il retourne exactement ? C'est à cause de « ça » qu'il me fuit ?

Et merde ! Moi aussi je suis à cran. Des questions et jamais de réponses !

– Je ne sais pas pourquoi cette Meredith Santorro fait tout ce raffut mais si jamais je la croise, je la dégomme ! insiste Sarah, de plus en plus remontée et plus rouge maintenant qu'un panneau « sens interdit ». On peut raconter ce qu'on veut sur mon compte mais qu'on s'en prenne à Brooke ou à Alec et je ne réponds plus de rien ! Au moins, cette coupure va lui faire du bien, termine-t-elle dans un souffle.

C'est-à-dire ? Alec aurait-il quitté New York ? Qu'est-ce que je fais pour me calmer : des pompes ou du rameur ?

Reléguant la prudence au troisième plan loin derrière mon inquiétude et ma curiosité, je m'apprête à demander à Sarah de quelle coupure il s'agit. Mais contre toute attente, elle pose sa corde, vient se rasseoir en s'épongeant la nuque, et sans transition me lance :

– Au boulot ! Ma première expédition en solitaire sur la banquise, ça vous va, comme programme ?

– Très bien, réponds-je en sortant mon dictaphone, déçue et frustrée de ne pas en savoir davantage mais affichant néanmoins une attitude des plus professionnelles.

Mon job avant tout... Allez, on y croit !

– C'était en 2002, commence-t-elle, j'avais déjà pas mal bourlingué mais j'étais en pleine crise de la quarantaine. Une horreur ! Pour la première fois de ma vie, je flirtais dangereusement avec une certaine résignation à rentrer dans le moule. À m'ennuyer gentiment en fin de compte, et c'est là que je me suis dit un beau matin : « Tiens, et si j'allais faire un tour au pôle Nord ? »

Eh oui, bien sûr... Je dois être trop jeune pour saisir tous les ressorts psychologiques d'une crise existentielle.

– Mais pourquoi l'Arctique ? demandé-je, réellement fascinée.

Chose étonnante et rarissime : Sarah ne répond pas tout de suite. Elle réfléchit tout en buvant une gorgée de thé. J'ai une chance folle de travailler avec quelqu'un comme elle, capable de me faire presque oublier la soirée de la veille, le silence d'Alec, les rumeurs ignobles qui circulent à son sujet et même le retour fracassant de Paul !

– Voyez-vous, *honey*, reprend-elle, magistrale et un peu dramatique, en ce temps-là j'étais aux prises avec un atroce chagrin d'amour. Je n'en veux plus à Regina, précise-t-elle, je peux comprendre son choix : rester à Palerme dans la villa de son mari qui lui offrait l'aisance et une protection toute relative, ou me suivre et risquer de prendre une balle dans la tête. Et moi aussi, au passage. Bref, je broyais du noir à New York et c'est pour ça, je pense, que j'ai eu besoin de me confronter au continent blanc !

Évidemment…

Et c'est parti pour une matinée aussi succulente qu'inespérée à l'ombre de la pergola. J'alterne questions, fous rires et émerveillements. Sarah raconte comme à son habitude les événements dans le désordre. Ce sera à moi de remettre les choses dans leur suite chronologique en faisant de mon mieux pour retranscrire son souffle épique.

Pour le moment, je l'accompagne sur les grandes étendues de glace, je croise des ours polaires, je grelotte sous la tente, je bois du rhum avec des Inuits, je traîne quarante-cinq kilos de vivres déshydratés dans un désert de givre et, enfin, j'arrive après quarante jours d'aurores boréales et d'efforts surhumains au pôle Nord magnétique !

Totalement exaltée, ayant presque oublié le présent. Presque, car Alec était avec moi durant mon expédition imaginaire… Pour me tenir chaud.

– Et voilà ! soupire-t-elle en se levant. J'espère que vous aurez assez de matière. Avant de vous laisser filer, je voudrais vous confier quelques photos de famille et deux ou trois vieux journaux. Vous verrez ce que vous pourrez en tirer.

Je la suis dans son bureau, où elle tire de sous une table un gros carton qu'elle soulève comme un rien avant de me le donner. Je manque de plier sous la charge. Ce truc pèse un âne mort ! Pourtant je la remercie dans un sourire un peu tendu et reste de marbre afin de ne pas la décevoir.

Moi aussi j'ai des biscoteaux ! Ah bon ?

– Je ne sais plus si je vous l'ai dit, mais je fais un repérage en hélicoptère pour vérifier l'état de la banquise avant mon départ. Je pars cet après-midi, me dit-elle en me raccompagnant vers la sortie. Je serai absente deux jours mais vous avez de quoi travailler.

Alors que je suis déjà dans le couloir, je repense à cette « coupure » concernant Alec. Il faut que je sache de quoi il s'agit. Alec a coupé avec quoi, au juste ? Tandis que mes bras fléchissent sous le poids, juste avant que Sarah ne referme la porte, je lui lance, l'air de rien :

– J'espère que les choses vont s'arranger pour votre neveu !

Une ruse : j'entends provoquer chez Sarah une crise de parlotte aiguë et savoir enfin de quoi il retourne sans avoir à le demander.

– Moi aussi, *honey* ! Alec était dans un tel état quand je l'ai eu ce matin, juste avant son départ pour San Francisco, me confie-t-elle alors que je l'écoute, faussement détachée. Mais Beth m'a promis de faire attention à lui et de le distraire !

Je compte sur elle, cette fille est d'un drôle ! En ce moment Alec a besoin d'être entouré de ses amis, de ceux qu'il aime, conclut-elle avant de me saluer et de claquer la porte, me laissant seule dans le corridor.

Je suis étonnée de ne pas fondre en larmes. Je crois que je suis en état de choc. Je reprends mon carton qui n'est plus si lourd en comparaison des révélations que Sarah vient de me faire et je marche lentement vers l'ascenseur. Je parviens à appuyer sur le bouton sans poser mon fardeau.

Comme séparée de mes émotions, vidée de moi-même, dans une sérénité anormale, je descends les cent deux étages en réfléchissant calmement à la situation. Alec ne veut pas spécialement être seul, il a seulement besoin d'être entouré de ceux qu'il aime. Très bien. Je n'en fais pas partie, visiblement. Il préfère se confier à Beth plutôt qu'à moi.

Tiens, je commence à ressentir un truc… De la rage, il me semble.

Qu'est-ce que je suis pour lui, au juste ? Une figurante avec qui il partage quelques bons moments et c'est tout ? En approchant du rez-de-chaussée, j'ai l'impression que mon corps et mon esprit se reconnectent et que je vais m'écraser.

C'est quoi, ce cri poussif ? Un sanglot !

J'en ai plus que marre de tous ces mystères ! De ces changements d'humeur, de ces disparitions ! Je n'en peux plus, je suis à bout. Cette fois-ci, j'abandonne. Je n'ai pas le courage de lutter. Il faut accepter l'évidence : Alec ne m'aime pas autant que je l'aime. Mieux vaut en rester là.

Ce n'est qu'une fois dans la rue que je réalise qu'en plus, il se paye ma tête ! Il se la coule douce sur la côte Ouest avec Beth pendant que je me ronge les sangs à New York. Mes muscles m'abandonnent et je lâche le carton qui tombe au sol avec un bruit sourd et définitif.

Je m'affaisse à mon tour et, assise sur les piles de journaux, en pleine Cinquième Avenue, au milieu de la course effrénée des passants qui me contournent sans me regarder, je me libère enfin en pleurant à chaudes larmes.

La soirée pourrie d'hier, Paul ce matin et maintenant Alec avec Beth à San Francisco, c'est trop. Moi aussi j'aurais besoin de mes amis, de ceux qui m'aiment vraiment, mais ils sont à l'autre bout du monde ! Lucas à Paris, Jo quelque part en Afrique et moi ici dans cette Amérique qui ne tient pas ses promesses.

Pour la première fois de ma vie, je me sens vraiment seule et ce sentiment est d'autant plus virulent que la foule se densifie autour de moi. C'est peut-être le moment d'écrire une version contemporaine des *Hauts de Hurlevent*. Je suis tellement déprimée, j'aurais des trucs à dire…

Mais même ça, je n'y crois plus. Là aussi, je fais fausse route. Jamais je n'écrirai de roman. Je veux être libre et me voilà esclave de mon rêve. Non, autant renoncer et suivre la piste qui se dessine devant moi. J'adore travailler avec Sarah, l'écouter, composer son portrait, tenter de comprendre sans juger, et en plus ça rejoint ma formation de sociologue !

Voilà du positif !

Je sors mon cahier de notes de mon sac à main et, résolue à tourner la page de cette période de mon existence, le jette dans le caniveau. Le carnet est aussitôt emporté par un flot d'eaux usées qui court le long du trottoir. Je sanglote de plus belle en voyant s'engloutir mes espoirs de romancière et mon rêve d'amour avec Alec. Il n'est jamais trop tôt en fin de compte pour connaître une crise existentielle.

– Hé, Miss ! Bienvenue à New York ! me lance une vieille femme en passant à côté de moi tandis que des sirènes hurlent au loin.

Je la regarde tituber à travers la foule, traînant sa vie dans des sacs plastiques. Je me lève, reprends le carton à bout de bras et décide de rentrer au studio. Je vais me remettre au boulot sur-le-champ !

Je ne vois que ça si je veux éviter de finir comme elle. Après tout, peut-être devrais-je suivre l'exemple de Sarah… Un mois seule sur la banquise, c'est radical mais ça a l'air efficace pour soigner un cœur brisé !

18
L'HEURE DES BILANS

De retour au studio, je ne parviens pas à me concentrer. J'ai beau tenter de retranscrire l'entretien de ce matin avec Sarah, je suis inefficace. Autant remettre ce travail à plus tard ! Alors je tourne en rond. Je suis effondrée, anéantie, et la seconde d'après me voilà furieuse, maudissant frénétiquement la terre entière…

Je sursaute au moindre bruit et vérifie sans cesse les verrous. Je suis dans un tel sentiment d'insécurité que je ne parviens pas à me calmer. Le visage affreux de Paul ce matin et le souvenir douloureux mais enfoui de mon adolescence se mêlent dans mon esprit confus.

Et j'espère encore qu'Alec se manifeste ! Pourtant, je lui en veux terriblement. J'aurais moins peur de Paul si Alec était avec moi. Quelle détermination ! J'ai tenu combien de temps cette fois depuis que j'ai décidé de rompre ?

Même pas deux heures !

Je sais qu'Alec a aussi ses problèmes mais lui n'est pas seul pour les affronter. Si seulement je pouvais joindre Jo… mais c'est impossible là où elle se trouve. Contacter Lucas ? Je préfère éviter ses conseils et surtout ses cris hystériques. Il est déjà convaincu qu'Alec est un parrain de la mafia new-yorkaise. Si en plus je le lui dis que Paul a fait son grand retour, ce sera l'apothéose !

Je vais appeler Ana, la mère de Jo qui s'est toujours occupée de moi comme si j'étais sa fille. Elle sait trouver les mots justes. Il est quatorze heures à New York, ça fait neuf heures du soir à Paris, c'est le moment où elle doit refaire le monde avec sa sœur à Madrid, branchée sur Skype !

Quelques clics plus tard, le visage souriant d'Ana, les cheveux plus rouges que d'ordinaire, apparaît sur mon écran d'ordinateur. Ses yeux pétillants et sa voix cassée aux accents hispaniques m'apaisent aussitôt. J'ai envie de fondre en larmes, mais elle me demande, persuadée que je nage en plein rêve :

– Alors *l'Americana* ?

– Si tu savais comme je suis contente de te voir ! soupiré-je.

– Tu as pleuré ! Ne me raconte pas des sornettes, je connais trop bien ce petit sourire triste. Raconte à Ana !

– Avant, dis-moi si tu as des nouvelles de Jo.

– Je l'ai eue rapidement hier. C'est dur mais elle tient le coup. En rentrant, elle m'a dit vouloir postuler à l'ONU, à New York. Je préfère ça, je suis fière d'elle mais morte de trouille de la savoir en plein conflit. Tu vas voir, vous allez finir par être toutes les deux aux States ! Je ne l'ai pas dit à Lucas, il est déjà assez déprimé.

Moi aussi, du coup… Ça m'étonnerait que je reste ici.

– Lulu m'a dit que tu irais parler à son père.

– Oui, oui, je vais le faire… Bon, tu as assez noyé le poisson. Qu'est-ce qui ne va pas, *querida* ?

– C'est compliqué, hésité-je en refoulant mes larmes. À Paris, j'ai rencontré quelqu'un…

– Alec ! Je sais, un milliardaire américain plus beau qu'une statue grecque qui te met dans un état pas possible, résume très bien Ana. Tu l'avais plaqué mais tu l'as revu à New York par l'intermédiaire de sa tante, cette Mme Curcuman !

– Ackerman, dis-je en souriant. Je vois que Lucas n'est toujours pas capable de garder un secret.

– Il est comme ça ! Qu'est-ce que tu veux y faire ?

– Rien ! Ce qui m'étonne, c'est qu'il ne soit pas encore venu te raconter qu'Alec est depuis hier au cœur d'un scandale financier et peut-être même impliqué dans la mort d'un homme.

– Quoi ! s'affole Ana en se collant à la caméra comme si elle voulait m'attraper et me ramener illico à Paris.

– Tu as du temps devant toi, j'espère ?

– J'ai toute la nuit, *querida*, répond-elle en croisant les bras.

Et voilà que je lui confie tout de mon histoire passionnée et tumultueuse avec Alec. Je commence par notre rencontre alors que j'étais coincée dans l'ascenseur et je passe par toutes les étapes de notre amour contrarié jusqu'à maintenant.

Je n'omets rien, à part quelques détails sulfureux, mais Ana n'est pas née de la dernière pluie.

Je vide mon sac tout en sanglotant. Je m'écroule sur mon clavier quand je lui annonce ma décision de renoncer au roman et je frôle la crise de nerfs en lui parlant de Paul. C'est à ce moment-là qu'Ana, après presque une heure de silence derrière son écran, reprend la parole :

– Écoute-moi bien, *querida*, il faut que tu te calmes et que tu mettes de l'ordre dans tes idées. Là, c'est le bordel. D'abord, il faut séparer les problèmes. D'un côté Paul, de l'autre Alec. Il faut que tu gères les deux séparément. À mon sens, c'est très bien que le passé revienne à la surface, même si c'est douloureux. Tôt ou tard, les événements refoulés nous pètent à la gueule. Dis-toi que c'est l'occasion de tourner définitivement la page et de repartir sur des bases saines. Si cette vermine t'importune encore, tu n'hésites pas, tu files chez les flics ! Et si tu y croises The Mentalist, tu lui dis que je veux l'épouser !

– Entendu, répliqué-je tout en me mouchant.

– Quant à cet Alec, c'est délicat… soupire Ana.

– Vas-y. Je suis prête à tout entendre.

– Je vois bien que tu es très éprise de lui mais regarde dans quel état il te met ! Peut-être qu'Alec tient à toi, certainement même, mais ça ne l'empêche pas de te faire souffrir. Je pense qu'il a peur de ses sentiments. C'est classique. Il semble tourmenté et j'ai peur qu'il ne t'entraîne avec lui. Son mystère le rend encore plus séduisant, évidemment ! Je ne te juge pas, *querida*. Je suis espagnole, la passion, j'en connais un rayon ! Mais prenons l'exemple de *Carmen* : ça commence comme une opérette, ça finit comme une tragédie ! Mieux vaut laisser les amours contrariées aux personnages de fiction. Nous, les vraies gens, il faut que nous vivions les possibles. Mais de toute façon, tu feras bien ce que tu voudras, comme d'habitude, me sourit-elle avec un clin d'œil. Le plus inquiétant, c'est cette affaire de détournement d'argent, de suicide… Ça ne me dit rien qui vaille ! Vraiment, ma chérie, je trouve que ce garçon n'est pas très net. Après ce que tu as enduré voilà des années, tu dois te préserver, surtout maintenant que l'avenir te tend les bras ! Pense à toi. Concentre-toi sur ton travail, tu as toujours voulu être indépendante et tu as raison. C'est ça qui compte. Et pour ce qui est de ton choix d'abandonner le roman, ce n'est qu'un passage. Écris des biographies pendant quelque temps, nourris-toi de toutes sortes d'expériences et tu verras qu'un jour tu l'écriras, ton prix Femina ! Je reviens tout de suite, ne te déconnecte pas, on sonne à la porte…

Bien qu'attristée par ce qu'Ana vient de me dire, je me sens un peu plus apaisée et je dois reconnaître qu'elle a raison. Pourtant, je n'ai pas envie de me résigner à laisser le grand amour compliqué enfermé entre les lignes des romans !

Même si c'est moi qui l'écris !

– Et sinon, tes parents sont fiers de toi ? me demande Ana en revenant s'asseoir devant la caméra.

– Je ne leur ai rien dit, ils ne savent même pas que je suis à New York.

– Tu exagères ! Ça aussi, il faut le régler. Fais la paix avec eux, au moins tu seras en accord avec toi-même. Allez, je te laisse et tu leur téléphones, ce n'est pas trop tard. Bisous, *querida* !

Le visage d'Ana disparaît de mon écran, me jetant dans une affreuse solitude. Je suis calmée mais meurtrie. Ana a raison, il faut que je contacte mes parents, que nous arrivions à nous entendre à défaut de nous aimer. Ne serait-ce que pour donner tort à Paul. Je prends mon courage à deux mains et compose leur numéro.

– Mais enfin, tu as vu l'heure ! s'indigne ma mère à l'autre bout du fil, me faisant déjà regretter mon geste.

– Bonjour, maman. C'est-à-dire que chez moi, il est à peine quinze heures trente, plaisanté-je.

– Ça ne m'amuse pas !

J'avais oublié qu'elle avait autant d'humour qu'une pierre tombale.

– Je suis à New York ! annoncé-je fièrement. Je suis tellement heureuse, maman, j'ai décroché un super boulot. J'écris la biographie d'une exploratrice américaine. Elle adore ce que je fais et…

– On est ravis de l'apprendre, me coupe-t-elle froidement. Tu es complètement inconsciente, Romane ! Tu aurais pu nous le dire plus tôt ! Et s'il t'arrivait quelque chose en Amérique ? On aurait l'air de quoi avec ton père, alors qu'on te croit à Paris !

– Je suis désolée de t'avoir dérangée ! Bonne nuit, dis-je sèchement avant de raccrocher, les larmes aux yeux.

Même pas un mot de félicitations, ou « on est heureux pour toi… » ! Juste des reproches. Cette fois-ci, je ne reste pas silencieuse. Je n'arrive pas à leur parler, soit, je vais leur écrire. Je me connecte à ma boîte mail et commence à rédiger.

« Mes chers parents, mon cher frère,

Je ne veux plus être complice de votre silence. Vous avez toujours pris soin de regarder ailleurs, évitant d'évoquer les problèmes, en vous disant sans doute que ce dont on ne parle pas n'existe pas davantage. Eh bien, en ce qui me concerne, je ne veux plus me taire. La distance me met étrangement en lien avec moi-même et avec mon passé. Le hasard brutal mais nécessaire a pris les traits de Paul de Thyli qui, après des années, revient semer le trouble dans ma vie. Il faut que vous sachiez à quel point j'ai souffert il y a cinq ans quand vous avez pris le parti de ce menteur. Vous m'avez lâchée au moment où j'avais le plus besoin de vous. Je sais que je ne corresponds pas à vos attentes, que je ne suis pas la fille ni la sœur que vous auriez voulu avoir, mais c'est ainsi. Je ne changerai pas de cap mais j'aimerais faire la paix avec vous, avec mon passé, pour aller confiante vers un avenir qui se dessine plutôt bien. Pour cela, j'ai besoin de votre considération et non de vos remontrances. Cela étant dit, je vous embrasse et vous dis à bientôt. Romane. »

Je pourrais leur dire que je les aime mais je suis trop remontée. Hop ! J'envoie.

Je n'attends pas de réponse, je ne crois plus au père Noël. Satisfaite bien que triste et épuisée par tant d'émotions, je m'allonge sur le lit et, pour sentir une présence, j'allume la télé. L'image sur laquelle je tombe me transperce de douleur : Alec, Beth et son fils sortent d'une voiture en courant, main dans la main, pour échapper aux journalistes, et montent dans un jet !

Comme une vraie petite famille Kinder Bueno !

Plutôt que de me comporter en éternelle victime, je décide de prendre les choses en main ! Avec Alec non plus je ne veux pas de ces non-dits atroces et malfaisants. J'ai assez subi. Effondrée mais sûre de ce que je dois faire, je prends mon téléphone et compose un long SMS.

C'est le jour où on solde les comptes !

[Alec,

Comment te dire à quel point je me sens trahie par ton silence ? Je suis sûre que tu n'as rien à voir avec cette sale affaire Santorro, mais pourquoi fuir ainsi ? Tu m'as écrit avoir besoin de gérer cette crise seul et je t'ai cru. Pourtant, je sais que tu es parti avec Beth et Dany. Sarah me l'a dit et la télé relaye l'information en boucle. Tu m'as dit aussi ne pas avoir d'histoire d'amour avec Beth et je te crois encore. Mais pourquoi m'exclure de ta vie ? Qu'est-ce que je suis au juste, si tu ne veux rien partager avec moi ? Je suis prête à te faire confiance et je ne veux plus me laisser aller à des conclusions hâtives, mais ton silence et tes disparitions ne plaident pas en ta faveur. Ce flou me fait trop souffrir et je suis épuisée. Romane]

Advienne que pourra !

Bien que bouleversée par ce que je viens d'écrire, tant à ma famille qu'à Alec, je suis fière d'avoir passé un cap : je me suis exprimée, j'ai libéré ma parole. Enfin ! Après des années de silence et de mépris, j'ai trouvé le courage d'exiger de la considération pour ce que je fais et ce que je suis. Il était temps ! La suite ne m'appartient plus. Même si maintenant je suis morte de trouille à l'idée qu'Alec me plaque. Il va peut-être penser que je lui mets la pression…

La balle est dans son camp ! Deux poncifs à la suite en moins d'une minute ! Je me surpasse ou je stresse ?

J'arrive finalement à prendre sur moi. Il faut que je travaille un peu, il est presque cinq heures et je n'ai rien fait. Je coupe la télé, mon portable, et éteins mon ordinateur pour ne pas être tentée de regarder chaque seconde si j'ai une réponse d'Alec. J'ouvre le fameux carton que m'a confié Sarah.

À mon grand étonnement, en vidant son contenu sur le lit, je découvre qu'il n'y a pratiquement pas de photos d'elle, mais principalement des albums de famille des parents d'Alec ainsi que des coupures de journaux les concernant. Pourquoi Sarah me confie-t-elle tout ça ? Est-ce qu'elle se douterait de quelque chose ?

Elle est si fine…

Je passe en revue les nombreux articles qui parlent des parents d'Alec, photos à l'appui. Sa mère Asha, une Cherokee magnifique, devenue avocate pour défendre les droits civiques des minorités. Son père, Daniel, fils de milliardaire, grand reporter, engagé sur tous les terrains des grandes causes sociales et humanitaires.

Daniel ! Le fils de Beth, c'est bien Dany ?

Et si Alec m'avait menti ? Il est peut-être le père de l'enfant, finalement. Sinon, pourquoi ce nom presque identique ? Serait-ce pour éviter de m'en parler de vive voix que Sarah a préféré me donner à lire le dossier de presse ?

Je dois me concentrer sur mon job et ce genre de questions n'en fait pas partie. Il faut que j'avance !

Je continue de feuilleter les documents en essayant de rester professionnelle mais je tombe sur un vieil article qui me bouleverse. Je découvre, au bord des larmes, une facette de la vie d'Alec que j'ignorais : ses parents, Asha et Daniel, ont disparu en mer en 1992 ! Le journaliste évoque une perte inestimable pour l'Amérique et bien sûr pour leurs familles.

C'est donc ça, cette terrible histoire qui a bouleversé la vie d'Alec et qui le poursuit encore. Il avait à peine 8 ans quand il s'est retrouvé orphelin. Ce sont ses grands-parents Georges et Esther Mendelssohn qui l'ont pris en charge. Peut-on se remettre d'une telle tragédie ? Mon cœur se serre en imaginant la souffrance qu'il a endurée alors qu'il n'était qu'un enfant. Son comportement serait-il en lien avec cette blessure ?

Sans doute...

La plaie n'est peut-être pas cicatrisée et Alec en garde les stigmates, d'où sa peur de s'attacher. C'est pour ça qu'il fuit ! Évidemment je n'en suis pas sûre mais il a dû grandir dans la certitude que si ses parents pouvaient disparaître brutalement, il en allait de même pour les autres personnes, et donc pour moi...

Partir avant que l'autre ne s'évapore... Mais ce ne sont que des suppositions. Je n'ai certainement pas autant d'importance pour lui...

Une tristesse infinie m'envahit en même temps que le désir de le serrer contre moi pour lui donner tout mon amour. Mais en veut-il vraiment ? Il a dû en manquer affreusement malgré la présence de ses grands-parents et de Sarah. C'est pour ça qu'elle est si attachée à son neveu, elle a dû vouloir compenser l'absence de ses parents.

Je n'arrive plus à travailler ! Et c'est pire quand je découvre le visage triste d'Alec enfant. Je reconnais sa souffrance, il me semble que je l'aime davantage et je fonds en larmes. Je suis en train de le perdre alors que je commence à peine à le comprendre. Pourtant je ne peux m'empêcher de ressentir une certaine amertume. Décidément Alec ne me fait pas confiance. Sinon il m'aurait parlé lui-même de cette tragédie.

J'aurais été plus patiente. Je n'aurais peut-être même pas écrit ce SMS…

Non, je devais le faire.

Épuisée et triste, pleine de compassion pour Alec, torturée de regrets et effrayée à l'idée de l'avoir perdu, je finis par piquer du nez au beau milieu des photos et des magazines. Il faut que je travaille mais je suis si triste, si seule. Je voudrais tellement qu'Alec soit là ! Je me roule en boule comme une petite bête traquée et, pour échapper à la réalité, sombre dans un profond sommeil.

19
RETOUR DANS LE PASSÉ

Est-ce que j'ai de la fièvre ? Sans doute, sinon pourquoi ce bruit sourd qui bat dans mes tempes ? Non ! Ce n'est pas dû à ma tête douloureuse mais à des coups venus de l'extérieur. Mon esprit s'éveille difficilement, je voudrais me lever mais mon corps tout entier est encore engourdi par le sommeil.

Combien de temps ai-je dormi ? Il fait sombre dans la pièce… Quand je me suis assoupie, il n'était même pas dix-huit heures. Je rassemble toute mon énergie et parviens au prix d'un effort colossal à me redresser. Je découvre avec stupeur qu'il est quatre heures du matin !

J'ai dormi dix heures d'affilée !

Quelqu'un tambourine à la porte du studio. Mais qui est-ce que ça peut être à cette heure ? Assise au bord du lit, figée par la stupeur, je panique, les yeux rivés sur l'entrée. Et si c'était Paul ? Je n'ose pas allumer la lumière… autant qu'il pense qu'il n'y a personne et qu'il s'en aille.

– Romane ! Ouvre-moi… Je sais que tu es là !

La voix étouffée d'Alec me fait l'effet d'une douche froide. Les coups sur la porte ont cessé. Il n'y a plus que mon cœur qui cogne et s'affole dans ma poitrine. Je me lève d'un bond pour aller ouvrir, oubliant colère et chagrin.

Alec est là !

Oui, il est là, les mains posées sur le mur de chaque côté de la porte, le corps penché en avant, découragé. Il relève aussitôt la tête et dans l'obscurité, ses yeux brillent d'un feu noir et m'arrêtent dans mon élan. Tout me revient en mémoire dans une confusion vertigineuse : la soirée d'inauguration, le scandale, sa fuite à San Francisco, Beth, Dany, la mort précoce de ses parents et surtout la douleur infligée par son silence !

Et la rage qui va avec.

Troublée par l'intensité de ses prunelles ambrées autant que par la beauté fauve de ses traits, je ne pense même pas à l'inviter à rentrer. Je reste immobile, frémissante, partagée entre une folle envie de l'embrasser et celle plus féroce de lui claquer la porte au nez.

– Il faut que je te parle, Romane, me dit-il d'un ton grave en se redressant de toute sa hauteur.

Je ne bouge pas. Je ne dis rien. Je viens de me souvenir du SMS que je lui ai envoyé tout à l'heure. Il n'a pas dû apprécier. C'est l'heure de vérité. Je fixe ses épaules déployées, évitant de croiser son regard. Je respire à peine, comme hypnotisée par l'éclat de sa chemise blanche, seule clarté jaillissant dans la noirceur du corridor et de mes idées.

« Il faut que je te parle… » Ce n'est jamais bon signe !

Je tremble intérieurement et quand j'ose enfin le regarder en face, une chape de plomb tombe sur moi.

Alec dégage d'un geste vif quelques mèches brunes qui lui barrent le visage, soupire, s'impatiente et, revenant planter ses yeux au fond des miens, insiste d'une voix ferme :

– Laisse-moi entrer. S'il te plaît, ajoute-t-il comme une supplique devant mon absence totale de réaction.
– Je t'en prie, murmuré-je froidement avant de dégager le passage.

Alec pénètre dans le studio tandis que je referme la porte au ralenti et demeure immobile, la gorge nouée par la certitude qu'il vient pour me plaquer. Il s'approche de la fenêtre, semblant soudain mal à l'aise.

Il doit se demander comment il va s'y prendre…

Les lumières de la ville jettent dans la pièce des lueurs bleutées où son grand corps solide se dessine comme une apparition. Je ne peux pas m'empêcher de penser que c'est la dernière fois que je le vois. C'est pour ça que son image se fait déjà irréelle…

Cette ambiance feutrée ne colle pas avec la situation mais elle a l'avantage de cacher ma figure déconfite. J'ai envie qu'il parle, qu'il me libère de cette attente insupportable mais je sais qu'ensuite rien ne le retiendra plus ici. Alors je reste muette, pour gagner du temps.

Pathétique !

De peur de m'écrouler, je m'appuie contre le mur et enfonce sans le vouloir l'interrupteur, faisant jaillir une lumière blafarde et sans concession pour mes cernes.

Même au bord du gouffre, il faut que je fasse des conneries !

– J'ai reçu ton SMS, commence-t-il en se tournant vers moi, m'offrant un visage tourmenté.

– Hum… réponds-je, laconique, en fuyant son regard pour m'absorber dans la contemplation de la moquette et dissimuler ainsi le chagrin qui commence à me piquer les yeux.

– J'ai essayé de te joindre mais tu étais sur messagerie, continue-t-il avant de s'interrompre.

– Mais encore ? le provoqué-je en trouvant la force de le fixer tandis que la colère reprend le dessus.

– J'ai réalisé que je t'avais fait du mal, m'avoue-t-il, un peu déstabilisé. Je le regrette et te demande pardon. Ce n'était pas dans mes intentions. Loin de là. J'ai dû partir très tôt hier matin pour San Francisco, c'était prévu de longue date, je devais accompagner Beth à un rendez-vous avec les producteurs des Strange Days.

Merci pour l'anecdote !

– Ce n'était pas pour te fuir, se défend-il. Enfin, si, un peu quand même. Tu le sais, ce n'est pas dans mes habitudes de me justifier, mais… Après avoir lu ton SMS je t'ai appelée tout de suite. Tu ne répondais pas, j'étais fou d'inquiétude, j'ai même téléphoné à Sarah pour savoir si tu étais chez elle… Elle était encore secouée par les événements de la soirée. Je comprends que tu le sois aussi et que tu… Sarah m'a dit que tu bossais chez toi et je suis rentré aussitôt. C'est long sept heures de vol à me demander si tu voudrais encore me voir, murmure-t-il d'une voix brisée en se tournant vers la fenêtre.

Je ne suis pas sûre de tout comprendre. J'attends la suite, toujours collée au mur. Je contemple son dos sans oser poser de question. Mon cœur bat à un rythme effréné, je ne sais pas où Alec veut en venir. Je redoute maintenant que l'espoir qui est en train de naître au fond de mes entrailles ne soit que méprise.

– Après la soirée d'inauguration, j'avais prévu de t'emmener chez moi, je m'en faisais une joie, poursuit-il, les yeux toujours rivés sur la fenêtre. Je regrette que tu aies assisté à la farce sordide que nous a offerte Meredith Santorro. Il faut que tu saches que tout ce qu'a raconté cette femme est un tissu de mensonges. Mais ce n'est pas ce que je suis venu te dire… Je t'ai encore fuie, c'est vrai. Pour me protéger, bien sûr, mais surtout pour te protéger, toi… Tu comprends ? insiste-t-il en se retournant brusquement.

Non, toujours pas !

Il me fixe, le corps tendu vers moi sans s'approcher pour autant, et semble chercher dans mes yeux le signe d'un acquiescement. Mais qu'est-ce que je devrais comprendre ? J'ai l'impression qu'il évite soigneusement un sujet mais j'ignore lequel.

Comme pris d'un épuisement soudain, Alec soupire, se frotte la tempe en fermant les paupières et se laisse tomber sur le lit. Il découvre surpris et abattu les journaux, les photos de lui et de ses parents que Sarah m'a confiés et qui sont restés éparpillés sur les draps.

« Non, ce n'est pas ce que tu crois, je ne suis pas un serial killer obsédé par ta vie, je bosse… » Je n'ai pas le courage de me lancer dans des explications.

– Sarah garde vraiment tout, constate Alec en levant vers moi ses yeux tristes avant de plisser les paupières comme pour refouler un sanglot.

J'ai envie de le prendre dans mes bras, de le couvrir de baisers, mais je ne sais toujours pas ce qu'il cherche à me dire et je reste figée, le ventre tordu par des spasmes d'angoisse.

Et peut-être de désir...

– Je n'ai jamais tenu à personne comme je tiens à toi, Romane, reprend-il. Ce que je ressens pour toi me dépasse, ça me fait presque peur, c'est si dense, si irrésistible et tellement nouveau ! Je ne m'appartiens plus, tu me possèdes, je pense à toi jour et nuit, partout, tout le temps. J'ai bien essayé de prendre de la distance mais plus je m'éloigne et plus je me sens lié à toi. Tu me tiens. Je t'aime. Je t'aime au-delà de ce que je pouvais imaginer possible, conclut-il en me regardant dans les yeux avant de cacher son visage dans ses mains.

Je savoure chacun de ses mots, mieux que ça, même, j'en imprègne toute ma chair, je les laisse enfler mon cœur comme une éponge mais je ne réponds pas. Je ne fais pas un geste vers lui. Pourtant même dans mes fantasmes les plus délirants, je n'aurais jamais osé envisager pareille déclaration !

C'est tout moi, ça !

Je reste appuyée contre le mur, épinglée comme un papillon sur du papier de soie. J'ai besoin d'éclaircir certains points. Pourquoi le fils de Beth porte le même prénom que le père d'Alec par exemple ? Et pourquoi cet amour qui me grandit semble-t-il si douloureux pour lui ? J'ai juste l'impression que je suis un embêtement.

L'amour comme solution à tous les problèmes serait donc une légende. Bienvenue dans la vraie vie, Romane Gentillac !

Alec, toujours assis sur le lit, me regarde maintenant avec une douceur qui me bouleverse et qui me ferait presque renoncer à obtenir des réponses à mes questions. Je n'entends plus que sa respiration sereine. Il semble s'être soulagé d'un poids en me faisant son aveu et a l'air d'un adolescent.

Pour éviter de me jeter à ses pieds, je me laisse glisser doucement jusqu'au sol. J'entoure mes jambes repliées de mes bras et incline la tête sur mes genoux. Je le regarde en essayant de sonder ses profondeurs. Alec me sourit tendrement et se lève. Je frémis mais je suis d'un calme étrange, un peu comme après un orage quand tout redevient paisible. Je ne ressens plus la moindre colère.

Alec s'accroupit en face de moi. Il me bouleverse, l'émotion me chavire, je ferme les paupières pour ne plus voir ses yeux remplis d'amour qui m'appellent et me donnent envie de me jeter immédiatement dans ses bras. Mais voilà que je sens les doigts d'Alec effleurer mon visage.

– Regarde-moi, me dit-il d'un ton presque suppliant en me caressant les lèvres.

J'ouvre les yeux. Il me regarde avec une tendresse inouïe. Troublée, je colle ma joue contre sa main et savoure le bonheur de ce contact auquel je ne croyais plus. Pourtant, je suis décidée à obtenir des réponses à mes questions.

– J'ai besoin de comprendre, Alec. De te comprendre, précisé-je sans cesser de le regarder. Qui es-tu ? Que veux-tu ?

Pourquoi me fuis-tu ? Il me faut de la clarté. Le flou m'angoisse et au cas où tu ne t'en serais pas rendu compte et au risque de te faire fuir une nouvelle fois, il faut que tu saches que je suis légèrement névrosée.

– Ah bon ? ironise Alec avant d'éclater de rire tandis que sa main sur ma joue se fait encore plus tendre. OK. On y va, dit-il en se levant, redevenant en une fraction de seconde l'homme que je connais, sûr de lui et décidé.

Et même un peu autoritaire… Un peu trop, ça m'excite ! J'ai vraiment un problème.

Il me tend la main pour m'aider à me redresser. Je le fixe quelques secondes, chavirée mais indécise, avant d'accepter son aide. Alec m'attire contre lui en me saisissant par la taille, mais je trouve la force de me soustraire à son étreinte.

Hors de question de céder si vite… J'ai mon « certif' » d'insoumise, moi !

– Qu'est-ce que tu t'imagines ? demandé-je d'un ton posé et un peu provocant, alors que mon cœur galope dans ma poitrine. Tu débarques chez moi en pleine nuit après plus de vingt-quatre heures de silence et il faudrait que je te suive ? Hop ! M. Mendelssohn-Freeman a parlé et je dois lui obéir ? Ce n'est pas mon genre… Et puis il est quatre heures trente du matin ! persisté-je en me redressant. Où veux-tu m'emmener à cette heure-ci ?

Il faut croire que ma « rebelle attitude » ne lui déplaît pas. Bien au contraire. Il s'avance vers moi les yeux brillants, un petit sourire renversant au coin des lèvres et me coince entre lui et le mur en me toisant de toute sa hauteur.

– Je serais très honoré si vous vouliez bien m'accompagner, mademoiselle Gentillac, me murmure-t-il d'un ton suave en se penchant vers moi. C'est mieux comme ça ?

– Il y a du progrès, concédé-je en luttant pour ne pas me jeter sur ses lèvres. Mais je ne sais toujours pas où on va…

– Dans le passé, réplique Alec.

Sa voix n'a plus rien d'hésitant. Je sens son souffle sur mon front et un frisson de désir se propager dans toute ma chair…

… faible ! Encore quelques minutes et je perds toute crédibilité en me couchant sans même jouer la deuxième manche.

– Très bien. Je vais me doucher, je prends quelques affaires et je te suis, mais je veux être rentrée après-demain… enfin demain… enfin dans vingt-quatre heures. Je suis là pour bosser. J'ai rendez-vous avec Sarah.

– Pas de problème. Demain à cette heure-ci Cendrillon sera de retour avant que l'avion ne se transforme citrouille…

Je me dégage doucement de son emprise en évitant de le frôler et me dirige vers la salle de bains… Alec sur les talons !

– Qu'est-ce que tu fais ? demandé-je le plus froidement possible en vibrant intérieurement de joie.

– Je t'accompagne ! Je ne voudrais pas que tu perdes dans ces quarante-cinq mètres carrés, ajoute-t-il, insolent, en m'enlaçant à nouveau.

– Je crois que je vais m'en sortir, réponds-je en me dégageant doucement. Mais si vraiment tu as peur qu'on ne se retrouve pas, on va dire que le point de rencontre est entre le coin cuisine et le lit ?

– D'accord, soupire-t-il, vaincu. J'aurai un œillet blanc à la boutonnière, me lance-t-il avant que je ne referme la porte.

– Parfait ! dis-je en souriant.

– Et le *New York Times* sous le bras…

– Entendu !

– Et un grand parapluie rouge avec des rayures jaunes, insiste-t-il.

– Je ne pourrai pas te rater, remarqué-je, incapable de retenir plus longtemps mon rire.

– Me voilà rassuré, mais je te conseille quand même de verrouiller la porte, lâche-t-il soudain très sérieux.

Il faut vraiment que j'aie envie qu'on me respecte ! À ce stade, ce n'est plus de la résistance, c'est de la torture ! Mais bien décidée à lui montrer ma fermeté, je suis ses recommandations avisées et tourne le verrou.

J'ai besoin d'urgence d'une douche glacée !

***

– Ton passé n'est pas tout près, remarqué-je en souriant alors qu'on vient de décoller et que le soleil levant jette des feux orangés dans la cabine.

– Plus que quatre heures de vol et nous y sommes, me répond Alec, confortablement installé en face de moi dans un fauteuil de son jet privé. Je t'emmène là où je n'ai jamais conduit personne.

Il va me présenter quelqu'un…

Son aveu me trouble. Alec veut me prouver qu'il tient à moi et j'en suis touchée, si j'en juge la sensation de chaleur sur mes joues. Je suis émue qu'il m'entraîne sur les traces de son passé. C'est bien la preuve qu'il tient vraiment à moi et me fait enfin confiance. Peut-être même qu'une relation profonde est possible entre nous. Je n'osais plus y croire mais l'espoir renaît.

Sa déclaration d'amour tout à l'heure était si bouleversante. Depuis le temps que je l'attendais !… Mais je n'aurais jamais imaginé qu'Alec puisse me dire des choses aussi belles et puissantes. J'ai l'impression qu'il s'est mis à nu. Je dois faire des efforts surhumains pour jouer la belle indifférente. Mais pour que ça marche entre nous, j'ai besoin qu'il se révèle davantage. Sinon, comment pourrais-je l'aider à panser ses blessures ?

Sans ça, nous allons tout droit dans le mur !

J'ai envie d'aller me blottir dans ses bras et de lui avouer à quel point je suis amoureuse et comme je ne peux plus envisager ma vie sans lui désormais, mais il ne faut pas que je dépose si vite les armes. Je n'ai pas de sang cherokee, certes, mais comme Cyrano de Bergerac, des ancêtres gascons… J'aime croiser le fer et les mots avant de passer à table…

Enfin, on se comprend...

– Tu ne peux pas t'empêcher de jouer les énigmatiques à ce que je vois ! le provoqué-je.

– Tu dois aimer ça, puisque tu es là, me réplique-t-il avec cette divine insolence que j'aime tant.

Et sa décontraction habituelle : fier de sa repartie, les yeux pétillants, il étire ses longues jambes sur la table basse qui me sépare de lui.

J'ai l'impression étrange que je viens de le retrouver, mais que je le connais depuis mille ans. Ça y est, cet apollon aux Converse grises et au jean usé me fait verser dans le mysticisme ! On aura tout vu ! Sagement enfoncée dans mon fauteuil, les jambes croisées sous ma robe d'été, ne sachant plus que dire tout à coup, je contemple le ciel bleu strié de rose s'ouvrir largement devant moi et n'ose pas regarder Alec.

– Vas-y, me dit-il soudain en venant s'asseoir sur l'accoudoir de mon fauteuil avant de relever à peine ma robe pour poser sa main sur mon genou. Demande-moi tout ce que tu veux. Je réponds à tout.

Merde ! Tout m'est sorti de la tête en une fraction de seconde. Qui a dit que j'avais de la suite dans les idées ?!

– Un quiz ? m'amusé-je sans le repousser, tout en luttant pour reprendre le contrôle de moi-même, alors que je savoure la joie de ce contact sur ma peau.

– Je n'ai pas de buzzer, j'ai beaucoup mieux, murmure-t-il d'un ton sensuel, tandis que sa main remonte sur ma cuisse. Si tu comptes me demander sous quelle dynastie est né Toutânkhamon, je risque de me vautrer, mais si tu veux savoir qui sont exactement pour moi Beth et Dany, tu sauras tout.

Ça me revient, c'était ça que je voulais lui demander, entre autres...

– C'est un bon exemple, murmuré-je, la voix cassée par le désir.

– Beth était la fiancée de mon meilleur ami d'enfance, Dany, commence-t-il, visiblement ému. J'étais encore au lycée quand Dany et moi avons formé les Strange Days et que Beth est devenue la chanteuse du groupe. Elle ne vient pas du même milieu que nous mais d'une famille très modeste du Bronx. Quand Dany est mort dans un accident de voiture, Beth venait de découvrir qu'elle était enceinte de lui. Elle a voulu garder l'enfant alors qu'elle avait déjà du mal en s'en sortir toute seule. Les parents de Dany, de sombres cons, détestaient Beth et surtout ses origines populaires. Ils ont cru qu'elle mentait, que le bébé à naître n'était pas celui de leur fils, qu'elle voulait leur extorquer du fric. Alors, sur la tombe de mon meilleur ami, j'ai juré de m'occuper d'eux. Dany est mon filleul mais je l'aime comme mon fils. Beth, quant à elle, est la sœur que je n'ai jamais eue. On est très proches mais il n'y a rien d'ordre sexuel entre nous.

Je pourrais dire : « Hip hip hip hourra ! »

Mais je n'ai pas le cœur à plaisanter. Cette histoire est si triste, Alec n'a vraiment pas été épargné par la vie ! Je pose ma main sur la sienne qu'il tient toujours sur ma jambe et serre ses doigts, incapable de parler. Je suis touchée qu'il se livre enfin et tellement émue par les liens magnifiques qui l'unissent à Beth et Dany.

Ça se confirme : c'est un homme formidable !

– Encore une question, madame Columbo ?

– Oui, et même une centaine au bas mot, réponds-je en me reprenant. Tu es musicien ou homme d'affaires ? demandé-je.

– Je voulais être une rock star, ricane-t-il, un peu nostalgique. La musique est ma passion mais la vie m'a mis face à d'autres responsabilités au moment où le groupe commençait à décoller. Il a fallu que je fasse un choix. Je compose toujours un peu mais je n'ai plus trop le temps, conclut-il, fataliste.

Je l'imagine en train de se déhancher sur scène, moulé dans un pantalon en cuir, torse nu devant des filles en délire alors qu'il n'a d'yeux que pour moi !

« Come on Baby, ligth my firo ! » En attendant, c'est moi qui frôle la combustion spontanée.

– Merci de m'avoir répondu. J'aurais bien d'autres questions, mais il faut en garder pour la suite.

– Je suis ravi d'apprendre que tu veux encore jouer avec moi, m'avoue Alec en me souriant tendrement.

***

Ma relation avec Alec est digne de tous les genres cinématographiques ! Après la comédie romantique, les passages burlesques, la série noire et quelques embardées dans le drame, je viens de passer deux heures en plein road movie !

Nous avons finalement atterri à Denver en milieu de matinée et Alec m'a conduite dans une voiture de location sur les routes escarpées du Colorado. Il s'est garé à l'entrée d'un chemin et nous voilà sur un promontoire qui domine toute une vallée.

Je suis éblouie par l'endroit. Je vois s'étirer à perte de vue les grandes prairies, les majestueuses forêts de sapins avec en fond l'éclat minéral des Rocheuses qui se découpent dans le bleu limpide du ciel.

Je me laisserais bien aller à l'enthousiasme mais Alec garde le silence. Il semble très ému et je n'ose pas manifester mon excitation de me trouver dans un décor digne des westerns de mon enfance. Il respire profondément, comme pour se donner du courage et serre fort ma main dans la sienne avant de m'entraîner sur un sentier arboré jusqu'à l'entrée d'un cimetière indien.

Je commence à comprendre le but de ce voyage. Il m'emmène à la rencontre de son passé et c'est avec les morts que nous avons rendez-vous. Nous marchons entre de vieilles tombes abandonnées, à moitié dévorées par la terre. Alec s'arrête au bord d'une petite rivière dont les eaux vertes dansent joyeusement, s'accroupit pour dégager quelques branchages et fait apparaître une stèle.

Deux noms et une épitaphe y sont gravés : « *Daniel Mendelssohn et Asha Mendelssohn-Freeman, unis dans la vie comme dans l'autre monde. Que leurs esprits volent en liberté.* » Bouleversée, je m'accroupis à mon tour et pose ma main sur l'épaule d'Alec. Je voudrais dire quelque chose mais renonce quand je découvre qu'une larme cristalline roule sur sa barbe naissante.

– Voilà, je voulais te présenter Daniel et Asha, mes parents, me dit-il en soupirant sans chercher à cacher son émotion, alors que j'ai bien du mal à contenir la mienne. La tombe est vide. Ils ont disparu en mer et on n'a jamais retrouvé les corps. Ma mère est née dans une réserve cherokee pas très loin d'ici. Elle venait jouer dans le coin quand elle était petite. Ses parents ont voulu lui donner une sépulture.

– Tes grands-parents sont toujours là ?

– Non, ils sont morts tous les deux, il y a longtemps.

Son visage est tout proche du mien. Je sens son souffle tiède sur mes lèvres, il me fixe avec une douceur que je ne lui connaissais pas et caresse mes cheveux.

– Ça fait des années que je ne suis pas venu ici, m'avoue-t-il. Plus de vingt ans que je refoule le passé. J'ai vécu en apnée jusqu'à ce que je te rencontre et j'ai l'impression que depuis toi, je respire à nouveau.

Je sens monter en moi une folle envie de l'embrasser.

– Romane, continue-t-il en se redressant, avant de m'aider à me relever pour me serrer contre lui. Il faut que tu comprennes que tu me fais l'effet d'un électrochoc. Tu me ramènes à la vie, je sais, c'est con, persiste-t-il, un peu égaré, mais c'est super flippant.

– Si tu savais comme je comprends, réponds-je sur le même ton, en passant mes mains sur son visage. Parle-moi, je t'écoute.

– J'avais 8 ans et j'étais très doué en informatique. Dany, mon meilleur ami dont je t'ai déjà parlé, adorait ça, lui aussi. Il avait 5 ans de plus que moi. Initialement, c'était un ami de Sam, mon demi-frère, mais notre passion commune nous avait réunis. J'étais un enfant précoce, mes parents ont accepté que je parte avec lui dans un camp de vacances près de Miami consacré aux nouvelles technologies, me dit-il d'un trait avant de s'arrêter brusquement.

– Continue, Alec, l'encouragé-je.

– Mes parents faisaient du bateau, ils ont voulu me faire une surprise, d'après ce que j'ai compris ensuite, et ont décidé de venir me rejoindre en Floride. L'ouragan Andrew sévissait sur les côtes cubaines, il n'était pas prévu qu'il dévie de sa trajectoire, ça n'arrive presque jamais, mais pourtant mes parents se sont noyés. En venant me rejoindre, insiste-t-il en me fixant au fond des yeux, tétanisé. Quant à moi, je ne dois la vie qu'à Dany, car l'ouragan a aussi foudroyé notre résidence. Il avait 13 ans et il m'a sauvé d'une mort certaine en me tirant de sous les décombres ! Cette cicatrice sur mon bras, c'est la marque indélébile de cette journée tragique. Le destin a voulu que je porte le deuil de mes parents jusque dans la chair. La seule chose qui me reste d'eux, c'est cette stèle et ça, termine-t-il en sortant de sa poche le petit galet que je connais déjà.

– Un talisman gravé d'un loup, murmuré-je.

– Ma mère le tenait de son père. La veille de mon départ pour la Floride, elle me l'a donné en m'assurant qu'avec lui, il ne m'arriverait rien. Elle avait raison. C'est elle qui est morte, lâche-t-il d'une voix blanche en enfouissant sa tête dans mon cou.

Je voudrais en savoir davantage mais je le serre dans mes bras, consciente de l'effort que vient de lui demander ce récit. Je comprends qu'il doit se sentir responsable de la disparition de ses parents. Il semble si fragile. Je veux seulement le garder près de mon cœur et le bercer le restant de mes jours.

– Viens, je veux te montrer quelque chose, se reprend-il soudain avec cette façon si surprenante qu'il a de se ressaisir. C'était leur refuge loin du monde. J'en ai hérité mais je n'y mets jamais les pieds. J'ai missionné une dame des environs pour entretenir la maison. Je sais qu'elle prend ce travail très au sérieux, elle s'en occupe comme s'ils allaient revenir demain.

Après quelques minutes de marche, nous arrivons devant un grand chalet au bord de la rivière. Les volets sont fermés mais tout est en état. La terrasse est joliment fleurie. Il y a même une balancelle et une table basse. Juste devant, la prairie couverte de fleurs jaunes, et les Rocheuses tout au bout. Une émotion jamais ressentie me traverse. Pour la première fois de ma vie, j'ai la sensation d'arriver chez moi.

Comme s'il était venu la veille, Alec récupère une clé rouillée sous une pierre avant de l'introduire dans la serrure et de pousser la porte de bois. Il souffle un bon coup et se tourne vers moi. Il me fixe sans un mot avec une ardeur inédite, semble hésiter et soudain, sans que je m'y attende, me soulève dans ses bras pour me faire passer le seuil.

Le soleil pénètre dans la pièce par la porte grande ouverte et les lames des persiennes. Il fait chaud. Je remarque les meubles recouverts de draps blancs et respire l'odeur de propre. Tout est en ordre. Galvanisée par cette ambiance, empreinte d'effluves du passé, je me penche vers le visage d'Alec et lui donne un baiser ardent.

– J'ai besoin de toi, mon amour, me dit soudain Alec d'une voix tremblante. J'ai eu si peur de te perdre !

– Moi aussi ! C'était horrible, avoué-je en cherchant à nouveau ses lèvres. Tu m'as tant manqué. Merci de me faire partager ta vie, je sais que c'est difficile pour toi d'être là…

Alec me pose au sol, je m'accroche à son cou et reviens aussitôt à sa bouche délicieusement charnue. Nos corps se reconnaissent et s'embrasent. Alec soupire, comme si les restes de son chagrin disparaissaient dans la fureur de nos lèvres jointes.

– Laisse-moi te prendre ici. Je veux que la vie revienne dans cet endroit de mort, j'ai envie d'être heureux avec toi, d'en finir avec ce passé. Je puise tellement de force dans ta chair, murmure-t-il tandis qu'il glisse ses mains impatientes plus haut sous ma robe.

– Moi aussi ! Si tu savais…

Mais je m'arrête, incapable de lui confier à mon tour mon histoire comme si j'avais peur qu'elle vienne s'interposer entre nous. Je lui parlerai de moi plus tard. Grâce aux courageuses confidences d'Alec, je sens que nous avons passé un cap dans notre relation.

Je devrais jouer le jeu…

Encore blessée par les émotions contraires de ces derniers jours, alors que j'étais persuadée que tout était fini, je n'aspire désormais qu'à une seule chose, le sentir au fond de moi et le laisser puiser dans mon corps l'énergie et l'amour dont il a besoin.

Et que je veux lui donner sans attendre.

Ivre de ses baisers, je l'attire jusqu'à ce qui doit être une table. Sa main fiévreuse s'égare plus haut sous ma robe à la découverte de mes fesses, il m'embrasse plus profondément et m'assied sur le rebord.

Mon ventre se tord de désir, je tire sur sa chemise pour sentir sa peau sous mes doigts. Alec quitte ma bouche à la recherche de mes seins. Le plaisir m'inonde déjà, nos corps sont prêts à célébrer l'union fiévreuse de nos chairs.

Tandis que je suis assise sur la table, les jambes enroulées autour de son bassin, Alec retire dans un geste impatient ma robe et la jette sur le plancher. Je presse mon sexe contre son pénis durci et m'affole. Je veux le sentir en moi !

– J'ai envie de toi ! soupiré-je. Tout de suite…

Mais Alec ne répond pas. Il m'observe, moi, lascive, la tête renversée en arrière, seulement vêtue de mes dessous de dentelle blanche. Je me redresse pour le supplier de me prendre mais il saisit ma tête entre ses mains et plonge au fond de mes prunelles. Je lis dans son regard un désir fou, un amour plus grand encore qui me bouleverse, mais aussi la terreur qu'il a eue de me perdre.

J'ai envie de lui dire que je l'aime mais les mots sont encore enfouis dans ma gorge.

– Viens ! persisté-je. J'attends ce moment depuis des jours.
– Attends, tu es tellement belle, laisse-moi te contempler. J'ai cru que tu ne voudrais plus de moi, m'avoue-t-il en caressant ma gorge.
– Moi aussi j'ai pensé que tu voulais rompre, murmuré-je. J'ai eu si peur ! Je n'ai jamais désiré quiconque autant que toi.

Nos respirations saccadées résonnent et se mêlent au chant des oiseaux sur la terrasse. Alec sonde mon regard, comme s'il voulait s'assurer de mes sentiments. Il doit y trouver la réponse qu'il espérait car il se penche à nouveau sur mes lèvres et m'embrasse passionnément.

Après cette courte pause, nos corps deviennent plus fiévreux. Alec dégrafe mon soutien-gorge, que j'enlève aussitôt avant de déboutonner nerveusement sa chemise, qu'il retire, me dévoilant son torse nu. Je caresse ses pectoraux saillants, ses larges épaules, ses bras puissants et descends sur ses abdos musclés pour défaire sa ceinture.

Le souffle court, il laisse tomber ses bras le long de son corps et me regarde le déshabiller, une lueur satisfaite et insolente brillant dans ses yeux. Je fais glisser son jean le long de ses cuisses, Alec l'enlève et le repousse d'un coup de pied. Je frotte mes seins contre son torse tout en caressant sa chute de reins avant de lui ôter son boxer et de faire jaillir son pénis en érection.

La vision de son membre dressé me coupe le souffle mais Alec s'empare de mes lèvres. Nos langues se caressent tandis qu'il effleure mon visage du bout des doigts et que je prends son sexe entre mes mains.

Sans rompre notre baiser et poussée par le désir grandissant de le satisfaire, j'accélère le rythme sur sa verge. Le souffle d'Alec se fait plus saccadé, il mordille mes lèvres et je sens qu'il a du mal à retenir son plaisir plus longtemps.

– Je veux te faire jouir, murmuré-je à son oreille alors qu'il me répond par un soupir rauque.

Pour arriver à mes fins, je me redresse avant de m'agenouiller devant lui. Les paupières fermées, il semble savourer le plaisir de mes caresses et soupire. Alec glisse ses mains dans mes cheveux défaits. De plus en plus experte dans l'art de ce jeu érotique, je passe ma langue sur son gland en serrant mes doigts autour de son membre.

Une main posée sur ses fesses, je le prends presque entièrement dans ma bouche en gémissant de plaisir. Alec crispe ses doigts sur ma nuque tandis que je le suce avec gourmandise.

Alors que je sens approcher son orgasme, il tente de me repousser mais je refuse de m'arrêter et continue avec un enthousiasme renouvelé. J'ai envie de goûter sa saveur mais Alec, au dernier moment, se retire de mes lèvres, me relève dans l'urgence et me pousse contre la table pour venir jouir sur mes seins en libérant un long gémissement.

Un frisson d'extase me traverse entièrement, me faisant presque jouir à mon tour. Je regarde Alec, magnifique, debout devant moi dans la lumière douce qui s'infiltre par les persiennes et par la porte restée entrouverte. Sa respiration s'apaise un peu et, se penchant sur moi, il caresse ma poitrine haletante pour y délayer sa tiède semence.

Ce geste me transporte et, dans un émerveillement des sens inédit, je cherche son regard en étalant moi aussi sur mon corps sa sève onctueuse, tandis que nos doigts se mêlent. Alec me fixe avec une intensité tout animale teintée d'une tendresse inouïe qui me renverse et m'affole.

Il passe un bras derrière mon dos, me serre contre lui, pose une main sur ma nuque et baise mes cheveux. J'ai l'impression qu'il est comme soulagé de pouvoir enfin m'étreindre, alors que je l'enlace de toutes mes forces et que je supplie secrètement l'Univers de ne plus jamais me l'enlever.

Des mots d'amour me montent aux lèvres mais, habituée comme je suis à les retenir, ils ne parviennent pas à éclore et je préfère chercher le bâillon de sa bouche frémissante plutôt que de les laisser s'envoler jusqu'à lui. Mes doigts se perdent dans ses cheveux pendant qu'il embrasse mon cou et qu'il descend vers ma poitrine.

Alec mordille mes tétons dressés, m'arrachant un cri de plaisir, tandis que je découvre son dos puissant sous mes doigts et que ses mains courent sur tout mon corps sans en oublier la moindre parcelle.

Dans un soupir viril, retrouvant sa fougue première et sa nature de dominateur, mon irrésistible amour glisse une main entre mes jambes avant de dégager la dentelle de mon string. À peine frôle-t-il mon clitoris humide que j'ouvre davantage les cuisses afin qu'il puisse me pénétrer de son majeur.

Je me cambre et, tout en m'accrochant à ses épaules, je bascule le bassin. Ses doigts agiles s'enfoncent plus profondément et sa langue descend sur mon ventre. Il s'accroupit et je tremble de désir, prête à savourer la caresse tant attendue.

Sans cesser les mouvements de ses doigts, Alec commence à me lécher, lentement d'abord puis de plus en plus goulûment. Mon esprit semble se disloquer à mesure qu'une folle ivresse se décharge dans mon corps. Il m'enlève mon string puis revient me titiller le clitoris du bout des doigts tandis que sa langue s'aventure en moi.

Son habileté me rend folle, Alec connaît tous les points sensibles de mon intimité au point que bientôt j'exulte en criant de plaisir. Il retire ses doigts de mon vagin mais continue de me lécher doucement, me retenant par les hanches tandis qu'il me semble impossible d'endurer encore ce plaisir si intense.

Mais bientôt Alec se relève et je pressens que c'est un autre bonheur plus merveilleux encore que nous nous apprêtons à partager. Il passe une main derrière ma nuque pour m'attirer contre lui et m'invite de l'autre à venir caresser son sexe afin qu'il durcisse à nouveau. Je m'empare aussitôt de son membre tandis qu'il me donne un baiser brûlant, mais à peine l'effleuré-je qu'il gonfle déjà entre mes doigts.

Alec me stoppe tendrement, se positionne entre mes jambes et, me tenant toujours serrée contre lui, glisse son sexe en moi. Émerveillés par cette première pénétration sans préservatif, nous nous regardons dans les yeux, étonnés et comblés d'être unis l'un à l'autre.

Mon amour me pénètre doucement en ondulant du bassin, faisant rouler ses hanches afin de sentir chaque centimètre de mon corps. Accrochée à ses épaules, je m'enfonce sur lui en soupirant de bien-être. Je savoure son pénis au fond de moi et resserre mes cuisses autour de sa taille. Alec accélère ses mouvements, ses coups de reins se font plus profonds tandis qu'il me retient contre lui. Ses pupilles se dilatent et ses paupières s'abaissent, je deviens plus sauvage et je lui mords la lèvre inférieure tout en accélérant la cadence.

Une joie ancestrale monte de mes entrailles en même temps que s'épanouissent le plaisir et un sentiment d'amour fulgurant, impensable avant cette union totale de nos chairs. Je me tiens à ses épaules pendant qu'Alec intensifie ses coups qui se font plus profonds et plus précis.

En amant expérimenté, Alec alterne des coups de reins tantôt rapides tantôt plus lents et se retient pour prolonger mon plaisir et me conduire jusqu'à un nouvel orgasme. Je sens la jouissance monter en moi, mon corps se tendre et une onde électrique me traverser de part en part.

– Viens, mon amour, me chuchote-t-il à l'oreille alors que je me tords et gémis.
– Je t'aime ! lâché-je enfin, tandis que mon corps perd toute force et cède entièrement.

À ces mots, Alec enfouit sa tête dans mon cou et, pendant qu'il se retire de moi, reste quelques secondes le visage caché avant de me caresser les lèvres en me regardant, l'œil brillant d'une lueur que je ne saurais décrire.

Une joie intense irisée de douleur ?

Un vertige s'empare de moi quand je réalise que je viens de lui dire les mots que je gardais cachés au fond de mon cœur depuis notre première rencontre. Soudain, Alec me soulève comme une plume dans ses bras et me porte dans le salon près de la cheminée.

À ma grande surprise, il s'allonge sur le divan et m'attire au-dessus de lui. À califourchon, une jambe de chaque côté de son bassin, Alec tète mes seins et caresse ma croupe. Je m'enfonce sur son sexe toujours en érection.

En soupirant je me redresse, une main appuyée sur le dossier du canapé, l'autre posée sur son ventre, cambrée afin qu'il me pénètre mieux, je le chevauche comme une cavalière insoumise. Alec se laisse dominer, les bras étendus au-dessus de lui. Je comprends qu'ainsi, il choisit délibérément de s'abandonner à notre amour et ne veut plus me fuir.

Exaltée par cette découverte autant que par cette position d'Amazone, je redouble de vigueur et m'active toujours plus vite sur son pénis. Je sens se préparer en moi une nouvelle jouissance. La respiration d'Alec accélère, son corps se tend, il grogne de plaisir et m'agrippe les hanches afin de s'engouffrer plus en profondeur avant que nous exultions ensemble dans un long gémissement.

Épuisée mais ravie, je me laisse tomber sur son torse, toujours secouée de soubresauts, tandis qu'Alec vient caresser tendrement ma nuque avant de se pencher pour me baiser le front.

– Je t'aime, murmuré-je encore alors que son sexe s'échappe inexorablement de moi.

20
COGITO

– Tu veux bien me répéter ce que tu as dit tout à l'heure ? me murmure Alec, allongé près de moi sur le vieux canapé où nous avons fini par nous endormir, épuisés d'amour, serrés l'un contre l'autre.

Je tourne mon visage vers lui et le regarde me fixer amoureusement. Ses yeux sont deux pépites où crépite un feu indompté. Le soleil s'infiltre par les persiennes et lance dans la pièce une lumière onirique. Pour toute réponse je lui offre un vague sourire avant de déposer un baiser mystérieux sur ses lèvres. Je savoure la plénitude de ce réveil. Alec attend que je lui avoue mon amour comme je l'ai fait tout à l'heure, entre deux soupirs, pendant que nos corps exultaient.

Après cette première étreinte sans préservatif, sa bouleversante déclaration et ce retour dans le passé, une complicité nouvelle s'est installée entre nous. Délivrée de l'angoisse de ces dernières vingt-quatre heures où j'avais perdu tout espoir, je me sens d'humeur extravagante.

– Qu'est-ce que j'ai bien pu te dire ? Voyons un peu, c'était avant ou après mon deuxième orgasme ? le taquiné-je en caressant son torse nu.

– C'était durant le troisième ? me réplique-t-il sur le même mode avant de se plaquer au-dessus de moi.

– Je ne vois pas du tout où tu veux en venir, riposté-je en résistant mal à l'appel de sa virilité qui recommence à s'épanouir contre mon ventre.

– Tu es un démon ! Tu profites de ton pouvoir maintenant que tu sais que je suis fou de toi, mais je sais comment te contraindre à parler, me souffle-t-il en écartant mes jambes avec ses genoux, tandis que mes mains glissent sur ses fesses bombées.

– Ah oui ? Je tiens absolument à voir ça. Mais si tu veux que je te dise que je t'aime, tes menaces sont inutiles, bien que je brûle d'envie que tu les mettes à exécution. Je t'aime, répété-je plus sérieusement en plantant mes yeux au fond de ses prunelles.

– Moi aussi, je t'aime, et j'ai encore envie de toi, s'enflamme-t-il avant d'emprisonner ma bouche dans un baiser passionné.

***

Pour moi, c'est ça, l'Amérique ! Une station-service paumée, les gros camions avec les chromes, des serveuses en tablier rose et de gros barbus accoudés au bar qui engloutissent des bières géantes !

Avec en prime l'amour de ma vie assis à côté de moi sur la banquette en Skai rouge.

– Elles sont bonnes ? me demande Alec amusé, tandis que je dévore mes frites.

– Dégueulasses, mais j'avais trop faim. Ta disparition m'avait coupé l'appétit. Un peu plus et j'allais me laisser mourir, le taquiné-je tendrement.

– Heureusement que j'ai annulé le dîner mondain où je devais accompagner Beth et que je suis rentré en urgence de San Francisco, s'amuse-t-il.

– Je suis désolée d'avoir contrecarré vos projets, soupiré-je.

– Pas de ça avec moi, petite peste ! ricane Alec en me titillant la nuque. Inutile de jouer la fille sage ! Je sais très bien que ça t'est complètement égal.

– Je dirais même mieux, j'en suis ravie ! fanfaronné-je.

– De toute façon, il fallait que je rentre. Je dois régler cette affaire de suicide et de détournement de fonds au plus vite.

– Non, tu ne peux plus fuir, acquiescé-je.

– Je me rends bien compte que ça n'arrange rien, mais l'idée de devoir me justifier devant la presse me débecte presque autant que les propos insensés de cette folle.

– Pourquoi Meredith Santorro t'accuse-t-elle de tout ça ? Tu la connais ?

– À peine ! C'est la seconde épouse de Peter, j'ai dû la voir deux ou trois fois. Je ne sais pas pourquoi elle cherche à me nuire, soupire-t-il. Je me suis demandé si ce n'était pas Santorro qui était malhonnête. Peut-être que c'est lui qui détournait l'argent ? Il était directeur financier, c'était un proche de mon grand-père, il travaillait pour Mendelssohn depuis 1985 et Georges lui faisait entièrement confiance. Quand j'ai pris la suite, j'en ai fait autant. Je lui faisais entièrement confiance moi aussi.

– Oui, c'est possible, mais ça n'explique toujours pas pourquoi sa femme t'incrimine !

– Eh bien, imagine qu'il était sur le point d'être découvert, commence-t-il tout en réfléchissant. Qu'il ne supportait pas l'idée de perdre la face, surtout pas aux yeux de son épouse.

– Je vois où tu veux en venir. D'après toi, Santorro aurait voulu te faire porter le chapeau, il aurait dit à sa femme que tu étais un escroc de la pire espèce, qu'il avait découvert tes manigances et que tu le harcelais pour qu'il se taise. C'est ça ?

– Exactement ! s'exclame-t-il.

– Hum… Et tout ça pour ne pas perdre sa femme qu'il aimait tant, avant de mettre fin à ses jours pour t'entraîner dans sa chute ! Excuse-moi mais ça ne tient pas la route.

– J'oubliais, ma chérie, que c'était toi l'écrivain ! me taquine Alec, les yeux brillants de joie tandis que je fonds à mon tour. C'est complètement tiré par les cheveux, mon histoire !

Je ne vais pas lui dire que j'ai imaginé un complot fomenté par son demi-frère et même par Paul !

– Attends, je tiens quelque chose ! m'exclamé-je. Meredith Santorro est folle de toi, tu repousses ses avances, évidemment parce que tu n'aimes que moi, mais son mari le découvre et plonge dans une profonde dépression qui le mène jusqu'au suicide. Pour se venger, Meredith éconduite, et qui plus est veuve, décide de ruiner ton existence !

– Hum, hum… C'est presque *Liaison fatale* ! ironise Alec. Désolé, beauté, c'est du plagiat ! Je sais que je suis irrésistible mais Mme Santorro n'a jamais flashé sur moi. Tu te demandes comment c'est possible qu'une femme puisse demeurer insensible à mon charme ? s'amuse-t-il.

Oui, ça, c'est un mystère !

– J'ai mis mes enquêteurs sur l'affaire, mais pour l'instant ça n'a rien donné, soupire Alec. En plus Sam est sur le pied de guerre et n'attend qu'une chose, que le CA le choisisse pour remplacer Santorro. Vu nos relations, ça risque d'être un enfer ! Il a les arguments pour les convaincre. C'est un grand financier, il a toutes les compétences, mais surtout il est capable de porter les deux casquettes, à la banque et chez Mendelssohn. Il peut bosser jour et nuit juste pour me pourrir la vie !

Erratum : la conversation que j'ai surprise à Paris entre Sam et Abby est peut-être en lien avec tout ça.

– Et est-ce qu'il serait prêt à te nuire ? demandé-je, hésitante.

– Il avait 3 ans quand mon père et sa mère se sont séparés et cinq quand je suis né. Depuis, il me déteste. Il a toujours été jaloux. Il me tient responsable de la mort de notre père. S'il n'était pas venu me rejoindre… Enfin, passons ! soupire-t-il en se frottant la nuque. La cerise sur le gâteau étant quand même mon élection à la tête de Mendelssohn alors que pour lui, je ne suis jamais qu'un bâtard ! Mais de là à inventer ce plan machiavélique, non, ce n'est pas son genre.

– Alec, je ne voulais pas t'en parler car je pensais que ça n'avait rien à voir, mais maintenant j'ai des doutes.

Et je lui explique tout des échanges entre Abby et Sam à la galerie. Alec m'écoute avec intérêt, le dos appuyé à la fenêtre, les sourcils froncés. Je regrette de mettre de l'huile sur le feu mais je suis maintenant persuadée que je ne peux plus passer cet épisode sous silence. Au risque de me tromper et de blesser Alec davantage !

– Je me souviens très bien qu'il était question « de profiter d'une occasion », c'est ce que Sam disait, insisté-je. Ça me revient, Abby a même dit un truc comme « mais c'est ton demi-frère », je n'ai pas entendu la suite mais c'était sans doute pour le dissuader d'agir contre tes intérêts.

– C'est bizarre, je suis d'accord, acquiesce Alec. Mais à Paris ce jour-là, ni Sam ni moi ne savions que Peter Santorro s'était suicidé. J'ai été le premier à l'apprendre. C'est le CA qui m'a prévenu quand nous étions en Toscane. Deux jours plus tard.

Alec semble cogiter, perturbé par mes révélations. En effet il faut reconnaître que mon hypothèse tombe aussi à l'eau. Si Sam et Alec n'ont appris la mort du directeur financier qu'en toute fin de week-end, Sam ne pouvait pas briguer le poste de Santorro dès le vendredi !

CQFD !

– Mais pourquoi avez-vous été avertis seulement le dimanche ? demandé-je soudain à Alec.

– Tout simplement parce que Meredith Santorro n'a pas prévenu le conseil d'administration avant, me répond-il comme une évidence. C'est compréhensible, quand tu découvres ton mari pendu dans ta salle de bains, tu ne penses pas tout de suite à prévenir son boulot.

– Pour l'excuser de ne pas être présent le lundi ?

– Ce serait une forme radicale de conscience professionnelle ! plaisante-t-il, un peu honteux.

Et nous voilà pris d'un rire nerveux qui nous soulage un peu de la pression. Nous gloussons comme deux ados, et alors que la serveuse vient nous proposer un café filtre, nous avons bien du mal à lui répondre.

– Sam était particulièrement froid le soir où Meredith a fait son scandale, remarqué-je en retrouvant mon calme. Il regardait la scène sans bouger. Tout le monde était sous le choc et lui, il restait impassible. Le visage totalement fermé.

– Ça ne m'étonne qu'à moitié, souffle Alec, accusant le coup. Une chose est sûre, il faut que je tire tout ça au clair car Meredith a fait parvenir au conseil d'administration des relevés bancaires d'une société écran dont je serais le seul actionnaire ! J'aurais un compte offshore au Panama ! Première nouvelle !

– Et qu'en disent les membres du conseil ?

– Ils n'y croient pas ! Mais Meredith s'est débrouillée pour que les documents paraissent dans la presse. Même si le CA veut me maintenir à mon poste, je serai sans doute obligé de démissionner pour ne pas nuire à l'entreprise que Georges a créée !

– Mais enfin, tu es innocent ! m'indigné-je.

– Oui, mais je ne veux pas salir le nom de mon grand-père. Un truc étrange aussi : les faux documents sont parus dans un journal du même groupe que le magazine *First Nation*, le canard pour qui travaille habituellement Franck Harper, tu sais, le photographe qui nous flashe juste au mauvais moment, précise-t-il en me souriant avant de me serrer tendrement contre lui.

– Intéressant ! C'est possible qu'il n'ait pas digéré la façon virile dont tu l'as expulsé de la soirée. Attends un peu, si c'est lui qui a fait fuiter les documents, il pourrait révéler qui les lui a confiés et du coup qui veut ta perte ! m'exclamé-je.

– Il pourrait mais ni lui ni sa rédaction ne répondent à mes appels.

– Harper était à la galerie en même temps que Sam. Il est donc possible qu'ils se connaissent. Sam aurait très bien pu acheter les services de Harper pour salir ta réputation.

– Et Meredith Santorro dans tout ça ? Est-ce qu'elle est de bonne foi ? Est-elle manipulatrice ou…

– Manipulée ? terminé-je à sa place.

– Tu as raison, il faut que je tire tout ça au clair, il y a trop de zones d'ombre. J'envoie un SMS à Sam. Je veux avoir une discussion sérieuse avec lui.

– Tu te sens prêt ? demandé-je un peu inquiète. Si tu découvres que c'est ton demi-frère qui est derrière tout ça, ça risque d'être douloureux.

– Pas plus que de ne pas savoir. Je t'aime. Avec toi je me sens prêt à faire face à l'adversité, si tu veux bien m'accompagner, me déclare Alec en prenant mon visage entre ses mains, comme pour plonger dans mon âme.

– Bien sûr que je le veux, Alec ! Je n'ai plus l'intention de te lâcher !

– Alors on rentre à New York tout de suite, je règle cette histoire et je suis tout à toi, m'affirme-t-il en se levant, tandis que mon cœur explose littéralement de joie malgré cette sale histoire.

***

– Je t'appelle tout à l'heure ? me propose Alec en stoppant sa 403 devant le studio de Manhattan. Essaye de dormir un peu, tu as l'air épuisée. J'aurais dû te laisser te reposer pendant le vol plutôt que de te peloter, dit-il en m'embrassant. Mais aussi, pourquoi mets-tu des petites robes aussi aguichantes ?

– Pour mieux vous affoler, monsieur Mendelssohn. Je ne vais pas me coucher, il est déjà six heures du matin et je bosse chez Sarah à neuf heures. Toujours pas de réponse de Sam ? demandé-je avant de descendre.

– Non. Hé ! Attends, m'interpelle-t-il en s'inclinant vers la fenêtre alors que je suis déjà sur le trottoir. Je t'aime !

– Moi aussi, réponds-je. Tu es sûr que tu ne veux pas monter deux minutes ? dis-je en me penchant pour le tenter alors que je ne porte pas de soutien-gorge.

– Désolé, démon, il faut vraiment que j'y aille ! soupire-t-il en fermant les yeux.

– Tant pis pour toi ! lancé-je en soupirant de même avant de marcher vers la porte tambour en roulant exagérément des hanches alors qu'Alec démarre en trombe.

Arrivée à l'étage, je m'apprête à enfoncer les clés dans la serrure de l'appartement mais à ma grande surprise, la porte est entrouverte. Pourtant, il me semblait bien l'avoir fermée… Mais on est partis si vite que j'ai pu oublier.

Je rentre dans le studio et une masse effrayante s'abat sur moi et claque la porte. Je tente de hurler mais une main se crispe sur ma bouche et une autre se referme autour de ma taille, m'empêchant de bouger.

– Pas la peine de crier, espèce de traînée ! me souffle une voix que je reconnaîtrais entre mille.

La panique, terrible et glacée, s'empare de moi au point que je perds toute force pour me défendre.

Paul me jette sur le lit et fond sur moi en arrachant ma robe, dévoilant ma poitrine. Je tente de le repousser en criant mais il me gifle violemment, me faisant presque perdre connaissance.

– Je viens prendre ce qui est à moi ! Si Mendelssohn t'a eue, je te veux aussi, souffle-t-il alors que sa bouche monstrueuse s'empare de mes seins.

V

MON HÉROS

21
AL, MON HÉROS…

Je faiblis, pourtant je persiste à me débattre. Paul me gifle. Je ne peux pas appeler à l'aide, il m'écrase sous son poids. Il m'écarte violemment les jambes et tente d'arracher ma culotte.

– Ça t'apprendra à jouer les allumeuses !

Sa voix pleine de fiel me glace. Sa langue glisse sur mon cou, j'ai la nausée. J'ai l'impression que je me noie. Plus ses doigts se crispent sur mon visage, plus je suis aspirée vers le fond. La pièce pourtant illuminée par le soleil matinal sombre peu à peu dans l'obscurité. Je suis en train de perdre connaissance. Je me résigne au pire. Des images de ma vie défilent dans ma tête en accéléré. Alec revient en flash comme ma plus grande joie.

J'ai l'impression qu'il s'est passé un siècle depuis qu'il m'a déposée en bas de chez moi. Pourtant, c'était il y a à peine dix minutes !

Le souvenir de mon bonheur avec Alec me redonne un peu d'énergie. Dans une ultime tentative, je mords la main de Paul et lui arrache un cri de douleur féroce. Il me fixe quelques secondes de ses yeux fous avant de lever le poing. Je hurle en me protégeant le visage, soudain je ne sens plus son poids sur moi, comme si quelque chose le tirait brusquement en arrière.

Alec vient de surgir dans la pièce et a empoigné Paul violemment. Apeurée et incrédule, je les regarde lutter. Alec lui décoche un grand coup de poing qui le fait reculer de plusieurs mètres. Sans demander son reste, mon agresseur s'enfuit. Alec s'apprête à le poursuivre mais quand il se rend compte que je cherche mon souffle, il se précipite à mon secours.

À genoux, prostrée dans un coin du lit, je tremble de tous mes membres en tenant sur ma poitrine des lambeaux de ma robe déchirée. Alec fait un geste vers moi mais je me blottis contre le mur, affolée. Je le fixe, hagarde, j'ai du mal à le reconnaître, toujours prisonnière de la terreur. Il me semble que je suis dans une zone de cauchemar où tout est irréel et dangereux.

Alec s'avance plus doucement encore. Son regard inquiet et aimant me ramène au présent. Je comprends que je viens d'échapper au pire grâce à lui. Oui, c'est bien mon amour qui est là et je ne risque plus rien ! Bouleversée, je me jette, tremblante, dans ses bras.

– C'est fini, ma chérie ! m'apaise-t-il en me serrant contre lui.

Je fonds aussitôt en larmes, soulagée de sentir son étreinte réconfortante. Je m'accroche à ses épaules et pleure, le corps secoué de spasmes nerveux. Alec me berce, sa main posée sur mes cheveux, et me laisse décompresser en me murmurant des mots rassurants. Après quelques minutes, je parviens enfin à parler, mais la terreur reprend le dessus :

– Quand je suis arrivée, il était déjà là. Je ne sais pas comment il est entré… Il allait me violer ! balbutié-je en sanglotant de plus belle.

– Tout va bien. Je suis là, me murmure Alec en m'étreignant plus fort contre lui. La porte n'était pas fermée, Dieu merci ! Je connais ce salaud. C'est l'avocat de Sarah, je l'ai vu chez ma tante. Je vais le massacrer !

– Ne me laisse pas toute seule !

– Non ! me rassure-t-il.

Alec me caresse le visage et m'arrache un petit cri de douleur en passant sa main sur ma joue meurtrie. Il a bien du mal à contenir sa rage et lâche d'un ton glacial :

– Il ne perd rien pour attendre…

– Il faut que je me lave ! m'écrié-je soudain en me précipitant vers la salle de bains. Je me sens trop sale ! Tu restes ici ?

– Oui, ne crains rien, je veille, me réconforte Alec.

Je me savonne nerveusement. Il me semble que rien ne peut enlever l'odeur de Paul ni son empreinte ignoble sur mon corps douloureux. Je ne sais pas combien de temps je reste sous le jet d'eau tiède mais je finis par me calmer.

Enroulée d'une serviette éponge, je reviens dans la pièce principale. Je tremble toujours. Alec tourne comme un fauve en cage. À l'évidence, il est bouleversé et dans une fureur extrême.

– Il faut appeler la police, me dit-il.

– Non ! le supplié-je.

– Mais il faut arrêter ce salaud !

– Je ne suis pas capable de témoigner. Ça implique trop de choses… murmuré-je en me laissant tomber sur le lit, épuisée.

– Tu crains pour ton job ? me demande doucement Alec en s'agenouillant devant moi. Sarah va virer ce type, au contraire ! Quand elle va apprendre que son avocat a tenté de… Je vais le démolir !

– Ça n'a rien à voir avec Sarah, le coupé-je. C'est par rapport à ma famille…

– Qu'est-ce que ta famille vient faire là-dedans ? s'étonne-t-il.

– Je connais Paul depuis des années. Je l'ai revu par l'intermédiaire de Sarah. C'était un pur hasard. C'est à cause de lui que je suis partie de chez moi à 18 ans et que je ne vois presque plus mes parents, avoué-je.

– C'est ton ex !

– Non ! me défends-je, dégoûtée. Je croyais que tout ça était derrière moi… Je ne t'ai pas beaucoup parlé de mon passé mais je crois que c'est le moment…

Je prends une profonde inspiration.

– Paul est le meilleur ami de mon frère, Wando. C'est le fils d'un célèbre avocat parisien. Quand j'avais 17 ans, il avait des vues sur moi et mes parents trouvaient que c'était un excellent parti. Ils m'ont encouragée à sortir avec lui…

Je m'arrête, torturée par ce souvenir autant que par l'évidence que je suis toujours en colère contre eux ! Je ferme puissamment les paupières pour empêcher de nouvelles larmes de couler.

– Ma chérie, si c'est trop dur pour toi, je ne veux pas t'imposer cette épreuve supplémentaire, me réconforte tendrement Alec.

– J'ai besoin de le dire ! Ça fait trop longtemps que je l'ai enfoui, continué-je, encouragée par sa bienveillance et sa douceur. Wando venait d'obtenir son diplôme d'avocat. Mes parents espéraient, entre autres choses, qu'il intègre le cabinet prestigieux du père de Paul, et bien sûr mon frère n'y trouvait rien à redire !

– Attends, me coupe Alec en venant s'asseoir à côté de moi. J'ai peur de comprendre…

Je reste silencieuse. Je regarde Alec, les larmes aux yeux. Je me sens un peu honteuse alors que je n'ai rien à me reprocher, mais je n'assume pas le comportement de ma famille. Alec a l'air incrédule. Je hoche la tête pour lui confirmer qu'il a bien compris et lis aussitôt sur son visage une consternation dépitée. Je reprends mes explications, bien décidée à aller jusqu'au bout, malgré la difficulté de mes aveux :

– Mes parents sont très attachés à l'étiquette. Pour eux, une fille de bonne famille doit se marier avec un homme du sérail, se consacrer à l'éducation des enfants et à la carrière de son mari. Je respecte les femmes qui font ce choix mais ça n'a jamais été le mien. Pour eux, faire des études, avoir des ambitions personnelles, ce n'est pas dans la tradition familiale. Il faut laisser ça aux garçons.

– Tes parents sont au courant qu'on est en Occident, au XXIe siècle ? s'indigne Alec presque sans ironie.

– Non. Ils sont passés au travers de toutes les révolutions sociétales des quarante dernières années en n'y voyant que du feu, réponds-je en optant pour l'humour dans l'espoir de chasser l'angoisse.

– Waouh ! C'est une vision tellement rétrograde. Mais comment se fait-il que tu sois si différente d'eux ?

– Je n'en sais rien. Je suis née comme ça, c'est bien le problème ! Ma famille espérait que je fréquente Paul. À l'époque, je n'osais pas m'opposer. Pour avoir la paix, je suis sortie avec lui deux ou trois fois, sans qu'il ne se passe rien entre nous et je l'ai éconduit. Il ne me plaisait pas du tout, il représentait déjà tout ce que je détestais. Je voulais faire des études et devenir écrivain. Mais Paul avait l'habitude d'obtenir tout ce qu'il désirait. Il n'a pas supporté que je le repousse. Un jour alors que j'étais seule à la maison il a tenté de me violer.

À ces mots je fonds aussitôt en larmes. L'évocation de ces souvenirs lointains me replonge dans l'horreur de ce qui vient de se produire ce matin. Je me remets à trembler et me sens à nouveau en insécurité malgré la présence rassurante d'Alec.

– Ça ne se reproduira plus ! me jure Alec, la voix étouffée par la rage et l'émotion. Je vais me charger de ce salaud !

– Je me suis défendue bec et ongles comme ce matin. Je ne dois mon salut qu'à l'arrivée de Lucas qui venait réviser avec moi et qui l'a fait fuir. Paul était déjà un lâche ! Le soir, j'ai tout dit à mes parents. Je voulais qu'ils m'accompagnent porter plainte mais ils ont préféré ne pas me croire. Mon silence arrangeait tout le monde, tu comprends ? Ma mère m'a dit : « Tu ne vas pas faire d'histoire pour un baiser volé ! ». Traduction : « Que diraient les voisins ? » Mon père m'a qualifiée d'excessive et Wando d'égoïste. Évidemment ! Il était sur le point d'être engagé chez maître de Thyli !

– Quelle horreur ! murmure Alec.

– Sous la pression j'ai accepté de me taire. Je me sentais abandonnée, profondément blessée et trahie. Dans la nuit, j'ai pris ma décision. J'allais avoir 18 ans, je quitterais la maison familiale et je me débrouillerais toute seule.

– Et c'est ce que tu as fait, bien sûr ! Ça ne m'étonne pas de toi ! s'exclame Alec fièrement.

– Heureusement il y avait Jo et Lucas. Je me suis installée chez Ana, la mère de Jo. Ça a fait tout un scandale. Non seulement j'osais me rebeller, mais en plus j'allais vivre chez une concierge espagnole ! Ana s'est occupée de moi comme si j'étais sa fille. Chez elle, j'ai découvert la tendresse, la liberté et le rock'n'roll. Je suis rentrée dans l'ère moderne. Quelque temps après, les parents de Lucas ont offert à leur fils le loft des Buttes-Chaumont et Jo, Lucas et moi nous y sommes installés.

– Et de quoi vivais-tu ?

– J'ai fait tous les boulots possibles pour payer mes études ! J'avais la rage. Je ne pensais qu'à réussir pour moi et prouver à mes parents qu'ils avaient eu tort de ne pas me soutenir. Je ne leur ai jamais rien demandé. Pas un sou !

Admiratif, Alec m'écoute attentivement, puis :

– Tu ne les vois plus ?

– Rarement et c'est toujours un calvaire ! Mes parents sont adeptes de la politique de l'autruche. Ils ne savent que juger. Ils n'aiment pas ce que je suis. Paul demeure le meilleur ami de mon frère par-dessus le marché. Je hais ce type. Paul m'a coupée des miens. Même si je ne les comprends pas, je ne peux pas m'empêcher de les aimer, murmuré-je au bord des larmes. Je voudrais qu'ils soient fiers de moi… C'est complètement puéril !

– C'est normal, Romane, tu as besoin d'être reconnue, comme tout le monde.

– J'ai envoyé un mail à ma famille pour leur dire ce que j'avais sur le cœur mais ils n'ont pas daigné répondre… Ils vont continuer à faire comme si de rien n'était. Je ne supporte plus ces faux-semblants. Je me sens tellement seule ! murmuré-je avant d'éclater en sanglots.

– Je suis là maintenant, Romane ! me rassure Alec en embrassant mes larmes. Moi, je suis fier de toi ! J'aime qui tu es, ce que tu fais, ton audace, ton courage, ton talent et même tes angoisses !

– Là, tu exagères un peu.

– Non ! m'assure-t-il. Si tu n'avais pas paniqué dans l'ascenseur, on ne serait jamais rencontrés. Je vénère tes attaques de panique. Prends toutes tes affaires, je ne veux pas que tu restes ici avec ce salaud qui rôde dans les parages. Tu viens t'installer chez moi.

Je ne suis pas sûre d'avoir entendu ce que j'ai entendu…

– Mais qu'allons-nous dire à Sarah ? Merde, je dois bosser avec elle ce matin ! m'affolé-je.

– Je m'en charge, intervient Alec, maître de la situation. Depuis que je l'ai appelée de San Francisco pour savoir où tu étais, elle doit se douter de quelque chose. Je vais lui dire que tu ne viendras travailler que cet après-midi, qu'elle doit virer son avocat sur-le-champ et que désormais tu vis avec moi.

Très bien…

– Alors tu veux rendre notre… ? Enfin, tu vois… hésité-je.

– Oui, je vois très bien, s'amuse-t-il en me caressant les cheveux. J'ai l'intention de rendre notre relation officielle. Je veux que le monde entier sache que je t'aime. Quant à Paul de Thyli, j'en fais une affaire personnelle. Je n'ai pas besoin des flics.

Après la terrible épreuve de ce matin, les mots d'Alec se posent sur chacune de mes blessures comme un onguent. Je ressens, en même temps qu'une grande lassitude, une joie intense et un amour profond. Il me regarde, incroyablement sérieux et sûr de sa décision. Je me jette dans ses bras, la pression retombe, je pleure, mais cette fois de soulagement.

Quelqu'un me protège enfin !

***

Nous pénétrons dans le grand hall de l'immeuble des années trente où vit Alec. Il habite vraiment juste à côté du Metropolitan. Je m'accroche à son bras, mes jambes me portent à peine. Je me sens encore fébrile, mais rassurée et heureuse d'aller m'installer chez lui, bien que j'ose à peine y croire. Alec appelle l'ascenseur mais un homme surgit devant nous, me faisant sursauter, et nous flashe à plusieurs reprises avant de s'enfuir.

Sans hésiter, Alec court derrière le photographe. À fleur de peau, je panique mais je reconnais Harper ! Le reporter qui a vendu nos images et qui trempe peut-être aussi dans l'affaire Santorro. Alec le rattrape et le fait tomber puis l'immobilise avant de lui arracher son appareil photo.

– Qui t'a fourni les documents ?
– Quoi ? s'affole Harper.
– Les faux extraits de comptes !

Alec est persuadé que c'est Harper qui a fait paraître les relevés qui l'incriminent et attestent les propos diffamatoires de Meredith Santorro. Hier, j'ai rapporté à Alec la conversation que j'ai entendue à Paris entre son demi-frère et Abby, il semblerait que Sam trempe dans l'affaire Santorro… Alec veut savoir si c'est lui ou Meredith qui a fait volontairement fuiter les faux documents. Depuis qu'il soupçonne Sam, Alec est hors de lui. Il tient fermement Harper par son col de chemise, un genou appuyé sur son torse tandis qu'il le plaque au sol.

– Mais de quoi parlez-vous ? balbutie Harper, effrayé. Je ne comprends rien.
– Tu mens ! hurle Alec en jetant l'appareil photo qui se disloque avec un bruit métallique.

– Je n'ai rien à voir avec cette histoire ! geint-il, terrifié.

Harper ne semble pas décidé à révéler ses sources. Alec le secoue et le menace de nouveau. Je reste figée, les mains sur la bouche. J'ai peur qu'Alec perde le contrôle de la situation et que ça lui vaille d'autres ennuis.

– C'est moi qui vous suis et qui vends les images à la presse people ! Je me suis rendu compte que vous étiez un bon moyen pour me faire du fric facile, avoue le photographe. Mais les documents, je ne sais pas.

– Dis-moi tout de suite qui te les a donnés ou je te jure que tu peux dire adieu à ton sourire ! s'emporte Alec, prêt à abattre son poing sur Harper.

– Ne me faites pas de mal ! supplie-t-il, tétanisé. OK. J'ai tout reçu par courrier. Je ne sais pas qui m'a envoyé les documents. Non ! Ne me frappez pas… Je vous le jure. Il y avait juste un mot, pas de signature, un truc qui disait que ça pourrait m'intéresser…

Je suis soulagée de voir Alec relâcher un peu sa pression même s'il maintient toujours Harper cloué au sol. Alec le fixe et contre toute attente le lâche.

– Tu as de la chance, je te crois. Je vais peut-être t'épargner, mais avant, tu vas présenter tes excuses à mademoiselle pour les photos dégueulasses que tu as publiées d'elle et qui ne rendent pas hommage à sa beauté.

Je ne m'attendais pas à celle-là !

J'imagine que c'est moi, « mademoiselle ».

– Je vous demande pardon, mademoiselle, me dit Harper d'une voix larmoyante.

Je ne trouve rien à répondre. Je regarde Alec se relever avec cette grâce virile qui m'envoûte. Encore une fois, j'ai l'impression d'être au cinéma. Je lui trouvais un faux air de Marlon Brando mais il a aussi quelque chose d'Al Pacino dans *Scarface*...

La balafre et les flingues en moins, heureusement !

– Tire-toi avant que je ne change d'avis, ordonne Alec d'une voix caverneuse tandis que Harper se sauve sans demander son reste.

Je soupire de soulagement. Alec revient vers moi en remettant de l'ordre dans ses cheveux. Cette image a toujours le pouvoir de m'apaiser, il faut croire...

Comment lutter ?

– Je suis désolé que tu aies assisté à ça... Je m'emporte rarement. Je ne voudrais pas que tu penses que c'est dans mes habitudes de me comporter en gangster psychopathe, s'excuse-t-il en entrant dans l'ascenseur. Mais avec ce genre de type, il n'y a que ça qui marche...

Avec moi aussi, apparemment...

– J'ai surtout eu peur que tu aies des ennuis supplémentaires, avoué-je en me serrant contre lui.

– Mais on n'est pas plus avancés, on ne sait toujours pas qui est derrière l'affaire Santorro. Peut-être Sam, tu as raison… Il n'a même pas répondu à mon texto. Il faut croire qu'il a peur de venir discuter avec moi comme je le lui ai demandé.

– Mais au fait, comment se fait-il que tu sois monté au studio tout à l'heure ? Tu devais rentrer chez toi au cas où Sam viendrait.

– Quand j'ai démarré, je t'ai vue dans le rétro, tu étais tellement irrésistible que j'ai changé d'avis. Je m'en félicite quand je pense à ce qui aurait pu arriver…

– Oh ! Alec, merci ! soupiré-je en retenant mes larmes alors que s'ouvre la porte de l'ascenseur.

Je découvre l'immense appartement d'Alec. Je suis émue, ça lui ressemble. L'endroit a quelque chose d'*underground* et de distingué à la fois. Des livres et des CD sont empilés un peu partout sur le sol en béton brut, des sculptures modernes et de grands totems se partagent l'espace tandis que les murs sont couverts de toiles d'artistes contemporains.

– Je n'ai pas eu le temps de ranger, s'excuse-t-il en dégageant des affaires empilées sur le divan pour les lancer sur le piano à queue.

Je souris mais réagis à peine, exténuée.

– Tu n'en peux plus, remarque tendrement Alec en me soulevant dans ses bras.

– Je crois que c'est un trop-plein d'émotions, je tombe de sommeil.

– Il faut que tu reposes.

Alec me porte dans sa chambre et me pose sur le grand lit défait. Je n'ai même pas la force d'ôter mes chaussures, c'est lui qui s'en charge comme si j'étais une enfant. Je me pelotonne aussitôt dans les draps. La pièce est plongée dans une pénombre apaisante. Mes yeux se ferment tandis qu'Alec remonte le drap sur mes épaules.

– Je reste près de toi jusqu'à ce que tu t'endormes, me murmure-t-il en me caressant le front.

Je suis bien. En sécurité. Je glisse dans le sommeil en pensant que malgré les épreuves qui nous attendent encore, une nouvelle vie s'ouvre à nous. Mais voilà qu'un bruit strident me fait sursauter. On sonne à la porte !

22
ABBY

– C'est Sam ?

– Ça m'étonnerait, il n'a toujours pas répondu à mon SMS, dit Alec en fronçant les sourcils. Il n'a pas les codes d'accès du hall. Je pencherais plutôt pour ces fouineurs de journalistes. Repose-toi. Je gère.

Alec sort de la chambre et referme la porte derrière lui. Me reposer ? Impossible, je suis trop stressée. Si ce sont des journalistes, j'ai peur qu'il perde son sang-froid et que ça le desserve. Mais je redoute surtout que ce soit Sam. S'il s'avère qu'il a une responsabilité dans ce qui arrive à Alec, ça risque de vraiment tourner au vinaigre !

J'ai les nerfs à vif. Je suis dans une vigilance extrême qui ne fait qu'augmenter mon épuisement mais qui me tient résolument en alerte. Je tends l'oreille, la voix d'Alec est lointaine, il parle avec quelqu'un.

Une femme !

Après quelques secondes, je reconnais la voix d'Abby. Que fait-elle là ? Elle accompagne Sam, peut-être ? Mon angoisse est à son paroxysme. Je veux en avoir le cœur net et empêcher Alec de commettre une bêtise qu'il pourrait regretter !

Et Sam n'attend sans doute que ça pour l'enfoncer…

Je me lève, tremblante. Heureusement, il y a des tapis au sol pour étouffer mes pas. J'avance sur la pointe des pieds. J'ai la désagréable sensation d'être une fouineuse mais c'est pour la bonne cause. Je pose la main sur la poignée, entrouvre délicatement la porte et jette un œil dans le salon.

C'est bien Abby mais elle est seule. Quel lâche, ce Sam ! Il n'est même pas foutu d'affronter son demi-frère, il envoie sa femme à sa place. Alec a l'air très calme. Il propose à Abby de s'asseoir mais elle préfère rester debout. Alec s'installe sur le divan, les bras étirés sur les coussins de cuir et les jambes croisées sur la table basse.

Il est décontracté, rien d'étonnant, mais en revanche l'assurance inhabituelle d'Abby me sidère.

Mais où est la femme fébrile et évaporée que je connais ? Abby marche avec prestance dans le salon comme si elle était chez elle et parle d'une voix sûre qui n'a plus rien d'enfantin. Abby dit quelque chose que je ne comprends pas mais qui fait éclater de rire Alec.

Il ne m'était pas apparu qu'elle était drôle.

Je trépigne car Abby n'est plus dans mon champ de vision, mais elle élève soudain la voix et j'entends clairement ce qu'elle dit :

– Je suis ravie que tu le prennes comme ça, Alec, je croyais que tu allais t'emporter, mais je vois que ça ne te déplaît pas. Tu as toujours eu le sens de la famille.

Mais de quoi parle-t-elle ?

Alec redevient sérieux tandis qu'Abby réapparaît dans mon champ de vision en venant s'asseoir sur l'accoudoir du fauteuil, près d'Alec. Elle est juste en face de moi. J'ai peur qu'elle ne m'aperçoive, j'hésite mais demeure en place, l'œil collé dans l'entrebâillement de la porte.

– Tu crois vraiment que je vais convaincre le CA de voter en faveur de Sam pour qu'il prenne la suite de Santorro à la direction financière ? ricane Alec.

– Oui, réplique simplement Abby, sûre d'elle. Et ensuite tu démissionneras du poste de PDG en sa faveur. Tu n'as jamais eu envie de ces responsabilités, que je sache. Tu préfères la musique.

Je crois à peine ce que j'entends ! Je reste sidérée par cette « nouvelle Abby », insoupçonnable, et je guette, inquiète, la réaction d'Alec, mais il garde son sang-froid. Sans rien perdre de sa décontraction, il rétorque :

– Mais pourquoi persistes-tu à faire tout ce que te demande Sam ? Il te méprise publiquement depuis des années et tu lui obéis au doigt et à l'œil, c'est pathétique ! Tu peux rentrer chez toi, Abby, et dire à ton mari de venir lui-même m'exposer ses revendications.

– Pense de moi ce que bon te semble, ça m'est complètement égal. Je ne suis pas très sensible au jugement d'autrui. Je sais qu'il en va de même pour toi. Tu es imperméable aux critiques. Toutefois, ce n'est pas ta réputation qui est en jeu mais celle de Mendelssohn. Ton implication dans l'affaire Santorro est une honte pour le nom de ton grand-père…

Non !

Cette fois, Alec accuse le coup. Elle a touché juste et le sait. Elle le regarde, arrogante et détendue, alors qu'il demeure silencieux et passe sa main sur sa barbe naissante comme s'il réfléchissait avant de se lever.

Cette fois, je crains qu'Alec ne perde patience et jette Abby dehors sans ménagement. C'est tout ce qu'elle mérite mais ça ne ferait que lui nuire davantage. À sa place, je lui en aurais déjà collé une mais Alec n'est pas du genre à lever la main sur une femme. Il me tourne le dos, passe devant Abby sans même la regarder et se poste face à la fenêtre.

– Je n'ai rien à me reprocher, assure-t-il d'un ton ferme. Toute cette affaire n'est qu'un tissu de mensonges. Je n'ai pas détourné d'argent et je vais le prouver.

– C'est possible, je ne mets pas en doute ta bonne foi, mais le temps que tu réunisses les preuves de ton innocence tu mets en péril l'empire tout entier, rebondit Abby sournoisement. Et ta réputation est détruite ! L'opinion publique est très sensible sur ces sujets, qu'importe que tu n'aies rien à te reprocher, le mal est fait. Le CA ne te soutiendra plus bien longtemps.

– Je dois dire que ton comportement me désarçonne, ironise Alec en se retournant. J'ignorais ton attachement à Mendelssohn Computers ! Désolé de te décevoir mais je ne prendrai pas de décision avant d'avoir tiré cette affaire au clair.

– Soit ! C'est juste un conseil d'amie, réagit Abby un peu plus vivement.

– Si c'est une marque de sympathie, tu prendras bien un petit café avec moi, lui propose Alec en disparaissant de mon champ de vision.

– Avec plaisir ! lance Abby en allumant une cigarette.

Elle fume ! Depuis quand ?

J'ai carrément l'impression qu'Abby est une autre personne. C'est flippant ! À croire qu'elle est schizophrène. En tout cas elle n'est pas nette. Je l'ai en ligne de mire et je la reconnais à peine. Ça me stresse.

Que dois-je faire ? Sortir de ma planque pour soutenir Alec ou rester embusquée ? J'ai bien du mal à assister une nouvelle fois à son laminage sans rien faire. Mais il s'en sort plutôt bien et ne paraît pas déstabilisé. Il lui prépare un café !

Merde ! Mon portable qui vibre ! C'est l'alarme. Dans trente secondes, on a droit à La Marseillaise... Mon réveil est patriotique depuis que je suis expatriée.

Je glisse vers la table de nuit et coupe le son. Je m'apprête à éteindre mon portable mais me ravise. Je préfère le garder avec moi. On ne sait jamais, j'en aurai peut-être besoin si les choses tournent vraiment mal. Je retourne m'embusquer derrière la porte et tente de voir ce qu'il se passe dans le salon.

Alec revient et tend une tasse fumante à Abby. Il s'installe à nouveau sur le divan, parfaitement détendu. Je n'en reviens pas. Abby qui semblait toujours sur le point de s'effondrer reste de marbre, assise sur l'accoudoir du fauteuil, à tirer sur sa cigarette.

Il aurait fallu un cendrier aussi, les cendres tombent par terre !

– Alors Abby, reprend Alec d'une voix tranquille, j'aimerais savoir pourquoi tu acceptes de jouer les porte-parole pour Sam ? Pourquoi n'est-il pas venu lui-même ? Il a peur ?

Il commence fort ! Il la teste... Alec cherche à la provoquer pour en savoir davantage ! Habile !

– Pense ce que tu veux de moi, ça m'est égal, je te l'ai dit ! réaffirme Abby, toujours sereine. Mais tu te trompes. Sam ignore que je suis là. Il n'a pas eu ton SMS, pour la bonne raison que je l'ai intercepté. Je connais mon mari, c'est un faible malgré ses airs supérieurs. Il n'aurait jamais osé exiger ta démission.

– Tiens ! Voilà que maintenant ma démission est une exigence, je croyais que c'était un conseil, s'étonne Alec.

– Ne jouons pas sur les mots ! réplique Abby. Ce que je fais est dans ton intérêt. Qui dans ton entourage aurait l'honnêteté de te dire la vérité ? Sarah ? Tu es son idole ! Elle est complètement aveugle, quand il s'agit de toi. Je pense sincèrement que c'est mieux que tu t'en ailles la tête haute, avant que les membres du conseil ne te contraignent à quitter ton poste. Je dois t'avouer que je ne tiens pas à ce que Sam soit éclaboussé par cette affaire. C'est mon mari et tu risques de l'entraîner dans ta chute ! Je te rappelle qu'il travaille pour la banque de mon père…

– Je comprends que tu sois attachée à la réputation de ta famille… Et à mes intérêts ! Je t'en remercie, dit Alec. C'est tout à ton honneur mais il me semble que tu oublies un détail qui pourrait nuire davantage à la banque Young Carlson. Et si c'était Sam le coupable ?

– Mais enfin, qu'est-ce que tu racontes ? s'exclame Abby en pâlissant.

– C'est tout à fait crédible. Sam n'a jamais digéré que le CA me choisisse. Peut-être lorgne-t-il sur mon poste depuis des années. Tous les comptes de Mendelssohn sont chez Young Carlson. Sam a pu créer une société écran en un clic et se débrouiller pour que tout le monde pense que j'en suis l'actionnaire mystère. Il connaissait Santorro, ils étaient peut-être de mèche. Sam aurait pu le manipuler pour le pousser au suicide une fois devenu gênant. Et manipuler Meredith ensuite pour qu'elle déclenche le scandale. Sam me déteste, il a toujours été jaloux de moi. Il est le premier-né mais l'éternel second ! Et c'est comme ça depuis toujours. Je suis systématiquement passé devant lui. Même dans la banque de ton père, il n'est pas foutu d'être le premier. C'est ton frère qui est à la direction générale. La main du roi, en quelque sorte… Ce doit être frustrant ! Même pour toi, ce n'est jamais très agréable de découvrir qu'on a épousé un médiocre… Tu méritais tellement mieux…

Alec cherche à pousser Abby dans ses retranchements et qu'elle crache le morceau, mais je dois dire que là, il met le paquet !

Je redoute la réaction d'Abby. Contre toute attente, elle reste de marbre. À croire qu'elle a déserté son propre corps. Elle semble figée, comme en pause. Je crois que je préférerais qu'elle disjoncte, elle me ferait moins peur ! Peut-être que la vraie Abby, la fille fragile et sympa, gît morte dans un coin et qu'une jumelle machiavélique a pris sa place…

Ça arrive parfois dans les séries télé !

– Je vois que tu connais bien ton demi-frère, hurle Abby en se levant comme si elle venait de réintégrer sa personne. C'est un médiocre, un éternel second qui me fait honte !

Elle crie d'une voix démoniaque, même Alec semble surpris. Il y a de quoi ! Elle reste sur place, les yeux dans le vide, troublée, et se mord la lèvre comme si elle regrettait d'en avoir trop dit !

– C'est ça qui m'étonne, insiste habilement Alec, qu'un médiocre tel que lui ait pu imaginer un plan aussi fin… Tu vois, Abby, ton mari a du génie quand il veut ! Certes, il n'est pas très perspicace mais on peut lui reconnaître un certain talent quand il s'agit de nuire à autrui, c'est déjà ça…

Je tremble à l'idée que cette ultime provocation ne déchaîne l'agressivité d'Abby. Elle me paraît dans un état second, comme possédée, à moins que ce soit son état normal ? Alec reste décontracté mais j'ai l'impression que ce n'est qu'en apparence car ses doigts se crispent sur le cuir du canapé. Il faut croire qu'il a atteint son but, un flot de paroles fuse de la bouche d'Abby :

– Sam n'a rien à voir dans tout ça ! C'est un imbécile qui n'a pas le moindre esprit d'initiative, en cela tu as raison. Des années qu'il me fait passer pour une niaise, sa seule façon de briller ! À tout prendre, je préfère ça plutôt que de déclarer au monde que j'ai choisi une lavette ! Bien sûr, je pourrais divorcer mais ce n'est pas une option chez les Young Carlson.

Je retiens mon souffle. J'ai le pressentiment qu'Abby n'est qu'au début de sa confession. J'ai l'impression qu'Alec ne s'attendait pas à voir son plan couronné d'un tel succès. Une intuition me fait enclencher la fonction enregistreur vocal de mon portable.

– C'est moi qui ai trafiqué les comptes ! avoue Abby, presque rayonnante. Rien de plus simple, j'ai travaillé à la banque de mon père pendant des années, les arcanes de la finance n'ont pas de secret pour moi. Je les connais autant que Sam et j'ai moins de scrupules que lui ! Mon projet ? Qu'on te croie coupable de malversations et de chantage, ruiner ta réputation, te pousser à démissionner et que cet imbécile soit élu à ta place. Bien sûr, Sam ne pourrait pas refuser l'opportunité d'être le premier ! Grâce à moi, il serait enfin PDG mais j'aurais le pouvoir sur lui et sur l'empire Mendelssohn tout entier. Je tiendrais Sam dans le creux de ma main. D'un seul mot, je pourrais le faire tomber en faisant apparaître son nom quelque part au hasard des comptes à côté du tien… Il serait obligé de la fermer pour une fois !

Abby jubile. Je reste figée. Alec demeure calme !

– Et Santorro ? Que vient-il faire dans tout ça ? demande-t-il tandis que je tremble comme une feuille, le portable à la main en priant pour que l'enregistrement soit de qualité.

– Savoir saisir les opportunités quand elles se présentent, c'est ce que j'ai appris durant mes années de *trading*. Dès que j'ai eu vent du suicide de Santorro, bien avant toi, j'ai proposé à Sam de sauter sur l'occasion pour te déstabiliser. Cet idiot n'a rien voulu entendre ! Il ne savait que répéter : « C'est mon demi-frère… » Faible et sentimental ! J'ai donc agi seule. Ça n'a pas été bien difficile de manipuler la veuve Santorro. C'est une bécasse, mais elle au moins a un peu d'ambition !

Je comprends ma méprise, quand j'ai surpris la conversation entre Sam et Abby à Paris ! Sam disait qu'il saisissait les opportunités qu'il voulait. J'ai cru qu'Abby voulait le dissuader mais c'était tout l'inverse !

Abby, nerveuse, fait quelques pas dans le salon. Je panique et me cache, de peur qu'elle ne me surprenne. Cette femme est folle, machiavélique, mais cette fois c'est Alec qui l'a manipulée pour obtenir la vérité.

Heureusement, j'ai tout enregistré. C'est moi qui détiens la preuve de l'innocence d'Alec. Cette responsabilité me donne le vertige. Mais pourquoi ne disent-ils plus rien ? J'entends des mouvements précipités, Alec a dû se lever. Que compte faire Abby maintenant qu'elle a tout avoué ?

J'ai un horrible pressentiment !

Je distingue des bruits sourds mais pas une parole. Je panique. Qu'est-ce qui se passe exactement de l'autre côté de la porte ? Je reviens jeter un œil dans le salon. Je ne les vois plus ! Prenant le risque de passer la tête dans l'embrasure de la porte, ce que je découvre me glace jusqu'aux os : Abby pointe un revolver sur Alec !

23
MENACÉS

Je reste figée par l'horreur de cette vision avant de me jeter brusquement en arrière. Le souffle court, tétanisée, je me colle au mur de la chambre. Abby peut tirer à tout moment et tuer Alec ! L'idée de le perdre à jamais m'ôte toute capacité de réflexion. Soudain, je me rends compte que je claque des dents et transpire à grosses gouttes. Les terribles événements qui s'enchaînent depuis ce matin ont eu raison de mes nerfs.

Pas très solides au demeurant…

Je tente de me calmer. Depuis que je connais Alec j'ai connu tant de peurs que je n'ai pas le droit de craquer maintenant, alors que sa vie est en jeu. Je fais de mon mieux pour respirer sans faire un bruit de soufflet. Il faut que je prenne une décision, mais laquelle ? Appeler la police ? Abby pourrait m'entendre et nous tuer tous les deux !

Non, je vais mourir avant d'un arrêt cardiaque !

Et si je sortais de ma planque ? Est-il possible d'amadouer cette folle ? Non, c'est perdu d'avance. J'entends soudain la voix d'Alec, il fait de son mieux pour parler paisiblement mais sa respiration est saccadée. Il stresse – comment pourrait-il en être autrement ? – mais essaye de raisonner Abby.

– Tu es sur le point de mettre toute ta vie en l'air, réfléchis. Si tu me tues, tu vas finir tes jours en prison. On peut trouver un arrangement, je te jure que personne n'en saura rien… Ce n'est pas trop tard…

– Tais-toi ! hurle-t-elle. Tu m'as manipulée pour que je parle, mais en venant ici, j'avais prévu cette éventualité… et maintenant que tu sais tout, tu dois disparaître !

J'ai l'impression de vivre un cauchemar. Je ne parviens toujours pas à bouger et à regarder dans le salon. Je ne vois rien de ce qui se passe, mais j'entends et c'est d'autant plus angoissant. Il faut absolument que je trouve une solution, ma passivité ne peut être que fatale à Alec. En désespoir de cause, j'envoie un SMS à Sarah en espérant qu'elle va y comprendre quelque chose.

[*Help !* Je suis chez Alec. Abby menace de le tuer. Suis cachée dans la chambre. Prévenir la police. Pas de bruit ni de sirènes. Abby est armée. Faites vite.]

– Du papier et un stylo ! ordonne la voix glaciale d'Abby. Tu vas écrire une lettre, reconnaître la fraude et le chantage sur Santorro. Tu vas dire que tu n'assumes pas ce que tu as fait, que tu préfères en finir et que tu cèdes ta place à ton demi-frère.

– Si tu veux maquiller mon meurtre en suicide comme tu l'as fait pour Santorro, tu crois vraiment que je vais te donner un coup de main? réplique Alec, ironique.

– Je n'ai pas tué Santorro! crie Abby, hors d'elle. Il n'a pas eu besoin de moi. Tu crois que tu es en mesure de négocier?

Voilà qu'elle rit! Oh merde!

J'entends des bruits de pas précipités, Alec et Abby se déplacent dans le salon. N'y tenant plus, je reviens vers la porte et regarde ce qui se passe. Peut-être pourrais-je arriver à la neutraliser? Ils sont à nouveau dans mon champ de vision. Abby me tourne le dos et menace toujours Alec. Il regarde, anxieux, vers la chambre et me voit. J'ai l'impression qu'un éclair d'horreur traverse ses yeux et qu'il me supplie de rester cachée.

– Tu te trompes, Abby, lâche soudain Alec. Harper a découvert que c'était toi qui lui avais envoyé les documents. Je ne l'ai pas cru mais dans le doute, s'il m'arrivait quelque chose, j'ai rédigé une lettre où je répète mot pour mot ce qu'il m'a dit. Ton nom et celui de Sam sont clairement cités. Vous êtes fichus.

J'étais là lors de l'altercation avec Harper et il n'a rien dit de tel! Alec bluffe, il joue le tout pour le tout et tente de gagner du temps… Sinon pourquoi raconter ce mensonge?

– Si tu veux récupérer la lettre, tu dois me conduire immédiatement au siège de Mendelssohn, continue-t-il. Elle est dans mon coffre. Voilà le marché : on sort d'ici, je détruis la lettre, tu me laisses la vie sauve et en contrepartie, je disparais. Ma fuite sera un aveu, et tu ne seras jamais inquiétée. Je me charge de faire taire Harper. C'est un minable, il ne manquera à personne. Tu as vu juste, Abby, je hais mes responsabilités chez Mendelssohn, j'ai envie de changer de vie depuis longtemps. Je rêve d'anonymat et tu veux le pouvoir. Saisissons l'occasion ensemble.

Alec lance des regards discrets et nerveux vers la porte de la chambre. Bouleversée, je comprends son plan : il cherche un moyen d'éloigner Abby de l'appartement car il s'inquiète davantage pour moi que pour lui-même. Il veut me donner une chance de m'enfuir !

– Tu me prends vraiment pour une idiote ! ricane Abby. Imaginons que ce que tu dis est vrai. Que cette lettre existe, que je la détruise et que je te laisse partir. Tu me crois assez naïve pour penser un seul instant que si je t'épargne, tu vas me laisser en paix ? Non, Alec, tu n'es pas un lâche comme ton frère mais un guerrier, tu as ça dans le sang ! C'est pour ça que tu ne me donnes pas le choix, conclut-elle en collant le pistolet contre la tête d'Alec.

Je vais défaillir. Si je ne fais rien, je vais le perdre à jamais et cette idée m'est insupportable, plus encore que ma propre mort ! Je suis prête à me jeter sur Abby pour l'empêcher de tirer mais un bruit strident retentit dans le salon et me fige sur place.

– Qu'est-ce que c'est ? hurle Abby, dangereusement nerveuse.

– L'interphone, dit calmement Alec.

– Qui est-ce ? panique-t-elle, le pistolet toujours rivé sur lui.

– Regarde l'écran de surveillance, il est au-dessus du piano. Je ne suis pas en mesure de bouger…

Je lève moi aussi les yeux vers l'écran et découvre Sam sur le trottoir en train de trépigner alors que retentit une nouvelle fois la sonnerie.

– C'est Sam ! Qu'est-ce qu'il fait là ? s'affole Abby.

– J'ai oublié de te dire, lance négligemment Alec. Quand je suis allé préparer le café, j'ai envoyé un nouveau SMS à Sam pour qu'il se joigne à nous. Je me doutais que tu avais intercepté le premier. Tu ferais bien de lui ouvrir avant qu'il ne prévienne la police.

– OK. Tu veux la jouer comme ça, très bien, annonce Abby effroyablement décidée. Fais-le monter, il verra comment on gère une crise ! Ouvre la porte !

– Il faudrait que j'appuie sur le bouton pour ça mais toi, n'en fais pas autant avec la gâchette, lui conseille Alec.

C'est pas vrai ! Il trouve le moyen d'ironiser…

Sam sonne à nouveau et cette fois garde le doigt appuyé sur la sonnette. Le son hystérique envahit le salon, je tremble de tous mes membres tandis qu'Alec se recule vers l'interphone et déverrouille la porte. Abby le tient toujours en joue. Je vois Sam sur l'écran se précipiter dans le hall et courir vers l'ascenseur.

– Adieu, Alec ! s'écrie Abby. Finalement, je préfère mettre Sam devant le fait accompli, il serait capable de me supplier de t'épargner, le pauvre idiot !

Je suis saisie d'effroi ! Abby va tirer. N'écoutant que mon cœur, au mépris du danger, je me précipite dans le salon en criant pour tenter de l'arrêter. Je m'élance vers elle. Alec hurle de désespoir en me voyant et trébuche contre le piano qui se ferme en un grand fracas de notes effrayantes.

– Couche-toi, Romane ! crie-t-il tandis que Sam surgit dans l'appartement.

En m'entendant, Abby s'est retournée brusquement. J'ai à peine le temps de me jeter au sol que le coup part. La balle siffle au-dessus de ma tête. J'entends un corps s'écrouler. Terrifiée, j'ai peur que ce soit Alec mais c'est Sam qui vient de s'effondrer, touché en plein abdomen. Abby reste figée, Alec en profite pour sauter sur elle et la désarme.

Hagarde, elle n'oppose pas de résistance quand Alec l'immobilise fermement, les bras dans le dos. Au contraire, elle se laisse aller contre lui et fond en larmes, redevenant l'Abby que je connais. Je cours aussitôt vers Sam pour lui porter secours.

***

– Quand j'ai reçu votre SMS, *honey*, j'ai d'abord cru à une farce ! Vous étiez en retard, j'étais en colère… Je me suis dit, mais qu'est-ce qu'elle va inventer ?

Avec tout ça, évidemment Alec a oublié de prévenir Sarah…

– Je suis désolée, m'excusé-je.

– Ce n'est pas grave ! Il m'a fallu quelques secondes pour comprendre que c'était sérieux. J'ai appelé la police et tout de suite après, Sam.

Sarah va et vient dans le couloir de l'hôpital et parle d'une voix que je ne lui ai jamais entendue. Le timbre brisé, au bord des larmes. Elle a le visage marqué et il me semble qu'elle a pris quelques années depuis ces deux jours où je ne l'ai pas vue. Brooke revient de la machine à café et lui tend une boisson chaude.

Alec et moi sommes assis côte à côte, épuisés par les épreuves de la matinée mais heureux d'être réunis, sains et saufs. Nous nous tenons discrètement la main. Ni Sarah ni Brooke n'ont l'air de s'en rendre compte, ou du moins se dispensent-elles du moindre commentaire. Comme nous, toute leur attention est fixée sur le sort de Sam. Il est au bloc depuis plus de trois heures, entre la vie et la mort.

Abby a été emmenée au poste, menottes aux poignets, comme étrangère aux événements qu'elle avait pourtant provoqués. Je n'oublierai jamais comme Alec tenait mon visage entre ses mains.

J'ai lu tellement d'amour et de frayeur dans ses deux yeux dorés !

En m'enlaçant, il murmurait « merci ! ». J'ai compris, bouleversée, qu'il s'adressait à une puissance invisible à qui il rendait grâce de m'avoir épargnée. J'éprouvais exactement la même chose. Toute la pression est retombée d'un coup, j'ai pleuré de soulagement contre sa poitrine.

Je ne l'ai lâché que pendant l'interrogatoire que nous avons subi chacun séparément avant de nous rendre ensemble à l'hôpital. Alec est accablé. Je comprends à quel point il tient à Sam en dépit de leur mauvaise relation. Il n'a plus que lui et Sarah pour toute famille, même si désormais je suis là moi aussi et que je n'ai plus la moindre intention de le quitter d'un pouce.

– Tu devrais t'asseoir, Sarah, ça ne sert à rien de t'agiter. On ne peut qu'attendre, dit Alec en manipulant discrètement son talisman.

– Je n'ose pas imaginer ce qui se serait produit si tu n'étais pas parvenu à désarmer Abby ! se désole Sarah. Elle vous aurait peut-être tués tous les deux ! *Oh my God !*

– Ce n'est pas arrivé ! proteste Alec en haussant le ton avant de se reprendre. Nous sommes là.

– Oui, tu as raison, mon chéri, acquiesce Sarah, comme embarrassée. Quand j'ai eu Sam au téléphone après avoir prévenu la police, il était fou d'inquiétude. Il m'a dit qu'il savait qu'Abby était chez toi, que tu venais de le prévenir et qu'il était en train de vous rejoindre. J'ai tenté de l'en dissuader mais il n'a rien voulu entendre ! Il répétait qu'il ne voulait pas qu'elle te fasse du mal. Jamais je n'aurais pu la soupçonner !

Alec semble touché d'apprendre que son demi-frère a manifesté de l'inquiétude pour lui.

– Moi non plus, soupire-t-il. Je suis encore sidéré qu'elle ait pu monter cette histoire. Elle avait tout prévu ! Je savais qu'elle était fragile, mais à ce point…

– Dingue, tu veux dire ! rectifie Brooke en renonçant à suivre les déplacements incessants de sa compagne. Je n'ai jamais aimé cette sainte-nitouche ! Sous ses manières de pauvre fille dépressive, elle m'est toujours apparue comme une manipulatrice. Elle jouait les victimes pour mieux dissimuler le bourreau.

– Désormais, elle ne pourra plus nuire à quiconque, dis-je. J'ai confié mon portable à la police, j'ai tout enregistré et ses aveux semblent exploitables malgré la mauvaise qualité du son.

– Heureusement que tu as eu cette présence d'esprit, sans ça j'ignore comment je serais arrivé à prouver mon innocence ! me félicite Alec en m'entourant les épaules sous le regard étonné de Brooke et Sarah.

Alec quant à lui semble très bien assumer la chose, car loin de retirer son bras, il me serre davantage et va jusqu'à poser un baiser sur mes cheveux. J'hésite entre joie intense et évanouissement.

Si maintenant je fais aussi des syncopes !

– *Honey* ! Ne faites pas cette tête, plaisante Sarah en joignant ses mains sur son cœur. Malgré ce grand malheur qui nous accable et l'issue incertaine pour Sam, je suis tellement heureuse de vous voir amoureux. Je m'en doutais, vous me prenez pour une poire ?

Je pourrais dire quelque chose mais mes fonctions cognitives paraissent également atteintes. J'ai la désagréable sensation que je ne sais plus parler ! Alec ne dit rien lui non plus et se contente de me garder serrée contre lui.

– C'est grâce à moi que vous vous êtes rencontrés en définitive ! s'enorgueillit Sarah.

Oui, en effet…

Mais pas à New York, comme vous semblez le croire, madame Ackerman.

– Toujours aussi modeste ! s'amuse Brooke.
– C'est ma plus grande qualité ! On peut au moins se réjouir d'une bonne nouvelle. Romane, vous êtes une sacrée cachottière ! Et dire que je pensais que vous aviez des vues sur Paul ! me taquine Sarah. Mon neveu est beaucoup mieux !

Pas de doute !

L'évocation de Paul me fait frémir. Les doigts d'Alec se crispent sur mon épaule. Je sens qu'il est sur le point de dire à sa tante quel genre d'homme est Paul mais je le dissuade d'un regard. Il m'obéit et se tait en serrant les mâchoires. Sarah a suffisamment encaissé pour aujourd'hui, on verra plus tard.

– J'ai vu tout de suite que vous aviez quelque chose de spécial. Pour séduire mon neveu, croyez-moi, il faut être très, très spéciale ! Dans des circonstances aussi tragiques, on se rend compte que l'amour est une valeur cardinale. Le reste n'est rien, soupire Sarah tandis que Brooke l'enlace tendrement.

Soudain la porte battante s'ouvre et le chirurgien s'avance vers nous. Brooke et Sarah se figent. Alec et moi nous levons d'un bond, anxieux. Alec serre ma main dans la sienne. Je le sens plus fébrile que jamais.

– L'opération s'est bien déroulée. On ne peut pas encore se prononcer, mais en tout cas nous avons pu extraire la balle, nous informe le chirurgien. Elle a endommagé l'abdomen. Pour l'instant, M. Mendelssohn est en réanimation. Il faut attendre.

– C'est un battant, répond Alec, les yeux brillants. Il ne dépose pas les armes si facilement… Il est plutôt du genre à ne pas lâcher l'affaire. Cette fois encore, il va tout faire pour avoir le dernier mot !

C'est ce que nous espérons tous…

24
CONFÉRENCE DE PRESSE

Quel bonheur de me réveiller dans les bras d'Alec ! Voilà cinq jours que je suis installée chez lui et déjà, chaque matin, j'ai mon petit rituel secret : Je me réveille tôt et je le regarde dormir. Parfois plus d'une heure. Je ne me lasse pas de la douceur de son visage malgré ses traits virils. J'écoute sa respiration, son souffle régulier qui s'échappe de ses lèvres.

C'est de loin le spectacle le plus émouvant que j'aie jamais vu. Chaque jour il me semble que mon amour pour lui grandit davantage et me remplit de force. Malgré les traumatismes de ces jours derniers, je me suis presque remise d'aplomb.

J'espère que je ne vais pas m'écrouler après coup. J'en serais bien capable !

Les journées s'enchaînent à un rythme effréné. Le matin, les entretiens chez Sarah. Toujours aussi drôles et enrichissants, même si elle a bien du mal à digérer la trahison d'Abby. Ensuite, je rentre chez Alec pour retranscrire mes notes et j'attends qu'il revienne, immergée dans son univers peuplé de totems, de livres et de musique.

Les choses semblent rentrer dans l'ordre mais je sens qu'Alec n'a pas très envie d'évoquer l'affaire Santorro. J'ai l'impression qu'il refoule ses émotions pour tenir le coup et il évite de parler de lui. Par contre, il veut tout savoir de moi. Il adore que je lui raconte mes week-ends d'enfance, à la traîne derrière mes parents sur les greens de golf ! Il rit aux éclats et je suis flattée qu'il s'intéresse autant à ma vie.

Je vois la fin de mon séjour arriver à grands pas, mais là encore, nous n'en parlons pas et j'essaye de ne pas y penser. En revanche, je bloque sur l'espoir qu'il me demande de rester vivre avec lui. Une nouvelle obsession, mais je ne me pince plus pour y remédier.

Je vais beaucoup mieux : je me mords l'intérieur des joues.

Le soir, nous sommes fous de joie de nous retrouver. On ne sort pas. D'ailleurs, des journalistes sont toujours embusqués en bas de l'immeuble. Nous vivons cachés, fusionnels, loin des regards et de la folie du monde. Cette réclusion forcée et temporaire a quelque chose d'excitant et de délicieux. Alec est tout à moi, je suis toute à lui et nous nous aimons librement.

Ce matin, j'ai beau m'être réveillée aux aurores, Alec ne dort pas. Il est allongé sur le dos et fixe le plafond. Il est sombre. Un frisson d'angoisse inexpliqué me traverse, mais je le chasse en me blottissant contre lui. Il m'étreint aussitôt et fait mine de sourire.

– C'est la conférence de presse de cet après-midi qui t'inquiète ?

Comme pour éviter de répondre, Alec me fait taire d'un baiser, j'ai bien du mal à résister, mais j'insiste :

– Ou la santé de Sam, peut-être ? Il est hors de danger maintenant, le rassuré-je.

– Heureusement ! Son état est sérieux mais les médecins sont confiants, me réplique-t-il en basculant au-dessus de moi. Et je me sens prêt à affronter les questions des journalistes. Grâce à ton enregistrement, je suis disculpé ! Pour une fille sujette aux crises de panique, je trouve que tu as fait preuve d'un sang-froid étonnant !

– Je suis en train de le perdre, murmuré-je tandis que ses lèvres glissent dans mon cou.

Soudain Alec s'arrête et me regarde avec une étrange intensité au fond des yeux. Je tressaille autant de désir que de crainte. Il me semble distinguer dans ses prunelles, sous les flammes de l'amour, les braises d'une douleur vive.

– Je suis tellement heureuse avec toi, murmuré-je en enroulant mes jambes autour de son bassin. Je t'aime. J'ai eu si peur de te perdre ! Mais pourquoi as-tu l'air si sombre, mon amour ?

– Je t'aime, moi aussi, me déclare-t-il simplement sans répondre à ma question, en caressant tendrement mes cheveux. Tu es la femme de ma vie.

Depuis le temps que j'espérais ces mots ! Mon cœur bondit de joie mais ma gorge se serre inexplicablement. Pourquoi ce voile de tristesse dans sa voix et dans son regard ? J'interprète probablement mal son expression, je redoute encore qu'il ne fuie face à l'évidence de notre amour. Mais il m'a assurée du contraire quand nous étions au chalet. Afin de retrouver ma légèreté, je plaisante :

– Ça a l'air grave !
– Une maladie incurable, m'avoue-t-il avant de fondre passionnément sur mes lèvres.

***

– Non ! C'est pas possible ! Tu as déjoué un coup monté ! Tu es aussi forte que Carrie Mathison. Tu es digne d'*Homeland* !

Surexcité, Lucas, s'est tellement approché de la caméra que je ne vois plus que son nez en gros plan sur l'écran de mon ordinateur.

Les joies de Skype !

– Il ne faut pas exagérer, Lulu, temporisé-je, je n'ai fait qu'appuyer sur le bouton « Rec » !

– Tu t'es quand même précipitée sur Abby ! Tu es une héroïne, comme Carrie Mathison.

– Elle est bipolaire, moi j'ai juste quelques TOC ! rétorqué-je en riant. Et ne me dis rien de la dernière saison d'*Homeland*, je ne l'ai pas encore vue. Au fait, la prochaine fois que tu vas chez le barbier, demande-lui de t'épiler l'intérieur des narines…

– Tu es vraiment cruelle ! Je te félicite de tes exploits et toi tu me tacles sur ma pilosité, plaisante Lucas en se reculant. En tout cas, je suis fier de vous ! Toi en agent spécial à New York et Jo au secours des victimes innocentes en Afghanistan…

– Au Soudan ! rectifié-je. C'est bien que tu renonces au commerce international, il faut avoir quelques notions de géographie tout de même ! Tu as des nouvelles de Jo ?

– Pas plus que toi, elle continue de dire que tout va bien mais je sens qu'elle est très affectée. Je me demande comment elle tient le coup ! Bon et toi, raconte-moi tout en détail. Abby ? Que devient-elle ?

– Elle est en prison ! Son avocat a plaidé la démence et a demandé sa remise en liberté sous caution en attendant le procès, mais le procureur a jugé qu'elle était trop dangereuse. Franchement, je crois qu'elle est vraiment cintrée mais ce sont les experts qui le diront ! Quant à Meredith Santorro, elle a été inculpée pour diffamation mais laissée libre pour le moment. Cette affaire est un concours de circonstances : Abby a su avant tout le monde que Santorro s'était suicidé grâce à sa femme de ménage. Je t'explique : la nièce de la gouvernante d'Abby était femme de chambre chez les Santorro. C'est elle qui a découvert son patron pendu dans la salle de bains. Bouleversée, la jeune fille en a parlé à sa tante.

– Quelle tante ? demande Lucas, un peu perdu.

– La gouvernante ! Quand Abby a téléphoné de Paris pour savoir si tout se passait bien à New York, son employée lui a parlé du suicide de Santorro. C'était le vendredi soir ! Depuis le temps qu'elle attendait une occasion de déstabiliser Alec… Elle en a parlé à Sam qui n'a rien voulu entendre. C'est la conversation que j'ai surprise à la galerie, le samedi matin. Il n'a jamais eu l'intention de nuire à son frère. Abby a décidé d'agir seule. Elle a contacté Meredith, lui a raconté qu'Alec harcelait son mari et lui a demandé de ne pas prévenir tout de suite Mendelssohn. Ce qui lui a donné le temps de monter l'affaire… La veuve éplorée l'a crue sans difficulté. Meredith venait de demander le divorce pour vivre avec son amant. Le pauvre homme était déjà dépressif, il s'est effondré. Du coup, cette affaire de harcèlement moral arrangeait la conscience de Meredith ! Elle ne se sentait plus responsable de la mort de son mari. Abby a fini de la convaincre en lui promettant une petite fortune si elle dénonçait publiquement Alec ! La jeune veuve avait besoin d'argent pour filer son parfait nouvel amour, car elle n'allait pas toucher un seul centime de l'assurance vie de Santorro puisqu'il avait mis fin à ses jours. Maintenant il paraît que Meredith est folle de remords ! Elle a écrit une lettre à Alec pour le supplier de la pardonner, elle était sûre de punir un coupable et bla-bla-bla… Son style est poussif mais c'est un bel exercice de contrition !

Notre conversation par écrans interposés doit donner à Lucas l'impression d'être au cinéma devant un thriller. Son ordinateur posé sur ses genoux, il m'écoute, concentré, en avalant des pop-corn par poignées. La bouche pleine, il hoche la tête et demande, me prouvant ainsi qu'il suit particulièrement bien l'intrigue :

– Et le journaliste dans tout ça ?

– Harper ? Alec avait compris que c'était lui qui le flashait depuis quelque temps. Quand il s'est présenté à la soirée d'inauguration, il l'a expulsé. Abby avait assisté comme tout le monde à la scène. Elle a parié que Harper voudrait se venger d'Alec et elle a vu juste ! Elle lui a fait parvenir les faux documents et Harper s'est empressé de les faire publier. Mais quand il a vu comment tournaient les choses, il a eu peur et a tout avoué à la police. Il a même présenté ses excuses à Alec !

– Lui aussi ! Mais c'est une épidémie ! pouffe Lucas.

– C'est l'Amérique, mon Lulu ! Ici, même les présidents demandent pardon à la télé. Harper était de bonne foi, enfin si on peut dire. Il ne savait pas qui lui avait envoyé les extraits de comptes. Son boss l'a viré sous prétexte qu'il ne vérifiait pas ses sources… Maintenant il est grillé dans le métier.

– Son boss n'a rien vérifié non plus, que je sache, s'indigne Lucas. Putain, la vie est dégueulasse, parfois… En revanche, on peut dire que pour toi, elle est plutôt clémente, te voilà installée chez ton milliardaire !

– Alec ! rectifié-je aussitôt. Tout est allé tellement vite, j'arrive à peine à y croire. On se découvre l'un l'autre, c'est émouvant. On a plein de points communs, la musique, les livres… et comme moi il n'aime pas les brocolis !

– Ça, c'est un signe, s'esclaffe Lucas.

– Tu verras comme il est drôle ! Et puis j'adore New York. Son appartement est magnifique ! Sur la Cinquième Avenue, tu te rends compte ! Tu vas adorer.

– Heu… Tu es en train de m'annoncer que tu ne rentres pas à Paris ? demande Lucas en faisant une grimace.

– J'ai envie de vivre avec Alec mais il ne m'a pas encore fait de demande officielle. Il a besoin de temps, ça a été tellement violent pour lui. Je sens que cette histoire le rend encore fébrile, c'est normal, mais ce matin il m'a avoué que j'étais la femme de sa vie !

– Bon ! Je vais chercher un autre colocataire, soupire Lucas, résigné.

– Ce serait plus prudent ! Mais rien ne dit que nous allons nous installer à New York, il a aussi un pied-à-terre à Paris. Ne t'en fais pas, quoi qu'il arrive, il faut que je revienne en France. Je travaille toujours pour Woolf et je dois régler quelques affaires, le rassuré-je.

Je préfère ne pas évoquer le retour de Paul. Je n'ai pas du tout envie de parler de ce qu'il a tenté de me faire, même avec Lucas. Déjà il serait fou de rage qu'encore une fois je n'aie pas porté plainte. Je ne me sens pas capable d'affronter ses justes reproches. C'est difficile à avouer mais, bien que victime, c'est moi qui porte la honte des actes inqualifiables de Paul !

Il faudra bien qu'un jour j'arrive à le dénoncer ! Pour moi, mais aussi pour toutes celles condamnées au silence…

– Et toi ? Ton père ? demandé-je.

– Tu te souviens du calumet de la paix ? C'est celui de la discorde ! J'avais fait mettre le certificat au nom de mon père. Figure-toi qu'une association de défense des peuples autochtones a porté plainte contre lui ! Ton mec avait raison, c'est un objet volé ! Tu imagines un peu ? La réputation de mon père est en jeu. Un antiquaire qui trempe dans un trafic d'œuvres d'art ! Il est fou de rage contre moi. Même Ana n'a rien pu faire. Il a proposé de rendre le calumet mais l'association veut aller en justice !

– Mais tu n'as toujours pas récupéré la facture pour prouver ta bonne foi ?

– Non ! Stan ne me l'a jamais envoyée et il n'en a jamais eu l'intention. Il a un beau cul, mais c'est un escroc ! Maintenant il est dans la nature avec un mandat d'arrêt sur son joli derrière.

– Je vais en parler à Alec. Peut-être qu'il pourra faire quelque chose… Bon, il faut que je te laisse, je dois aller chez Mendelssohn, il donne une conférence de presse en début d'aprèm'. Je te tiens au courant.

– OK, belette ! À trois on se déconnecte. Un…

– Deux… continué-je, amusée.

– Trois ! crions-nous ensemble avant de fermer Skype.

***

– Enchantée, Romane ! C'est donc vous qui nous avez mis Alec dans tous ses états, plaisante Beth, souriante et sympathique, en me serrant chaleureusement la main tandis que je sens le rose me monter aux joues !

Je ne veux pas que ça devienne une habitude !

Je sens instantanément une connivence s'installer entre nous. Beth, toute simple en jean et baskets, m'offre son beau visage sans fard. Je me suis fait du souci pour rien. Je sens qu'elle pourrait très vite devenir une amie et je m'en réjouis.

– Et voici Dany ! fanfaronne Sarah, très fière de faire les présentations. C'est le filleul d'Alec.
– Enchanté de faire ta connaissance, dis-je en souriant au petit garçon qui me détaille avec le même regard bleu que sa mère.
– C'est toi l'amoureuse de parrain ? me lance-t-il sans détour.

Si même un gamin me fait rougir ! Je suis cuite...

– Oui, mon poussin, c'est Romane ! s'exclame Sarah sans me laisser répondre, sous l'œil amusé de Brooke et de Beth. Elle te plaît ? Nous, elle nous plaît beaucoup, pas vrai, les filles ?

Cette fois, c'est bon, je dois avoir l'air d'un sémaphore écarlate dans le grand hall de Mendelssohn où nous attendons le début de la conférence de presse. Le petit Dany n'a pas le temps de répondre, je ne saurai pas si je suis à son goût.

Tant pis !

Les nombreux journalistes qui nous entourent s'agitent quand Alec arrive sur l'estrade. Son charisme est tel que tout le monde se tait et le regarde. Il est magnifique ! Je me sens nerveuse comme si je devais affronter moi-même les questions des reporters, mais Alec semble tout à fait à l'aise. Très décontracté, en costume sombre, il n'a pas jugé nécessaire de mettre d'autres chaussures que ses Converse grises !

J'adore !

Il s'appuie nonchalamment sur le pupitre, je remarque qu'il n'a pas de notes entre les mains. Avant de commencer, il prend le temps de regarder l'assistance. Il me voit et m'adresse un imperceptible clin d'œil qui n'échappe pourtant pas à Sarah !

– Ce qu'il est mordu de vous ! chuchote-t-elle avant de se faire reprendre gentiment par Brooke.

Les flashs crépitent. Les questions pleuvent. Je l'écoute, le cœur battant, un peu stressée, mais Alec rétablit sans la moindre difficulté son honneur et celui de sa société.

– Je tiens à rendre hommage à Peter Santorro, un fidèle parmi les fidèles, qui va beaucoup nous manquer. Je tiens aussi à souligner le courage de Sam, mon frère, précise-t-il, ému. Il n'a pas hésité à mettre sa vie en péril pour tenter de sauver la mienne. Il se remet doucement de ses blessures. Je suis très fier de lui.

Sarah essuie une larme, je suis moi aussi bouleversée. Alec évoque Abby mais a l'élégance de ne pas la citer, bien que tout le monde sache à qui il fait allusion. Il dit seulement que l'affaire a été montée de toutes pièces par une personne étrangère à la société. Il précise que c'est quelqu'un de psychologiquement fragile, qui a agi davantage par folie que par intérêt.

– Avant de nous séparer, je tiens aussi à remercier quelqu'un qui se reconnaîtra. C'est la personne la plus formidable que j'aie rencontrée. Elle a pris d'énormes risques pour venir à mon secours. C'est grâce à elle que je peux me présenter devant vous, lavé de tout soupçon.

Alec achève son allocution en me regardant droit dans les yeux. Les journalistes veulent savoir de qui il s'agit mais il annonce fermement que c'est terminé et tourne les talons. Au bord des larmes, fière de lui, plus amoureuse que jamais, je sens pourtant qu'Alec porte toujours un fardeau sur ses épaules. Un halo de tristesse, sombre et impénétrable, l'entoure. Je ne sais pas ce qui le tourmente mais, comme ce matin, je suis parcourue d'un frisson d'inquiétude.

***

– Tu étais parfait, magnifique ! Tu as subjugué tout le monde ! Surtout moi…

Alec m'écoute le féliciter en souriant tendrement. Installé dans le fauteuil en cuir de son bureau où il m'a invitée après la conférence, il me regarde m'enthousiasmer en enlevant sa cravate. Je suis ravie de me retrouver seule avec lui. Je sais que Beth et Dany devaient partir, mais je me demande si ce n'est pas Alec qui a demandé à Sarah et Brooke de nous laisser seuls.

– As-tu vu Sam, ce matin ? demandé-je en m'asseyant sur ses genoux pour tenter de comprendre ce qui le tourmente.

– Oui, répond-il en m'enlaçant. Il va mieux mais il s'en veut beaucoup.

– Pourquoi ?

– Parce qu'il ne m'a pas prévenu quand il a appris la mort de Santorro à Paris. Il pensait qu'Abby n'oserait jamais profiter de l'occasion, il l'avait remise à sa place. Il a tout compris pendant la soirée d'inauguration, quand la veuve Santorro a fait son scandale. C'est pour ça qu'il t'a paru si froid, en fait il était sous le choc !

– Il aurait pu t'en parler à ce moment-là, regretté-je.

– Il avait peur de se tromper, il voulait d'abord rassembler des preuves contre Abby mais il n'en a pas eu le temps. Ce matin sur son lit d'hôpital, Sam était tellement pâle et désolé. Il me serrait la main si fort ! Je me suis rendu compte que mon frère tenait à moi malgré les apparences, et ça m'a bouleversé.

– Je suis tellement heureuse pour vous. En définitive, cette horrible histoire a tout de même une conséquence positive.

– Je t'aime tant ! soupire soudain Alec, la voix brisée.

Il enfouit son visage dans mon cou et, après un silence qui me déstabilise, me demande, comme pour passer à autre chose :

– Et toi ? Ta famille se serait-elle manifestée aujourd'hui ?

– Non ! Mais je n'attends pas de réponse à mon mail. En revanche, j'ai eu Lucas, il a un sacré problème et tu pourrais peut-être l'aider…

– Bien sûr, dis-moi.

J'explique rapidement l'affaire du calumet à Alec et il m'assure qu'il va contacter l'association qui a porté plainte contre le père de Lucas. Il les connaît bien et devrait pouvoir les convaincre d'abandonner les poursuites en échange de la restitution de l'objet.

– Que dirais-tu d'un voyage en Orient, pour se détendre ? me propose-t-il sans transition.

– Là ? Tout de suite ? m'affolé-je. C'est plus que tentant, mais demain je bosse.

– Tu seras largement rentrée, c'est juste au-dessus… Je me suis fait construire un hammam au dernier étage, c'est une petite folie, mais il n'y a que ça qui me détende. J'en ai besoin et toi aussi avec ce que nous avons traversé… Je suis désolé, ma chérie, de t'avoir imposé tout ça ! soupire-t-il douloureusement.

– Mais tu n'y es pour rien !

– Je suis navré quand même… Je voudrais te parler de…

Mais il s'arrête là. Je reste suspendue à ses lèvres, le cœur battant la chamade. C'est maintenant ! Il va me proposer de rester avec lui à New York ! Depuis le temps que je fantasme ce moment ! Mais pourquoi toujours cette lueur triste dans ses yeux dorés ?

La tension qui retombe, évidemment ! Après la trahison de sa belle-sœur, son frère qui a failli perdre la vie, la mort de Santorro, il est bien naturel qu'il se sente épuisé. Et puis il doit craindre que je refuse !

Mais aucun risque ! Je t'en supplie, Alec, parle, je suis en train de m'arracher la joue !

– On y va ? me lance-t-il.

– Où tu iras j'irai ! dis-je en me levant, refoulant mon impatience.

***

Des effluves d'argan et de fleur d'oranger flottent dans l'air tiède. Quelques lanternes décorées sont posées sur le rebord du bassin en mosaïque et éclairent les lieux d'une lumière feutrée. Une musique orientale, vibrante de sensualité, se diffuse dans le hammam.

Adieu New York, ici Istanbul !

Alec, allongé au bord de la piscine, se détend, les yeux fermés, une serviette éponge autour de la taille. Je fais de mon mieux pour m'apaiser moi aussi, mais je suis obnubilée par ce qu'il a à me dire. Il suffirait que je le lui demande mais quelque chose me retient.

Je le rejoins en quelques brasses et, tout en restant dans l'eau, laisse courir mes doigts sur son torse humide. Je sens le désir naître dans mon ventre. Alec tourne son visage vers moi. Ses grands yeux sombres brûlent d'une tendresse inouïe, toujours mêlée à cette étrange lueur que je ne parviens pas à identifier mais qui me chavire autant qu'elle m'inquiète.

– Je te dois tellement, mon amour, me murmure-t-il en passant sa main sur mes cheveux mouillés. Je ne sais pas ce que je serais devenu sans toi. Tu es ce qu'il m'est arrivé de plus beau dans toute ma vie. Je n'aurais jamais imaginé aimer quelqu'un à ce point.

– Moi non plus je ne savais pas que c'était possible, réponds-je avant de l'embrasser langoureusement.

– Attends, m'arrête-t-il à nouveau en essayant de résister alors que je sens que tout son être me désire. Il faut absolument que je te dise quelque chose. J'ai pris une décision…

Cette fois, c'est moi qui l'empêche de finir. Ma vie est sur le point de prendre un tournant décisif ! Voilà des jours que je m'impatiente, mais maintenant je suis affolée. Et s'il ne me disait pas ce que j'attendais ? Crainte et désir se confondent dans mon esprit au point de me faire perdre la raison. Comme pour repousser l'instant fatidique où je serai fixée sur mon sort, poussée par la terreur de le perdre et le désir de le sentir en moi, je m'empare fougueusement de ses lèvres.

Alec abandonne toute résistance. D'un geste vif, il retire sa serviette, se jette à l'eau et m'étreint plus fort que jamais. Il me serre contre lui, ses mains me découvrent fiévreusement. Son souffle devient plus rapide, son corps puissant frémit sous mes caresses. Notre passion est à son comble.

J'emprisonne les lèvres d'Alec sous les miennes. Je n'ai jamais ressenti un tel désir impérieux. Il m'embrasse avec une ardeur fiévreuse mêlée de tendresse et de chagrin qui me trouble. Je ne veux pas savoir pourquoi, je veux juste l'aimer. Son grand corps solide tremble, comme traversé par une émotion trop grande. Jamais Alec ne m'a serrée aussi fort, comme s'il voulait me retenir. Mais je ne veux être nulle part ailleurs qu'entre ses bras.

Je m'abandonne à ses caresses. Nos corps se confondent, je voudrais qu'ils se soudent afin que rien ni personne ne puisse nous séparer. Je m'accroche à ses épaules tandis qu'il m'entraîne contre le muret de la piscine et se plaque contre moi.

Ses mains impatientes se perdent dans mes cheveux mouillés. Ses doigts découvrent mon visage. Il quitte mes lèvres pour baiser mon front, mes yeux, mon menton. Ma gorge se dénoue peu à peu. Au contact de ma chair, Alec semble s'apaiser lui aussi. Déjà des soupirs rauques s'échappent de ses lèvres. Nos langues s'unissent fiévreusement, dans une urgence inédite, alors que son sexe durcit contre mon ventre.

Je caresse son dos, je m'attarde sur chacun de ses muscles tendus, magnifiquement dessinés. Je renverse la tête en arrière et soupire langoureusement. Alec laisse glisser ses lèvres sur mon cou tandis qu'il m'enserre la taille et caresse mes seins.

Je me cambre, offerte, mais Alec se redresse d'un coup et se détache de moi. Quelques centimètres nous séparent mais cet éloignement m'est insupportable. Je panique et crains quelques secondes qu'il veuille interrompre notre étreinte. J'ouvre les paupières, inquiète, mais Alec me regarde comme s'il voulait à jamais imprimer mon image dans ses prunelles dorées. Ses yeux brûlent de passion animale et de désir.

Dans la lumière tamisée du hammam, il est plus beau que jamais. Des gouttes glissent sur ses larges épaules, sur son buste que sa respiration rapide soulève. Il est si grand que l'eau lui arrive à peine à la hauteur des hanches et je peux voir son pénis dressé. Je me mords les lèvres tout en le fixant.

Plus que jamais, je comprends pourquoi le nom amérindien d'Alec est Amarok, ce prénom qui veut dire « loup » en langue cheyenne. Quelque chose de sauvage et d'indompté s'est emparé de tout son être. Il me détaille, ne faisant qu'augmenter mon excitation. Nos souffles résonnent dans l'air tiède en même temps que les notes cristallines de la musique orientale.

Afin de me donner totalement à lui, j'étire mes bras en croix sur le rebord de la piscine et le fixe dans les yeux pour l'inviter à me rejoindre. Il revient vers moi, faisant danser l'eau autour de lui sans me lâcher du regard. Avec des gestes précis et virils, ayant retrouvé toute cette autorité qui me chavire, il passe sa main derrière mon dos, me cambre et se penche sur mes seins.

Un plaisir immédiat me traverse quand sa langue agile court sur mes tétons, tandis que sa main libre plonge sous l'eau et descend sur mon ventre. Le désir m'inonde, j'ai envie de le toucher mais je sais qu'Alec me veut soumise pour le moment. Je me laisse faire, profitant de cet instant magique où je suis toute à lui.

Alec mordille le bout de mes seins, m'arrachant des soupirs sonores. J'entrouvre les cuisses, je sens ses doigts approcher de mon sexe et m'impatiente en gémissant. Quand il effleure enfin mon clitoris, je suis surprise par la sensation nouvelle et délicieuse de cette divine caresse sous l'eau.

Alec s'empare de ma bouche sans cesser de titiller mon sexe de plus en plus gonflé de désir. J'enroule une jambe autour de son bassin pendant qu'il explore l'intérieur de mon corps avec ses doigts. Il va et vient doucement tandis que nos langues se mêlent au ralenti. Je soupire et me laisse envahir par un bonheur ineffable.

Il me pénètre de ses doigts plus en profondeur et m'arrache un cri aigu de plaisir faisant redoubler son ardeur à me satisfaire. Ne pouvant plus réprimer l'envie de le toucher, je l'enlace avant de glisser une main entre nos corps soudés pour sentir son sexe bandé sous mes doigts.

Alec se tend et mordille ma lèvre, m'invitant à continuer. Je caresse son pénis sous l'eau et me tiens de ma main libre à ses épaules. Nous nous donnons l'un l'autre un plaisir suffocant. Sa virilité s'épanouit dans ma main, un soupir rauque monte de sa gorge et vient éclore près de mon oreille. Une vague de plaisir déferle sur moi et se propage dans mon corps frémissant.

Alec, sentant ma jouissance toute proche, accélère ses mouvements dans ma chair et me fait jouir une première fois. Je continue à le caresser afin qu'il vienne à son tour, mais toujours maître de la situation, il me saisit fermement par la taille, me soulève comme une plume et m'assied sur le rebord du bassin.

Alors que je suis encore secouée par l'orgasme, il écarte mes jambes et applique ses lèvres brûlantes sur mon sexe. Appuyée sur les coudes, la tête renversée en arrière, je laisse Alec me lécher avec passion. J'ai bien du mal à résister, tant ce nouveau plaisir me coupe le souffle, mais pour rien au monde je ne voudrais qu'il s'arrête.

Sa langue s'agite sur mon clitoris, vivement d'abord puis de plus en plus délicatement, et s'insinue dans mon sexe. La douceur irréelle de ses caresses me fait presque perdre la raison. Je retiens autant que possible le déferlement de mon plaisir afin de prolonger le délice. Pourtant, je succombe bientôt et m'égare dans une joie renouvelée.

Alec ne semble pas vouloir s'interrompre. Il persiste à embrasser délicatement l'intérieur de mes cuisses. Je crispe mes doigts dans ses cheveux et le supplie d'arrêter.

– Je n'en peux plus ! soupiré-je.

– Je veux te goûter encore et encore, me répond-il dans un soupir en revenant titiller du bout de sa langue mon clitoris, malgré mes tendres suppliques.

– Tu vas me rendre folle !

– Je t'aime. Tu es l'amour de ma vie. La femme de mes rêves, laisse-moi faire, m'ordonne-t-il d'une voix douce mais décidée.

Allongée sur la dalle fraîche, je regarde Alec prendre appui sur le rebord du bassin et sortir de l'eau. Il ressemble à une statue antique, son corps entier paraît ciselé dans le marbre, mais c'est bien un être de chair et de sang qui se penche tendrement sur mon visage pour m'embrasser.

Je l'enlace, j'enroule mes jambes autour de ses hanches et tente de l'attirer au-dessus de moi. Son sexe est toujours dressé, incroyablement dur. Plus que tout je désire maintenant qu'il me prenne. Je veux sentir son sexe au fond de moi et m'unir à lui.

– Viens, murmure-t-il en m'aidant à me relever.

J'obéis mais mes jambes me portent à peine, Alec me soulève et m'emporte dans ses bras. Je lui appartiens. Avec mes mains autour de son cou et ma tête posée sur son épaule, Alec traverse le hammam et me porte jusque dans le boudoir où nous nous sommes déshabillés tout à l'heure. L'encens délicat embaume la petite pièce et quelques bougies dans des lanternes lancent une lumière irisée et dansante sur les murs décorés de mosaïques.

Alec m'allonge sur le grand sofa de velours rouge et s'assied près de moi. Langoureuse et impatiente, je tends mes bras vers lui, mais il veut me regarder. Il suit du bout des doigts les courbes de mon corps, s'attarde sur mes seins et mes hanches. Ses yeux brillent d'une lueur troublante, entre vénération, désir et, me semble-t-il encore, douleur…

– Viens, mon amour ! murmuré-je en l'attirant vers moi.

Alec se couche sur mon corps. J'ouvre les jambes pour l'accueillir. Je le serre aussitôt contre moi, laisse flâner mes mains sur sa chute de reins et remonte doucement vers sa nuque pour glisser mes doigts dans ses cheveux humides.

Alec me contemple toujours, en appui sur un coude, tandis que sa main libre caresse mes lèvres. Il me pénètre doucement en me regardant dans les yeux. Je bascule le bassin pour l'accompagner et nous soupirons ensemble, émerveillés par le même sentiment de plénitude.

Il enfouit sa tête dans mon cou et va et vient en moi lentement. Il fait tourner sensuellement son bassin, découvrant dans mon sexe des zones encore inexplorées et provoque dans mes entrailles un plaisir insoupçonnable. Je gémis, enfonce mes dents dans la chair tendre de son épaule tout en crispant mes doigts sur ses fesses.

Je me cambre et me tords comme une liane. Alec, sentant l'ivresse m'envahir, redouble d'ardeur et ses mouvements se font plus rapides et profonds, m'arrachant des cris de plaisir. Il se redresse à nouveau sur un coude, me regarde, le souffle court, et pose une main sur ma bouche. J'étire mes bras au-dessus de ma tête et m'offre entièrement à lui en entourant sa taille de mes jambes.

Alors que je suis sur le point de perdre tout contrôle, Alec se retire de moi, me faisant gémir d'indignation. Il prend le temps de me caresser du regard, ses doigts quittent ma bouche pour venir effleurer mes seins. Je tente de l'attirer mais il résiste avant de me pénétrer à nouveau.

Il recommence à plusieurs reprises. Je prends goût à ce jeu érotique et l'accompagne de mes mouvements de bassin. Alec me prend doucement, puis de plus en plus vite avant de s'arrêter brusquement. Un sourire divinement sensuel et dominateur frémit sur ses lèvres. Follement excitée, je plaque mes mains sur ses fesses et le ramène à l'intérieur de moi.

Cette fois, je le serre si fort qu'il ne peut plus m'échapper. Ses lèvres s'emparent des miennes et nous faisons l'amour passionnément. Je gémis, sa respiration s'accélère. Nos corps imbriqués s'affolent, je sens naître dans mon ventre une sensation brûlante et irrépressible qui court bientôt dans tous mes membres.

– Viens avec moi, mon amour, le supplié-je, tandis que je ne peux plus retenir la vague de plaisir qui déferle sur moi.

– Je t'aime, crie-t-il, dans un gémissement presque grave.

– Moi aussi, je t'aime ! soupiré-je juste avant de succomber.

Je sens le corps d'Alec se tendre, alors qu'il donne un dernier coup de reins avant de se figer quelques secondes pour que je jouisse en même temps que lui. Nos soupirs et nos gémissements se mêlent. J'entrouvre les paupières pour le regarder. Son visage semble transfiguré par le plaisir. Alec se laisse tomber sur moi et enfouit sa tête dans mon cou.

Lascive et comblée, je l'enlace aussitôt et le serre contre moi. Je voudrais que le temps s'arrête. Je sens son corps frémir au-dessus du mien, comme secoué de soubresauts. Sans doute encore quelques décharges de plaisir.

– Mon amour, murmure-t-il à mon oreille, tandis que ma gorge se serre sans raison et alors que je n'ai jamais été aussi bien.

25
MAUDITE FATALITÉ !

Alanguis sur le velours rouge du large divan, dans le boudoir où nous nous sommes déshabillés en arrivant au hammam, je suis du bout des doigts les contours du visage d'Alec. Dans la lumière feutrée des bougies, ses traits me paraissent plus énigmatiques et plus attirants.

Malgré notre récente étreinte, plus tendre que jamais, une urgence désespérée semblait guider chacun de nos gestes. Comme si nos corps et nos âmes unis dans le plaisir cherchaient un point de fuite. Je suis sûre que ma place est près d'Alec mais je ne parviens pas à me libérer de l'angoisse qui m'étreint. Comment ne pas remarquer qu'il garde les paupières résolument closes ? Cherche-t-il à me dissimuler son chagrin ?

– Que se passe-t-il, Alec ? demandé-je, fébrile mais résolue à savoir.

Nu, allongé sur le dos, Alec ouvre ses yeux brillants et me regarde amoureusement, tandis qu'il caresse ma nuque. Il me fixe mais reste muet. Je sens qu'il n'arrive pas à parler. L'arc gracieux de ses sourcils se fronce puis il referme les paupières, refoulant ses larmes. J'ai le pressentiment d'un cataclysme. Une peine immense m'envahit à mon tour, je me blottis contre son torse et crispe mes doigts dans ses cheveux.

– J'ai 30 ans aujourd'hui, laisse-t-il tomber d'une voix blanche.

Je ne savais pas. Ce n'est que ça ! Et moi qui envisageais le pire !

Un stupide espoir renaît en moi, mais pourquoi Alec est-il si triste ? 30 ans, c'est la fleur de l'âge ! Ça ne peut pas être uniquement ce passage d'une décennie à l'autre qui l'assombrit à ce point. Pourtant, je m'accroche à cette folle espérance. Je me redresse, appuyée sur un coude pour le regarder à nouveau, je ne lui ai jamais vu un air aussi grave. J'avale difficilement ma salive et, niant l'évidence, j'insiste en souriant :

– C'est ça qui te tourmente ? Tu n'aimes pas les anniversaires ?
– Non, juste le mien, rectifie Alec en se levant, avant d'entourer son bassin d'un drap de bain.

Je me couvre moi aussi d'une serviette et m'assieds sur le divan. Il demeure quelques secondes silencieux, de dos, la tête baissée à fixer le néant. Je voudrais qu'il me regarde mais il semble ne pas oser se tourner vers moi. Je contemple ses épaules musclées, j'ai envie de le toucher mais y renonce. Que veut-il me dire au juste ? Ma gorge se serre, j'ai de plus en plus de mal à respirer.

– Cela fait des années que je ne fête plus mon anniversaire, reprend-il, la voix étranglée. Le 24 août est à jamais un jour de deuil. Voilà vingt-deux ans, jour pour jour, que mes parents sont morts en venant me rejoindre en Floride. Sans Dany, je serais mort dans l'ouragan moi aussi.

Il vient s'asseoir près de moi tout en gardant ses distances. Entre nous, un petit vide plus profond qu'un précipice où j'ai peur de tomber.

– Cette cicatrice mesure exactement huit centimètres, dit-il en me montrant son bras, pour que je n'oublie jamais le jour de mes 8 ans.

– Alec, mon amour, murmuré-je bouleversée en me précipitant vers lui pour l'étreindre. Je suis désolée, je ne savais pas que cette tragédie s'était produite le jour de ton anniversaire. Je comprends maintenant pourquoi tu as l'air si triste !

Il reste de marbre malgré mes marques de tendresse. Je frémis.

– Ce n'est pas tout, enchaîne-t-il. Dany, le père de Dany Junior, est mort à la même date, pour mes 20 ans. Lui aussi venait me retrouver. Il m'avait convaincu d'organiser un week-end festif dans le chalet du Colorado. Pour conjurer le mauvais sort, disait-il, et pour que je comprenne que je ne portais pas la « poisse ». « On va faire une putain de fête ! La mort n'osera jamais approcher… » Il parlait comme ça, Dany. Il riait tout le temps. Je l'aimais comme un grand frère et je lui faisais confiance. Dany et Beth étaient en retard. J'ai entendu la sirène des pompiers. Quand mon portable a sonné, j'ai compris tout de suite ! Sa voiture a quitté la route à quelques kilomètres du chalet et s'est encastrée dans un arbre. Dany est mort sur le coup mais Beth était indemne. Après ça, j'ai fermé le chalet et je me suis juré que je n'y mettrais plus les pieds.

Je ne sais que dire. Je l'ai écouté, la tête cachée dans mes mains. Son histoire est tellement cruelle que je ne trouve pas le moindre mot de réconfort. Des larmes coulent sur mon visage, lourdes et silencieuses. Je prends Alec dans mes bras mais je sens son corps se tendre pour me résister. J'ai l'impression qu'il me quitte déjà. Dans un mouvement de désespoir, il se tourne vers moi, les yeux brillants. Je lis de l'amour mais surtout une froide détermination qui me glace.

– Ces derniers jours, je vivais dans l'angoisse qu'il t'arrive quelque chose, continue-t-il. J'appréhendais le 24 août, mais je voulais croire que je pouvais t'aimer sans te nuire, c'est pour ça que je t'ai emmenée dans le Colorado. Pour laisser ce passé derrière moi et vivre enfin pleinement notre amour, mais au retour Paul a tenté de te violer !

– Mais ça n'a rien à voir avec toi ! C'est mon histoire, mon passé ! Comment pourrais-tu me nuire alors que je n'ai jamais été aussi heureuse ? Et d'ailleurs tu as chassé Paul et évité le pire ! tenté-je de le persuader.

– Regarde la vérité en face, Romane ! insiste-t-il en me saisissant fermement les poignets comme pour me ramener à la raison. Tu vois bien que c'est un enchaînement de catastrophes ! Oui, nous les avons évitées mais jusqu'à quand ?! Il faut se rendre à l'évidence, tous ceux que j'aime finissent mal ! Aujourd'hui c'est vrai, il n'est rien arrivé de grave, mais il y a à peine quelques jours, Sam a failli mourir et tu aurais pu être touchée toi aussi. J'ai vu la balle passer au-dessus de ta tête ! Quand Abby m'a menacé, je n'ai eu qu'une idée, l'éloigner de l'appartement, pour te protéger d'elle mais surtout de moi, tu comprends ? C'est pour ça que j'ai inventé cette histoire de lettre cachée au fond d'un coffre chez Mendelssohn. Je ne voulais pas rester dans le même endroit que toi !

– Qu'est-ce que tu veux me dire ? le supplié-je en essayant de le toucher alors qu'il se recule et lâche mes poignets.

– Je t'aime plus que tout. Tu es la femme de ma vie, je te l'ai dit, réplique-t-il en prenant sa tête dans ses mains, effondré, avant de me fixer à nouveau. Je n'ai pas le moindre doute sur ce point, c'est pour ça que je ne supporterais pas qu'il t'arrive malheur. Quand je t'ai rencontrée, j'ai essayé de te fuir mais c'était irrésistible. J'étais partagé entre le désir impérieux de te voir, de t'aimer et la peur de te causer du tort. Quand nous étions en Toscane et que j'ai reçu l'appel m'annonçant la mort de Santorro, j'ai compris que la fatalité était en train de me rattraper, juste au moment où je tombais amoureux.

– La fatalité ? m'emporté-je soudain en me levant. Alec, enfin, tout ça n'est qu'une suite de terribles coïncidences ! C'est du hasard ! Mais si tu veux vraiment croire au destin, soit ! Dis-moi pourquoi il m'aurait mise sur ta route ? Et si c'était pour que nous puissions chacun nous libérer de notre passé et nous aimer sans entrave ? Pourquoi ne pas le voir ainsi ?

– C'est ce que j'ai voulu croire quand je t'ai revue ici à New York mais je me suis trompé. Pour preuve, la suite des événements ! Après la soirée où Meredith a fait son scandale, j'étais décidé à te quitter mais j'ai reçu ton SMS et je suis devenu fou à l'idée de te perdre. J'ai voulu défier le destin mais je ne prendrai plus ce risque. Je ne me le pardonnerais jamais. C'est fini, Romane. Je préfère en rester là, conclut-il froidement en se levant.

Je ne respire plus. Mon sang est figé dans mes veines. Tout se glace en moi. Je regarde Alec, les bras ballants, muette et égarée, mais une colère sourde me ronge les entrailles.

– Tu veux me protéger mais tu me tues, murmuré-je.

– Non ! Tu vas faire ta vie à Paris ou ailleurs, tu vas être heureuse et libre, tu vas vivre longtemps et tu vas écrire ! Tu n'as pas besoin de moi. Tu es forte et pleine de ressources. Comprends ce que je te dis, je tiens à ta vie plus qu'à la mienne !

– Ton histoire ne tient pas debout ! Tu aimes Beth, pourtant tu n'as pas peur pour elle ?! m'indigné-je.

– Je ne suis pas amoureux de Beth ! Ça n'a rien à voir, dit-il en secouant la tête.

– Je le sais bien, mais tu ne l'étais pas non plus de Dany, que je sache, répliqué-je dans une offensive désespérée. Il est mort pourtant ! Dis-moi plutôt que tu ne m'aimes pas vraiment, sinon pourquoi me sacrifier ?!

– Parce que je t'aime plus que tout justement ! C'est pour ça que je veux que tu t'en ailles. Je n'aimerai jamais que toi mais je veux t'aimer vivante. Rien de bon ne peut venir de moi, du moins en ce qui concerne l'amour. J'y renonce définitivement.

– Tu ne peux pas me faire ça ! protesté-je en tentant de le prendre dans mes bras, mais il m'arrête d'un geste ferme de la main.

– Ma décision est prise, affirme-t-il, glacial, en me regardant dans les yeux. Nous allons mener nos vies chacun de notre côté. Je vais me consacrer au travail et essayer de tisser une relation à peu près saine avec Sam, la seule famille qui me reste à part Sarah. Toi, tu vas rencontrer d'autres personnes, tu aimeras de nouveau parce que tu es née pour être célébrée, non pas comme une statue, de loin, mais comme une femme de chair et de passion.

– Je ne veux aimer personne d'autre que toi ! hurlé-je.

– Ne rends pas les choses plus difficiles, Romane, je t'en supplie, persiste-t-il au bord des larmes. Je me suis arrangé avec Sarah juste après la conférence. Tu vas t'installer chez elle jusqu'à ton départ. Je ferai livrer tes affaires. Je ne veux pas que tu te réinstalles au studio. Je ne sais pas si Paul est encore dans les parages. J'ai dit à ma tante qu'il t'avait agressée. Elle sait que tu ne veux pas en parler. Elle m'a promis de ne pas t'ennuyer avec ça, mais elle va le virer. N'aie pas peur, ce sale type ne t'importunera plus, je vais faire ce qu'il faut.

Quel ton mécanique !

Je comprends que je ne peux plus rien tenter pour le convaincre de ne pas sacrifier notre amour à une croyance sans fondement. Il est persuadé qu'il va détruire ma vie alors qu'il me semble que mon bonheur ne dépend que de lui. Quelle folie ! Je le regarde enfiler son pantalon, déchirée entre désespoir et fureur. Il sort de sa poche le petit galet gravé d'un loup que sa mère lui a donné pour lui porter bonheur et le pose sur le divan.

– C'est la seule chose à laquelle je tienne vraiment. Je te le donne pour qu'il te protège et en gage de mon amour éternel, me dit-il.

Ses prunelles dorées brûlent d'un feu tragique. Tremblante, je détourne mon regard et ferme les yeux. Je ne sais plus si j'aime ou si je hais. J'entends la porte s'ouvrir puis se refermer doucement mais ce bruit léger, à peine perceptible, résonne pourtant dans ma chair comme une grille de fer qu'on abaisse et verrouille brusquement. Alec est parti.

Un affreux silence se fait autour de moi. Il pèse jusque sur mon cœur qui s'est arrêté de battre. Pour la première fois de ma vie je découvre, horrifiée et détruite, la solitude. C'est donc ça : cette petite pièce sombre dans laquelle je me trouve et dont je ne sortirai jamais tout à fait. Où que j'aille désormais, j'ai la prémonition que j'y serai toujours enfermée.

Je m'habille. Mes gestes sont comme déshumanisés. Je ne pleure même pas, je souffre trop et n'ai plus la moindre énergie pour les larmes. Je fixe le talisman qu'Alec m'a laissé. D'abord je ne sais pas si je vais le prendre, mais avant de quitter le hammam je décide de l'emporter.

C'est la seule chose qui me reste de lui avec les mille aiguilles douloureuses plantées sous la peau.

***

– Je vais rentrer en France demain, Sarah. J'ai assez de matière, je vais finir de travailler à Paris si ça ne vous ennuie pas trop. Au pire, nous échangerons par mail.

Sarah, assise sur son divan, me fixe tristement. Vêtue du même kimono rose fluo qu'elle portait lors de notre première rencontre, elle n'a plus rien cependant de « Madame Frizzi Pazzi fraise » et semble accablée. Elle tire sur sa pipe et ne dit mot.

Je n'avance mon départ que de deux jours, mais je ne peux pas rester plus longtemps dans la même ville qu'Alec. Voilà deux heures qu'il m'a quittée, mais le savoir tout près sans que je puisse le voir est une torture que je ne peux endurer davantage sans perdre la raison. Gênée d'abandonner le navire, même si j'ai de quoi écrire plusieurs volumes, j'ajoute d'un ton décidé :

– Je vais écrire une biographie digne de vous, Sarah. Je suis désolée de devoir précipiter mon retour mais…

– Ne vous donnez pas la peine de chercher une excuse, *honey*, me coupe-t-elle tendrement. Il l'a fait, alors ! Alec a vraiment rompu, s'indigne-t-elle. Je n'y croyais pas !

Alors que j'étais arrivée à prendre sur moi jusqu'à cet instant, mes nerfs lâchent d'un coup. Je me laisse tomber sur le sofa à côté d'elle et pleure enfin à chaudes larmes. Sarah me prend dans ses bras et me serre contre son cœur, comme Ana aurait pu le faire. Elle est très émue. Il me semble qu'elle est aussi en colère contre son neveu.

– C'est moi qui suis navrée ! soupire Sarah. Si vous saviez à quel point nous nous réjouissions Brooke, Beth et moi, de votre amour ! Car il n'y a pas de doute, Alec vous aime. J'aurais adoré vous voir heureux ensemble, vous êtes faits l'un pour l'autre, c'est évident ! Mais la vie a été si violente avec lui, malgré l'argent et la réussite. Je sais que c'est difficilement compréhensible qu'un battant comme Alec, un homme de sa qualité, de son intelligence, de son talent puisse avoir de telles croyances. Ne lui en voulez pas, *honey*. Écoutez-moi bien, me dit-elle soudain en me regardant dans les yeux, je sais que vous allez écrire beaucoup de choses merveilleuses. La vie est longue malgré ce que racontent les rabat-joie, et surtout pleine de surprises, de rebondissements. On croit que la nuit est définitive et voilà que le soleil se lève à nouveau. Ayez confiance et ne perdez pas espoir.

Je voudrais la croire. C'est vrai que déjà je n'en veux plus à Alec. Sa souffrance me déchire davantage que la mienne. Que fait-il maintenant ? Sans doute est-il perdu comme moi dans sa solitude. Je sais qu'Alec a rompu par amour, pour me protéger de je ne sais quel péril imaginaire. Cette certitude n'apaise pas ma douleur. Au contraire.

Je sens dans le creux de ma main le petit galet qu'il m'a offert et que je n'ai pas lâché depuis. Je le fais tourner comme j'ai vu Alec le faire tant de fois. Il me semble que mon cœur n'est plus que ruines. Mentalement, j'y dépose le caillou gravé d'un loup aux prunelles dorées.

Il fait à jamais partie de moi.

VI

TOUT RECOMMENCER À ZÉRO

26
LA VIE SANS ALEC

– J'ai lu dans le journal que nous n'avions pas eu des températures aussi douces en automne depuis 1922 !

Si la nature a horreur du vide, MarieB Gentillac a horreur du silence. Heureusement, elle a toujours sous le coude un proverbe ou un bulletin météo pour relancer la conversation.

Mais cette fois, ça ne marche pas. Le silence s'éternise et je commence à avoir les mains moites. Maman préside en face de mon père à l'autre bout de la table rectangulaire. Droite comme un I, arborant un carré grisonnant dont pas une mèche ne dépasse, elle repousse nerveusement de sa fourchette les derniers légumes dans son assiette.

Elle attend que quelqu'un rebondisse sur la pluie et le beau temps…

Exceptionnellement, pour ce déjeuner, je suis placée à la droite de papa, ce qui me confère une importance toute particulière. En général, c'est Wando qui se trouve à ce poste stratégique, mais aujourd'hui mon frère a insisté pour me céder sa place ! J'ai accepté avec une joie…

Retenue… Toute « gentillaquienne ».

Chez les Gentillac, tout est affaire de symbole ; la pudeur et la distance restent de mise. Ils ne m'ont pas manifesté leur bonheur de me revoir mais ce nouveau plan de table en dit plus long que les mots.

À mon retour de New York, il y a trois mois, mes parents ont tenté de me joindre à plusieurs reprises à la suite de mon mail. Ils m'ont laissé des messages pour me dire à quel point ils étaient désolés. J'étais si déprimée d'avoir perdu Alec que je n'ai pas trouvé le courage de répondre.

Murée dans le silence, enfermée dans un chagrin plus grand que moi, je ne voulais voir personne. Malgré le soutien sans faille de Lucas, qui m'a entourée de sa tendresse sans faire le moindre sarcasme, je n'ai jamais vécu de plus grande solitude.

Au début j'ai espéré qu'Alec revienne sur sa décision. Pendant ces trois mois, j'ai guetté mon portable, mes mails et la boîte aux lettres. Rien. Pas un signe de lui. Juste le manque, le vide et la douleur vive de la séparation. La certitude d'avoir perdu l'amour de ma vie, même si je sais qu'il m'aime et que c'est pour me protéger qu'il m'a quittée.

Comment puis-je lutter contre sa croyance irrationnelle de porter malheur ?

Je garde au fond de ma poche le petit galet, gravé d'un loup, qu'il m'a laissé en gage de son amour. Et une plaie béante au fond de la poitrine qui s'ouvre chaque fois que je respire.

Sarah est quelque part sur la banquise à traîner ses quarante kilos de vivres, comme je traîne ici mon chagrin dans un désert de brume où la lumière arrive à peine. Je me suis réfugiée dans le travail. La biographie de Sarah est éditée. Brooke, avec qui j'ai collaboré à distance, est enthousiaste. Elle a tenté de me toucher un mot d'Alec mais j'ai coupé court.

Ana, la mère de Jo, a été très présente elle aussi. Comme elle l'a toujours fait, elle a mis ses problèmes de côté pour se consacrer aux autres. Jo, quant à elle, m'a envoyé des messages de soutien drôles et décalés.

C'est aujourd'hui la première fois que je viens rendre visite à mes parents. Il aura fallu le prétexte de l'anniversaire de mon neveu, Léonard, et l'insistance d'Ana pour que je reprenne enfin contact avec eux.

Les premiers pas entre nous sont encore hésitants, mais j'ai bon espoir : avant de passer à table, ma mère m'a chuchoté :

– Nous avons été bouleversés par ton mail, Romane, il faut que tu le saches. Ce n'est pas parce que nous n'avons pas répondu tout de suite que nous étions insensibles.

Entre cette confidence et ce nouveau plan de table, une réconciliation serait-elle possible ?

Juliette, ma petite-nièce, toujours aussi adorable, ne me lâche pas. Assise sur mes genoux, elle grignote discrètement un morceau de pain.

En fin de repas, nous avons épuisé les sujets traditionnels de discussion : les carrières respectives de mon père et de mon frère et, bien sûr, les progrès fulgurants de Léonard. Alice, ma belle-sœur, gracieuse et discrète comme de coutume, écoute en souriant, tout en veillant sur son rejeton hyperactif.

Mon père me regarde avec une tendresse inédite qui me déstabilise un peu. J'en rougirais presque ! Il n'a pas fait la moindre réflexion sur ma salopette en jean et mes Converse roses alors qu'ils sont tous sur leur trente et un. J'ai failli mettre mon tailleur-pantalon bleu marine, celui que je réserve à mes visites chez mes parents, mais je n'ai plus envie de faire semblant d'être quelqu'un que je ne suis pas.

Me sentant obligée de dire quelque chose, après hésitation, j'opte pour une réflexion basique :

– J'ai vu que les dahlias de la cour étaient toujours en fleur. C'est incroyable pour une fin novembre.

Je ne suis pas sûre que ce soit des dahlias mais personne ne relève… Il est évident que chacun fait très attention à ce qu'il dit et qu'on ne veut surtout pas me froisser.

– On aurait presque pu fêter les 4 ans de Léonard en maillot de bain, se risque mon père dans un trait d'humour inhabituel.

On est d'accord, il n'est pas encore prêt pour un stand-up hilarant…

Mais tout le monde rit de bon cœur comme pour savourer le plaisir d'être à nouveau ensemble. Avant qu'un nouveau blanc ne vienne planer sur la table, je décide de féliciter ma belle-sœur sur sa tenue :

– Ta robe est vraiment ravissante, Alice ! m'enthousiasmé-je sincèrement.

– Merci, me répond-elle, c'est un cadeau de Wando.

– J'ai du goût, c'est indéniable, s'amuse mon frère en me faisant un clin d'œil. D'ailleurs, Romane, que penses-tu de ma nouvelle coupe ? Alice trouve que c'est trop court sur les côtés et trop long sur le dessus.

– Tu as l'air d'un avocat très tendance ! le taquiné-je.

– Il faut bien ça pour mon nouveau cabinet ! Tu sais que je ne travaille plus pour maître de Thyli ?

Attention, terrain miné !

– Oui, c'est ce que j'ai cru comprendre, réponds-je d'une voix blanche en repensant à ce matin terrible où Paul m'a agressée à New York.

– Et si nous parlions de Noël ? intervient brutalement ma mère, comme si elle voulait éviter le sujet.

– J'ai eu une excellente idée, figure-toi, maman, enchaîne mon frère. Si nous passions les fêtes de fin d'année comme au bon vieux temps, tous ensemble à l'île d'Yeu ?

– Je dis oui ! dit mon père en me regardant avec insistance.

Une semaine en Vendée dans la résidence secondaire de mes parents, à vingt-cinq kilomètres des côtes ! Alors là, je suis désolée, je ne suis pas prête.

– Ça m'étonnerait que je puisse quitter Paris, m'excusé-je. On sera en pleine promotion de la biographie de Sarah Ackerman…

– Oui, évidemment, le boulot d'abord ! Ça se passe comment chez Woolf ? Tu as négocié une augmentation de salaire ?

C'est vraiment l'opération reconquête si Wando s'intéresse à mon travail !

– Romane, tu viens m'aider pour le gâteau ? propose ma mère, qui décidément semble vouloir contourner tous les sujets de conflit.

– Avec plaisir, réponds-je, soulagée car je n'ai rien négocié du tout.

Ma mère sort du frigidaire une forêt-noire. Appuyée contre l'évier, je la regarde poser les derniers éléments de décoration. Elle allume les bougies et me tend fièrement le gâteau. J'accepte volontiers cet honneur et m'apprête à pousser la porte qui nous sépare du salon mais la voix tremblante de ma mère m'arrête.

– Romane !

Je me retourne. Ma mère, les yeux brillant de larmes, me tend maladroitement les bras. Je reste plantée là, la pâtisserie dans les mains, les bougies allumées coulent dangereusement sur la forêt-noire. Je sens ma gorge se serrer, je suis émue, un peu empotée et ne sais que faire.

Je finis par souffler les bougies – manquant d'enflammer ma tignasse au passage – et pose le gâteau sur la table.

– Je te demande pardon, ma chérie, me dit-elle en me serrant dans ses bras. Nous regrettons tous ce qui s'est passé, même si ton père et Wando ne savent pas l'exprimer. À l'époque, nous pensions sincèrement que Paul était un excellent parti pour toi… Tu étais si exaltée, toujours en révolte, alors quand tu nous as dit que Paul avait tenté d'abuser de toi, nous avons préféré ne pas le croire ! Cela remettait en cause trop de choses. Il y avait la carrière de Wando, et le qu'en-dira-t-on… Je ne sais pas si tu pourras nous pardonner un jour.

Plus de six ans que j'attendais ce moment !

Je suis bouleversée, incapable de répondre, submergée par l'émotion. Je regarde ma mère et hoche la tête en souriant entre mes larmes avant de m'abandonner au réconfort de ses bras. Je suis tellement heureuse de retrouver ma famille ! Avec le temps, je suis sûre que je réussirai à leur pardonner. D'ailleurs, je me demande si je leur en veux encore. Je n'ai plus envie de perdre de temps en rancune inutile.

– Sais-tu que nous avons reçu un enregistrement de Paul où il s'accusait de tout ? continue ma mère. C'est ça qui a décidé ton frère à ouvrir son propre cabinet pour ne plus avoir de relation avec la famille de Thyli. Il a rompu tous ses liens avec Paul. Il s'en veut beaucoup. Et si tu veux porter plainte, il te défendra et nous te soutiendrons cette fois-ci !

Je ne m'attendais pas à autant de bouleversements ! Je suis à la fois abasourdie et très émue de découvrir que ma famille est maintenant de mon côté. Si un jour on m'avait dit ça ! Pourtant, je suis mal à l'aise, je repense aussitôt à la dernière agression de Paul à New York.

Que je voudrais vraiment oublier !

– Non, ce ne sera pas nécessaire, réponds-je en soupirant. Je vais me contenter de son *mea culpa*. C'est déjà beaucoup, je n'ai pas envie de remuer le passé. Je suis tournée vers l'avenir désormais. Moi aussi j'ai reçu un enregistrement. Paul me demandait pardon et jurait de ne plus jamais m'importuner.

– Mais que s'est-il passé pour que ce garçon fasse de tels aveux six ans après ? s'interroge ma mère.

– Ce serait trop long à t'expliquer, maman, je sais que Paul n'a pas le moindre remords, il n'a pas changé. Quand j'ai reçu l'enregistrement, j'ai pensé que c'était une manipulation mais après réflexion, je suis sûre que quelqu'un l'a obligé à le faire et j'ai la certitude que Paul n'osera plus s'en prendre à moi.

– Mais qui aurait pu l'obliger à se dénoncer publiquement ?! s'exclame ma mère.

Alec, même si je n'ai pas de preuve.

– Quelqu'un qui compte beaucoup pour moi, réponds-je, la gorge serrée.

– Ne me dis rien, tu me parleras quand tu pourras, me rassure ma mère sur-le-champ en se rendant compte de mon émotion.

De retour au salon, tout le monde a pris place autour de la cheminée. Mon père est installé dans son fauteuil Voltaire, Wando à côté de lui. Ils semblent remarquer mes yeux rougis mais ne relèvent pas.

Léonard se précipite sur moi. Alice le retient de justesse avant qu'il ne renverse le dessert. Je le pose sur la table basse. Léonard souffle ses 4 ans.

Le feu crépite dans la cheminée. J'entends les rires des enfants, la joie de Léonard qui ouvre ses paquets avec une fureur exaltée. Les conversations deviennent lointaines. Je ne suis plus là mais de l'autre côté de l'Atlantique avec Alec. Je suis toujours malheureuse, je le serai longtemps sans doute, mais mon amour pour lui est aussi ardent que ce feu et me réchauffe en dépit du chagrin.

***

– J'avais peur que la photo de couverture soit un peu brutale mais tu avais raison, Aude, c'est très attractif ! s'exclame Louane. Qu'en dites-vous, Romane ?

Ma famille qui me demande pardon, Louane qui est super chaleureuse avec moi depuis qu'elle a lu mon travail… Que de changements !

Debout, au milieu des piles de cartons qui envahissent l'entrée de Woolf, je contemple mon livre.

Je tente de cacher ma fierté mais je ne parviens pas à me défaire de mon sourire béat et encore moins à détourner le regard de mon œuvre ! Mon nom imprimé sur une première de couv ! C'est mon rêve qui se concrétise ! Le fruit de plusieurs mois de travail acharné.

Ça y est, je suis une auteure !

– C'est sûr que ce n'est pas commun, ça accroche l'œil, si je puis dire… réponds-je.

– Moi, j'adore ! C'est un super coup marketing ! s'enthousiasme Aude en allumant sa troisième cigarette. Les lecteurs vont se l'arracher. Sarah Ackerman en maillot de bain, les cheveux hirsutes en train de déguster un œil de poisson !

De barracuda.

« Cruou », si vous permettez !

Et voilà que je repense à ma première rencontre avec Alec ! Mon cœur se serre à l'idée que je ne puisse pas partager ce moment avec lui. Lira-t-il mon livre ? Sans doute. J'espère qu'il sera fier de moi.

– Ça ne vous plaît pas ! s'affole Aude en voyant mon visage se décomposer.

– Mais si, au contraire, j'adore ! me reprends-je aussitôt. C'est juste que je suis émue…

– Vous pouvez ! me félicite Louane. Vous avez du talent, il faut le reconnaître. Je ne vous cache pas que quand Sarah vous a choisie, je n'étais pas convaincue…

Ah bon ? Ça ne se voyait pas du tout…

– Tu étais carrément furax, tu veux dire ! s'esclaffe Aude. Heureusement que j'ai su voir le potentiel de Romane !

– Excuse-moi ! la coupe Louane, piquée au vif. C'est juste que Sarah t'a mis le couteau sous la gorge, c'est elle qui a repéré le talent de Romane et pas toi…

– Merci pour tous ces compliments, je suis vraiment touchée ! interviens-je, espérant mettre fin à leur éternelle dispute.

Louane me sourit de toutes ses petites dents bien alignées et Aude revient à sa mission impossible : checker la liste des invités pour la dédicace qui doit avoir lieu dans deux semaines dans une grande librairie parisienne. Assise sur des cartons, des papiers éparpillés autour d'elle, Aude répète comme une litanie les tâches qu'elle doit accomplir avant la fameuse soirée.

Ça m'a l'air compliqué !

Louane et moi la regardons perdre patience avant d'éclater de rire. Aude redresse la tête, nous fixe, semble hésiter entre colère et connivence et finit par rire avec nous.

– Rien à faire ! Je n'ai aucune aptitude pour l'organisation.

– Laisse-moi faire, rétorque Louane en rassemblant les documents. La logistique c'est moi. Toi, c'est le côté artistique, un peu flou, désordonné…

– Et complètement stressé ! se désole Aude. Dire que le livre sera en librairie dès demain ! Un tirage à dix mille exemplaires, vous vous rendez compte ! Tout le monde attend ce bouquin, toute la presse en parle, Woolf est en première ligne !

– Tout va bien ! m'exclamé-je. Sarah et Brooke arrivent demain, l'expédition a été un succès, elle a rejoint le pôle Nord plus vite que la fois précédente et battu tous les records ! Nous allons faire comme elle et battre les records de vente !

Moi en tout cas, je viens de décrocher celui de la fille qui parle le plus vite ! Je crois que je vais m'évanouir…

– Je me trompe ou vous êtes à bout, Romane ? s'amuse Louane en me regardant reprendre ma respiration. Vous êtes l'auteure, c'est normal que vous pétiez les plombs… Sensibilité oblige. Heureusement qu'il y a une killeuse dans l'équipe !

Et Louane rentre dans son bureau d'un pas chaloupé d'Amazone afin de prendre en main la logistique… C'est vrai que je suis totalement chamboulée. La parution de mon premier livre, bien sûr, mais aussi la crainte de retrouver Sarah, et avec elle tous mes souvenirs d'un bonheur perdu. Je sens que ça va me briser le cœur. Comment ne pas penser à Alec alors que je vais être en compagnie de sa tante ?

27
LA VIE CONTINUE…

– Je trinque à ton succès ! lance Jo en levant son verre et le faisant tinter contre le mien. Je suis très flattée d'avoir lu ton chef-d'œuvre avant qu'il ne paraisse. J'adore ton bouquin !

Un vieux disque des Doors tourne sur la platine. Les jambes croisées sur la table basse, Jo bat le rythme du bout de ses Dr Martens usées. Installées côte à côte sur le divan, nous savourons le plaisir d'être réunies.

Depuis le retour de Jo du Soudan, il y a une semaine, nous avons tous repris nos marques dans le loft. Notre complicité n'a pas souffert de ces quatre mois de séparation. Pourtant, nous ne sommes plus tout à fait les mêmes. Quelque chose en nous est profondément modifié. Jo a vu la guerre, j'ai connu l'amour et la douleur de la rupture.

De quoi nous tirer définitivement de l'adolescence.

J'ai compris que Jo ne tenait pas à entrer dans les détails de son expérience au Soudan. Ni Lucas ni moi ne lui posons de questions. Moi non plus, je ne veux pas parler d'Alec. Les mots ne peuvent traduire ni la joie intense que j'ai vécue avec lui ni le chagrin de l'avoir perdu.

– Comment te sens-tu ? demandé-je, tandis que Jo aspire bruyamment à la paille les dernières gouttes de son mojito.
– Un peu déconnectée, avoue-t-elle. Je conserve quelques réflexes. J'ai du mal à ne pas me jeter au sol au moindre bruit mais à part ça, je vais très bien !

Comme pour minimiser son traumatisme, Jo éclate de rire, faisant tournoyer ses couettes aux bouts rose délavé. Je reste démunie tandis qu'elle agrandit les résilles de son collant. Elle ajoute, la voix nouée :

– L'humanitaire, c'est ma vie, j'en suis sûre, mais je vais attendre un peu avant de repartir en mission. C'était éprouvant, me confie-t-elle en baissant les yeux, je n'étais pas vraiment préparée à ça. J'ai besoin de temps pour réfléchir à ce que je veux faire.

Elle se racle la gorge puis se reprend aussitôt :

– Mais j'ai une super nouvelle ! J'ai obtenu un entretien à l'ONU. C'est un poste purement administratif, en bas de l'échelle, mais je serai au cœur des projets ! Je rencontre les recruteurs la semaine prochaine à Paris. Si je suis engagée, je devrai sans doute m'installer à New York dès le mois de janvier.

J'ai l'impression que je dégringole plusieurs étages d'un coup. Je sais que Jo espère travailler à l'ONU depuis longtemps et je suis heureuse pour elle, pourtant ma gorge se serre. Aucun mot de félicitations ne parvient à sortir de ma bouche.

L'évocation de New York me ramène immanquablement à Alec, toujours et encore. À tout ce que nous avons traversé ensemble. Les bons et les mauvais moments qui me lient à jamais à lui bien que nous soyons séparés. J'ai beaucoup de mal à dissimuler ma peine et Jo s'en rend compte. Elle me pose la question qui lui brûle les lèvres depuis son retour :

– Pourquoi ne tentes-tu pas de joindre Alec ?

– C'est trop douloureux, j'ai peur de m'écrouler si je parle de lui, je ne peux pas me le permettre, pardon, Jo !

Pour couper court à notre conversation, avant que je ne fonde en larmes, je me lève et lance, d'un ton faussement guilleret :

– Et si on allait voir ce que les chefs nous ont préparé ?

– *Yes !* Boire et manger, voilà qui est dans mes cordes ! s'exclame Jo sans plus insister.

Bras dessus bras dessous, nous rejoignons la cuisine, bien décidées à profiter de la soirée. À la cuisine, Lucas nous prépare un petit festin pour le dîner. En apparence, rien n'a changé sinon qu'il n'est plus seul devant ses fourneaux. Il a quitté l'école de commerce et prend des cours de cuisine. D'ailleurs Umberto, son prof, veille ce soir à l'assaisonnement.

Ça m'a l'air très épicé, entre eux !

Umberto, grand brun longiligne, au regard franc et à l'accent italien enjôleur, explique à Lucas comment faire fondre du chocolat sans le brûler.

En attendant, c'est Lucas qui m'a l'air complètement fondu…

Umberto et Lucas sont ensemble depuis un mois, pourtant ils sont toujours en mode séduction. C'est la première fois que je rencontre Umberto mais j'ai déjà l'impression de le connaître. Lucas m'en a tellement parlé, des étoiles plein les yeux ! Je crois que j'ai compris avant Lucas qu'il était tombé amoureux de son prof ! Même si Lucas sentait que l'attirance était réciproque, il n'osait pas faire le premier pas, Umberto était son enseignant. Je l'ai encouragé à le faire, je ne l'aurai peut-être pas fait avant, mais maintenant je suis convaincue que personne ne devrait passer à côté de l'amour.

Je sais de quoi je parle !

– Alors les gars, c'est prêt ? demandé-je en m'asseyant à la table impeccablement dressée.

– On a faim ! revendique Jo en tapant ses poings sur la table comme à la cantine.

– *Chi va piano va sano*, nous rétorque Umberto, dévoilant une rangée de dents blanches. Rome ne s'est pas faite en un jour. La cuisine, c'est comme l'amour, il ne faut pas être trop pressé, insiste-t-il en regardant Lucas.

Lulu reçoit le message, complètement déboussolé…

– Pas faux, et tout est affaire de proportions, ajoute Lucas en plongeant ses yeux clairs dans ceux de son professeur qui rougit jusqu'aux cheveux.

Lucas, bien sûr, ne se rend pas compte de l'aspect scabreux de ses propos !

En revanche, Jo et moi éclatons de rire mais Lucas ne se fâche même pas. Au contraire. Il semble heureux de me voir enfin plus gaie, lui qui m'a ramassée à la petite cuillère !

– Il faut les nourrir d'urgence, déclare-t-il. C'est le seul moyen d'éviter leurs sarcasmes !

– Comme si on ne parlait jamais la bouche pleine ! ironisé-je.

– Autant que tu saches où tu as mis les pieds, cher Umberto, renchérit Jo. Nous sommes des filles très mal élevées mais on est super sympas !

– Je n'en doute pas ! Lucas m'a longuement parlé de vous, entre deux recettes, répond-il en nous adressant un clin d'œil charmeur.

Nous passons à table dans la bonne humeur générale. Le menu tient ses promesses : crumble de crevettes suivi d'un carpaccio de bar à l'huile vanillée ! Lucas est aux anges, Umberto apprécie sa créativité. En fin connaisseur, il commente :

– C'est malin ! On a le croustillant, le moelleux, les saveurs explosent en bouche, et on termine sur cette tonalité d'agrume qui nous renverse ! *Perfetto*, Lucas !

Jo et moi regardons le nouveau couple entre tendresse et amusement. C'est un régal de voir Lucas enfin amoureux.

– Dès qu'il est arrivé dans mon cours, assure Umberto, j'ai vu que Lucas était très talentueux. Tu as encore fait des progrès, mon amour.

– C'est grâce à toi ! le remercie humblement Lucas. Hier, j'ai préparé un repas pour mon père. Il ne tarit plus d'éloges ! Il est enfin persuadé que j'ai raison de me consacrer aux arts de la table ! Il me soutient à 200 % !

– Incroyable ! s'exclame Jo.

– Mais ce n'est pas tout, continue-t-il. Vous êtes bien assises ? Mon père m'a demandé de préparer un buffet pour une réception qu'il va donner chez lui samedi prochain.

– C'est un miracle ! m'écrié-je.

– C'est grâce à sainte Ana, conclut Lucas. Ta mère, Jo, a rendu une petite visite à mon père et ça a porté ses fruits... Je ne sais pas ce qu'elle lui a dit, mais après il m'a assuré qu'il ne désirait que mon bonheur et je lui ai même présenté Umberto !

– Il nous a dit qu'il était très heureux pour nous, enchaîne le bel Italien.

– Il faut dire que c'est difficile de résister au charme d'Ana, remarqué-je.

– Et au mien ! s'amuse Umberto.

– Je confirme, déclare Lucas avant de l'embrasser. Au fait Jo, je crois que mon père est tombé amoureux de ta mère.

Il ne parle que d'Ana et se passionne pour l'Espagne comme je me passionne pour l'Italie ! C'est un signe… D'ailleurs, je le soupçonne d'organiser une réception uniquement dans le but d'inviter Ana.

– Elle n'acceptera jamais ! lâche Jo en manquant de s'étrangler.

– Elle l'a déjà fait ! Ana sera à la réception de mon père !

Jo s'arrête net et écarquille des yeux plus noirs que d'habitude.

– Ma mère n'est pas sortie avec un homme depuis la mort de papa, ça fait dix ans !

– Je croyais que mon père ne se remettrait jamais de la mort de ma mère, renchérit Lucas, mais il faut croire que le temps a fait son œuvre, ajoute-t-il en me regardant.

Je comprends le sous-entendu mais ne relève pas. Je ne peux pas imaginer qu'un jour moi aussi je puisse aimer quelqu'un d'autre qu'Alec. Je ne veux même pas y penser.

– Finalement, vous allez peut-être devenir frère et sœur, les taquine Umberto.

– Quelle horreur ! Je ne peux pas imaginer ma *mamá* amoureuse !

– Elle a à peine 45 ans ! note Lucas. Madonna en a quinze de plus et elle s'en donne à cœur joie !

– Oui, tu as raison ! reconnaît Jo en buvant un coup.

– Moi je trouve ça génial ! continué-je. Ana mérite vraiment d'être heureuse.

– Vive les calumets volés ! s'amuse Umberto. Sans ça, Ana n'aurait pas rencontré ton père et il n'aurait jamais accepté tes choix.

– Ne me parle plus de cette histoire ! s'écrie Lucas. Je n'oublierai jamais la tête de mon père quand il a appris qu'une association de défense des peuples autochtones portait plainte contre lui. Tout ça à cause de moi…

– Tu pensais bien faire en mettant le certificat à son nom, le rassure tendrement Umberto.

– J'ai cru qu'il allait me tuer… Le seul point positif, c'est que mon père a compris que je n'étais vraiment pas doué pour les affaires ! Et c'est un miracle que l'association ait retiré sa plainte. Mon père a restitué le calumet et l'affaire est close.

Encore une fois, j'ai l'impression que c'est l'œuvre d'Alec. Je me souviens que je lui avais parlé de cette histoire de plainte. Il m'avait promis de faire quelque chose. C'est comme s'il se manifestait à moi de façon détournée. L'enregistrement des aveux de Paul et maintenant le retrait de cette plainte…

Mais encore une fois, ce ne sont que des suppositions.

– Et Stan ? demandé-je.

– Il a été arrêté. C'est un trafiquant notoire, termine Lucas en nous servant un verre de chianti.

– Eh oui, le beau Stan est en prison. Il te plaisait bien, je crois ? demande Umberto, un tantinet jaloux.

– Il avait un truc, mais rien à voir avec le charme de mon prof de cuisine ! répond Lucas avant de trinquer avec son amoureux.

Ils ont l'air vraiment mordus, en parfaite symbiose. Je me réjouis sincèrement pour eux, particulièrement pour Lucas. Lui qui allait d'aventures foireuses en désillusions semble avoir trouvé l'amour. Je ne l'ai jamais vu aussi apaisé et rayonnant.

Je me dis que je devais avoir ce même regard lumineux quand j'étais avec Alec, tout auréolée de joie. Un affreux vertige s'empare de moi, je n'ai pas 25 ans et j'ai l'impression que les meilleurs moments de ma vie sont déjà passés. Instantanément, je ressens une terrible lassitude et encore une fois, mon cœur se déchire.

Pourtant, le rêve que je poursuis depuis tant d'années se réalise enfin ! La biographie de Sarah vient de paraître, les critiques sont plutôt élogieuses. Dans quelques jours, je vais faire ma première dédicace. Il y a encore six mois, je ne l'aurais jamais imaginé. L'avenir m'ouvre les bras mais je sais que mon bonheur ne sera jamais complet. Il y aura toujours ce manque, ce vide dans la poitrine. Je vais devoir vivre avec cette cicatrice.

Jo a raison. J'ai eu la chance inestimable de connaître l'amour, l'unique. Qui peut en dire autant ? Soudain, Lucas et Jo se précipitent sur moi et m'embrassent. Leurs effusions me ramènent sur terre. À l'évidence, ils se sont rendu compte de mon désarroi. Ils me serrent dans leurs bras et mon chagrin se dissout un peu dans cette étreinte.

– C'est beau, l'amitié ! s'enthousiasme Umberto, ému.

– Mais qu'est-ce que tu attends pour nous rejoindre ! m'exclamé-je.

– Le conseil de sécurité a entériné sa décision, déclare Jo, magistrale. Tu fais partie du clan, maintenant ! Mais attention à ne pas briser le cœur de notre Lulu ! Nous prendrions des sanctions immédiates !

– Je t'avais prévenu, Umberto ! Elles sont folles mais je ne peux pas me passer d'elles ! Ne me demande jamais de choisir entre elles et toi.

– À une condition, que tu ne me demandes pas de choisir entre toi et ma mère, s'amuse le bel Italien en venant se joindre à nous.

– Ta mère est envahissante ? s'affole Lucas.

– Hé ! Je suis napolitain… soupire-t-il, tandis que nous éclatons tous d'un rire joyeux.

***

Après avoir accompagné Umberto jusqu'au métro, Lucas se laisse tomber sur le divan entre Jo et moi et soupire en extase :

– Cette fois-ci, c'est le bon, les filles !

– Je suis heureuse pour toi, mon Lulu ! déclaré-je, sincèrement attendrie. Mais maintenant, c'est moi qui flippe. Regarde, Jo va déménager à New York et toi tu vas finir par partir vivre avec ton beau Rital. Mais qu'est-ce que je vais faire toute seule ici, moi ? Je vais prendre dix kilos par mois, à tous les coups !

– Non ! Jo, l'article !

Jo tire de la poche arrière de son short une coupure de journal et me la tend.

– Tiens, lis, c'est une interview de Beth. Les Strange Days font une carrière internationale, tu le savais ?

– Non et je n'ai pas envie de savoir ! Mais combien de fois faudra-t-il que je vous dise que je ne veux pas parler d'Alec.

– C'est moi qui le lis, alors, conclut Lucas en s'emparant de l'article : « Depuis le temps que nous attendions cette nouvelle, Beth, l'irrésistible chanteuse des Strange Days, nous dévoile l'homme de sa vie… »

J'ai l'impression que mon cœur est sur le point de lâcher. Je sais que c'est irrationnel, Alec me l'a suffisamment répété mais c'est plus fort que moi. Et si c'était Alec, finalement, l'homme de sa vie ! Je plaque les mains sur mes oreilles pour ne pas entendre la suite. Jo se jette sur moi et crie pour me tirer de ma stupeur :

– Elle va convoler en justes noces avec Howard Stanley, son producteur !

J'arrache aussitôt le papier des mains de Lucas et lis dans l'urgence. Beth explique qu'il y a dix ans, le père de son fils est mort et qu'elle pensait ne jamais s'en remettre. Il lui a fallu du temps mais elle a retrouvé la joie de vivre en partie grâce à l'amitié d'Alec Mendelssohn-Freeman.

Le journaliste lui demande ensuite quel serait son plus beau cadeau de mariage. La réponse de Beth est très claire :

« Qu'Alec sache une bonne fois pour toutes qu'il n'a pas la moindre responsabilité dans la mort de Dany et qu'il comprenne qu'il a enfin droit au bonheur ! Quand on a trouvé l'amour, on ne peut pas le laisser filer ! »

– Même Beth t'encourage à le contacter ! s'exclame Jo. Qu'est-ce que tu attends ?

– Elle l'encourage à me contacter, rectifié-je, et que je sache, il ne l'a toujours pas fait !

Je suis heureuse pour Beth, mais je suis aussi très éprouvée par cette nouvelle évocation d'Alec. Il me manque plus que jamais. Je préfère aller me coucher. Je leur demande de m'excuser et laisse Jo et Lucas dans le salon, démunis. Je me jette sur mon lit et me blottis dans la veste d'Alec, celle qu'il avait posée sur mes épaules le soir de notre première rencontre.

Le visage d'Alec m'apparaît dès que je ferme les yeux. Notre histoire défile dans mon esprit comme un film en accéléré. Je finis par m'endormir, comme chaque soir, avec son souvenir.

28
SPÉCIALE DÉDICACE !

Deux semaines se sont écoulées depuis la sortie de la biographie et je suis toujours en mode panique ! S'il existait une échelle, comme celle de Richter, mais pour mesurer le trac, c'est sûr, je serais au maximum ! Je regarde ma montre. Il me semble qu'il est 17 h 48 depuis plus de vingt minutes ! Terrée dans un coin de la librairie, sur les Champs-Élysées où va se dérouler la dédicace, je tente de mettre en pratique les derniers exercices de yoga pranayama que j'ai glanés sur Internet. Le tuto promettait un apaisement immédiat grâce au contrôle du souffle.

Quand je serai évanouie, c'est sûr, je serai calme !

Et ce bourdonnement qui s'amplifie ! Ce n'est pas une conséquence de ma pseudo-respiration alternée, c'est juste qu'il y a un monde fou pour la dédicace ! Des anonymes et des journalistes commencent à s'agglutiner dans le hall et se pressent autour des tables où sont empilées des centaines d'exemplaires de mon livre.

Je cherche au fond de mon sac à main le talisman d'Alec. Les paupières closes, la main sur mon cœur, cachée derrière le rayon polar, je serre dans mon poing fermé le petit galet. Un bien-être inattendu se propage dans tout mon corps.

Malgré la distance et ce chagrin qui m'accompagne partout, je me sens connectée à Alec et retrouve du courage. D'ailleurs, pour le sentir près de moi, j'ai enfilé la petite robe noire au col Claudine qu'il m'avait offerte en Toscane.

Le pas hésitant, perchée sur mes talons hauts, je vais retrouver Aude. Elle arrange des piles de livres sur de grands tréteaux installés dans le hall de l'immense librairie. Juste à côté, en face de l'entrée majestueuse, se trouvent les deux tables de dédicace. Le public commence à arriver. Il y a déjà beaucoup de monde. Des fans de Sarah mais aussi de nombreux journalistes. Je sens une nouvelle décharge d'adrénaline se diffuser dans mon corps. Me voilà maintenant impatiente de rencontrer mes lecteurs.

– Il est presque six heures, me souffle Aude au bord de l'apoplexie, la dédicace commence dans une demi-heure, la librairie est comble et Sarah n'est toujours pas là ! Dites-moi comment elle a pu rater son avion d'hier ?

– Pas de panique, la rassuré-je. Elle va arriver d'une minute à l'autre, Brooke m'a envoyé un SMS à cinq heures et demie. Elles venaient juste d'atterrir à Roissy.

– Elle ne va jamais venir ! prophétise Aude en jetant un mini-feuilleté dans sa bouche.

– Je vous le dis, Romane, encore un peu et je l'assomme ! plaisante Louane.

Le brouhaha de la foule s'intensifie et nous voyons enfin débarquer Brooke et Sarah. Quelle joie de les revoir ! Je souris en les regardant fendre la foule sous les flashs qui crépitent. Soudain, mon cœur s'emballe, je me surprends à espérer qu'Alec soit avec elles. Je reste le regard fixé vers l'entrée, mais évidemment il n'est pas là.

Vêtue d'un jean et d'un polaire orange, un gros bagage à la main, Sarah salue rapidement ses admirateurs survoltés et se dirige vers nous d'un pas conquérant. Brooke marche à côté d'elle, en *First Lady*, robe évasée et escarpins, sac à main délicatement accroché au poignet.

En voyant Sarah de plus près, je me rends compte qu'elle a le visage gonflé comme après une opération de chirurgie esthétique foireuse. Tandis qu'elle m'embrasse chaleureusement, je ne peux détacher mon regard de ses traits boursouflés. Aude et Louane semblent sidérées mais Sarah leur donne l'accolade comme si de rien n'était.

– Tu avais raison, Brooke, j'aurais dû les prévenir de mon aspect post-expédition ! s'amuse-t-elle. J'espère que je ne vous fais pas trop peur ?

– Non ! nous écrions-nous toutes les trois en chœur.

– Je suis rentrée la semaine dernière, je n'ai pas encore repris visage humain. Pendant trois mois, je me suis nourrie exclusivement de graisses et de protéines, ce qui explique mes petites joues de hamster et que je suis encore un peu boursouflée. Eh oui ! la réverbération du soleil sur la banquise. Comment allez-vous, *honey* ? me questionne-t-elle sans transition.

Ses yeux bleus me scrutent. Je comprends qu'elle veut savoir si je me suis remise de ma rupture avec son neveu. Je brûle d'envie de lui demander comment va Alec mais ce n'est pas le moment.

– Vous avez trouvé le moyen de me faire pleurer, *honey*! Je savais que je pouvais faire confiance à Brooke pour valider votre travail à ma place mais je ne m'attendais pas à ça. Pourtant je savais que vous étiez talentueuse ! La biographie est magnifique. Je l'ai lu dès mon retour d'expé. C'est la première chose que j'ai faite, après avoir embrassé Brooke, bien sûr ! Vous avez réussi à me capter mieux que moi-même. Mais comment faites-vous ? Et j'adore le titre : *Sarah Ackerman ou l'Art de briser la glace* tandis que l'image me montre en maillot de bain en train de déguster cet œil de poisson ! Est-ce que vous avez déjà croqué dans un œil de barracuda *cruou*, *honey* ?

Ah non, ça recommence !

– Je suis désolée de vous interrompre mais la dédicace débute dans un quart d'heure, intervient Louane, un peu tendue.
– Je suis prête ! rétorque Sarah.

Louane la regarde, consternée.

– Vous n'avez pas l'intention de vous changer ?
– Ah, bien sûr ! Où avais-je la tête ? s'exclame Sarah en récupérant son sac de voyage, avant de se diriger vers les toilettes.

– Tu es magnifique, ma chérie, déclare une voix bien connue derrière moi.

Je me retourne. Mon père me fixe comme si j'étais une apparition. Ses yeux pétillent d'une lueur inconnue derrière la monture de ses lunettes en fer. Je me sens presque mal à l'aise, d'autant que ma mère, Wando et Alice sont là aussi.

Mon père tente de me serrer dans ses bras mais parvient seulement à me tapoter l'épaule. Je n'ose pas l'enlacer et demeure les bras ballants. Même si nos rapports se sont détendus, la pudeur reste de mise. Soudain, il me dit d'un ton un peu brusque :

– Je suis très fier de toi… et même un peu impressionné à vrai dire. Tout ce monde pour toi.

– Pas vraiment, rectifié-je humblement en savourant le plaisir de ces mots que je n'attendais plus. Ils sont surtout là pour Sarah Ackerman.

– Oui mais c'est toi l'auteur ! renchérit ma mère en réajustant son serre-tête en velours. Cette robe te va très bien, tu es ravissante !

– Si tu as besoin d'un avocat pour négocier tes prochains contrats d'édition, n'hésite pas, me dit Wando en gonflant le torse, convaincu que ma carrière ne fait que commencer.

– Je vais réfléchir, réponds-je en riant.

Je les regarde en souriant. Jamais je n'aurais imaginé que ma famille pourrait m'apporter un jour un tel soutien. Je leur en suis reconnaissante et si j'avais encore des doutes quant à ma capacité à les pardonner, ils viennent de s'envoler à l'instant. Soudain, j'entends des rires reconnaissables entre mille juste derrière moi. Je me retourne, c'est Jo et Lucas qui regardent mes retrouvailles avec mes parents le plus discrètement possible.

C'est-à-dire pas du tout discrètement !

Ils semblent ravis pour moi et me font des petits signes de la main. Umberto, Ana et Pierre, le père de Lucas, les accompagnent. En effet, Ana a l'air particulièrement proche de Pierre.

Je rêve ou elle lui tient le bras ?!

Je comprends que mes amis attendent que je fasse les présentations. Ils n'ont jamais rencontré ma famille, Lucas les a à peine croisés il y a longtemps. Je me demande comment je vais mettre en relation ces civilisations opposées, mais Ana me décharge de ce poids en se présentant elle-même.

– Ana, la mère de Jo. Je suis ravie de vous rencontrer, s'exclame-t-elle en venant saluer mes parents.

Jo et Lucas s'approchent à leur tour. J'ai bien du mal à retenir un rire nerveux en voyant le regard circonspect de ma mère qui découvre mon improbable tribu. Il faut dire que Jo a mis le paquet ! Moi-même qui suis habituée à ses extravagances demeure un peu perplexe. Cette robe en tulle orange, ses collants rayés et sa chevelure mauve agressent un peu la rétine.

Mais ma famille semble ravie de rencontrer enfin mes amis. Tout le monde discute et se félicite de mon nouveau succès. J'entends soudain les grésillements d'un micro. Aude est sur une petite estrade et fait des essais de voix. C'est maintenant !

– Où est Sarah ? demandé-je en rejoignant Louane tandis qu'Aude laisse échapper ses fiches qui tombent à ses pieds.

– Elle se prépare, elle prend son temps ! s'impatiente-t-elle. Brooke est allée la chercher. Je n'aurais pas dû laisser Aude faire ce discours ! Elle ne va jamais y arriver, elle a déjà perdu ses notes !

– Tout va bien se passer, réponds-je pour m'en convaincre en regardant Aude tenter de remettre ses fiches dans l'ordre.

– Bonsoir et merci d'être venus si nombreux. J'avais préparé un discours mais je pense que je ferais mieux d'improviser, commence la directrice de Woolf, visiblement dépassée en abandonnant ses bristols sur un coin de table.

Le public, des personnes de tous âges confondus à l'aspect décontracté, éclate de rire. Je regarde mes lecteurs en me disant qu'ils ont vraiment l'air sympathiques. Quelques photographes jouent des coudes pour nous mitrailler.

Tout le monde s'amuse volontiers et Aude semble se détendre. Elle s'apprête à poursuivre quand des chuchotements traversent la foule. Le public fixe le fond de la librairie. Je me retourne et découvre Sarah qui arrive à la manière d'une star du ring ! Elle s'est changée, en effet ! Mais elle seule doit savoir pourquoi elle a choisi de mettre son kimono rose fluo, celui qu'elle portait lors de notre première rencontre.

– En tant que directrice éditoriale de Woolf, reprend Aude après quelques secondes de stupeur, je suis particulièrement flattée que Mme Sarah Ackerman ait choisi notre maison d'édition afin de publier ses mémoires. Elle nous fait l'honneur d'être parmi nous alors qu'elle rentre à peine de son expédition au Pôle…

Sarah fait un salut de la main à ses admirateurs et des applaudissements nourris s'élèvent du public.

– Ma collaboratrice Louane Marchand et moi-même, continue Aude, sommes également très fières d'avoir découvert un nouveau talent littéraire plein de promesses, j'ai nommé : Romane Gentillac.

Elle est gonflée ! Sans Sarah je serais encore à trier ses papiers…

Comme si elle lisait dans mes pensées, Aude se tourne vers moi et me fait un clin d'œil. Je lui souris sans rancune tandis que Louane me donne un coup de coude entendu. Aude me présente d'un geste ample. Je m'étonne et savoure les bravos qui éclatent à nouveau dans la foule.

– Je vous laisse maintenant en compagnie de Sarah et de Romane pour la dédicace. Vous pourrez ensuite échanger plus longuement avec elles autour du buffet.

J'ai un trac de fou mais je suis hyper impatiente ! Je m'installe à ma place le cœur battant en regardant la file de gens devant moi. Je me demande comment je vais pouvoir tenir mon stylo sans trembler, mais j'ai l'impression que le public est encore plus ému que moi.

Des lecteurs font la queue pour que je signe leur exemplaire. Assise près de Sarah, toujours aussi volubile, je m'efforce de trouver un petit mot original pour chacun. Et contre toute attente, ils sont nombreux et ne tarissent pas d'éloges ! Certains veulent déjà savoir quand paraîtra mon prochain livre. Je me sens de plus en plus assurée et prends même goût à l'exercice.

Me voilà totalement détendue, toutes ces marques d'affection me vont droit au cœur. Je plaisante avec Sarah qui elle aussi semble très épanouie et heureuse pour moi. Il y a longtemps que je n'ai pas ressenti une telle plénitude. Je sens que je suis à ma place. C'est le couronnement de mon travail, peut-être le début d'une carrière. J'en ai tellement rêvé.

Il y a de plus en plus de monde autour de moi. Les photographes, les journalistes qui m'interrogent tandis que je continue mes signatures. Je ne sais plus où donner de la tête. Je ne m'attendais pas à un tel succès. J'ai l'impression que je plane. Soudain quelqu'un se faufile dans la cohue et pose son exemplaire devant moi. Le livre est déjà ouvert sur la page de garde. Quelques mots y sont écrits. « Nous avons des vestes à nous rendre et un amour à écrire à deux… »

Mon cœur s'emballe aussitôt. J'ai le vertige. Non, ce n'est pas possible, je suis en plein délire ! Encore un coup de mon imagination. Il faudrait que je détache mes yeux de cette phrase, que je relève la tête et que je voie qui j'ai en face de moi, mais je reste paralysée, le souffle court.

Avec une trouille bleue d'être déçue. Mais enfin, qui à part Alec pourrait écrire un truc pareil !

Je finis par relever la tête comme une noyée remonte des abysses en quête d'oxygène. Alec est debout devant moi. Il me fixe de ses yeux dorés, brillants d'émotion, un sourire ému aux lèvres.

Il me semble que la librairie se vide instantanément, comme dans un film, je reste le regard accroché à celui d'Alec. Je devrais sans doute dire quelque chose mais rien n'arrive à mon esprit. Je ne suis que sensation et cœur battant. Comme lors de notre première rencontre, coincée dans l'ascenseur, j'hésite entre panique et fascination. Il est encore plus beau que dans mon souvenir.

Tout est flou autour moi, sauf lui. Ses cheveux noirs plaqués en arrière brillent comme l'ébène. Une mèche brune lui caresse le front. Il se tient face à moi, une main glissée négligemment dans la poche de son jean, et tient l'autre posée sur la table tout près de la mienne. Je sens des fourmillements au bout des doigts. Il suffirait d'un rien pour que je le touche.

Je lui souris enfin tandis qu'il me fixe toujours. Comment ne pas me rendre compte que lui aussi est submergé d'émotion ? J'ai envie de me jeter dans ses bras mais je reste collée à ma chaise, le visage tendu vers lui. Après ces longs mois de désolation, je n'ai jamais ressenti d'aussi grande joie, et pourtant je n'en laisse presque rien paraître.

Comment le pourrais-je ? Je suis en pleine confusion, tiraillée entre joie et colère. Je ne m'attendais pas à voir Alec même si je n'espérais que ça. Plusieurs mois sans nouvelle de lui et voilà qu'il se présente devant moi comme une fleur ! Sait-il au moins à quel point j'ai souffert ? Que s'imagine-t-il ? Que je vais lui tomber dans les bras ? Que je suis prête à accepter tout et n'importe quoi ?

S'il continue à me regarder avec cette fièvre insolente, c'est ce qui pourrait bien se passer…

– J'adore votre style, une énergie incroyable traverse votre écriture, me souffle-t-il d'une voix sensuelle qui me fait frissonner de la tête aux pieds. Quand je suis arrivé à la dernière page, j'ai eu envie de recommencer.

– J'ai eu beaucoup de mal à mettre un point final, moi aussi. D'ailleurs, je n'arrête pas de penser à une suite, réponds-je, tandis que je sens fondre ma colère comme neige au soleil.

– Il faudrait penser à plusieurs volumes, me réplique-t-il en se penchant vers moi.

Tout mon corps s'électrise mais hors de question de céder si vite. Je parviens à prendre sur moi pour écrire ma dédicace :

« Pour Alec, dont je conserve la veste malgré le revers qu'il m'a donné voilà trois mois et douze jours. »

Je referme le livre et le fais glisser vers lui tandis qu'il pose un trousseau de clés sur la table. Nos mains se frôlent.

– Rejoins-moi place des Vosges dès que tu auras fini. C'est l'escalier de gauche. Je te déconseille l'ascenseur, il se bloque et c'est toujours difficile de trouver un dépanneur…

– Je ne serai pas disponible avant plusieurs heures…

– J'attendrai le temps qu'il faut, me coupe-t-il, sûr de lui.

– Vraiment ? murmuré-je. Il me semble que j'ai déjà entendu ça, tu m'as plaquée quelques jours après. Faut-il que je te rafraîchisse la mémoire, chuchoté-je.

– Non, je n'ai rien oublié, je t'assure.

Il me coule un regard de braise. Je tente de garder le peu de contrôle qui me reste.

– Qu'est-ce qui me dit que tu ne vas pas encore t'évaporer ?

– Tes doutes sont légitimes mais ça n'arrivera pas. Je suis venu te chercher, maintenant je ne te lâche plus, Romane, insiste-t-il en regardant autour de lui.

– Au moins, tu n'as rien perdu de ton assurance. Donne-moi une bonne raison de te croire, répliqué-je sur la défensive, alors que mon cœur bat la chamade.

– J'ai changé. J'ai eu le temps de réfléchir, trois mois, c'est long…

– À qui le dis-tu ! le coupé-je.

– Je t'aime, Romane, m'interrompt-il à son tour, soudain plus grave. Laisse-moi une chance de te prouver que j'ai vraiment changé et que tu n'as plus rien à craindre. Je ne veux que ton bonheur.

– C'est ce que tu m'as dit en me quittant, me défends-je une dernière fois, alors que j'ai envie de me jeter sur ses lèvres.

– C'était vrai mais maintenant je veux que tu sois heureuse avec moi.

Et il penche la tête en me regardant droit dans les yeux, suppliant. Je suis à deux doigts de me précipiter dans ses bras et de l'embrasser follement devant tout le monde. Je pourrais même le suivre sur-le-champ mais heureusement la voix de Sarah m'empêche de manquer à mes devoirs professionnels.

– Ce n'est pas trop tôt ! s'écrie-t-elle en nous souriant, tandis que Brooke jubile un peu plus loin.

– Moi aussi, ma chère Sarah, j'ai tiré mon fardeau dans les glaces éternelles réplique Alec en soupirant, mais par chance, il n'y a pas que le pôle Nord qui soit magnétique termine-t-il en plongeant ses yeux dans les miens avant de tourner les talons, mon livre contre son cœur.

Soudain, des journalistes s'agitent. L'un d'eux vient de reconnaître Alec et le murmure aux autres. Aussitôt, ils se mettent à l'interpeller en le suivant, tandis que les photographes font crépiter leurs flashs mais Alec ne daigne pas répondre et disparaît comme il est venu. Aude et Louane, postées près de Sarah, regardent la scène tout en me fixant, étonnées. Je leur envoie un petit sourire gêné. Mes parents et mon frère qui attendent patiemment leur tour ne semblent s'être rendus compte de rien, tout absorbés par leur discussion, mais Alice, elle, m'a tout l'air d'avoir compris qu'il y avait anguille sous roche.

Si j'en juge son sourire entendu… L'intuition féminine !

Juste derrière dans la file, Jo, Lucas et Ana sont surexcités. Ils ont reconnu Alec et n'ont visiblement rien manqué de nos retrouvailles. Partagés entre la joie et l'émotion, ils me font un signe de victoire, le pouce levé.

***

– Quelles sont vos impressions, *honey*, après cette folle soirée ? me demande Sarah, alors que les derniers invités quittent la librairie.

– J'ai adoré ! réponds-je. J'attendais ça depuis tellement longtemps !

– N'est-ce pas ? relève-t-elle en me faisant un clin d'œil.

Brooke et Sarah, complices, persistent à laisser planer la confusion. Je sais bien qu'elles parlent autant de mon succès littéraire que du retour inespéré d'Alec. Je ne peux m'empêcher de rougir tout en me demandant comment je pourrais filer au plus vite pour le rejoindre.

Après la dédicace, mon frère et mon père m'ont proposé d'aller boire un verre. Je n'ai même pas eu besoin de me défiler, Alice a prétexté qu'elle était fatiguée et qu'elle préférait rentrer avant de me faire un clin d'œil en douce.

J'ai toujours su que ma belle-sœur était une alliée !

J'ai atteint les limites de la patience. Je n'en peux plus ! Soudain, me vient une idée de génie : J'attrape mon portable, fais semblant d'écouter mes messages et me mets à crier tout en mettant mon manteau, affolée :

– Oh, merde ! Le cumulus d'eau chaude a explosé. Le loft est inondé, il faut que je rentre aider mes colocataires ! Je serais bien restée avec vous mais je ne peux pas, je suis désolée, m'excusé-je en courant vers la sortie sans même me retourner !

***

Devant l'hôtel particulier où des mois auparavant j'ai rencontré Alec, je cherche nerveusement la clé. Je laisse échapper le trousseau, m'énerve mais finis par ouvrir la porte. Mon émotion est si intense que je ne parviens pas à trouver l'interrupteur pour allumer le couloir. Tant pis ! Mon portable fera l'affaire. Je m'éclaire avec la lampe torche de mon portable et, plus impatiente que jamais, commence à gravir l'escalier.

À chacun de mes pas, mon cœur s'emballe davantage. Je suis presque dans un état second. Pour la deuxième fois de la soirée, j'ai un trac incontrôlable. J'arrive sur le palier, un filet de lumière s'échappe de la porte entrouverte, que je pousse. Je pénètre directement dans un immense salon plongé dans la pénombre. Seul le feu qui brûle dans la cheminée éclaire la pièce.

Alec est assis près de l'âtre. Il joue de la guitare. Quand il me voit, il se lève d'un bond puis se fige. Mon cœur s'affole, je reste moi aussi à l'arrêt. J'ai envie de me jeter dans ses bras mais quelque chose me retient. Un reste de colère sans doute. J'ai besoin d'explications. Alec me fixe, le souffle court. Je sens mes forces m'abandonner quand il s'élance vers moi. Je ne peux pas résister plus longtemps, je m'élance à mon tour et fonds dans ses bras. Alec m'étreint de toutes ses forces. Je m'accroche à lui avant qu'il ne s'empare fougueusement de mes lèvres.

Nos corps se reconnaissent instantanément et nous frémissons ensemble d'émotion. Nos langues se mêlent dans un baiser si ardent que j'en perds l'équilibre.

– Arrête ! m'écrié-je soudain en me forçant à m'arracher à son étreinte alors que tout mon corps tremble de désir. Sais-tu à quel point j'ai souffert ?! Je suis en colère !

– Je te demande pardon, ma chérie, me rétorque Alec en prenant mon visage entre ses mains. Je voulais tout sauf te faire souffrir. Je comprends que tu m'en veuilles mais j'ai fait un gros travail sur moi. J'ai pris de la hauteur avec toutes ses histoires de malédiction. Si je n'étais pas sûr de moi, je ne serais jamais revenu. Tu es la femme de ma vie, Romane ! Je ne peux pas vivre sans toi.

Mon cœur s'emballe, je suis secouée par une vague d'émotion. Je n'ose pas croire ce que j'entends. Je me serre contre lui et l'enlace, les larmes aux yeux. Il me semble que tout redevient possible, l'horizon bouché s'éclaire et s'ouvre enfin devant nous.

Je mesure à quel point Alec a souffert lui aussi et le chemin intérieur qu'il a parcouru pour me revenir. Ma colère se dissipe dans un tourbillon de joie et de sensation de plénitude. La tête enfouie dans son cou, je savoure l'instant et abandonne toute résistance. Après ces longs mois où j'ai vécu dans le désespoir, j'ai besoin de puiser mon énergie vitale dans la fusion de nos corps. Lui seul peut me rendre à moi-même, j'ai envie de lui.

– J'ai tellement rêvé d'entendre ces mots, murmuré-je en l'embrassant dans le cou. Je n'y croyais plus. J'étais perdue, abandonnée, sans toi le monde était sans saveur.

– Alors tu es d'accord pour nous donner encore une chance ? me demande Alec en soupirant.

– Pas une chance, un million, si c'est nécessaire ! Je te suivrai au bout du monde, je suis tellement heureuse !

– Je sais que tu as enduré le pire, Romane, mais je te jure que je ne veux t'offrir que le meilleur désormais, m'assure-t-il en me regardant dans les yeux.

– Et c'est avec toi que je veux le vivre, personne d'autre. Tu es l'homme de ma vie, je l'ai su depuis la première seconde où je t'ai vu.

Un soupir viril s'échappe des lèvres d'Alec. Fou de passion il s'embrase et me retire nerveusement mon manteau. Il me soulève et me porte dans ses bras jusque sur le divan. Je l'attire au-dessus de moi. Enfin je retrouve la sensation de plénitude que je n'avais plus ressentie depuis une éternité. Je glisse mes doigts sous sa chemise et redécouvre sa peau, ses muscles tendus. Ses mains impatientes s'égarent sous ma robe et remontent sur mes cuisses.

Je frémis sous le poids d'Alec, prise dans un tourbillon de bonheur et d'envie. Ses mains glissent sur mes hanches. Je l'étreins de toutes mes forces, tout en essayant de lui enlever sa chemise. Je suis si excitée que je n'y parviens pas. Il finit par l'enlever lui-même d'un geste vif, en se soulevant à peine, avant de se plaquer à nouveau sur moi pour revenir à mes lèvres. Je sens que je renais à son contact, ses baisers me ramènent à la vie.

Je caresse sa peau nue, mes mains volent sur ses épaules et descendent jusque sur ses fesses, bombées sous son jean. Je veux le sentir, le respirer, que nos chairs se confondent. Après l'horreur du manque et la frustration, je n'ai plus la patience d'attendre.

La bouche avide d'Alec glisse dans mon cou, mais revient inlassablement à la mienne, plus tendre que jamais. Je réponds à ses baisers avec fougue. Alec gémit, tente de m'apaiser en m'embrassant encore plus doucement. Je comprends qu'il veut prendre son temps mais je suis trop impatiente. La passion s'est emparée de moi, je ne parviens pas à la réprimer. J'enfouis mes mains dans ses cheveux en soupirant d'extase. Son sexe est déjà dur. Je défais fébrilement sa ceinture.

– J'ai envie de toi, murmuré-je.

– Moi aussi, me répond-il en mordillant mes lèvres. Je n'ai pas eu d'aventures depuis notre séparation, mais si tu veux je peux mettre un préservatif.

– Tu n'as couché avec aucune autre femme ? demandé-je.

– Non, je n'avais envie que de toi, m'avoue-t-il.

– Et moi je n'ai fait que t'attendre.

La découverte de notre fidélité, malgré ces longs mois, ne fait que redoubler notre passion. Nos lèvres s'unissent à nouveau, fiévreuses. Nous hésitons entre tendresse et désir fulgurant. Tout en m'embrassant langoureusement, Alec fait glisser mon string. Il frôle du bout des doigts mon sexe humide et m'arrache un cri de plaisir. Je me cambre tandis qu'il soulève ma robe au-dessus de ma poitrine. Alec dégage la dentelle de mon soutien-gorge, ses lèvres s'emparent de mes seins.

La tête renversée en arrière, des soupirs sensuels s'échappent de ma gorge. Je retrouve les sensations exquises qui m'ont tant manqué, mais j'en veux toujours davantage. J'ai trop attendu.

– Je te veux tout de suite ! Prends-moi, soupiré-je tandis que je fais glisser son jean et son boxer sous ses fesses, libérant son pénis en érection.
– Attends, laisse-moi te sentir, me souffle-t-il.

Penché au-dessus de moi, allongé sur le divan, Alec insinue délicatement ses doigts dans mon sexe et me demande d'ouvrir les yeux. Il me regarde tendrement dans la lumière vacillante du feu. Ses yeux brillent d'une telle intensité amoureuse que je sens monter en moi une vague d'émotion empreinte de plaisir.

Je passe ma main entre nos corps soudés pour caresser son pénis. Son érection s'épanouit encore. Je caresse son sexe, lentement d'abord, avant d'accélérer le rythme, pendant que ma main libre redécouvre la cambrure sensuelle de ses reins.

Alec se relève sur un coude, un genou posé sur le tapis. Il me regarde toujours et caresse mon visage dans la pénombre. Le feu crépite dans la cheminée. Je lis l'amour sur ses traits. Nous nous fixons intensément. Je plonge dans ses yeux dont je distingue à peine les prunelles ardentes. Je sens la jouissance monter en moi, tandis que ses doigts s'enfoncent plus profondément dans ma chair.

– J'ai tellement rêvé de ce moment, m'avoue-t-il. Toutes les nuits dans mon sommeil, je te faisais l'amour.

À ces mots, ivre de passion, je m'accroche à lui et l'entraîne au sol. Nous roulons ensemble sur le tapis tout en nous embrassant. Alec tente de calmer mes ardeurs mais sentant mon insistance, il se déshabille à la va-vite puis me débarrasse de ma robe avant de dégrafer mon soutien-gorge.

Je savoure le bonheur de sentir enfin sa peau nue contre la mienne. Alec descend dans mon cou en déposant des baisers fiévreux entre mes seins, où il s'attarde quelques secondes, avant de continuer sur mon ventre jusqu'à mon pubis en me murmurant des mots d'amour.

Alors que sa langue titille l'intérieur de mes cuisses, effleurant à peine mon intimité, je glisse mes mains dans ses cheveux pour l'encourager à poursuivre ses délicieuses caresses.

Il lèche doucement mon clitoris en tenant mes jambes relevées. Je gémis tout en gardant mes deux mains sur sa tête.

Ce jeu érotique m'affole, je le presse de continuer, les doigts crispés dans sa chevelure. Au moment où il sent que je frôle l'orgasme, il s'arrête et me goûte doucement avant de recommencer à me lécher, insinuant sa langue dans mon sexe.

Je jouis dans un long spasme qui me coupe le souffle, m'empêchant même de crier. Sans me laisser le temps de reprendre mes esprits, encore secouée par le vertige de l'extase, Alec vient s'allonger sur moi, s'empare de ma bouche et me pénètre doucement.

Nous soupirons ensemble en savourant le bonheur d'être enfin unis. Alec redresse son buste en s'appuyant sur ses avant-bras et me regarde amoureusement. Il ne bouge pas, comme pour profiter de l'instant. Je plaque mes mains sur ses reins pour le retenir et l'inviter à s'enfoncer plus loin dans ma chair, tandis qu'il commence lentement un va-et-vient dans mon corps.

Je l'accompagne en basculant le bassin, mes mains toujours plaquées sur ses fesses. La lumière du feu lance des ombres vacillantes sur son visage. Il semble concentré, attentif à chaque sensation qui le traverse, tout en cherchant à me satisfaire. Je me mords la lèvre inférieure et deviens de plus en plus lascive à mesure qu'il me pénètre.

– Tu es belle ! murmure-t-il sans me lâcher des yeux.

Nous faisons l'amour tendrement en savourant chaque seconde. Je lui souris, les larmes aux yeux, et quitte ses fesses pour caresser ses bras musclés, comme pour mieux le redécouvrir. Je lui tends les lèvres. J'ai besoin de ses baisers. Alec se laisse tomber doucement sur moi et vient m'embrasser. Nos langues se mélangent en même temps que nos soupirs.

Je m'abandonne à lui et le laisse me prendre avant de jouir une nouvelle fois. Alec vient aussitôt après moi en laissant échapper un gémissement viril. Son corps tremble sur le mien, l'émotion nous submerge.

Nous demeurons quelques minutes soudés l'un à l'autre, immobiles et silencieux, épuisés mais comblés par notre douce étreinte. Le feu crépite juste à côté de nous. Alec pose sa tête dans mon cou, je l'enlace et le serre contre moi, bien qu'il me semble que je n'aie plus de force dans les membres.

Après un moment de repos, Alec semble retrouver de la vigueur et vient à nouveau chercher ma bouche. Nous échangeons un baiser tendre qui devient vite plus pressant. Après cette longue séparation, nous sommes insatiables, le désir s'empare à nouveau de nous. Nos souffles s'accélèrent, nos langues se cherchent, plus avides que jamais.

J'enroule mes cuisses autour de son bassin et nous roulons sur le tapis sans cesser de nous embrasser. Soudain, je monte sur lui, de plus en plus excitée, et retiens ses mains qui cherchent à me toucher. Un éclair de surprise et de satisfaction traverse ses prunelles. Je retrouve aussitôt Alec l'insolent, ce qui ne fait que m'exciter davantage.

– J'aime quand tu es dominatrice, me chuchote-t-il, provocant.

– Après réflexion, même si je ne t'en veux pas de m'avoir quittée, je crois que tu mérites une punition, l'aguiché-je en allongeant ses bras au-dessus de sa tête. Tu n'as plus le droit de me toucher jusqu'à nouvel ordre.

– Ah, non ! pas ça ! me supplie-t-il tandis que je m'agenouille près de lui.

– Si tu cherches à me désobéir, je serai obligée de sévir et de t'attacher, murmuré-je en laissant courir mes lèvres sur son torse. Au moins, je serai sûre que tu ne m'échapperas plus.

– C'est tentant, soupire-t-il, mais ce ne sera pas nécessaire, je n'ai pas la moindre envie de partir.

Une jambe de chaque côté de sa taille, je le laisse venir en moi. Je pose mes mains sur son torse et le chevauche en rejetant mes cheveux en arrière. Alec garde les bras en croix mais relève la tête pour tenter d'atteindre mes seins avec le bout de sa langue.

De plus en plus excitée, je redouble d'ardeur. Alec n'y tenant plus, il attrape mes hanches et me tient fermement au-dessus de lui. Il me pénètre plus profondément tandis que je commence de petits mouvements circulaires sur son sexe.

Encore une fois, nos chairs exultent en même temps. Un orgasme déferle dans mon ventre et irradie partout dans mes membres, me faisant me cambrer. Je sens le corps d'Alec traversé par le plaisir. Il se tend tandis qu'il jouit en moi.

– Comment ai-je pu survivre sans toi ? demandé-je en en me laissant tomber sur lui, comblée.
– C'est un mystère, me taquine Alec encore essoufflé tout en m'enlaçant.
– Toujours aussi modeste ! m'exclamé-je.

Et il me renverse sur le côté avant de se plaquer au-dessus de moi.

– Je ne sais pas non plus comment j'ai pu tenir sans toi, me murmure-t-il en me regardant tendrement.

Il caresse mon front. Ses yeux se plissent et un nouvel éclair coquin jaillit dans ses pupilles.

– Mais comment se fait-il qu'en quelques mois tu sois devenue encore plus experte ? me demande-t-il soudain.

29
PRÉSENTATION

Le corps épuisé d'amour et le cœur gonflé de joie, je me réveille dans les bras d'Alec sur le tapis moelleux du salon. Blottie contre lui, la tête posée sur son torse, j'écoute sa respiration régulière avant de remonter le plaid sur nous.

– C'est tellement bon de pouvoir te serrer au réveil, soupire-t-il en déposant un baiser sur mes cheveux. Pendant trois mois, j'ai rêvé de toi toutes les nuits. Chaque matin, je te cherchais dans le lit et je ne trouvais que le vide à ta place.

– Dis-moi seulement que tu ne vas pas encore disparaître, le supplié-je.

– Je n'irai nulle part sans toi, Romane. Tu peux en être sûre. Grâce à toi, j'ai compris bien de choses. Après ton départ, j'ai cru que j'allais devenir fou, continue-t-il en s'asseyant les bras autour des genoux.

Le plaid relevé sur ma poitrine, je m'assieds à mon tour et lui caresse la nuque. Il passe une main dans ses cheveux, respire profondément et tourne son visage vers moi. Il me fixe intensément avant de poursuivre :

– Je ne pensais qu'à toi et à ce que j'avais fait. J'essayais de me convaincre que j'avais pris la bonne décision. J'espérais que tu sois heureuse mais je savais que tu souffrais par ma faute, je m'en voulais terriblement. Je me disais que tu referais ta vie mais c'était pire que tout ! Je ne supportais pas l'idée que tu sois à un autre. Je t'avais quittée pour te protéger, pour que tu vives heureuse, loin de moi, mais te perdre tout à fait m'était insupportable. J'étais en pleine confusion. J'ai pensé tout plaquer. J'ai même pensé à démissionner de mon poste de PDG pour que mon frère me succède, comme le voulait Abby. Me retirer du monde et ne plus voir personne. Mais Sam a mis du temps à se remettre et Mendelssohn avait besoin de moi. Je me suis réfugié dans le travail et j'ai tenu uniquement par devoir.

Soudain, il passe énergiquement ses mains sur son visage avant de me regarder droit dans les yeux, conquérant, avec ce je-ne-sais-quoi d'insolence, et de m'annoncer :

– Sam va beaucoup mieux. On s'est beaucoup rapprochés. Il m'a avoué qu'il était jaloux de moi depuis l'enfance. Quand je suis venu au monde, Sam n'avait pas encore digéré le divorce de ses parents. Il s'est senti exclu. Après la mort de notre père, ça n'a fait qu'empirer. Tout tournait autour de moi car j'étais orphelin, tout le monde était aux petits soins, mais Sam aussi avait perdu son père. Il s'est mis à me détester. Pour lui, c'était en venant fêter mon anniversaire que notre père avait disparu. Dans son esprit d'enfant, j'étais responsable de sa mort et il a grandi avec cette certitude, même s'il ne l'a jamais dit.

– Et toi aussi, ce qui n'a fait que renforcer ta conviction de porter malheur, soupiré-je en lui caressant la joue.

– Certainement mais c'est du passé, aujourd'hui je veux regarder vers l'avenir. Sam va bien, même si la trahison d'Abby le fait toujours souffrir. Elle est en prison où elle attend son procès. Sa famille lui a tourné le dos mais Sam va la voir régulièrement. Je crois qu'il a besoin de comprendre comment elle en est arrivée là. Comment *ils* en sont arrivés là ! D'après lui, elle aurait des remords.

– Et toi, demandé-je en me blottissant contre sa poitrine, où en es-tu ? Est-ce que tu t'autorises enfin à aimer ?

– Je t'aime plus que tout au monde.

Je laisse ses mots descendre en moi en le regardant tendrement, bouleversée. Je n'ai jamais été aussi heureuse. Mon cœur palpite, mes yeux s'embuent de larmes de joie. Je me serre davantage contre lui et murmure :

– Moi aussi !

– J'ai beaucoup parlé avec Beth, continue-t-il. Comme Sarah, elle savait à quel point je tenais à toi. Elle me voyait dépérir. À force, je me suis ouvert à elle. Je lui ai avoué cette impression affreuse de porter malheur à ceux que j'aimais. Elle m'a assuré que ce n'était pas vrai et a tenté de trouver les mots pour m'en convaincre.

– Et elle a réussi ! Je ne la remercierai jamais assez !

– Pas vraiment, m'avoue-t-il.

– Alors, qu'est-ce que c'est ?

– Tu veux vraiment savoir ?

– Oui ! réponds-je en l'entraînant sur le tapis.

– Je suis allé voir un chaman indien pour qu'il me délivre de ma malédiction, m'annonce-t-il, lapidaire, et je t'interdis de te moquer de moi !

– Je n'en ai pas l'intention ! m'amusé-je entre deux baisers. Moi aussi j'ai pensé à la magie blanche pour que tu me reviennes… Je ne trouve pas ça ridicule.

– Eh bien, lui a trouvé ça complètement débile, s'exclame-t-il. Quand je lui ai expliqué que j'avais quitté la femme de ma vie parce que je pensais porter malheur, il m'a dit que je n'étais qu'un imbécile. Mon ego en a pris un coup mais ça m'a fait un électrochoc. Il m'a conseillé d'arrêter les westerns et de me rapprocher vraiment de la culture de mes ancêtres plutôt que de croire à ces foutaises. Par contre, il m'a dit que c'étaient les esprits qui t'avaient mise sur ma route et que je les contrariais en te fuyant.

– Moi aussi tu m'as contrariée, soupiré-je.

– Je te demande pardon ! Je sais maintenant que la mort de mes parents et celle de Dany, le jour de mon anniversaire, ne sont que des coïncidences.

– Ce qui veut dire que tu penses qu'un avenir est vraiment possible ?

– Oui, mon amour, et cet avenir je le veux avec toi, me dit-il en me regardant très sérieusement dans les yeux, tandis que mon cœur bondit de joie.

Je suis totalement chavirée. Alec, penché au-dessus de moi, me sourit et caresse mes lèvres du bout des doigts sans me lâcher des yeux, avant de se pencher vers le divan pour attraper ma bonne vieille veste !

– J'ai pensé qu'il fallait que je te la rende ici, place des Vosges, là où tu l'avais égarée. Mets-la, s'il te plaît, j'ai envie que tu la portes.

Je m'agenouille en face de lui.

– Pourtant je suis bouillante, l'aguiché-je en enfilant ma veste.
– Tu es tellement sexy ! me murmure-t-il tandis qu'il arrange le revers en frôlant volontairement mes seins nus.

Je m'abandonne à ses caresses en soupirant. Alec laisse courir sa langue sur mes tétons et me renverse sur le tapis. Les dernières braises rougeoient dans l'âtre, sous la cendre. Le jour est complètement levé. Alec s'allonge au-dessus de moi, j'enroule mes jambes autour de son bassin et nous échangeons un baiser sensuel. Soudain, je sens quelque chose dans la poche de ma veste.

– Aïe ! m'écrié-je. Il y a un truc dans la poche !
– Ah bon ?! s'étonne Alec en se redressant.

Je m'assieds à mon tour.

– Qu'est-ce que c'est ? demandé-je en sortant une petite boîte carrée.

– Je ne sais pas !

Et cet air mutin, cette fausse surprise, qu'est-ce donc ?

Non, ça ne peut pas être ce que je crois ! Mon cœur s'emballe. Je le regarde, l'œil pétillant, en me mordant la lèvre. Alec a l'air impatient. J'ouvre fébrilement la boîte et reste sans voix, les yeux fixés sur une bague ornée d'un magnifique diamant qui brille à l'intérieur.

– Ce n'est pas encore une demande en mariage, me dit-il, la voix cassée par l'émotion. Je ne suis pas tout à fait prêt, mais c'est une proposition de vie à deux.

Agenouillée sur le tapis, les cheveux en désordre, ma veste largement ouverte sur mes seins, je suis prise dans un tourbillon de joie qui m'empêche de parler. Alec me fixe, le souffle court. Ses prunelles parsemées d'or pétillent d'impatience. Il attend sans doute que je dise quelque chose. Oui, par exemple, mais je n'arrive pas à croire ce qui arrive ! Hier encore, j'étais désespérée, résignée à couler des jours fades, loin d'Alec, et maintenant…

– Veux-tu vivre avec moi, Romane ? me demande-t-il solennellement.
– Oui, c'est ce que je désire le plus au monde, réponds-je simplement sans le quitter des yeux.

Alec soupire de soulagement. Il tire délicatement la bague de son écrin et me la passe au doigt. Je le regarde faire comme si j'étais dans un rêve. Nous restons de longues secondes les yeux dans les yeux, immobiles, les doigts enlacés avant de nous jeter dans les bras l'un de l'autre.

Nous roulons ensemble sur le tapis en nous embrassant plus passionnément que jamais. Nos bouches se répondent avec une fièvre inédite, pleine d'un espoir retrouvé et de promesses d'avenir.

– Merde ! m'affolé-je soudain en reprenant mes esprits. Quelle heure est-il ?

– On s'en fout, me répond Alec qui laisse déjà glisser ses lèvres brûlantes sur mon ventre. Le temps ne nous concerne plus…

– Nous, peut-être pas, remarqué-je en enfouissant mes mains dans ses cheveux, mais Aude et Louane sont très à cheval sur la ponctualité.

– Et moi, très à cheval sur ton plaisir, me réplique-t-il en descendant entre mes cuisses. Je crains que tu sois en retard ce matin…

Moi aussi !

***

À l'arrière du taxi qui nous conduit chez mes parents, Alec a l'air tout à fait décontracté. Enfoncé dans son fauteuil, il me regarde tendrement en me caressant la nuque. Mais comment peut-il rester aussi calme alors que je vais le présenter à la famille Gentillac au grand complet ?

Moi, je suis totalement stressée ! Malgré le froid, j'ai même baissé la vitre pour respirer à pleins poumons l'air vicié du périphérique.

Ce qui n'a pas l'air d'enchanter le chauffeur…

Trois jours à peine se sont écoulés depuis le retour d'Alec, mais il a insisté pour rencontrer mes parents. Il tient absolument à ce que tout le monde sache que nous sommes ensemble. Le lendemain de nos retrouvailles, il est venu me chercher en personne chez Woolf. Aude et Louane l'ont accueilli chaleureusement, le sourire en coin, visiblement ravies pour moi. Louane m'a glissé discrètement : « Très belle inondation… », tandis qu'Aude me lançait un clin d'œil entendu.

Encore une fois, j'étais écarlate !

Le soir même, nous avons dîné au loft avec Jo, Lucas et Umberto, tous conquis par le charme et l'humour désinvolte d'Alec. En fin de soirée, j'ai pris le temps de discuter avec Jo et Lucas, qui m'ont aidée à préparer quelques affaires pour m'installer place des Vosges. Je leur ai proposé de payer mon loyer jusqu'à ce qu'ils trouvent un nouveau colocataire, mais ils n'ont rien voulu entendre. Nous étions très émus, conscients que commençait une nouvelle phase de nos vies. Malgré ma joie de partir vivre avec Alec, je n'ai pas pu retenir une larme en quittant le loft.

Et dire que j'avais peur d'y rester seule, c'est moi qui pars la première !

– Mes parents sont hyper coincés, préviens-je Alec pour la dixième fois de la matinée. Mon père est un peu spécial. Il a tendance à scruter les personnes comme il le fait avec ses patients… Ne te formalise pas s'il te regarde un peu froidement avant même de te saluer, c'est normal ! Il pose son diagnostic. Et aussi, quand tu vas offrir le bouquet à ma mère, il est fort possible qu'elle te remercie du bout des lèvres. C'est normal, ne t'inquiète pas !

– Bien, mais calme-toi, tout va bien se passer. Enfin, si Sarah arrive à l'heure ! soupire Alec en riant. J'espère qu'elle s'est réveillée, quand Sarah est toute seule, elle peut dormir deux jours d'affilée. Je l'ai appelée plusieurs fois, elle est sur messagerie.

– Si au moins Brooke avait pu rester à Paris un peu plus longtemps !

– Ce n'est pas tous les jours qu'un collectionneur veut acheter toutes les œuvres d'un artiste qu'elle expose, remarque Alec. Les affaires sont les affaires !

– Oui mais ça ne fait pas les nôtres, paniqué-je. Je suis sûre que mes parents s'attendent à ce que tu leur demandes ma main, c'est pour ça qu'ils ont invité ta tante.

– Je veux leur demander bien davantage, je ne suis pas homme à me contenter de cinq doigts, plaisante-t-il en se penchant vers moi pour déposer un tendre baiser sur mon front.

– Est-ce que je t'ai parlé de mon frère ? reprends-je. Alors il est un peu prétentieux…

– Oui, je sais ! s'écrie Alec. Sa femme est charmante, leur fille délicieuse, leur garçon pénible, et il vient d'ouvrir son propre cabinet, après avoir travaillé de nombreuses années pour maître de Thyli !

– Je vois que tu as révisé, c'est bien. Mais au fait, est-ce que tu aurais quelque chose à voir avec les aveux de Paul ?

– Hum-hum, c'est possible, répond-il, laconique.

– Comment as-tu fait ?

– J'ai appris qu'il était à New York pour affaires. Je lui ai fixé un rendez-vous sous un faux nom. Quand il est arrivé, j'ai à peine élevé la voix et il s'est écrasé comme une carpette… Je lui ai gentiment conseillé de se tenir à carreau sinon il pouvait faire une croix sur sa carrière, Sarah l'avait déjà viré. J'ai posé un dictaphone sous son nez, tu connais la suite… Je t'avais dit que j'en faisais une affaire personnelle, me dit-il alors que le taxi se gare devant la maison bourgeoise de mes parents.

***

MarieB, vêtue de son éternel tailleur Chanel, vient nous accueillir. Je l'embrasse – les quatre bises traditionnelles – avant de lui présenter Alec. Je scrute sa réaction mais pas une mèche ne bouge. Juste un sourire imperceptible sur les lèvres. J'ai l'impression qu'Alec est à son goût.

Même sans cravate.

Alec, très classe, lui serre la main et lui offre un bouquet de lys. Elle le salue, sans laisser paraître la moindre émotion – de la retenue, s'il vous plaît ! – et le remercie du bout des lèvres.

Tout est normal !

Elle doit être un peu émue car elle reste figée, la main sur le portail, et nous regarde, un peu crispée. Mon nez est en train de geler, Alec demeure silencieux et me jette un coup d'œil pour savoir comment il doit se comporter.

Rendez-vous en terre inconnue, après les Miao de Chine, voici les Gentillac des Hauts-de-Seine !

– Rentrons vite, car l'hiver et les dettes sont de vilaines bêtes ! s'écrie ma mère.

Et un proverbe rituel ! Un !

Ma mère nous devance dans l'allée de graviers. Alec me fait un clin d'œil et prend ma main, très sûr de lui, tandis que nous pénétrons dans le salon douillet où je sais que nous allons trouver toute la famille en rang d'oignons pour nous accueillir.

Eh bien non ! Grand bouleversement chez les Gentillac.

Sarah est assise dans le fauteuil Voltaire de mon paternel, celui qui lui est réservé devant l'éternel, sur lequel personne d'autre que lui n'a jamais posé la moitié d'une fesse ! Elle est en plein récit de son expédition. Mon père, Wando, Alice et les enfants sont assis sur le divan et l'écoutent, fascinés.

– Voilà les amoureux ! s'écrie-t-elle en nous voyant entrer tandis qu'elle se lève d'un bond, avant de courir nous embrasser. Je progresse, je ne suis pas arrivée en retard cette fois-ci mais avec une heure d'avance !

Je rêve ou c'est le rire de Xavier Gentillac que je viens d'entendre ?!

– Nous étions impatients de vous rencontrer, Alec ! s'exclame mon père en lui serrant longuement la main sans examen préalable.

– Moi aussi, monsieur, répond Alec tout sourire, c'est un honneur de vous rencontrer.

– Tu ne fais pas les présentations, sœurette ? me taquine mon frère, pull bleu marine noué sur sa chemise rose et sourire carnassier.

Il y a tout de même quelques incontournables…

– Alec, je te présente Wandrille mon frère, Alice son épouse, et voici Juliette ma nièce et Léonard mon neveu.

– La famille au grand complet ! s'écrie ma mère les yeux étrangement brillants.

Le déjeuner est des plus agréables. Ma mère jette régulièrement un œil sur ma bague en souriant d'aise. Alec et moi nous tenons la main sur la nappe blanche. Encore une fois, il semble faire l'unanimité. Sarah enchante petits et grands avec ses anecdotes, plus folles les unes que les autres. Léo et Juliette sont scotchés quand elle raconte comment elle a fait fuir un ours polaire affamé sur la banquise.

– En entonnant *La Traviata*, affirme-t-elle. Je chante terriblement faux et c'était un ours qui avait l'oreille musicale !

Il a préféré tourner les talons plutôt que de m'entendre massacrer Verdi.

– Passons aux choses sérieuses, lance soudain mon père en tirant une longue bouffée sur son cigare. J'imagine que vous avez déjà prévu une date pour le mariage ?

Tous les regards se tournent vers Alec et moi. Une autre tradition familiale veut qu'aucun petit ami ne déjeune à la table dominicale s'il n'a pas d'abord publié les bans pour épouser la fille de la maison !

Pour la première fois du déjeuner, je sens qu'Alec est mal à l'aise. Je lui fais une petite pression discrète sur les doigts et réponds, sûre de moi :

– On ne sait pas encore si on veut se marier.

Froid autour de la table. Silence. Je ne distingue pas le regard de mon père, perdu dans un nuage de fumée, et je m'en réjouis ! Ma mère reste figée, Alice baisse la tête et Wando se frotte les tempes en évitant de nous regarder. Sarah allume sa pipe et fait diversion, tous les regards se tournent vers elle, stupéfaits ! Je me tasse mais Alec intervient, pensant venir à mon secours et rassurer mes parents :

– Mais nous allons vivre ensemble ! annonce-t-il en me faisant du pied sous la table. Nous allons apprendre à nous connaître et on verra plus tard. J'aime votre fille, monsieur, et je suis bien décidé à la rendre heureuse, avec ou sans contrat.

Mon père ne dit toujours rien, c'est ma mère qui, contre toute attente, vient à notre rescousse avec un proverbe bien choisi…

Enfin si on veut !

– Vous avez raison, comme le dit l'adage : « Ne regrettez pas de vous lever tôt mais de vous marier jeune »…

Xavier Gentillac va apprécier ! C'est de pire en pire.

– Ah, il est drôle, celui-là, s'exclame Sarah en tirant sur sa pipe. J'en ai un autre : « On ne peut donner que deux choses à ses enfants…

– … des racines et des ailes », termine mon père en soupirant, mais tu as déjà pris ton envol, ma chérie. Je suis heureux de vous confier ma fille, Alec, mais attention, il faut la suivre…

– J'en ai conscience, monsieur, je sais que c'est un oiseau rare.

Et il se penche vers moi pour m'embrasser. Je fonds littéralement. Jamais je n'aurais pu imaginer qu'un jour je pourrais être aussi heureuse d'être parmi les miens.

– Eh bien, trinquons à la liberté ! s'écrie Sarah en riant, achevant de détendre l'ambiance.

– Et à l'amour, lance Wando en me faisant un clin d'œil. Au fait, où allez-vous vivre, librement ?

– Principalement à New York, répond Alec, j'y ai mes affaires.

– Tu vas quitter Woolf ? me demande mon frère.

– Pas vraiment, réponds-je, Aude et Louane m'ont proposé d'éditer mon prochain livre. Je ne serai plus assistante d'édition mais auteur à plein temps.

– Bravo ! Et de quoi s'agit-il ? s'intéresse ma mère.

– Une autre biographie. Je n'en ai pas encore parlé à Aude et Louane, mais je pense qu'elles seront d'accord. En travaillant avec Sarah j'ai compris que je n'avais pas vraiment envie d'écrire des fictions mais plutôt de me pencher sur des personnes bien réelles. Au fond, je préfère parler des autres que de moi-même. Cette fois, c'est aussi une femme exceptionnelle, comme Sarah, libre et engagée, belle et courageuse, mais malheureusement disparue trop tôt. Elle s'appelle Asha Freeman et c'est la mère d'Alec.

– Un merveilleux moyen pour que Romane rencontre aussi mes parents, continue Alec en me souriant. J'étais très touché quand elle m'a parlé de ce projet et je le suis encore.

30
SURPRISES !

En neuf mois à peine, et pour mon plus grand bonheur, ma vie a été totalement transformée. En résumé, après avoir présenté mon fiancé à mes parents, j'ai démissionné de mon poste d'assistante d'édition pour devenir auteur associé de Woolf.

Une semaine après, je quittais la France pour m'installer à New York avec Alec. Nous avons préféré fuir Manhattan : l'appartement était trop marqué par les événements tragiques qui s'y étaient déroulés sous l'impulsion folle d'Abby.

Pour commencer une nouvelle vie ensemble, Alec a acheté une grande maison en plein cœur de Brooklyn, avec un magnifique jardin. Nous avons pris nos marques rapidement dans ce nouvel espace qui est devenu la maison du bonheur.

Ma biographie de Sarah a battu des records de vente. Aude et Louane n'ont pas hésité à me suivre sur mon nouveau projet, mais après six mois de vie trépidante à New York, j'ai eu envie de me poser un peu pour terminer l'écriture de la biographie d'Asha.

J'ai convaincu Alec de quitter New York quelque temps pour poser nos valises dans le chalet de ses parents dans le Colorado. J'avais besoin de me retrouver sur les terres d'Asha pour me sentir dans son élément, au plus près d'elle.

Alec a trouvé que c'était une excellente idée et a proposé à Sam de le remplacer à la tête de Mendelssohn. Ils sont maintenant très liés. Le conseil d'administration a accepté et Alec se consacre désormais à la musique. C'est une idée qui lui trottait dans la tête depuis longtemps ! Il est en train de composer le nouvel album des Strange Days dont le succès planétaire se confirme de jour en jour.

Enfermée dans mon bureau, à l'étage du chalet joliment rénové, je trépigne d'impatience en faisant les cent pas dans la pièce. Pour la dixième fois de la journée, et il n'est que quatorze heures, je compose le numéro de Jo tout en jetant un œil dans le couloir pour m'assurer qu'Alec n'arrive pas. Quand j'entends la voix de mon amie à l'autre bout du fil, je m'apaise un peu et m'empresse de lui demander si tout se passe bien.

– Depuis treize heures quarante-cinq, rien à signaler, me réplique-t-elle en riant. Enfin si, Sam vient d'arriver. Tout le monde est là.

– Tu es sûre ?

– Ne t'inquiète pas ! L'organisation, c'est mon job, me répond Jo. Pas un ne manque à l'appel. Ta surprise va être totale ! On est tous sous le charme du Colorado.

– Mes parents ne sont pas trop désorientés ? Parfois, je me dis que je suis dingue d'avoir organisé un truc pareil !

– Mais non, me rassure Jo, c'est génial ! Ta mère est super contente, elle s'entend très bien avec la mienne. Le petit bémol, c'est que Sarah s'est mis en tête de les emmener faire une balade à cheval.

– Quoi, maintenant ? m'affolé-je. Tu as vu l'heure ? Elles n'ont pas le temps !

– C'est ce que Brooke a dit, mais tu connais Sarah !

– Il n'en est pas question ! Il faut que tout le monde soit en place à dix-neuf heures à Denver. Avec tout le mal que je me suis donné pour organiser cet anniversaire surprise ! En plus, tu imagines, si l'une d'elle tombait et se cassait quelque chose ? L'horreur ! Alec va mieux, il ne parle plus de la malédiction du 24 août, je ne veux pas tenter le diable le jour de ses 31 ans.

– De toute façon, ni ton père ni celui de Lucas ne sont chauds pour voir partir leurs dulcinées avec l'intrépide Sarah ! pouffe-t-elle.

Je n'arrive toujours pas à me faire à l'idée qu'Ana et Pierre sont ensemble !

– Je compte sur toi, Jo, pour que tout le monde soit là à l'heure. Qu'est-ce que tu penses du ranch que j'ai loué ? Tout est prêt pour la fête ? demandé-je.

– Oui, Lucas, Umberto et ton frère sont allés voir sur place. C'est OK.

– Et sinon, Louane et Aude n'arrêtent pas de se chamailler, c'est normal ?

– Oui ! la rassuré-je. Le conflit, c'est leur mode de communication. Ah, dis-moi que j'ai bien fait !

– Mais oui ! Alec va adorer, tu vas voir.

– J'espère, car depuis que nous sommes levés, il n'a pas fait la moindre allusion à son anniversaire ! Je ne sais même pas ce que je vais lui raconter pour le convaincre de me suivre jusqu'au ranch. Hier encore, je me félicitais d'avoir eu cette initiative, mais maintenant que je suis au pied du mur, je me mets à douter.

– Même Beth et Sarah sont persuadées que c'est la seule chose à faire pour libérer totalement Alec de ses vieux démons, me rétorque Jo.

– Surtout, assure-toi que tout le monde respecte le *dress code* pour la soirée. Au moins quelque chose qui rappelle les Amérindiens.

– Tu radotes !

– Il faut que je raccroche, murmuré-je, Alec monte l'escalier. Sept heures au ranch, pas une minute de retard…

Tandis que j'entends les pas d'Alec dans le couloir, je me précipite à mon bureau, jette mon portable et me remets face à mon ordinateur. Je suis censée être en plein boulot.

– Je ne te dérange pas ? me demande Alec en passant la tête dans l'embrasure de la porte.

– Pas du tout, entre, réponds-je en me levant. J'ai mis le point final à la biographie d'Asha. Louane et Aude sont emballées, elles sont sûres qu'on va faire un nouveau carton.

– C'est évident ! Merci de m'avoir choisi comme premier lecteur.

– C'est normal ! Tu es le premier intéressé.

– Tu lui rends un si bel hommage, me dit-il en me serrant dans ses bras. Tu ne peux pas savoir comme je suis touché.

– Une autre façon de te dire je t'aime ! murmuré-je en l'embrassant.

– Je voulais te dire aussi merci pour m'avoir poussé à quitter New York.

– On est tellement bien ici ! rétorqué-je en glissant mes mains sous son vieux tee-shirt. C'est le paradis.

– Et quand tu me caresses comme ça, j'ai envie de commettre encore et encore le péché de chair, me murmure-t-il en me mordillant l'oreille.

Je suis bien d'accord, mais on n'a pas le temps…

– Sans toi, je n'aurais jamais eu le courage de faire rénover le chalet de mes parents. Pourtant, c'est ce qu'il me fallait pour me recentrer : revenir sur la terre de mes ancêtres en compagnie de ma petite squaw, enchaîne-t-il.

– Mendelssohn Computers ne te manque pas trop ?

– Non, je suis ravi que Sam assure l'intérim pour quelque temps. Je suis heureux qu'il soit mon bras droit. Ça m'a permis de terminer la compo du dernier album des Strange Days ! se félicite-t-il en soulevant ma robe. Un peu moins rock que le précédent mais beaucoup plus sensuel… C'est encore grâce à toi, avec les nuits que tu me fais passer…

– Je sens que tu as besoin d'encore un peu d'inspiration, chuchoté-je, lascive, frottant ma cuisse contre son entrejambe.

– Toujours, soupire-t-il avant de m'embrasser plus profondément, mais tout à l'heure !

Il dénoue mes bras de son cou, pose un chaste baiser sur mon front et file vers la sortie.

Quoi !?

– Je t'emmène dîner ! m'annonce-t-il. Je te laisse te préparer, c'est un endroit magique, tu vas adorer.

– Ah non, ce n'est pas possible, m'affolé-je.

Alec me regarde m'élancer vers lui pour le retenir de toutes mes forces par le poignet.

– Mais tu es insatiable ! s'exclame-t-il en riant.

– Oui ! Enfin, non ! Bien sûr, mais… C'est-à-dire que… En fait, voilà j'ai… Tu ne peux pas me faire ça ! hurlé-je finalement en désespoir de cause, incapable de trouver les mots pour lui demander de me suivre sans trahir mon secret.

– On aura toute la vie pour faire l'amour, me rassure-t-il, un tantinet narquois.

Il me prend pour une nymphomane, c'est complet !

– Je t'assure que tu ne vas pas le regretter, insiste-t-il.

– Il faut croire que les grands esprits se rencontrent car j'ai réservé… une table moi aussi, pour dix-neuf heures. Avec la meilleure volonté du monde, je ne peux pas décommander.

Et pour le convaincre, je l'enlace à nouveau et l'embrasse fougueusement.

– Je reconnais que tu as des arguments, me réplique-t-il d'une voix enrouée tandis qu'il s'arrache difficilement à mon emprise, mais je te demande quand même de me suivre.

Et pour me persuader à son tour, Alec s'empare de mes lèvres avec exaltation.

– Toi aussi tu te défends, soupiré-je totalement renversée, mais je ne céderai pas, c'est toi qui dois me suivre. Je t'assure que c'est un lieu absolument divin.
– Nous irons une autre fois.
– Mais j'ai réservé !
– Moi aussi ! Annule.

Et il se penche dans mon décolleté.

– Non ! Je ne peux pas.
– OK ! Je ne te toucherai plus pendant une semaine, me menace-t-il, en se reculant, les mains levées.
– Alors là, c'est trop cruel !

Je n'ai pas le loisir de protester davantage : juste à ce moment, un concert de klaxons, inattendu dans ce calme champêtre, attire notre attention. Nous nous précipitons ensemble vers la fenêtre ouverte. Un convoi bruyant d'une dizaine de voitures se dirige vers le chalet, soulevant la poussière du chemin.

Je blêmis. Durant une fraction de seconde, je me dis que c'est une hallucination.

Non, ils n'ont pas pu me faire ça, j'ai bien dit sept heures au ranch, pas cinq heures à la maison !

Mais je me tasse davantage quand je vois sortir toute la smala que j'ai conviée à l'anniversaire surprise d'Alec.

Pour une surprise, c'est une surprise !

Totalement contrite pendant que mes invités s'agglutinent sous la fenêtre, je jette un œil à Alec. Je crains sa réaction. Étrangement, il n'a pas l'air particulièrement surpris de voir Beth et son nouveau compagnon, à côté de mes parents, qui eux-mêmes côtoient Sarah, Brooke, Jo, Lucas…

Et tous les autres…

– Mais ce n'est pas ce qu'on avait convenu ! nous écrions-nous d'une même voix.

Quoi !?

Je me retourne vers Alec qui me fixe. Nous sommes aussi stupéfaits l'un que l'autre. Il me regarde, bouche bée, tandis que l'improbable bande éclate de rire en applaudissant.

– Tu savais qu'ils étaient là ? me demande Alec.

– Oui, c'est moi qui ai tout organisé, réponds-je sans rien comprendre à ce qui est en train de se produire. J'espère que tu ne m'en veux pas.

– Non, mais c'est moi qui les ai invités ! réplique Alec, incrédule.

Le spectacle de notre confusion fait redoubler de rire familles et amis. Je commence à comprendre ! Alec lui aussi a prévu une surprise pour ses 31 ans ! Il a eu la même idée que moi : organiser son anniversaire pour me prouver qu'il n'est plus sous l'emprise de sa pseudo-malédiction. Je me jette dans ses bras et murmure :

– Bon anniversaire, mon amour !

– Petite cachottière, me répond-il, ému. Merci ! Mais si toi non plus tu ne leur as pas donné rendez-vous ici, qu'est-ce qu'ils font là ?

– J'en sais rien du tout !

Nous descendons dans la cour. En voyant la troupe de plus près, je découvre qu'ils sont tous vêtus d'une bien étrange manière. Chacun arbore sur sa tenue un petit détail amérindien, mais porte aussi une veste flashy de couleur différente. Presque un look à la Jo, en définitive !

Ma mère avec une veste jaune poussin et des boucles d'oreilles en plume, je ne vais pas m'en remettre de sitôt !

– On peut dire que vous êtes sur la même longueur d'onde, vous deux, s'amuse Sarah.

– Vous aimez les surprises, mais il faudrait vous consulter, continue Wando.

– Ce qu'on a rigolé, se réjouit Ana. On devait attendre l'un à Cheyenne, l'autre à Denver…

– Du coup, on a pensé que c'était mieux de vous rejoindre ici, s'esclaffe Lucas, on ne voulait rater ni l'anniversaire ni le mariage !

– Mais c'est pas possible ! s'emporte Jo. Tu as encore gaffé !

Rire général tandis que mon cœur s'emballe. Je n'entends plus qu'un lointain brouhaha et les contritions de Lucas. Je n'ose pas croire ce que j'ai entendu. Alec me regarde, bouleversé, avant de me prendre délicatement dans ses bras.

– Tu te souviens que j'avais réservé ta main il y a neuf mois ? me demande-t-il en dégageant doucement une mèche tombant sur mon visage.

– Comment l'oublier, murmuré-je, tremblante.

– Romane, même si j'ai foiré ma surprise, veux-tu m'épouser ?

– Oui ! réponds-je en l'enlaçant sans plus retenir mes larmes, tandis que toute l'assemblée applaudit de nouveau.

Sous le coup de l'émotion, j'entends, sans vraiment écouter, Jo et Sarah expliquer qu'elles ont annulé nos réservations respectives et qu'elles ont tout organisé ici même. Alec, qui a l'air aussi stupéfait que moi pour une fois, se laisse faire. De toute façon nous ne serions d'aucune aide, sonnés et incapables de décrocher nos regards l'un de l'autre.

– On se charge de tout, continue ma mère. Vous n'avez plus qu'à aller vous préparer !

– Mais respectez bien les deux *dress codes*, qu'on ne soit pas les seuls à être ridicules, nous taquine Sam.

– J'ai insisté pour qu'ils portent tous une veste flashy, en souvenir de notre rencontre, m'avoue Alec.

– Et moi une touche amérindienne, dis-je en riant !

Sacré mélange !

– Voilà les traiteurs ! se félicite ma mère tandis que deux gros camions, dont un réfrigéré, se garent dans la cour.

La situation nous échapperait-elle totalement ?

– Beth et moi, on s'occupe d'Alec, commande Sarah, et Jo et Lucas, vous vous chargez de Romane.

– Allez, nous taquine Ana, échangez donc votre dernier baiser de fiancés ! Dans deux heures, vous serez monsieur et madame !

C'est donc vrai ! Je vais devenir l'épouse d'Alec. Madame Romane Mendelssohn-Freeman pour l'éternité. Un petit vertige vient me cueillir, mais heureusement mon futur mari me serre contre lui et m'embrasse tendrement avant de me laisser aux mains de mes amis.

– « Tel est pris qui croyait prendre » ! lancé-je un peu crispée.

Il fallait bien que je le ponde, celui-là !

***

Voilà pourquoi j'ai décidé d'écrire des biographies, le réel est souvent plus romanesque que la fiction. La preuve : je n'aurais jamais imaginé que mon père me conduirait un jour vers un autel improvisé, fait de bois flotté et de fleurs des champs, près d'un lac du Nouveau Monde.

Il faut vraiment que mon père tienne à moi pour qu'il ait accepté de marcher, au milieu d'inconnus, vêtu d'un blazer orange et chapeauté d'un haut-de-forme à larges bords sur lesquels pendent des plumes d'aigle !

Nous avançons entre les invités, assis sur des troncs d'arbres faisant office de bancs. Mon cœur bat la chamade. Alec m'attend près de l'autel, cheveux au vent. Il me fait l'effet d'une apparition céleste. Dans son smoking noir, avec son bijou indien sur son torse nu, il a quelque chose des héros mythiques qui m'ont donné mes premiers émois d'adolescente.

Mais c'est bien lui qui fait vibrer aujourd'hui mon cœur de femme.

Très ému, Alec me regarde émerveillé dans la somptueuse robe de mariée ivoire, tout en dentelle, qu'il a choisie pour moi. J'ai enfilé une veste bleu pâle et posé sur mes cheveux lâchés une très jolie couronne de fleurs. J'arbore, autour du cou et des poignets, de magnifiques bijoux indiens.

Nous arrivons près de l'autel, mon père a du mal à lâcher mon bras, mais finit par me laisser rejoindre Alec. Il va s'asseoir près de ma mère qui a bien du mal, pour une fois, à contenir son émotion. Alec prend ma main et me fixe amoureusement. Ses prunelles brunes semblent plus que jamais parsemées d'or pur. Je suis tellement bouleversée que je me demande si je vais parvenir à rester debout pendant la cérémonie.

Deux hommes, que je n'ai jamais vus, se postent devant nous. Alec m'explique que l'un est le maire de la petite ville voisine et l'autre le représentant de la tribu cherokee d'où est issue sa mère. J'essaye de me concentrer sur leur discours mais, ivre de bonheur et de trac, je n'entends plus que les palpitations de mon cœur. Il me semble que je peux percevoir les battements rapides de celui d'Alec au fond du mien.

– Romane ! m'interpelle doucement Alec. On vient de te poser une question…

– Oh pardon, m'écrié-je en revenant à moi, j'étais distraite !

Des murmures et des rires s'élèvent de l'assemblée, Jo et Lucas pouffent comme des collégiens, tandis que ma mère se tasse, la main sur le visage, consternée sans doute d'avoir mis au monde une pareille hurluberlue qui rêvasse le jour de son mariage !

– Pourriez-vous reposer votre question, monsieur le maire ? demande Alec. Ma fiancée a tendance à s'absenter quand l'émotion la submerge.

– Elle n'est pas banale ! constate le représentant de la loi.

– C'est bien pour ça que je veux l'épouser, répond Alec en me fixant amoureusement tandis que je souris aux anges.

– La preuve d'un esprit capable de communier avec l'Univers, ajoute le vieil Indien. Et si nous les laissions se débrouiller ? propose-t-il soudain à son acolyte.

– Vous avez raison ! s'exclame le maire en tournant les mains vers nous pour nous inviter à prendre le relais.

Et voilà qu'on doit tout faire !

Le soleil, gros comme une orange, descend sur les Rocheuses. Le lac scintille de mille feux. Juliette, Léonard et Dany nous apportent les alliances. Deux simples anneaux d'or, identiques, posés dans un nid d'hirondelles. Alec me demande d'une voix assurée en prenant ma main :

– Romane, veux-tu m'épouser ?

– Oui ! réponds-je en contenant mon émotion. Et toi Alec, acceptes-tu de devenir mon mari ?

– Oui ! acquiesce-t-il, c'est tout ce que je désire.

Et chacun glisse au doigt de l'autre l'alliance nuptiale tandis que le maire proclame :

– Au nom de la loi, je vous déclare mari et femme !

Mon cœur explose littéralement de joie. Je tombe dans les bras d'Alec. Il me soulève et m'embrasse passionnément sous les applaudissements de l'assemblée debout qui entonne « Joyeux anniversaire ».

***

C'est le mariage dont j'aurais rêvé sans doute si, avant de connaître Alec, j'avais eu l'idée de me marier !

Champêtre, simple et décalé… Infiniment romantique.

Des lampions sont suspendus dans la clairière, sous les sapins, et éclairent la nuit. Alec et moi sommes assis, radieux, au centre de trois grandes tables installées en U. Nous avons terminé de dîner et les bavardages vont bon train. Pendant que les musiciens des Strange Days jouent en sourdine, chacun annonce une bonne nouvelle.

Une idée de Sarah, histoire de prouver à son neveu la fin de sa prétendue malédiction…

Brooke et Sarah sont sur le point d'adopter une petite fille brésilienne. Jo annonce qu'elle a été recrutée par l'ONU, et qu'elle part s'installer à Genève pour travailler au Haut Commissariat pour les réfugiés.

Je suis un peu déçue, j'aurais adoré qu'elle soit à New York avec moi, comme Lucas et Umberto, qui vont ouvrir un restaurant français à Brooklyn.

Mes parents vont vendre leur maison et prendre une retraite bien méritée dans le sud de la France. Wando annonce, toujours aussi fier, qu'il va être papa pour la troisième fois. Alice attend un bébé ! Beth, enceinte jusqu'aux yeux, s'écrie sous le regard amoureux de son compagnon, le producteur du groupe : « Moi aussi ! » Tout le monde éclate de rire.

Ça ne nous avait pas échappé !

– Et si on s'éclipsait ? me propose Alec. Ils s'amusent bien, et moi j'ai envie de t'avoir tout à moi.

Nous quittons la table discrètement. Alec m'entraîne à l'écart par de petits sentiers escarpés. Lampe torche à la main, il me conduit à travers bois jusqu'à une clairière.

– J'espère que tu n'es pas trop déçue, tu aurais peut-être préféré une cérémonie plus traditionnelle ? me demande-t-il en m'attrapant la taille pour me serrer contre lui.
– C'était parfait ! le rassuré-je.
– On peut se marier tous les ans à la même date, si tu as envie, on fera toutes les versions possibles jusqu'à la fin de nos jours.
– Excellente idée !
– Comme tu adores les surprises, je t'en ai préparé une autre pour notre nuit de noces.

Et il éclaire la cime des arbres. Je découvre une cabane de bois en équilibre entre deux grands sapins… Et une échelle de cordage qui se balance dans les airs !

– J'espère que tu n'as pas le vertige ! s'amuse-t-il.
– De l'amour seulement, rétorqué-je en l'embrassant. Mais tu peux me dire comment je vais monter là-haut avec ma robe et mes escarpins ?

– Il suffit de les enlever, me répond-il en commençant à me déshabiller.

Avant qu'il n'enlève ma veste, je prends discrètement une petite boîte que j'avais cachée au fond de ma poche et la dissimule derrière mon dos. Ma robe de mariée tombe sur un tapis de mousse, un string de dentelle pour tout vêtement.

– Tu es tellement belle, soupire Alec en suivant les courbes de mon corps.

Je frémis de désir. Alec s'agenouille devant moi et m'entoure la taille en blottissant sa tête contre mon ventre. Ses baisers tendres et sensuels me chavirent. Il laisse courir ses doigts dans mon dos et découvre le petit coffre que je tiens toujours à la main.

– Tu ne croyais pas que j'allais te laisser avoir le dernier mot, question surprise ! plaisanté-je en m'agenouillant devant lui.

Je lui tends l'étui et le regarde ouvrir la boîte. Je me sens fébrile, j'ai presque envie de pleurer. Alec dénoue le ruban, ouvre le coffret puis éclaire l'intérieur avec sa lampe torche. Il reste quelques secondes en suspens. Mon cœur s'arrête.

– C'est un test de grossesse ? me demande-t-il d'une voix blanche.
– Positif, réponds-je sans parvenir à détecter les sentiments d'Alec. Tu vas être papa.

Alec laisse échapper la lampe au sol, nous plongeant dans la pénombre. Il ne dit rien. J'entends seulement son souffle court. Il me semble que les secondes s'étirent et que mon cœur va lâcher. Alec se lève, toujours silencieux, m'aide à me relever et me serre enfin contre lui :

– Rien ne pouvait me rendre plus heureux, me déclare-t-il tandis que je fonds en larmes, soulagée.

– Alors, c'est qui la reine des surprises ? demandé-je en passant des larmes au rire.

– C'est Romane Mendelssohn-Freeman, ça ne fait aucun doute, me rétorque-t-il en me faisant tournoyer dans les airs.

FIN

Extrait

TOUS SES DÉSIRS

Olivia Dean

1
MAGNÉTIQUE

Si je le pouvais, je m'enfuirais à toutes jambes !

Mais qu'est-ce que je fais là ? Au milieu de toutes ces stars !

Le type, là, qui vient de me bousculer, ce n'est pas cet acteur connu ? Mince, je ne me rappelle plus de son nom… Je me sens de plus en plus mal à l'aise. Pourtant la soirée est parfaite. Ce magnifique gala monégasque a été idéalement organisé. Tout le Bottin mondain est là et je réalise à peine la chance que j'ai d'être parmi ces célébrités. En vain je tente de respirer et de calmer mon appréhension. J'ai l'impression d'être dans le passage. Je ne sais pas où me mettre pour faire mon travail sans enfreindre je ne sais quel code que j'ignore.

Pourvu que je ne fasse pas de gaffe !

Quand Edmée Dupriest, la rédactrice en chef du magazine *Starglam* m'a proposé un travail à la rédaction, je me suis dit que c'était une opportunité à ne pas rater, sauf que maintenant, je ne suis plus sûre de rien. Je n'ai rien contre les people mais ce n'est pas mon univers. Je stresse tellement que je n'arrive même plus à mettre un nom sur ces visages qui me semblent pourtant familiers.

Dire que je voulais devenir journaliste dans la mode ou l'art…

J'étais si fière d'annoncer en arrivant que je représentais ce soir le magazine *Starglam*. Moi, la simple pigiste ! Et à l'essai, en plus ! Envoyée pour mon premier reportage solo, je m'étais promis de ne pas décevoir Edmée.

Lorsque le cordon de velours rouge a été écarté pour que je puisse pénétrer dans la magnifique salle bondée, je me suis sentie sur un petit nuage… Mais à peine suis-je entrée que ma belle assurance s'est envolée. Impossible de me rappeler qui est qui, bien que j'aie tenté de « réviser » hier en feuilletant soigneusement les pages people des journaux.

À nouveau je regarde autour de moi. Tout est incroyable. La salle de l'hôtel Fairmont Monte-Carlo privatisée pour l'occasion est à couper le souffle. Perchée sur les hauteurs de la ville, elle offre une vue panoramique sur la Méditerranée grâce à ses immenses baies vitrées longées par un balcon à la rambarde transparente. Aucune paroi intérieure pour boucher la vue, des colonnes modernes, simples mais élégantes, viennent soutenir le plafond. Celui-ci, alors que le soleil se couche, vient accentuer l'atmosphère calme et chic : bleu nuit, il est parcouru de minuscules spots de lumière rappelant les étoiles. Le long du mur du fond, opposé au spectacle du paysage, un grand buffet a été dressé sur des nappes blanches. Petits-fours salés et sucrés à disposition, pâtisseries délicates… Je n'ai jamais rien vu d'aussi parfaitement pensé.

Pour un peu j'aurais l'impression d'être Sissi faisant son entrée dans la salle de bal !

Pour me fondre dans la masse et ne pas jurer avec l'assemblée, j'ai mis la plus belle robe de mon placard. Soie émeraude pour mettre en valeur mes cheveux roux sombre et mes yeux vert clair, plus des Louboutin qui m'ont coûté une fortune. Je les ai achetées l'année dernière, je fantasmais dessus et me les suis finalement offertes pour fêter mon diplôme, même si c'était une folie ! Je réalise que ma tenue est encore trop simple par rapport à celles des stars de la soirée et cela rajoute encore à mon malaise. Déjà que je suis timide, je suis maintenant morte de trac !

Bon… en fait, je me sens plus proche de Daisy Duck que de Sissi Impératrice !

Je dois vite me reprendre si je veux prouver à Edmée qu'elle a eu raison de me faire confiance. Ce n'est pas le moment de flancher ! Jamais une star ne consentira à nous parler, mes Louboutin, ma robe et moi, si je reste plantée comme ça.

Sauvée !

J'aperçois brièvement Éric Gourieux près du buffet. C'est un reporter-cameraman de la chaîne People-live que je connais bien maintenant pour l'avoir croisé à de nombreuses reprises sur le terrain. Je lui adresse un signe discret de la main.

Un signe discret, mais désespéré.

Il me retourne un large sourire joyeux et se précipite vers moi, caméra toujours vissée à l'épaule au cas où l'occasion de réaliser l'interview d'une personnalité se présentait. Lui m'aidera sans aucun doute à savoir comment me comporter ici. Et surtout à deviner qui est qui !

Chaque fois que je crois reconnaître une tête, j'ai un trou. Je me vois mal commencer une interview avec pour première question : « Au fait, qui êtes-vous, déjà ? J'ai votre nom sur le bout de la langue. »

Je ne peux m'empêcher de pouffer de rire en voyant Éric s'approcher de moi. Quelle dégaine, quand même ! On n'a pas idée ! Grand, rond, plus un poil sur le caillou et les manches de chemise retroussées ! D'habitude, sa tenue de combat, c'est plutôt jean, tee-shirt, mais, pour l'occasion, il a enfilé un costume dans lequel il a l'air d'être au supplice. Le portrait craché de Gru dans le dessin animé *Moi, moche et méchant.* Aucun doute, ses deux enfants doivent l'adorer. Toujours prêt à rendre service. Le type le plus adorable qu'il m'ait été donné de croiser depuis que je suis entrée dans la vie active.

– Alors ? On sèche sur l'identité des stars ?
– Tu as tout compris, Éric ! Je suis perdue !

Il me tape affectueusement dans le dos.

– T'inquiète pas. Moi aussi au début je me mélangeais les pinceaux, répond-il en m'attirant à l'écart afin que nous ayons une meilleure vue d'ensemble.

Je parcours la foule du regard pendant qu'il me fait un topo.

– Tu vois la fille là-bas ? La grande blonde de dos ?
– Celle avec une robe noire fendue sur le côté ?
– Oui. Celle-là. Elle est toujours habillée de manière très classique. C'est Gisele Bündchen !
– Ah oui, la top modèle ! Comment ai-je pu ne pas la reconnaître !
– Détends-toi et tout ira bien ! Fais-toi confiance ! Surtout avec elle : elle est sympa. Mais c'est difficile de l'approcher car la presse people ne la quitte pas d'une semelle. Tu auras du mal à avoir plus d'une phrase, mais elle se laisse prendre en photo ou filmer. Le type derrière, c'est Shemar Moore.
– Mince, son visage me dit vraiment quelque chose !
– Bien sûr, il joue dans *Esprits criminels*. Il est présent à toutes les soirées qui ont pour but de soutenir une association caritative car il est lui-même très impliqué.
– Mais oui ! Tu as raison ! Il est canon, ce mec !
– Eh bien, tu auras l'occasion d'en profiter. Il est mannequin à ses heures perdues et ne rate jamais une fashion week. Comme celle de Paris commence bientôt, tu le verras partout !

– Les interviews sont envisageables ?

– Oui. Il est adorable. Si tu veux entrer dans ses bonnes grâces, glisse un mot sur son implication dans des œuvres de charité.

– Quel domaine ?

– La lutte contre la sclérose en plaques. Sa mère en est atteinte.

Un peu plus loin, Albert de Monaco et sa femme, splendide dans une robe blanche fourreau mettant en valeur sa silhouette athlétique et faisant rayonner ses cheveux blonds.

– Eux, je ne te les présente pas, rassure-moi ! plaisante-t-il.

– Non, ça va quand même ! Est-ce que tu te moquerais de moi par hasard ?

Éric fait une grimace comique, mais je le ramène sur terre. Un groupe de personnes m'est totalement inconnu, et pourtant tous les invités semblent se presser autour d'eux. Archicélèbres pour tout le monde, on dirait.

Tout le monde, sauf moi !

– Cet homme, là-bas, assez âgé.

– Chevelure blanche impeccable ? Allure aristocratique ?

– Oui. Qui est-ce ?

– Ferdinand Longchamps.

– Jamais entendu parler.

– Sérieusement ? s'exclame Éric en roulant des yeux. Avec tes parents qui tiennent une ferme bio ?

Je le regarde, étonnée. Pourquoi est-ce si incroyable ? Et quel est le rapport ?

– Vraiment, je te jure, ça ne me dit rien.
– Et l'empire agroalimentaire Long Life ?
– Ah oui ! Mes parents ne sont pas fans des produits qu'ils développent.
– Sans rire ! ? Mais il est aussi impliqué dans de nombreuses associations.
– Je te crois sur parole. Je n'en ai aucune idée.
– Il est toujours d'une grande générosité. Il se débrouillera probablement pour signer un très gros chèque au profit de l'association mise à l'honneur ce soir dans le champ de plusieurs caméras.

Je l'observe avec attention. Je n'arrive pas à savoir s'il m'inspire de l'empathie ou s'il me glace le sang. Quel homme étrange… Il se tient très droit, une paire de lunettes noires sur le nez. Quand il les ôte en se tournant imperceptiblement, j'aperçois brièvement un regard acéré sous des paupières fatiguées. Éric me glisse qu'il doit avoir dans les 70 ans, mais il dégage une telle énergie qu'il est difficile de croire qu'il en a plus d'une soixantaine. Son visage est dur, presque austère, quand il s'adresse à ceux qui l'entourent et qui semblent être des proches. Mais dès qu'un journaliste s'approche, son visage, sans changer radicalement, devient plus affable. Tout en l'observant, j'interroge Éric.

– Abordable ?
– Tu fais partie de la presse, alors oui. Mais il ne te donnera pour tes papiers que ce qu'il veut que tu écrives. Il est trop

rodé pour laisser échapper quoi que ce soit. Et il se méfiera de toi quoi que tu fasses, aussi sympathique que tu puisses être. En fait, que tu écrives pour *Le Monde* ou *Le Journal de Mickey*, c'est pareil, il restera sur ses gardes. Tu as une carte de presse, tu es potentiellement intéressante pour lui, mais dangereuse si tu ne retranscris pas fidèlement son message du jour… Et je ne mentionne même pas la très mauvaise idée qui consisterait à mettre le nez dans ses affaires. Il fonctionne comme ça.

Bon à savoir…

Je questionne alors Éric sur ses interlocuteurs :

– Il est avec deux hommes. L'ambiance n'a pas l'air des plus détendues !

– Celui qui nous fait face, le petit brun barbu avec les cheveux frisés, c'est Arthur Delgado. C'est important que tu retiennes son nom car c'est un agent de stars renommé malgré son jeune âge. Il a un carnet d'adresses inimaginable pour ses 30 ans ! C'est lui que tu devras contacter pour la plupart de tes interviews.

– Il a l'air sympathique…

– Oui, une crème, celui-là ! Il est très pro, toujours très droit, donc tu peux travailler sans risque avec lui, contrairement à d'autres.

Enfin, mon attention se porte sur le troisième homme dont je ne vois pas le visage. Il a de larges épaules et doit mesurer dans les un mètre quatre-vingt-dix. Même de dos, sa carrure est impressionnante et sa présence semble un instant remplir toute la pièce. Il dégage une assurance tranquille.

Je me demande bien quelle tête il a.

Il a les cheveux châtain clair et porte un costume impeccablement taillé, signe d'un grand couturier.

Et je m'y connais !

Si je ne suis pas encore très au point au jeu du « Qui suis-je ? » spécial célébrités, il y a deux choses sur lesquelles je suis imbattable : repérer le travail d'un grand nom de la mode au premier coup d'œil et reconnaître les parfums aux premiers effluves. Vu la coupe, très cintrée, le choix du tissu, le pantalon droit suivant au plus près la courbe des cuisses musclées, ce costume est un Arnys, taillé sur mesure ou je ne m'appelle plus Cléo Delille !

Grande classe !

Troublée par le dos immense du mystérieux mâle dont je ne vois que la nuque à la peau mate, j'aurais bien demandé à mon voisin de me souffler son nom, mais, à cet instant, l'inconnu se retourne… Et mon cœur oublie de battre.

Waouh !

Mes yeux s'écarquillent et je me sens devenir couleur pivoine. Pourtant, nos regards se sont croisés à peine un quart de seconde. Mâchoire carrée, rasé de près, des lèvres pleines. Et surtout, des prunelles d'un bleu magnétique à couper le souffle. Un regard direct, franc, qui vous fascine.

Peut-être devrais-je penser à respirer de nouveau, non ?

Magnétique. Je reste figée, littéralement incapable de bouger ou prononcer un mot de plus. Malheureusement, il s'éloigne, entraîne le second homme dans un coin et serre quelques mains avant de reprendre une conversation avec quelqu'un d'autre.

J'essaye de me concentrer sur autre chose, mais impossible. Aucun homme ne m'a jamais fait cet effet. Mes yeux retournent admirer cet inconnu au charme si déroutant. Mauvaise idée de ma part puisqu'à un moment, je le surprends à me détailler. Je me détourne brusquement, rougissant à nouveau.

Non, j'ai rêvé.

Ou pas.

Le bleu fascinant de ses yeux clairs laisse sur ma peau comme une brûlure, et mon cœur manque à nouveau un battement.

Mais qui est-ce, bon sang ?

J'hésite à le demander à Éric. Mes pommettes sont encore empourprées et j'ai trop peur qu'il se rende compte de cette attirance aussi forte que soudaine. Au bout de quelques minutes, je n'y tiens plus. Je fais un effort colossal sur moi-même pour ne pas bafouiller en demandant :

– L'homme qui est avec Arthur Delgado, c'est un mannequin connu ou je vais encore passer pour une idiote ?

Cette fois, Éric en ouvre la bouche tant il est surpris. Il me regarde comme si j'étais une limace tombée de Mars. Effectivement, ne pas connaître cet homme relève visiblement de la déficience mentale, même pour la bienveillance patiente de mon ami.

– Enfin, Cléo ! C'est Chesterfield ! Nathan Chesterfield ! Arthur Delgado est son meilleur ami.

J'en deviens à nouveau rouge. De honte cette fois !

– Nathan Chesterfield… Le producteur ?
– Oui ! Nathan Chesterfield, le producteur ! Évidemment ! Il n'y en a qu'un ! Au grand désespoir de toutes les starlettes de la soirée, d'ailleurs. Je ne peux pas croire que tu n'aies jamais vu sa tête nulle part !

Je ne relève pas et poursuis.

– Il connaît Longchamps ? Ils sont en affaires ?
– Ils ont un lien de parenté.

Nathan Chesterfield. Le nom, oui, je vois parfaitement de qui il s'agit, évidemment ! Tout ce qu'il y a de groupes connus ou de films salués par la critique ces derniers temps a un rapport de près ou de loin avec lui. Je dois avoir dans ma propre vidéothèque un bon nombre d'artistes qu'il a produits.

Il faudra que j'y jette un œil.

Cependant quelque chose m'interpelle.

– Bien sûr son nom est célèbre, mais comment se fait-il que justement je n'aie jamais vu son visage ? Je sais que pour toi qui évolues dans ce milieu depuis des années, mon ignorance est étonnante... Mais je te jure que si j'ai très souvent entendu son nom, je ne savais pas du tout à quoi il ressemblait.

Mais crois-moi, maintenant je ne risque pas de l'oublier !

– Tu n'as pas tort, Cléo ! C'est vrai qu'il ne se montre pas. Ce n'est pas le genre à se mettre en avant. Ce sont ses artistes qu'il pousse sur le devant de la scène. Lui préfère l'anonymat même s'il ne peut échapper complètement à la presse people. Il est assez efficace pour se protéger. Par ailleurs, comme c'est un homme très respectueux et agréable, je pense que les journalistes eux-mêmes se retiennent. Moi, par exemple, je ne me sentirais pas capable de le poursuivre dans la rue pour avoir un scoop.
– Il inspire le respect, c'est ce que tu veux dire ?
– Oui, c'est un peu ça. Et c'est un très mauvais client !
– Comment ça, un mauvais client ? demandé-je, surprise. Tu viens de me dire qu'il était plutôt sympathique !
– Mauvais client dans le sens : jamais aucune info croustillante.

– Pas de scandale ?
– Jamais. Un ennui mortel ! répond Éric en riant.

Pas de scandale ? Pas de petite amie non plus ?

Mais ça, je ne peux pas le demander à Éric. J'imagine tout à fait la question absolument pas innocente : « Et sinon, il est célibataire ? » Grillée à des kilomètres !

– Et puis, Nathan Chesterfield n'est pas simplement producteur. C'est aussi un richissime homme d'affaires, à la tête d'une immense fortune. Une carrière impressionnante pour un jeune homme de seulement 31 ans, ajoute Éric, après un instant de silence.

Quand même !

– Impressionnant ! dis-je faiblement.
– Oui. Impressionnant. Il n'y a pas d'autres mots, conclut-il en me lançant un sourire en coin.

Éditions Addictives

Romans déjà parus et à paraître

Rose M. Becker
Le Bébé, mon milliardaire et moi
Désirs & Désastres
Sex Friends, et plus si affinités
Noël, mon milliardaire et moi
Protège-moi… de toi
Agaçant, sexy & dangereux (à paraître en janvier 2017)

Eva M. Bennett
Sex Friends, Chloé et Alistair
Sex Friends, Lucy et Arthur

Phoebe P. Campbell
Tes ordres sont mes désirs – volumes 1 à 3
Promets-moi ! Au mariage du milliardaire
Oui, je le veux ! Au mariage du milliardaire
Lui résister… ou pas – volumes 1 et 2

Anna Chastel
Toute à toi

Olivia Dean
À lui, corps et âme – volumes 1 et 2
Tous ses désirs – volumes 1 et 2
Beautiful Mistake

Lola Dumas
Lui, moi et le bébé

Juliette Duval
Ma rock star, son chat et moi
Bad Games (à paraître en décembre 2016)

Stuart Evans
Roméo & Jules

Emma M. Green
Cent facettes de Mr Diamonds – volumes 1 et 2
Toi + Moi – volumes 1 à 3
Coffret *Toi + Moi*
Call me Baby – volumes 1 et 2
Call me Bitch

Coffret *Call me Baby/Call me Bitch*
Bliss. Le faux journal d'une vraie romantique – volumes 1 et 2
Jeux interdits
Jeux insolents
Fallait pas me chercher! – volumes 1 et 2
Corps impatients

Emma M. Green et Felicity Stuart
Love me if you can
Kiss me if you can

Kim Grey
Ma vie, mes rêves et lui
Sexy comédie – Recherche (fausse) fiancée

Megan Harold
Tout pour lui – volumes 1 et 2
Sublime-moi!
Juste toi et moi – volumes 1 et 2
Coffret *Tout pour lui*
Insupportable… mais à tomber!

Kate B. Jacobson
Aime-moi. Corps et âme
Révèle-moi – volumes 1 et 2
Famous Bastard – volumes 1 et 2 (volume 2 à paraître en décembre 2016)

Amber James
Emprise
Contrôle-moi
Moonlight. Bloody Lily – volumes 1 et 2
Addictive Player

Lucy K. Jones
Mr Fire et moi – volumes 1 et 2
Envoûte-moi!
Encore!

Alice H. Kinney
Dark Light. Vampire Brothers
Dark Light. À lui pour toujours

Sienna Lloyd
Mords-moi !
Mords-moi ! Captive du vampire – édition augmentée avec textes inédits

Nina Marx
Soumets-moi ! – volumes 1 à 3
Diamonds Private Club
Prétentieux, insolent, mais irrésistible – volumes 1 et 2
Rock You. L'intégrale de la trilogie *Soumets-moi !*

June Moore
Déshabillez-moi ! – volumes 1 et 2
Étreinte – volumes 1 à 3
Étreinte. L'intégrale

Heather L. Powell
Je te veux – volumes 1 et 2
Le Jeu du milliardaire

Mina Shepard
Je t'aime… toi non plus
Mon milliardaire, mon mariage et moi

Ève Souliac
Le milliardaire était (presque) parfait (à paraître en janvier 2017)

Lisa Swann
Possédée
Adore-moi ! – volumes 1 et 2
Dark Fever. Sublime mais dangereux
Résiste-moi !

Hannah Taylor
Désire-moi ! – volumes 1 et 2
Je suis à toi

Lindsay Vance
Kidnappe-moi

Chloe Wilkox
Ordonne-moi ! – volumes 1 à 3
Soul Lights – volumes 1 et 2
Prête à tout ?

Romans à paraître chez Luv

Découvrez dans cette nouvelle collection les talents français que vous allez adorer !

À paraître
en décembre 2016

***Effet de vague – saison 1*, Jana Rouze**

Un premier roman magistral !

Le sexe, c'est facile. L'amour, c'est une évidence qui s'impose. La confiance, c'est plus compliqué. Que fait un homme qui n'a confiance en personne et ne ressent aucune émotion quand le « coup d'un soir » fait ressurgir le passé sombre qu'il avait enterré ?

Matt et Alex sont liés par la découverte d'un secret. Chacun a le pouvoir de détruire l'autre. Ou de le sauver.

***Toi & moi à cet instant précis*,**
Gabriel Simon

Une histoire d'âmes sœurs que rien ne peut empêcher de se retrouver !

Emily Green fait la rencontre de Max Withman, un homme qu'elle aurait pu ne jamais rencontrer. Max est beau à tomber et dévore la vie à pleines dents. Entre eux, c'est le coup de foudre, ils sont faits l'un pour l'autre ! Le problème ? Elle vit en 2015, lui en 1963…

À paraître
en janvier 2017

Auteure : Olivia Dean

Édisource
100, rue Petit, 75019 Paris
Imprimé par FINIDR – Lipova cp. 1965 – 73701 Cesky Tesin,
République tchèque
Dépôt légal : novembre 2016 – Achevé d'imprimer : octobre 2016
ISBN : 978-2-37126-128-0

Réf. contrats : ZROM_001, ZROM_002, ZROM_003, ZROM_004, ZROM_005, ZROM_006